쉽게 풀어 쓴

청일전기

淸日戰記

쉽게 풀어 쓴

청일전기 淸日戰記

이승만 편저
김용삼·김효선·류석춘 번역·해제

북앤피플

| 간행사 |

쉽게 풀어 쓴 청일전기

작년, 그러니까 2014년은 갑오년이다. 10간(干) 과 12지(支)를 결합해서 만드는 60개의 간지(干支)를 두 바퀴 거꾸로 돌리면 120년 전 갑오년이 된다. 120년 전 갑오년에는 근대 동북아의 질서를 뒤바꾼 일본과 청국의 전쟁 즉 '청일전쟁'이 발발했다. 일본이 압승한 이 전쟁의 결과로 노쇠한 중국은 떠오르는 일본에 동북아의 맹주 자리를 내주는 수모를 당했고, 우리는 일본의 식민지로 전락하는 길로 접어들었다.

이 전쟁이 끝난 지 120년이 지난 오늘날의 동북아는 또 다른 격동의 중심에 서 있다. 권토중래(捲土重來)를 위한 굴기(崛起)의 중국과 120년 전의 영광을 기억하는 일본이 갈등하고 있고, 한반도 북쪽에서 진행되고 있는 핵무기 개발과 인권유린은 국제사회의 첨예한 감시에도 불구하고 이른바 주체(主體)의 '강성대국'을 쌓아가고 있다.

이 소용돌이 한 가운데 존재하는 나라가 대한민국이다. 건국부터 지금까지 피 흘리고 땀 흘리며 이루어 놓은 대한민국의 모든 것이 어느 한 순간에 사라질지 모르는 바람 앞의 등불과 같은 형국이다.

『청일전기(淸日戰記)』는 청일전쟁(1894~1895)이 종료된 후 5년이 지난 1900년, 만 25세의 나이가 된 대한민국의 건국 대통령 이승만(1875~1965)이 한성감옥에서 순 한글로 원고를 마무리한 책이다. 이승만은 정부 전복을 꾀했다는 이유로 독립협회 간부들과 함께 한성감옥에 투옥 중이었다. 결국 출판은 1917년 하와이 태평양잡지사에서 이루어졌다.

옥중에서 이승만은 청일전쟁에 관한 중국책 『중동전기본말(中東戰紀本末)』(1897)을 발췌 및 번역하고 그에 더해 "전쟁의 원인" 그리고 "권고하는 글"이라는 논설을 덧붙여 원고를 완성했다. 『중동전기본말』은 당시 중국에서 선교사 겸 언론인으로 활동하던 알렌(Young J. Allen, 林樂知, 1836~1907)과 중국 언론인 채이강(蔡爾康, 1852~1921)이 공동으로 편저해 1897년 전체 18권(전편 8권, 속편 4권, 3편 4권, 부록 2권)으로 출판한 청일전쟁에 관한 역사책이다. 중국(中國)과 동영(東瀛, 바다의 동쪽 나라 즉 일본)의 전쟁을 처음부터 끝까지 해설한다는 의미에서 붙여진 이름이다.

이 책은 당시 우리나라에서 큰 관심을 끌었다. 언론인 유근(柳瑾, 1861~1921)이 돕고 사학자 현채(玄采, 1856~1925)가 발췌 및 정리하고 국한문으로 번역해 두 권의 책으로 묶어 1899년 『중동전기(中東戰記)』라는 이름으로 번역본이 출판된 사실이 이를 뒷받침한다. 1900년 청일전기 서문에서 이승만은 이 번역본을 참고하여 원고를 썼다고 밝히고 있다.

1917년 출판된 『청일전기』 서문에서 이승만은 "만일 한인들이 오늘날 유구국(琉球國·오키나와)이나 대만(臺灣·타이완) 인종들의 지위를 차지하고 말 것 같으면 이 전쟁의 역사를 알아도 쓸데없고 오히려 모르는 것이 나을 터이지만, 우리는 결단코 그렇지 아니하여 태평양이 마르고 히말라야가 평지가 될 지라도 우리 대조선 독립은 우리 한인의 손으로 회복하고야 말 터인즉 우리 한인이 갑오전쟁(청일전쟁)의 역사를 모르고 지낼 수는 없다"고 역설했다.

이 책에는 당시 전쟁을 전후해 청국과 일본 사이에 오고 간 외교공문을 비롯한 역사적 기록이 다수 수록되어 있다. 예컨대 청국 황제 광서제의 선전포고 조칙, 일본 천황의 선전포고문, 청국 대표 이홍장과 일본 대표 이토 히로부미의 시모노세키 강화회담 대화록, 전쟁에 패배한 청국의 슬픈 운명을 그대로 드러내주는 시모노세키 최종 조약문 등은 물론 이홍장과 로마노프 간에 체결된 '청러밀약문'과 청국과 일본 간 조선 문제를 두고 서울에서 조인한 '한성조약문' 등이 그 예다.

충무공 이순신의 말씀을 굳이 상기하지 않더라도 120년 전 갑오년은 우리에게 유비무환(有備無患)이 얼마나 중요한가를 생생히 보여 주고 있다. 이를 잊지 않기 위해 연세대학교 이승만연구원은 1998년 펴낸『우남 이승만문서 동문편』 제2권에서 1917년 하와이에서 간행된『청일전기』를 영인하여 출판하였다. 또한 송복 교수가 2011년 연세대학교 이승만연구원 학술총서 15권으로 출간한 책『저서를 통해 본 이승만의 정치사상과 현실인식』에 포함된 오영섭 박사의 논문이『청일전기』를 해제하였다.

이러한 일련의 작업을 마무리하기 위해 연세대학교 이승만연구원은 2014년 청일전쟁 120주년을 맞아 이승만의『청일전기』를 현대어로 번역하여 출판하는 작업을 시작했다. 국한문으로 된 원 저작을 축약하고 또 한글로 바꾼 이승만의 옥중 노고가 60간지를 두 바퀴 돌아 유엔에서 '북한인권결의안'을 채택한 2014년에 대한민국의 모든 국민들이 읽을 수 있는 현대 한국어로 원고가 마무리되었다. 이듬해인 2015년 우남 이승만 140주년 탄신일(3월 26일)에 맞추어 마침내『쉽게 풀어 쓴 청일전기』가 출판된다는 사실에 호국 영령이 되어 하늘에서 우리를 굽어보고 계실 건국 대통령도 기뻐할 터이다.

책의 구성이 워낙 입체적이라 책을 구성하는 각각의 부분에 대해 원저자가 누구인지를 확인하는 일이 쉽지 않았다. 국가를 대표한 인물이 서명한 조약문이나 조칙 그리고 대화록 등과 같은 공식 기록이야 저자를 굳이 밝힐 필요가 없는 부분이기도 하다.

한편 통신사 전보나 언론사 보도에 기초한 부분 역시 저자를 밝힐 방법이 마땅치 않았다. 그러나 "조선 난리의 역사적 기록 제1부터 제12까지"와 같은 해설은 마침 알렌이 썼다는 사실을 원본에서 밝히고 있었다. 따라서 책 본문을 구성하는 각각의 꼭지가 본래 누구에 의해 쓰여 진 글인지를 확인할 수 있는 경우에는 글의 제목과 함께 원저자의 이름을 괄호 속에 넣어 밝혔다. 다만 저자를 도저히 확인할 수 없는 해설 꼭지는 알렌과 채이강의 공동 저술로 간주할 수밖에 없었음을 밝힌다.

『청일전기』 원본에는 목차가 없어 내용을 확인하는 데 어려움이 많았는데, 독자들의 편의를 위해 이승만연구원에서 임의로 목차를 만들어 붙였다. 그리고 독자들의 이해를 돕기 위해 청일전쟁 전후의 조선 정황, 동학과 청일전쟁, 일본군의 조선 파병 과정, 청일전쟁의 주요 전투 설명, 황해해전의 교훈 등을 책의 제2부에 소개했다.

오늘날의 독자들이 쉽게 내용을 이해할 수 있도록 번역과 주석 달기 등 어려운 작업을 맡아 수고해 주신 김용삼, 김효선 두 분께 심심한 감사와 위로의 말씀을 전한다. 또한 마지막 확인 작업에서 현채의 『중동전기』와 알렌·채이강의 『중동전기본말』까지도 직접 확인하면서 도움을 준 오영섭 박사의 기여도 잊을 수 없다.

현대어로 바꾸는 과정에서 “전쟁 전 청국과 일본 간에 오고 간 외교 공문 9점” 및 “시모노세키평화조약 초본” 부분의 텍스트는 원저자인 이승만의 글이 실제 원문인 외교공문과 조약문 초본을 축약하고 또 풀어 쓴 경우가 많아 전후 맥락이 잘 전달되지 않는 문제가 있었다. 이를 보완하기 위해 이 책에서는 이 부분의 원고를 제노네 볼피첼리 지음·유영문 옮김, 『구한말 러시아 외교관의 눈으로 본 청일전쟁』 도서출판 살림(2009)을 참고하여 공문 원문 및 조약문 초본 원문으로 대체하였다.

현대 한글로 바꾸는 과정에서 일본어 지명과 인명은 일본어로 읽히는 데로 한글로 쓰고 한문을 괄호 속에 넣었다. 그러나 중국어 지명과 인명은 한문을 우리나라에서 읽는 데로 쓰고 괄호 속에 한자 및 현대 중국어 발음을 넣었다. 이 과정에 큰 도움을 준 연세대학교 대학원의 지역학 전공 중국 유학생 반흠운(潘歆芸, Pan XinYun)에게 감사한다. 또한 지도 등 자료의 편집과정에 도움을 준 연세대 사회학 박사과정 유지윤에게도 감사한다.

동북아의 새로운 국제정세가 우리로 하여금 이 책을 읽지 않을 수 없도록 만들고 있다. 떠오르는 중국과 이를 견제하는 일본이라는 오늘날의 상황이 120년 전과 크게 달라 보이지 않기 때문이다. 또한 북한이라는 한민족 내부의 변수가 러시아는 물론 미국을 여전히 한반도에 불러들이고 있기 때문이기도 하다. 120년 전과 크게 다르지 않아 보인다.

2015년 3월

연세대 이승만연구원 원장 류석춘

차례

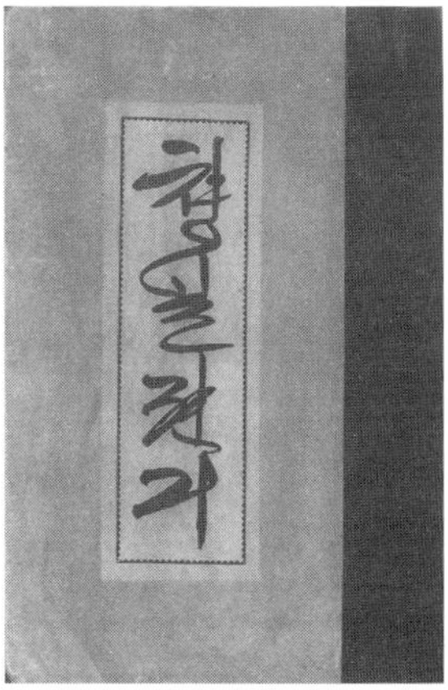

서문

‥그런즉 임진란보다 더큰 란리가 갑오전쟁이오 한인의게 더욱 통분히녁일바이 갑오전정이라 이 전정에 한국이 잔멸을당ᄒᆞ엿고 이져쟁에 한국이 독립을 일헛슨즉 오날날 한구기의 당ᄒᆞ고안준것이 곳 갑오전쟁에된것이라

만일 한인들이 오날날 유구국이나 대만 인종들의 디위를 차지ᄒᆞ고 말것갓ᄒᆞ면 이 져정사젹을 알아도 쓰ᄅᆞ데업고 도로혀 모르는것이나흘터이지만은 우리는 결단코 그럿치안이ᄒᆞ야 태평양이 말으고 히말라야가 평디가 될지라도 우리 대죠선독립은 한인의손으로 회복ᄒᆞ고야말터인즉 우리한인이 갑오전정사젹을 모르고지낼수업도다‥‥

一千九百十七年八月六日

미령포와호항 리승만 근셔

『청일전기(淸日戰記)』 표지와 서문(하와이 태평양잡지사 刊, 1917)

제1부

청일전기

淸日戰記

| 서문 |

1917년판

조선 역사에서 제일 큰 난리는 임진왜란이요, 한인(韓人)들이 제일 원통하고 분하게 여기는 전쟁도 임진왜란이다. 수 천 년 동안 조그마한 섬에 갇혀 살던 일본은 오랫동안 대륙으로 진출하려는 야욕을 키워오다 임진년(1592년)에 그 뜻을 한 번 시험하려 했으나 실패했다. 그 후 일본은 300년 동안 다시 준비하여 갑오전쟁[1]으로 그 뜻을 이루었다.

그러므로 임진왜란보다 더 큰 난리가 갑오전쟁이요, 한인들은 이 전쟁을 더욱 원통하고 분하게 여겨야 한다. 이 전쟁으로 말미암아 한국은 힘과 세력이 약해져 망하게 되었고, 이 전쟁으로 독립도 잃었다. 따라서 오늘날 한국이 이렇게 된 원인은 갑오전쟁에서 비롯된 것이다.

---

1) 청일전쟁의 별칭. 중국에서는 갑오년에 일어났다 하여 중일 갑오전쟁, 일본에서는 일청(日清)전쟁, 서양에서는 제1차 중일(中日)전쟁(First Sino-Japanese War)이라고 부른다.

만약 한인들이 오늘의 유구(琉球·오키나와) 왕국이나 대만 사람들과 같은 처지[2]를 달갑게 여긴다면 이 전쟁의 중요한 자취를 알아도 쓸데없고, 오히려 모르는 것이 나을 것이다. 그러나 우리는 결코 유구 왕국이나 대만 사람들과 같이 되기를 원치 않는다. 태평양이 마르고 히말라야가 평지가 될지라도 우리 대조선 독립은 한인의 손으로 되찾고야 말 것이다. 그러자면 우리 한인이 갑오전쟁의 역사적 자취를 모르고 지낼 수는 없다. 감옥에서 이 책을 만들 때[3] 종이가 없어 영자 신문지에 기록하였다. 밤이면 초를 구해 석유통에 넣어 간수들이 보지 못하게 하고 몰래 옮겨 적었다. 그때 수 년 전 블라디보스토크에서 별세한 애국지사 정순만[4] 씨가 우리의 동지로 수감생

---

2) 유구 왕국은 1429년에 중산국(中山國)이 통일하여 건국한 후 중국, 일본, 동남아, 인도 등과의 중계 무역으로 번성했다. 메이지유신 이후인 1879년 일본에 강제로 병합되어 멸망하고 현재는 일본의 오키나와 현으로 바뀌었다. 대만은 청일전쟁에서 청국이 패한 후 시모노세키조약에 의해 일본 식민지가 되었다가 1945년 일본이 제2차 세계대전에서 항복한 후 중국에 반환되었다.

3) 이승만은 24세 되던 1899년 1월 9일, 급진개혁파의 영수 박영효와 내통하여 고종 폐위와 입헌군주제 정부를 수립하려는 쿠데타 모의에 가담했다는 혐의로 체포되어 종신 징역을 선고받았다. 후에 감형되어 한성감옥에서 5년 넘게 수감생활을 했다. 이승만은 수감생활 동안 비밀리에 신문 논설을 써서 밖으로 내보내『제국신문』에 실었다. 또 한국 최초로 영한사전을 집필했으며, 1904년에는『독립정신』을 집필했다. 그리고 기독교로 개종하고 함께 수감생활을 하던 죄수와 간수 등 40여 명을 기독교로 개종시켰다. 1902년 8월, 이승만은 한성감옥서의 옥사장인 김영선의 허락을 받아 옥중학당을 개설하고 수감자를 비롯한 간수들과 그들의 자제, 친지 등 어린이 13명과 어른 40명에게 한글과 한문, 영어, 산학(수학), 국사, 지리, 성경 등을 가르쳤다. 그리고 자신이 읽었던 책들을 모아 감옥 내에 도서실(서적실)을 개설해 운영했다. 1904년 민영환 등 혁신파가 정권을 잡자 8월 7일, 120여 명의 죄인들과 함께 석방됐다.

4) 정순만(1876~1911)은 이승만, 박용만과 함께 독립운동 3만(萬)으로 불리던 인물. 1896년 3월 이상재, 이승만, 윤치호 등과 함께 독립협회를 창립했다. 1898년 11월 만민공동회 도총무부장으로 활약하다가 체포되어 수감생활을 했다. 석방 후 을사보호조약이 체결되자

활을 같이 하며 틈이 날 때마다 글씨를 쓰는 수고로운 일을 힘껏 도와주어 번역 집필을 끝냈다.[5)]

그 후 백당(白堂) 현채(玄采)[6)] 선생이 출판하기 위해 번역한 원본을 가져가 깨끗한 글씨로 베껴놓았으나 당시에는 여러 가지로 형편이 어려워 끝내 발간하지 못하고 깊숙이 감춰두었다. 현채 선생은 1911년에 본 저술가(이승만)가 본국에 갔을 때[7)] 은밀히 내주며 해외로 가지고 나가 꼭 출판하라고 부탁했다.

1906년 북간도로 망명하여 용길현 용전촌에 서전서숙을 개설, 항일민족교육과 독립군 양성에 주력했다. 1907년 안창호, 이동녕, 이동휘, 이회영 등과 함께 비밀결사인 신민회를 조직했고, 연해주 블라디보스토크에서 네덜란드 헤이그에 파견되는 밀사의 여비를 모금하여 전달했다. 1909년 안중근 의사가 이토 히로부미를 암살할 때 일제로부터 배후 인물로 지목 당했고, 거사 후에는 안중근 의사 구명을 위해 모금운동을 벌였다. 1911년, 36세 때 연해주 지역 독립운동 조직인 국민회의 갈등 속에 일어난 양성춘 사건에 연루되어 양성춘의 가족들에게 피살되었다.

5) 이승만은『청일전기』번역을 할 때 혼자 번역한 것이 아니라 한성감옥에 갇혀 있던 문필에 능한 개혁 성향 인물들의 도움을 받았다. 특히 옥중 동지였던 정순만의 도움이 컸다. 이 책은 청일전쟁사만을 다룬 것이 아니라 1894~1897년 동아시아의 국제관계사를 전반적으로 다루고 있는데, 이 때문에 이승만은『청일전기』의 번역 및 편집 경험을 통해 국제관계에 대한 지식을 쌓았다. 오영섭,「이승만의『청일전기』번역·간행과 자주독립론」, 송복 외 지음,『저서를 통해 본 이승만의 정치사상과 현실인식』, 연세대학교 출판부, 2011, 29~68쪽 참조.

6) 현채(1856~1925)는 안진경체(顔眞卿體)를 잘 쓴 서예가로서 이준, 전덕기 등이 조직한 국민교육회에 가입하여 계몽운동에 앞장섰다. 또 번역에 종사하면서 역사서를 편찬했는데, 그의 저서『유년필독(幼年必讀)』은 교과서로 널리 읽혀 민중들의 애국심 고취에 기여했다. 그의 저서『유년필독』과『만국사기(萬國史記)』,『보통교과 동국역사(東國歷史)』,『중등교과 동국사략(東國史略)』,『동서양 역사』등은 일제로부터 사용금지 처분을 받았다.

7) 이승만은 1904년 8월 한성감옥에서 석방된 후 그해 11월 고종의 밀사로 미국으로 가서 루스벨트 대통령을 면담하여 조선의 독립을 보장해 줄 것을 요청했으나 실패했다. 그 후 조지워싱턴대학, 하버드대학, 프린스턴대학에서 학업을 마치고 1910년 귀국, 황성기독교청년회(통칭 서울 YMCA)의 청년학관 학감으로 재직하며 학생들을 가르쳤다. 일제가 기독교계 인사들을 탄압한 '105인 사건'으로 신변이 위태롭게 되자 이승만은 1912년 다시 미국으로 망명했다.

그 후 다행히 번역 원본을 호놀룰루에 가져와서 여러 차례 출판을 시도했으나 이제야 기회가 되어 본문의 중요한 부분만 추려서 발간하게 되었다. 사랑하는 우리 동포들은 서로 권하여 이 글이 널리 읽히도록 힘쓰기를 바란다.

1917년 8월 6일

미국령 하와이 호놀룰루에서

리승만 삼가 쓰다

1900년 청일전기(淸日戰記) 서문

청일전기는 청국과 일본이 벌인 전쟁에 대한 기록이다. 즉 갑오년(1894) 난리에 대한 역사적 기술인데, 갑오년 전쟁은 세상을 놀라게 한 금세기 최대의 사건이다. 다른 나라 사람들은 이 전쟁과 상관이 없더라도 정부 관리와 남녀노소를 불문하고 모든 백성 가운데 이 전쟁을 모르는 사람이 없다.

그들은 무엇 때문에 이 전쟁이 시작되었으며, 전쟁 승패의 원인은 무엇인지, 누구에게 이롭고 해로웠는지, 어느 나라의 생각은 어떠했고 어느 나라의 형편은 어떠했는지를 자세히 알고 있다. 그 결과 자연스럽게 의견이 생기고 충성심이 커져 만약 자기 나라에 이런 일이 생기면 어떻게 지킬 것인지, 그리고 어떤 것이 이롭고 해로운지를 헤아릴 수 있다. 그래서 나라에 조금이라도 손해가 될 일은 반드시 막고, 도움이 필요한 일은 열심히 도와 나랏일이 잘 되도록 하고 있다. 이것이 오늘날 나라의 힘을 강하게 하는 방법이다.

반면에 우리나라 사람들은 당장 내 나라에서 벌어진 전쟁도 그 본질이 무엇인지 자세히 아는 사람은 열 명 중 7, 8명이 안 돼 서로가 남의 말만 믿고 따르고 있다. 이 와중에 허무맹랑한 소문이 나돌아 공연히 외국인을 미워하고, 까닭 없이 겁을 내기도 하여, 나라에 도움이 되는지 해가 되는지 분간조차 못 하고 있다.

이 때문에 태평할 때라도 알게 모르게 나라에 해가 되는 것이 무수히 많은데다, 어떤 일이 갑자기 발생하면 나라를 걱정하는 지식인도 어떻게 해야 나라에 도움이 되는지조차 모른다. 충신열사로 마음에 품은 높은 뜻이 가득해도 세상 돌아가는 이치를 모르고 일을 하면 도리어 국가를 위태롭게 하고, 국제사회의 죄인이 되기 쉽다. 또 수령이 되어 백성에게 도움 되는 일을 하려고 해도 백성들이 사리를 분별하지 못 해 오히려 원수로 여기는 폐단도 있다.

이렇게 되면 나라가 부강하고 백성이 도탄을 면하여 보기는커녕 정부와 백성의 형편이 몹시 위태롭게 된다. 마땅히 식음을 전폐하고라도 열심히 노력하여 알아볼 일이다.

미국 사람 임락지(林樂知)[8] 씨는 유명한 선교사다. 청국에 와서

8) 미국 남감리회 소속의 선교사 영 존 알렌(Young John Allen. 1839~1907)이다. 조선에 선교사로 온 호레이스 뉴튼 알렌과는 다른 인물이다. 영 존 알렌은 1864년 상해에 설립된 외국인 학교인 광방언관(廣方言館)에서 선교사로 근무했고, 1868년에는 중국어로 된 『상해 신보』 편집을 겸임했다. 1868년 9월 5일, 자비로 중국어 기관지 『교회신보』를 창간했다. 중국에서 교사 및 번역가로 활동하며 『인도사』, 『러시아사』, 『독일사』, 『유럽사』, 『만국사』, 『격치계몽화학』(格致启蒙化學), 『격치계몽지리』(格致启蒙地理), 『격치계몽천문』(格致启蒙天文), 『격치계몽박물』(格致启蒙博物), 『지학계몽』(地學启蒙), 『열국세계정요』(列国岁计政要), 『신문지』(新闻纸), 『열국육군제』(列國陸軍制) 『동방교섭기』(東方交涉記) 『예편년

생활한 지 40여 년이 되는 동안 청국의 미개한 백성의 교육에 힘을 다하여 상해(上海·상하이)에 학교를 설립하고,[9] 청국의 유명한 선각자 채이강(蔡爾康) 씨와 함께 서양 서적을 번역 출간하여 전국에 수없이 보급했다. 갑오년 난리(청일전쟁)가 일어나자 청국이 국제정세에 어둡고 무지한 것을 안타깝게 여겨 각국 신문과 전보[10]를 모아 『중동전기』[11]라는 책 한 질을 출간했으니 청국 백성을 위해 공이 가장 많은 사람이다.

우리나라에는 아직 이런 사업을 하는 인물이 없어 백성들이 세계 돌아가는 형편을 알 수 없는 까닭에 내가 항상 뜻이 같은 친구들과 의논하며 한탄하던 터였다. 그러나 몸이 신문사에 매여[12] 늘 분주하

표』(裔編年表) 등을 번역 출간했다.

9) 알렌은 상해에 중서서원(中西書院, Anglo-China College)이라는 교회학교를 설립하여 동서양의 지식을 겸비한 중국인 인재를 교육시켰다.

10) 여기서 '전보'라 함은 오늘날 개인과 개인이 주고받는 전보라기보다, 당시 통신사들의 국제적 보도를 이르는 것으로 보인다.

11) 미국인 선교사 알렌과 중국인 채이강이 공저로 발간한 『중동전기본말』이라는 역사책. 1897년 상해 광학회에서 출판되었는데, 전편 8권, 속편 4권, 3편 4권, 부록 2권 등 총 18권으로 된 방대한 분량이다. 이중 전편 8권이 청일전쟁 시기를, 속편 이하는 청일전쟁 이후 시기를 다루고 있다. 오영섭, 「이승만의 『청일전기』 번역·간행과 자주독립론」, 송복 외 지음, 『저서를 통해 본 이승만의 정치사상과 현실인식』, 연세대학교 출판부, 2011, 43쪽 참조.

12) 이승만은 개화기를 대표하는 언론인이다. 1898년 1월에는 한글전용 주간지 『협성회 회보』를 발간했는데, 이승만은 이 신문의 주필로 활약했다. 후일 협성회는 독립협회로 성장했고, 주간으로 발간되던 『협성회 회보』는 1898년 4월 9일 제호를 『매일신문』으로 바꾸고 발간 주기도 일간으로 바꾸었다. 이것이 한국 최초의 일간지였는데, 이승만은 『매일신문』의 사장 겸 주필로 활동했다. 그는 한글 신문인 『제국신문』의 창간에도 참여하여 편집과 논설을 담당했다. 이승만은 미국으로 망명한 이듬해인 1913년 9월 20일 하와이에서 『태평양 잡지』라는 순 한글 월간잡지를 창간하여 주필로 활동했으며, 1930년에는 잡지의 제호를 『태평양 주보』로 바꾸어 발간했다.

다 보니 시간을 내지 못하는 것을 항상 안타깝게 생각하고 있었다. 어쩌다 감옥에 들어와 갇힌 지 거의 3년이 되어 어지러운 마음이 정돈되고부터는 밤낮으로 한가하게 지냈다. 나라에 일이 많은 때에 하는 일 없이 헛되이 시간만 보내는 것이 몹시 민망했다.

이 기회를 이용해 평생 원하던 번역을 시작하려 했으나 옥중에서는 필묵 사용을 엄격하게 금지하여 엄두를 내지 못하고 답답하게 생각하고 있다가 감옥서 서장에게 내 생각을 전했다. 서장 김영선[13] 씨는 본래 개명에 관심이 있을 뿐만 아니라 옥에 있는 수백 명의 죄수를 다정하고 친절하게 대해 죄수들이 모두 감동하는 인물이었다.

그는 번역을 해보겠다는 나의 말을 듣고는 "동포들을 위해 사업을 도모한다면 내 힘껏 돕는 것이 진실로 원하던 바"라며 기꺼이 허락했다. 즉시 『만국사기』(萬國史記)[14]를 구해 한문으로 번역하기 시작했으나, 다시 생각해 보니 『청일전기』가 더 긴급하다는 생각이 들었다.

이 책을 국문으로 만들어, 되도록 많은 사람이 보도록 하려고 하다 보니 본문의 내용이 너무 광범위하여 모두 번역하기에는 분량이 많았다. 그리하여 그 중 중요한 부분을 뽑아 번역했으나 이 작업 또

---

13) 한성감옥의 간수장 김영선과 차장 이중진은 이승만의 정치노선을 존경했다. 두 사람은 이승만이 옥중에서 집필과 번역, 동료들의 전도, 옥중 도서관 및 옥중 학교 운영 등을 할 수 있도록 허락했다.

14) 현채(玄采)가 1905년에 간행한 한말의 세계사 입문서. 현채는 일본인들이 쓴 『만국사기(萬國史記)』와 『일본유신사(日本維新史)』, 영국인 매켄지(Mackenzie, R.)의 『태서신사(泰西新史)』, A History of the Nineteenth 등 여러 역사서를 윤색·번역하여 이 책을 완성했다.

한 쉽지가 않았다. 마침 1년 전에 유근(柳瑾)[15]과 현채 두 선생이 『중동전기』를 국한문으로 선별하고 번역하여 두 권으로 엮어놓은 책이 있었다. 한 질을 구해 원문과 비교해 보니 번역 작업에 매우 큰 도움이 되었다.[16]

두 선생의 노고도 적지 않을 뿐만 아니라, 나라를 걱정하는 충성과 사랑에 감동했다. 그 지극한 충정을 돕기 위해 알아보기 쉽도록 번역하여 기록도 해놓았다. 아무쪼록 이 글을 보시는 분들은 사사로운 옛이야기나 소설책으로 대하지 말고 깊이 연구하여 이 전쟁이 발생한 원인은 무엇이며, 어느 나라의 뜻은 어떠했고, 어느 나라의 태도와 행동은 어떠했으며, 우리나라 형편은 어떤지, 남이 우리를 어떻게 생각하겠는지, 우리는 지금 어떻게 해야 나라가 위태롭지 않고 백성도 편안하게 할 바른 길이 무엇인지 생각해 보기를 권한다.

그중에서 좋은 일은 실상을 배우고 나쁜 풍속은 뿌리를 뽑으며,

---

15) 류근(柳瑾, 1861~1921)은 언론인 장지연, 남궁억 등과 함께 『황성신문』을 창간하여 반일운동에 앞장섰다. 1898년 만민공동회 간부로 활동했으며, 을사보호조약이 체결되자 장지연이 1905년 11월 18일자 『황성신문』에 게재한 논설 「시일야방성대곡」을 너무 격분하여 끝을 맺지 못하자 류근이 후반부를 마무리했다고 한다. 이 사설이 문제가 되어 『황성신문』이 무기 정간 당하고 장지연은 일본 경찰에 체포됐다. 1919년 3·1운동 직후 개최된 13도 대표자의 국민대회에 대종교계 대표로 참석하고, '한성정부'라는 임시정부의 정부체제 선택과 각료 선정에 참가, 활동하다가 체포되었다. 1920년 4월 『동아일보』 창간 때 고문으로 추대되었다.

16) 이 책은 황성신문사가 1899년 발간한 것으로, 영 존 알렌과 채이강이 발간한 『중동전기본말』의 내용 가운데 한국에 직접 관계되는 부분을 골라 번역하여 국한문으로 출판한 책이다. 이승만이 이 책을 순한글로 번역하여 『청일전기』를 펴냈다. 오영섭, 「이승만의 『청일전기』 번역·간행과 자주독립론」, 송복 외 지음, 『저서를 통해 본 이승만의 정치사상과 현실인식』, 연세대학교 출판부, 2011, 43~44쪽 참조.

남의 칭찬을 받는 일은 우리도 실천하기를 힘쓰고, 문명한 사람들과 비교해 가며 남의 비웃음을 당할 일을 열심히 고친다면, 밤에는 불도 없고 낮에는 침침한 옥중에서 추위와 더위를 무릅쓰고 정성을 다해 번역한 뜻이 헛되지 않을 것 같다.

대한 광무 4년 경자 6월 24일

구주강생(서기) 1900년 7월 20일

한성감옥서에 갇혀 있는 리승만 기록

01
전쟁 전 청국과 일본 간에 오고 간 **외교 공문 9점**

(1894년 6월 6일~7월 14)일[17]

일본국 황제가 청국과의 전쟁을 지휘하기 위해 히로시마(廣島)로 왔다.[18] 1894년 10월 19일에 임시의회를 열어 전비를 마련하기 위해 개전 관련 안건을 제출했다. 임시의회는 개회한지 4일 만에 모든 일을 결정하고 폐회했다. 이 때 총리대신 이토 히로부미(伊藤博文)[19]가 아홉 건의 공문을 공개했는데, 이것은 청국 북경(北京·베이징)과 일본 도쿄(東京)에 주재하는 양국 공사가 주고받은 글이었다.

---

17) 이승만의 『청일전기』 해당 부분은 내용을 축약을 한 경우가 많아 여기에서는 제노네 볼피첼리 지음·유영분 옮김, 『구한말 러시아 외교관의 눈으로 본 청일전쟁』 도서출판 살림, 2009, 384~398쪽을 참고하여 공문 원문을 완역하였다.

18) 1894년 9월 초, 일본은 황궁 내에 있던 군 지휘부(대본영)을 히로시마로 이동했고, 메이지 천황은 9월 15일 히로시마에 도착해 전쟁을 지휘했다.

19) 이토 히로부미(1841~1909)는 하급 무사 출신으로 영국 유니버시티 칼리지 런던에 유학하여 화학을 공부했으며, 미국 예일대에서 명예 법학박사 학위를 받았다. 메이지유신 이후 일본제국 헌법의 기초를 마련하고, 내각 총리대신, 추밀원 의장, 조선통감부 초대 통감, 귀족원 의장 등 요직을 지냈다. 1909년 10월 26일 하얼빈 역에서 안중근에게 피격당해 사망했다.

(1) 1894년 5월 3일, 청국 도쿄 주재 특명전권공사 왕봉조 → 일본국 외무대신 무쓰 무네미쓰

도쿄 주재 중국 공사관

광서 20년 (1894) 5월 3일(양력 6월 6일)[20]

대일본국 외무대신 무쓰 무네미쓰(陸奥宗光)[21] 각하께.

이번에 북양대신 이홍장(李鴻章·리훙장)[22]으로부터 본 사신(使臣)에게 다음과 같은 전보가 왔습니다.

'광서(光緒) 11년(乙酉, 1885), 청일 양국이 협의 결정한 조약[23]엔 향후 조선에서 혹시라도 변란이 일어나 청국에서 파병해야 할 경우가 발생하면, 먼저 공문으로 통보하도록 되어 있으며, 사건이 진정되면 즉시 군대를 철수시키고 더 이상 남아 있지 않기로 되어 있다.

---

20) 양국 간의 공문 내용을 다룬 다른 기록들에는 6월 7일로 표기되어 있으나, 광서 20년 5월 3일의 양력 환산일은 6월 6일이다.

21) 무쓰 무네미쓰(1844~1897)는 일본의 정치가이자 외교관. 1888년 주미 공사, 1890년 농상무상, 1892년 외무상을 역임했다. 청일전쟁 후 이토 히로부미와 함께 일본 측 전권대표로 이홍장과 강화회담을 하여 시모노세키 조약을 체결하고 막대한 배상금과 영토를 할양받았다.

22) 이홍장(1823~1901)은 청국 말기의 한족계 중신으로 청의 부국강병을 위한 양무운동을 주도한 인물. 태평천국의 난 이후 정계의 실력자로 등장했고, 1870년 직예총독(直隷總督)에 임명되어 25년 간 근무하며 상공업 근대화를 추진했으며, 서구 열강을 상대로 외교를 담당했다. 1882년 조선에서 임오군란이 일어나자 원세개를 파견하여 일본의 조선 진출을 견제했고, 묄렌도르프 등 외국인 고문을 보내는 등 조선의 내정과 외교에 개입했다. 청일전쟁 때는 이홍장의 북양(北洋)육군과 해군이 대부분의 전투를 치렀다. 1898년 청러 밀약, 1900년 의화단 사건 진압 후 열강과 맺은 북경조약 등에서 외교적 수완을 발휘했고, 쇠퇴해 가는 청국 국력을 강화하기 위해 많은 노력을 기울였다.

23) 1885년 청일 양국이 체결한 천진조약을 말함.

본 대신이 방금 조선 정부로부터 온 문서를 확인한 바에 의하면, 전라도 관할 하의 백성들은 성질이 흉악하고 사나워서 동학 교비(敎匪)와 규합해 무리를 지어 마을을 공격하고, 북쪽에 있는 전주를 함락시켰다고 한다.

이미 잘 훈련된 군대를 보내 토벌하도록 했지만 전세가 불리한 데다, 이들을 그대로 방치해 시간을 오래 끌면 우리 청국에도 우환을 많이 끼치게 될 것이라고 말했다. 그러나 임오(壬午: 1882년의 임오군란)·갑신(甲申: 1884년의 갑신정변) 두 차례의 내란 당시에도 중국 군대에 의뢰해 이를 대신 물리치고 진정시킨 전례도 있으므로, (조선 측에서) 그 전례에 따라 얼마간의 군대를 파견하여 속히 와서 토벌을 대신해달라고 간청해왔다.

다만, 사나운 무리들을 소멸시킨 후엔 즉시 군대를 철수시키고, 계속 남아서 방어해줄 것을 간청하여 천병(天兵: 청국 군대)을 오랫동안 나라밖에서 고생하도록 하지는 않겠다고 한다. 본 대신이 판단하기로는 그들의 사정이 절박할 뿐만 아니라, 군대를 파견해 원조한 것은 우리 조정이 속방(屬邦)을 보호하는 오래 전부터의 관례이므로, 상주(上奏)를 올리고 유지(諭旨)를 받들어 직예제독[24] 섭지초로 하여금 정예군을 선발, 대동하여 조선의 전라도와 충청도 일대로 시급히 달려가 폭도들의 성채를 공략하고, 이를 박멸시켜 속방의 내정

24) 직예(直隸)는 하북성 일대 북경과 천진을 품고 있는 정치적 심장부를 가리킨다. 청국의 군 관제는 제독, 총병, 부장, 참장, 유격 순인데 일본에서는 청국 제독을 일본의 중장(군단장), 총병을 소장(사단장)급으로 간주했다.

이 안정되도록 했으며, 조선 내에서 무역하는 외국 사람들이 생업의 안정을 되찾도록 했다.

변란이 평정되는 대로 즉시 군대를 철수시킬 것이며, 조선에 계속 머물게 하지는 않을 것이다. 이상 (천진) 조약에 따라 긴급히 귀 대신에게 이 전보를 보내니 조속히 일본 외무성에 알려주길 바란다.'

이상과 같이 본국으로부터 훈령이 내려왔으므로, 본 사신은 이를 귀 대신께 조회드리옵니다.

청국 특명전권공사 왕봉조(汪鳳藻·왕훵조우)

(2) 1894년 6월 6일, 일본국 외무대신 무쓰 무네미쓰 → 청국 도쿄 주재 특명전권공사 왕봉조

도쿄, 외무부

메이지 27년(1894) 6월 6일

청국 특명전권공사 왕봉조 각하께.

서신으로 삼가 말씀드립니다. 이번 귀국 정부가 조선에 파병하는 데 대해 메이지(明治) 18년(1885) 4월 18일, 일청 양국 정부 사이에 체결된 조약문 제3항에 의거, 공문 조회 서한을 오늘 보내주셔서 잘 알았습니다. 그러나 귀 서한 중에 '보호 속방'이란 구절이 있는 것이 보이는 바, 일본 정부로선 지금까지 조선을 귀국의 속국이라고 인정한 바가 없으므로 여기서 회답을 겸해 언명해두는 바입니다. 본 대신은 이에 거듭 경의를 표합니다.

외무대신 무쓰 무네미쓰

(3) 1894년 6월 7일, 일본국 북경 주재 대리공사 고무라 주타로 → 청국 총리아문 경친왕

북경, 일본 공사관

메이지 27년(1894) 6월 7일

청국 총리아문(總理衙門)[25]과 경친왕(慶親王)[26]과 각 대신 각하께.

서신으로 삼가 말씀드립니다. 조선에 현재 중대한 변란이 일어나 우리나라가 파병할 필요가 있어 일본 정부는 약간의 군대를 파견하고자 합니다. 메이지 18년 4월 18일, 양국 정부가 체결한 조약의 명문(明文)에 따라 청국 정부에 공문으로 알리게 되어 있습니다. 이에 우리 정부로부터 전문을 받아 조회하는 바입니다.

일본국 대리공사 고무라 주타로(小村壽太郎)[27]

---

25) 정식 이름은 총리각국사무아문(總理各國事務衙門). 중국 정부에서 외교 업무를 관장하던 기관.

26) 경친왕(1836~1917)의 이름은 혁광(奕劻)으로 건륭제의 열일곱째 아들 영린(永璘)의 손자이며, 광서제의 황숙이다. 1894년 서태후의 60세 생일 때 경친왕에 봉해졌고, 1908년 철모자왕(鐵帽子王 : 대대로 세습되는 왕의 작위)을 수여받았다. 청국 말기의 마지막 10년 동안 가장 잘나갔던 만주 귀족이다. 1911년 신해혁명 기간 동안 경친왕은 6개월 간 최초의 내각총리대신을 맡았다.

27) 고무라 주타로(1855~1911)는 문부성 해외유학생에 선발되어 하버드대에서 법학을 전공했다. 무쓰 무네미쓰에게 인정받아 청국 대리공사를 역임했다. 그는 주전론자(主戰論者)로서 일본에 승산이 있는 한 전쟁을 하여 국력 신장과 국제사회에서의 지위를 향상해야 한다는 사상의 소유자였다. 1901년 외무대신에 취임하여 영일동맹을 적극 주장했으며, 러일전쟁 때 전시외교를 담당했고, 1905년 일본 전권대사로 포츠머스 강화조약을 조인했다.

(4) 1894년 6월 9일, 청국 총리아문 경친왕 → 일본국 북경 주재 대리공사 고무라 주타로

광서 20년(1894) 5월 6일(양력 6월 9일)[28]

총리아문

일본국 대리공사 고무라 주타로 각하께.

이달 4일(양력 6월 7일), 귀 서한에서 조선에 현재 변란이 있어 약간의 병사를 파견해야 하므로 양국 조약에 따라 파병 조치를 서면으로 조회하라는 귀국 정부의 훈령을 받았다는 취지를 말씀하셨습니다. 우리 청국이 조선의 요구에 따라 군대를 파견한 것은 난민(亂民: 동학당을 말함) 토벌을 원조하기 위한 것으로, 이것은 이전부터 속방을 보호하는 관례가 있었고, 또한 전적으로 조선 내지(內地)의 난민을 토벌하기 위한 것입니다. 난이 평정되는 즉시 철병할 것입니다.

현재 인천과 부산 각 항구의 정황은 조용하지만 통상지이기 때문에 보호를 위해 잠시 군함을 머물게 하고 있을 뿐입니다. 귀국에서 파병하는 것은 전적으로 공사관과 영사관 및 상인들을 보호하기 위한 것이니, 많은 병사를 파견할 필요가 없습니다.

또 조선에서 일본에 파병을 요구한 적도 없으므로 조선 내지로 진입하여 의심을 사지 않도록 해주시고, 우리 병사와 만나게 되면 언어가 통하지 않고, 군례(軍禮)가 달라 혹시라도 생각지도 않던 돌발사고가 생길 우려가 있습니다. 위와 같은 사정을 귀하께서 귀국 정

28) 원문은 '광서 27년'으로 기록되어 있으나 '광서 20년'으로 바로잡음.

부에 전보로 말씀을 전달해주시길 희망하는 바입니다.

청국 총리아문과 경친왕

(5) 1894년 6월 12일, 일본국 북경 주재 대리공사 고무라 주타로 → 청국 총리아문 경친왕

메이지 27년(1894) 6월 12일[29)]

북경, 일본공사관

총리아문 경친왕 각하께.

이달 9일에 보내주신 서한을 보니 귀국이 조선에 파병한 것은 과거부터의 속방을 보호하는 관례에 따른 것이고, 일본이 다수의 병력을 파견할 필요가 없다고 했으며, 또 조선 내륙으로 진입해선 안 된다는 뜻을 전해왔습니다. 본관은 신속하게 그 뜻을 우리 정부에 전보했는데, 지금 우리 정부의 회답 전보를 받았습니다. 이에 따르면,

'우리 일본 정부는 아직까지 조선이 귀국의 속방이란 점을 인정하지 않고 있으며, 이번에 조선에 파병한 것은 제물포조약에 의거한 것이고, 출병 절차는 천진조약에 의거 조치한 것이다.

또 일본 정부가 파견하는 군대의 수가 많고 적음은 일본 정부 스스로 결정할 일이며, 그 행동의 여하에 있어서도 갈 필요가 없는 곳이라면 물론 가지 않겠지만, 남의 제지를 받아야 할 이유는 조금도 없다. 또 양국 군대가 조우해 언어 불통과 군대의 규율이 서로 다르

29) 원문은 '명치 27년 6월 20일'로 기록되어 있으나, '메이지 27년 6월 12일'로 바로잡음.

기 때문에 생각지도 않던 일이 발생할 수 있을 것이라는데 대해선, 일본 병사는 규율을 엄히 지키므로 귀국 병사와 조우하더라도 이유 없이 함부로 소란을 피우는 일은 없을 것이다. 이는 우리 정부가 굳게 믿는 바이다.'

이에 회답합니다.

일본국 대리공사 고무라 주타로

(6) 1894년 6월 17일, 일본국 외무대신 무쓰 무네미쓰 → 청국 도쿄 주재 특명전권공사 왕봉조

메이지 27년(1894) 6월 17일

도쿄, 외무부

청국 특명전권공사 왕봉조 각하께.

그동안 양국 간에는 담판이 이루어졌습니다. 도쿄 주재 청국 공사와 우리 외무대신(무쓰 무네미쓰)과의 담판도 있었고, 청국 공사가 본 대신을 내방(來訪)했을 때 우리 정부의 의사를 충분히 전달했습니다. 우리 정부는 다음과 같은 서한을 통해 청국에 새로운 제안을 전달했습니다.

'서한으로 말씀드립니다. 조선에서의 현재 사변과 선후(先後) 대책에 관하여 어제 면담했을 때, 일본 정부의 제안으로 귀국 정부와 협의한 요지는 다음과 같습니다.

– 조선 사변과 관련하여 일청 양국이 서로 합심해서 조속히 난민

진압에 나설 것.

– 난민을 평정한 후엔 조선의 내정을 개혁하기 위해 일청 양국에서 상설위원 수 명을 조선으로 파견, 다음과 같은 사항을 목적으로 그 조사에 종사토록 할 것.

1) 재정을 조사할 것.

2) 중앙정부와 지방 관리를 도태시킬 것.

3) 필요한 경비병을 배치하여 국내의 안녕을 유지할 것.'

이상, 만약을 위해 재차 말씀드리며 본 대신은 이에 거듭 경의를 표하는 바입니다.

외무대신 무쓰 무네미쓰

(7) 1894년 6월 21일, 청국 도쿄 주재 특명전권공사 → 일본국 외무대신 무쓰 무네미쓰

광서 20년(1894) 5월 18일(양력 6월 21일)[30]

도쿄, 중국 공사관

일본국 외무대신 무쓰 무네미쓰 각하께.

이번에 본 대신이 우리 정부가 전문으로 지시한 것을 접수해보니, 귀 정부가 협의하자고 했던 조선사변과 사후 처리문제에 대해 이미 충분한 고려를 하고, 다음과 같이 회답을 드립니다.

1) 조선의 변란은 이미 평정되었으므로 이제는 청국 병력이 이를

30) 원문은 '광서 20년 5월 17일'로 기록되어 있으나 '광서 20년 5월 18일'로 바로잡음.

대신 토벌할 번거로움이 없어지게 되었다. 따라서 양국이 공동으로 토벌하자는 의견은 쓸 데 없는 논의가 되었다.

1) 조선 스스로 정치 개혁을 시행하도록 하고, 중국은 조선의 내정에 간여하지 않을 것이다. 일본은 조선을 자주독립국으로 인정했으므로, 당연히 내정에 간여할 권리가 없다.

1) 변란 평정 후 철병 문제는 광서 11년 조약(1885년 천진조약)에 갖추어져 있으므로 다시 재론할 필요가 없다.

이상, 이미 귀 대신을 면회하여 말씀드렸으나 재차 문서로 조회하오니, 번거롭더라도 조회하시길 바랍니다.

청국 특명전권공사 왕봉조

(8) 1894년 6월 22일, 일본국 외무대신 무쓰 무네미쓰 → 청국 도쿄 주재 특명전권공사 왕봉조

메이지 27년(1894) 6월 22일

도쿄, 외무부

청국 특명전권공사 왕봉조 각하께.

각하께서 귀국 정부의 훈령에 따라 조선 변란의 진정과 사후 수습 방안에 관한 일본 정부의 제안을 거부한다는 의사를 음력 메이지 27년 5월 18일(양력 6월 21일)자 서한으로 전달한 것은 모두 잘 알았습니다. 돌이켜보건대, 조선의 현 정세를 고찰하는데 있어 귀 정부와 의견을 같이할 수 없음을 우리 정부가 유감으로 여기는 바입니다.

기왕의 사건에서 더듬어 볼 때 조선반도는 붕당(朋黨)으로 인한 내분과 폭동의 온상이 되어버리는 등 참상을 드러냈고, 이 같은 사변이 자주 발생한 이유는 독립국으로서의 책임을 다할 수 있는 요소를 결여했기 때문이라고 확신하기에 충분합니다. 영토의 인접성과 무역의 중요성을 감안하더라도, 조선에 대한 우리나라의 이해관계는 대단히 긴요하고도 중대하기 때문에 조선 내의 참상과 비관적인 상황을 수수방관하기 어렵습니다.

정세가 이와 같이 되어가는 데도 불구하고 일본 정부가 이를 돌아보지 않으면 평소 조선에 대한 교린의 우정에 어긋날 뿐만 아니라, 우리나라의 자위책에도 위배된다는 책망을 모면할 길이 없습니다. 우리 정부에서 조선의 안녕과 질서를 구제하기 위해 여러 계획을 시행할 필요성은 이미 전술한 바 있습니다. 이것을 간과할 수 없는 지금으로선 의심하여 망설이다 시행하지 않고, 시일을 헛되이 보내면 조선의 변란은 오래도록 만연할 것입니다.

그러므로 철병은 반드시 조선의 안녕과 질서를 유지하고, 정치적 도의에 마땅함을 보증하기 충분한 사후수습책을 협정하지 않으면 결행할 수 없습니다. 또 일본 정부가 철병을 쉽게 결행할 수 없는 이유는 천진조약의 정신에 의거한 것일 뿐만 아니라, 사후수습을 잘하는 득책이 될 수도 있다고 생각했기 때문입니다.

본 대신이 이처럼 흉금 없이 진실을 토로하는 것이 비록 귀국 정부의 의견에 상치되더라도 일본 정부는 결단코 조선 주둔군의 철수를 명령하진 않을 것입니다. 이상 회답과 동시에 본 대신은 거듭 경의를 표합니다.

외무대신 무쓰 무네미쓰

(9) 1894년 7월 14일, 일본국 북경 주재 대리공사 고무라 주타로 → 청국 총리아문

메이지 27년(1894) 7월 14일

북경, 일본공사관

총리아문 각하께.

메이지 27년 7월 9일, 귀 아문(衙門)에서 조선 사건에 대하여 면담할 때 귀 왕(汪) 대신(왕봉조)이 진술한 내용을 모두 당일 우리 외무대신에게 전보했습니다. 지금 우리 정부로부터 답신이 도착했습니다. 그 내용은 다음과 같습니다.

'조선에 자주 변란이 생기는 것은 그 내정이 문란하기 때문이다. 우리 정부는 조선에서 일청 양국의 관계가 중요하므로 지금 조선의 내정을 개혁하여 변란을 미연에 방지하고자 일청 양국이 전력을 다하여 이를 행해야 한다는 견해를 가지고 있어 이 같은 의사를 청국 정부에 제출했다.

그러나 뜻밖에도 청국 정부는 이 제의에 따르지 않고 오로지 철군하는 한 가지 일만을 바라니 실로 우리 정부가 매우 의아하게 여기는 바이다. 또한 북경 주재 영국 공사는 우의를 중히 여겨 일청 양국으로 하여금 타협의 결말을 맺도록 하기 위해 애써 조정한 모양이지만, 청국 정부는 여전히 철병만 주장하여 티끌만큼도 우리 정부의 의사에 응할 기색이 없다. 판단컨대 청국 정부는 속셈이 있어 일을 벌여놓는 것이다. 이는 일을 꾸미기 좋아하는 것이 아니고 무엇인가? 따라서 앞으로 예상치 못한 사변이 발생하더라도 우리 정부는 그 책임을 지지 않는다.'

이상의 뜻을 전달해왔으므로, 위의 전보 번역문을 첨부하여 이에 말씀드립니다.

일본국 대리공사 고무라 주타로

02
청일전쟁의 원인
(이승만)

청국이 일찍 개화하여 자기 나라를 먼저 튼튼히 하고 대한(大韓)을 개화시켰다면 일본이 싸움을 걸어올 기회를 얻지 못했을 것이다. 그러나 청국은 과거의 방식만 고집하다 조선을 잃어버리고 국제사회에서 큰 망신을 당했다며 분을 참지 못하고 있다. 생각컨대 만약 대한이 세계정세를 먼저 알았더라면 처음부터 이런 일은 생기지도 않았을 것이다.

대개 청일전쟁으로 인해 대한이 독립국임이 세상에 알려졌으니 전쟁이 일어나지 않은 것보다는 낫다고 생각할 것이다. 그러나 그 내막을 들여다보면 이렇게 대한의 독립을 세상에 선포한 것이 일본에게는 영광이지만, 우리에게는 수치다. 사람이 오죽 변변치 못하면 제 권리를 제 손으로 찾지 못하고 이웃 친구가 대신 찾아줄 지경이 되었겠는가.

다른 나라 사람들은 몇 만 명의 목숨을 바쳐가며 잃었던 독립 권리도 찾아서 보호하는데, 우리나라는 그것이 당연한 권리라는 것을 애초부터 몰랐기 때문에 대한의 독립을 한 번도 주장하지 못했다. 그러던 중 일본이 우리 대신 일어나 싸워주고 세계를 향해 생색내며 자랑하자 남들이 모두 의로운 싸움이라고 일본을 칭찬했다. 이는 진실로 우리에게는 분하고 원통한 일이다. 대한의 관리와 백성들이 이를 분하게 여겨 내 나라 독립을 우리 손으로 떨쳐보기를 한마음으로 결심한다면 이 수치를 씻을 날이 있을 것이다.

이를 분하게 여길 줄 알려면 먼저 그 내막을 알아야 한다. 그러자면 될 수 있는 대로 이런 종류의 책을 많이 보아 외국의 형편과 내 나라 형편을 자세히 공부하는 것이 급선무다.

오늘날 세계에 통용되는 국제법에는 속국으로 분류하는 몇 가지 조건이 있다. 우선 그 나라 내정을 상국(上國)이 간섭하여 임금이 임의로 결단하여 처리하지 못하며, 외국과 국교를 수립할 권리가 없어 다른 나라와 조약을 체결하려면 상국이 대신 공사를 보내 정해 준다. 청국은 약 200여 년 전에 맺은 대수롭지 않은 언약[31]을 이유로 거드름을 피우며 상국 행세를 했다. 옛날 관습으로 해마다 사신이 들어가 공물(貢物)이라는 명목으로 약간의 물건이나 받으면 흡족하게 여겼을 뿐 정치적으로는 일체 상관하지 않았다.

이때 동양에서 일본이 먼저 깨어나 세상 돌아가는 형편을 보니 옛법만 고집하다가는 아시아가 모두 위태로울 지경이었다. 청국은 국제 정세에 어두워 점점 쇠약해져가고, 러시아는 동으로 진출하여 매

31) 병자호란 때 청나라와 맺은 강화조약.

년 청국 북방의 영토를 침탈해갔다. 또한 이전에 소위 청국의 속국이라던 나라들을 30년 동안 차례로 남에게 빼앗겨 태국, 미얀마, 베트남, 오키나와 등 여러 나라를 모두 잃고 대한 하나만 남았는데, 끝내 청국의 속국이라고 하다가는 대한마저도 누구의 손아귀에 들어갈지 모르는 상황이다. 오직 독립을 이룩해야만 국제법의 보호를 받을 권리가 생길 것이다.

본래 미국은 세계에서 남의 권리를 빼앗지도 않을 뿐더러 남의 권리를 보호해주는 것을 의리로 아는 나라다. 때문에 조선과 통상하기 전에 청국 조정에 조선과 어떤 관계인지를 물었다. 당시 청국은 영국, 프랑스와 두 세 차례 전쟁을 치른 후부터[32] 서양 각국을 호랑이 같이 무서워하고 있었다. 또 무슨 사건이 날까 두려워한 청국은 조선과 아무런 관계도 아니라고 대답했다.

일본과 미국이 즉시 조선과 조약을 맺고 독립국으로 예우하여 한성(서울)에 주재할 공사를 보냈다. 청국은 미국과 일본의 의도를 짐작하였으나 어리석은 생각에 겉으로는 조선이 속국이 아닌 체하고 속으로는 속국으로 취급하고자 했다.

그래서 황사림(黃仕林·황츠린)[33], 오장경(吳長慶·우창칭)[34], 원세

32) 아편전쟁, 청불전쟁을 가리킴.

33) 1882년 임오군란 후 조선에 파병된 청국 장군 중의 한 명.

34) 임오군란이 발생하자 청국은 통령수사제독(統領水師提督) 정여창, 광동수사제독(廣東水師提督) 오장경, 마건충(馬建忠·마첸중) 등을 조선에 보내 군란을 수습했다. 4,000여 명의 군사를 이끌고 조선에 온 오장경은 대원군을 납치하여 천진으로 압송하고 대원군파를 숙청한 다음 민 씨 정권을 복귀시켰다. 원세개와 함께 남아 조선의 병권(兵權)을 장악하고 조선의 내정과 외교에 깊이 개입했다. 오장경 부대가 조선으로 올 때 병참업무를 지원할 상인

개(袁世凱·위안스카이)[35] 등을 차례로 보내 위엄을 보이고, 은혜를 베풀어 민심을 얻으려 했다. 한편으론 조선의 관리들을 회유하여 은밀히 말하기를 "우리가 세상에서 가장 강한 대국이니 조선은 속국된 직책만 잘 지키면 우리가 다 보호해주마" 하며 흥선 대원군을 강제로 청국으로 데려가니 무례함이 막심했다.

외국인들도 청국이 그렇게 하는 속내를 알고 있었지만, 그들은 "청국이 이미 공문으로 조선은 속국이 아니라 했으니 그러한 비공식적인 행동은 어리석은 짓이다. 조선 신민이 깨달아 다른 나라로부터 무례한 대접을 받지 않는다면 관심을 기울일 필요가 없다"며 무시했다. 그러나 일본은 자기와 직접 관계가 있으므로 청국의 이런 행동을 몹시 미워하여 틈만 나면 조선 관리에게 알아듣도록 권유하며 청국의 술수에 넘어가지 않도록 힘써 막았다.

당시 조선 사람들은 개명하지 못하여 독립이 무엇인지도 모르고, 소위 상국을 배반하지 않는 의리가 있다 하여 대부분 청국의 종노릇하는 것을 당연하게 여겼다. 또한 청국을 세계에서 가장 큰 나라로 알고 태산같이 믿었기에 설령 독립이 좋은 줄 알아도 감히 독립하겠

40여 명이 함께 왔는데, 이들이 우리나라 근대 화교의 시조(始祖)다. 고종은 청국 군대가 임오군란을 평정한 공을 기려 오장경 부대가 주둔했던 옛 동대문운동장 인근에 '오무장공사'란 사당을 세웠다. 이 사당은 1978년 연희동 한성화교중학 뒷동산으로 이전되었다.

35) 원세개(1859~1916)는 청국 말기의 개혁파 각료다. 이홍장이 지휘하던 안휘군(安徽軍)에 들어가 경력을 쌓기 시작했는데, 이 부대가 1882년 임오군란 직후 일본의 조선 침략을 막기 위해 조선에 파병되었다. 원세개는 1885년 조선 주재 총리교섭통상사의(總理交涉通商事宜), 1901년 직예성(直隷省) 총독, 내각 총리대신, 1912년부터 1916년까지 중화민국 초대 대총통에 올라 중국 근대화와 국방계획에 큰 역할을 했다.

다는 마음을 먹지 못하였을 것이다.

이에 일본은 더욱 분하게 여겨 심지어 조선을 치자는 정한론(征韓論)이 일어나고 군사력을 길러 무력으로라도 기필코 청국과 시비를 가리려고 작정한 지 오래였다. 그런 까닭에 일본은 1885년 4월 18일에 청국과 천진(天津·톈진)조약[36]을 체결하여 조선에 무슨 일이 있어 군사를 파견할 일이 생기면 서로 상대방에게 먼저 알리기로 했다.

그러나 청국은 이 조항에 무슨 뜻이 숨겨져 있는지 상세히 알지 못했다. 또한 일본을 과거의 허약한 일본으로만 알고 업신여기며 조약 내용만 철석같이 믿어 의심치 않고 여전히 세계정세에 어두운 채로 지내다 1894년 갑오년에 동학란이 발생하자 속국을 보호한다고 경솔하게 조선에 병력을 보냈다가 일본과 전쟁이 벌어져 봉변을 당하고, 수도 북경까지 위태로운 상황이 되어서야 비로소 조선의 독립을 허락한다고 선언했다. 비록 이 사건의 빌미를 동학당이 제공했다 하나 실상은 청국과 대한이 세계정세에 어두워 그 원인을 제공한 지 오래였다.

우선 청국에 대해 말해보자. 청국이 진작부터 세상 돌아가는 사정을 깨달아 먼저 정치를 개명한 후 소위 속국이라는 몇몇 나라를 자기들이 직접 가르쳐 개명시켜 놓고, 국제법의 이치에 따라 내정도 간섭하며 외교정책의 기본 방향을 지시하고 이끌었다면 다른 나라가 처음부터 침범할 생각을 못했을 것이다. 그러나 청국은 이를 제

---

36) 1885년(고종 22년) 4월 18일 청국의 이홍장과 일본 제국의 이토 히로부미 사이에서 조선 내에서의 세력 균형을 위해 맺은 조약.

대로 시행하지 못해 상책(上策)을 잃어버렸다.

이미 상책을 잃었으나 위태로운 상황을 알았으므로 남이 호의로 권하는 말을 들어 조선은 당당한 독립국이라고 세계에 선포하고, 대한을 진실되게 설득하여 스스로 변하게 했더라면 이웃 나라를 보호하려고 서로 의지하여 서양 각국들을 막자는 의리가 점잖다는 칭찬도 듣고 체면도 섰을 것이다. 그러나 이것도 제대로 못했으니 중책(中策)마저 잃었다.

급기야 전쟁에 이르게 되자 일본은 작심하고 나서서 적당히 넘어가려는 청국의 낡은 풍습을 없애려고 공문을 보내 자신들의 뜻을 분명하게 밝혔다. 진작 일본의 생각을 파악하고 의심을 풀어줬다면 비록 하책(下策)이나 그다지 낭패를 당하지는 않았을 것이다. 그러나 청국은 일본의 의심을 풀어주지도 않고 여전히 세상 물정에 어두운 채 조선을 또다시 속국이라고 고집했다. 청국의 이러한 태도는 대한과 통상하는 여러 나라의 권리에도 영향을 미치게 되므로 그 잘못이 크다.

다음은 일본의 입장이다. 일본이 대한 독립을 위해 청국과 싸운 것은 자기 나라의 이익을 위해서였지 이웃 나라에 대한 의리 때문은 아니었다. 그때 대한의 영토를 탐내거나 다른 이익을 도모하지 않은 이유는 각국의 여론 때문이었으므로 전혀 은혜라고만 할 수도 없지만, 1894년을 전후로 대한의 독립을 위해 힘쓴 것은 세상에서 모두 칭찬하고 있다.

만일 일본이 처음부터 끝까지 변함없이 자신들의 정책을 옳게 행사했다면 오늘날 동양 형편이 이렇게(왕실이 러시아 영사관으로 옮겨가고 혁신당의 갑오경장 실패) 되지는 않았을 것이다. 천만 뜻밖에 을미년 사변을 일으켜 감히 남의 나라 만세 국모(國母: 명성황후)를 시해하여 신민의 공분(公憤)을 일으키고 양국의 교제를 손상하여 대한의 형편이 크게 변했다.

일본은 대한에만 죄를 지은 것이 아니라 동양의 대세(大勢)를 그르쳐 각국의 이해관계에도 나쁜 영향을 미쳤다. 비록 서울에 주재하던 미우라 고로(三浦梧楼)[37] 공사가 역당을 동원하여 제 마음대로 일을 벌인 결과라고 하나 일본 정부가 그 책망을 면할 수 없고, 조선에 수비 병력을 두어 남의 독립 권리를 침해했으니 당초 목적과는 크게 다른 것이다. 속히 군사를 철수하여 국제법을 준수하게 하며, 대한의 독립을 위해 싸운다는 애초의 명분을 지켜 이전의 모든 잘못에서 벗어나게 하는 것이 옳다.

대한의 경우, 영·미 각국과 통상조약을 체결한 날부터 이를 세계에 널리 알리고 자주독립국으로 처신하였다면, 이미 다른 나라들이 우리의 독립을 인정하여 조약을 체결하고 공사를 보냈으므로 반대할 사람이 없을 것이다. 더욱이 대한이 조약을 체결할 때 청국은 우

37) 미우라 고로(1846~1926)는 사무라이 출신으로 일본 육사 교장 등을 지냈다. 1884년 서구 및 미국을 시찰했고 1888년 예비역에 편입되어 궁중 고문관, 귀족원 의원이 되었다. 1895년 삼국간섭 이후 명성황후가 러시아 세력을 끌어들여 친일 내각을 무너뜨리고 친러 내각을 구성하자 이노우에 가오루의 후임으로 조선에 부임했다. 10월 8일 일본인 자객을 앞세우고 경복궁으로 쳐들어가 명성황후를 시해하고 그 시신(屍身)을 불태우는 범죄를 저질렀다. 명성황후 시해 장면은 당시 궁궐에 있던 미국인 윌리엄 다이(William McEntyre Dye)와 러시아인 기사 사바틴(H. N. Sabatin)이 현장을 목격함으로써 알려지게 되었다. 미우라 고로는 본국에 소환되어 잠시 투옥됐다가 곧 석방되었다.

리 내정에 간섭하지 못했고, 대한이 다른 나라와 조약을 체결할 때도 대한의 뜻대로 하는 것에 대해 말 한마디 못했다. 뿐만 아니라, 만약 청국이 항의한다 하더라도 대한은 독립국이라고 한 말이 있기 때문에 그렇게 할 형편도 아니었다.

당시 서양 각국은 러시아를 막기에 전력하여 유럽으로 나오지 못하도록 했더니 러시아가 다시 아시아 동편으로 진출하기 위해 시베리아 철도를 건설하자 사정이 점점 급하게 되었다. 일본이 이 사실을 알고 하루빨리 진보하여 러시아의 동진을 견제할 전략을 연구하고 있을 때 대한과 청국은 정신을 못 차리고 잠을 자는 형세였으니 항상 염려하던 상황이었다.

만일 대한이 이 기회를 틈타 국제법에 따라 자주 독립권을 찾고 근대개화에 나섰다면, 대한만을 위해서가 아니라 아시아에서 러시아의 영향력이 확대되는 것을 싫어하여 다른 나라들이 스스로 힘을 합쳐 대한을 보호하며 개화를 도와주었을 것이다.

이런 국제정세의 흐름을 알지 못한 채 무슨 까닭인지 관민이 한마음으로 남의 종노릇 하는 것을 달게 여겨 좋은 기회를 잃고 제 몸 하나 편할 도리만 생각하다 세계에 큰일이 생기게 하고 비로소 당당한 권리를 찾았지만, 이는 남의 체면만 세워주고 나는 바보 노릇을 한 것이니 남의 책망을 면하기 어렵게 되었다.

조선의 백성들이 오래 전부터 부패한 탐관오리들의 착취행위로 도탄에 빠져 민심이 사나워진 것은 자연적인 현상이라고 할 것이다. 만일 탐관오리들의 부패한 행동에 격분하여 일어나더라도 법을 위반하지 말고 범위를 벗어나지 말고 올바른 방향으로 차분하게 대책을 세우려 했다면, 정부는 마지못해서라도 전국의 민심을 따라 그에 합당한 조치를 취했을 것이고, 나라에 큰 도움이 되었을 것이다.

그런데 동학이라 이름하고 어리석게 정감록에 무슨 말이 있다, 혹 무슨 귀신을 부린다 하여 천하고 무식한 말을 믿고 도처에서 소요를 일으켜 필경 난민이 되고 말았다. 이는 내 나라에만 죄를 지은 것이 아니라 세상에 큰 죄를 지은 것이다. 기왕 일은 세상 물정에 어두워서 모르고 그랬다 치고 한번 경험한 후에는 능히 짐작할 만하거늘, 들으니 지금도 어리석은 백성들이 요사한 말을 믿고 작당하여 기도를 한다 하며, 부적을 써서 민심을 현혹케 하는 자들도 있다고 한다. 저들의 어리석음은 이루 말할 수 없거니와 나라를 위해서도 대단히 위태로운 일이다.

최근에 청국에 의화단(義和團)[38]이라는 것이 생겨 동학과 같이 난리를 일으켜 북경을 침범하여 각국 공·영사를 살해하고 기독교 회당을 불 지르고 외국인을 몰아낸다고 하여 각국의 보호병과 여러 번 싸웠다. 천하가 군사를 일으켜 청국으로 들어가니 앞으로 어떻게 될지 모르겠으나 필경 천하에 큰 난리를 만들고, 자기 나라를 망하게

---

38) 청나라 말의 비밀결사 조직으로 청국 전복과 외세 배격을 목표로 무장 봉기를 일으켰다. 의화단은 철도, 교회, 전선 등 외래 문명을 파괴하고 기독교도와 서양 선교사들을 살해했다. 1900년 6월, 의화단이 북경의 외국 공관을 공격하자 서태후는 그들을 의민(義民)으로 규정하고 열강에 선전 포고했다. 이에 러시아, 일본, 독일, 영국, 미국, 이탈리아, 오스트리아, 프랑스 8개국이 파병하여 북경을 함락시키고 양자강 이북 지역을 점령했다. 이홍장은 1901년 9월 7일 열강들에게 거액의 배상금을 지급하고 열강들의 중국 내 군대 주둔 인정, 적대행위 금지 등을 약속하는 신축 조약을 체결하여 의화단 운동은 막을 내렸다.

하고 끝내는 자기들도 다 죽을 것이다.

청국이 1894년에 자기들보다 국력이 약한 일본에게 여지없이 패하고도 오늘날까지 목숨을 부지하는 이유는 자기들의 힘이 넉넉해서가 아니라 각국이 서로 세력을 다투는 상황이었기 때문이다. 이런 형편을 우리가 자세히 알아서 기회를 잃지 말고 외교와 내치를 잘하면 남들이 우리를 넘겨다보는 행위가 다 막힐 것이다. 그럼에도 천하를 반대하여 여러 나라가 군사를 일으키도록 하니, 나라 하나 망하는 것은 순식간의 일이거니와 동서양에 큰 난리를 자기들 손으로 만들어 놓으니 어찌 애달프지 않겠는가.

더욱이 이 전쟁의 결과에 나라의 운명이 달린 대한이 가장 위태롭다. 그러나 이는 세계정세에 달렸으므로 어찌할 수 없다. 내가 간절히 바라는 바는 우리나라 신민들이 이제까지는 세상 물정에 어두워서로 실수가 있었으니 탓하지 말고, 오늘부터라도 위태로운 형편을 분명히 깨달아 청국이 스스로 불러들인 참화의 행적을 교훈으로 삼고, 앞으로 오는 기회를 잃지 않는다면 국가나 세계에 다행일 것이다. 그중에 관민이 극히 조심할 것은 이런 상황에 처하여 지방에서 작은 소요라도 일어나면 난민이 된 백성이 먼저 죽을 것이고, 나라가 위태롭게 될 터이니 크게 염려할 일이다.

03
청국 **관보**(官報)에 반포한 **조칙**(詔勅)[39] 21 건

(1894년 8월 1일~1895년 12월 3일)

(1) 1894년 8월 1일, 청국 황제 광서제(光緖帝)[40]의 조칙(청의 선전포고)

조선이 우리의 속국이 된 지 200여 년이 되었으며, 해마다 정성껏 조공을 바쳐온 사실은 세상이 모두 알고 있다. 최근 10여 년 사이에 조선에 내란이 자주 일어나 늘 위태롭기에 매번 군사를 파견하여

39) 황제나 국왕이 백성들에게 내리는 명령이나 널리 알릴 내용을 적은 문서.

40) 광서제는 청국 제11대 황제(재위 1875~1908). 묘호는 덕종(德宗)이며, 몽골말로 빠다라올트 투르 칸. 청국 역사상 최초의 방계 혈통 출신 황제다. 큰어머니이자 이모인 서태후(西太后)의 지원으로 즉위했으며, 즉위 초에는 서태후가 섭정을 했다. 청일전쟁에서 패하여 대만이 일본으로 넘어가는 등 열강의 각축이 치열해지자 광서제는 강유위(康有爲·캉유웨이), 양계초(梁啓超·량치차오) 등 신진 엘리트들을 등용, 일본의 메이지유신을 모델로 한 무술(戊戌)개혁을 실행하여 근대화를 추진했다. 강유위 등의 지식인들은 개혁운동을 벌였으나 서태후, 이홍장 등이 반격하여 개혁은 실패하고 서태후의 섭정이 재개됐다. 1908년 서태후가 죽기 바로 전날 사망했다. 광서제 사후 청국 제12대 황제에는 세 살짜리 애신각라부의(愛新覺羅溥儀)가 즉위했다. 그가 선통제(宣統帝)인데, 재위기간은 1908~12년이다.

안정시키고, 사신도 보내 한성에 머물며 보호하게 하였다.

금년 4월에 떼를 지어 다니며 약탈과 살인을 일삼는 무리들이 다시 일어나(동학 농민운동을 말함) 형세가 흉흉하고 사태가 위급하자 구원병을 보내달라고 요청하여 이홍장에게 군대를 동원하여 사태를 안정시키라고 명령하였다. 이에 우리 군사가 충청도 아산에 이르자 약탈과 살인을 일삼던 무리들이 물결같이 흩어졌다.

그런데 왜인이 사전에 허락도 없이 군사를 일으켜 갑자기 한성에 돌입하고, 1만여 군사를 더 보내 조선을 억압하며 내정을 개혁하라는 등 위협이 극심했다. 지난 몇 년 사이에 우리가 조선을 잘 다독여 스스로 내정을 처리할 수 있도록 하자 일본이 그동안 조선과 조약을 체결하면서 조선에 군사를 주둔시킨다든지 무리하게 정치제도를 개혁하자는 내용은 없었다. 세계 각국은 일본이 군사를 일으킨 것에 대해 시비하며 하루속히 조선에서 병력을 철수하여 사리에 맞게 처신하라고 조언하고 있다. 일본은 이런 충고를 듣지 않고 오히려 군사를 더 보내 조선 백성과 우리 상인들을 놀라게 했다.

이에 우리가 병력을 동원하여 조선을 보호하자 일본 선박이 아산 앞바다에서 대포를 발사하여 우리 군함을 공격해 파손시켰다.[41] 그 간사스럽고 교활한 움직임은 실로 생각하지 못했던 바다.

저들이 약조를 어기고 국제법도 무시한 채 제멋대로 행동하여 세계의 여론이 일고 있으니 그 책임은 일본에게 있다. 이를 천하에 널리 알리니 우리가 이 일을 처리함에 있어 우리의 의사대로 사람으로

41) 청일전쟁의 시발점이 된 풍도해전을 말함.

서 해야 할 도리를 다했지만, 왜인이 맹세를 어기고 불화를 야기하여 무리함이 극심하다.

이를 용서할 수 없어 이홍장에게 명을 내려 장수를 징발하며 대군을 보내 왜군을 신속히 물리치고 조선 백성을 도탄에서 구하고자 한다. 장수들과 대신들은 단단히 경계하여 왜인의 병선(兵船)을 만나는 대로 쳐부숴라. 한걸음이라도 물러서면 죄를 면치 못할 것이니 이대로 각 군을 지휘하라.

(2) 1894년 8월 3일, 황태후(西太后)[42] 조칙

이홍장의 전보를 보니 직예(直隸)제독 섭지초(葉志超·예츠초우)[43]의 군대가 아산 등지에서 6월 25일(양력 7월 27일), 26일(양력 7월 28일)에 왜인과 접전하여 왜인 1,000여 명을 죽였다고 하니 그 용맹

---

42) 서태후(西太后: 1835~1908)는 함풍제(咸豊帝·1850~61 재위)의 부인이자 동치제(同治帝·1861~75 재위)의 어머니, 광서제(光緒帝·1875~1908 재위)의 양어머니로 청 제국을 반세기 동안 지배한 중국 역사상 강력한 여성 지배자 중의 한 사람이다. 서태후는 함풍제의 후궁으로 1856년 황제의 유일한 아들을 낳았다. 황제가 사망하자 6세 된 아들이 동치제로 즉위하여 서태후가 섭정을 했다. 동치제가 사망하자 서태후는 제위 계승 원칙을 무시하고 네 살짜리 조카를 양자로 삼아 제위를 넘겨주었는데, 그가 광서제다. 1889년 서태후는 은퇴하여 북경에 재건한 이화원(頤和園)에서 기거했다. 청일전쟁에서 패한 지 3년이 지난 1898년 광서제가 개혁주의자들과 함께 급진적인 계획을 추진하자, 수구파 관료들이 서태후 주위에 집결하여 개혁세력을 탄압했다. 광서제는 궁에 연금되었고 서태후가 다시 섭정을 시작했다. 1900년 의화단 사건으로 열강 8국 연합군이 북경을 장악하자 서태후는 북경을 떠나 치욕스러운 강화조건을 수락했다. 1908년 서태후가 죽기 전날 광서제도 갑자기 사망했는데, 최근 연구 결과 광서제는 서태후의 명으로 독살된 것으로 밝혀졌다.

43) 조선에 파병된 청국 육군 지휘관.

이 실로 가상하다. 그 군사들에게 은자 1만 량을 상으로 내리니 군의 사기를 드높여라.[44]

(3) 1894년 8월 26일, 청국 황제 조칙

섭지초의 군사가 승전한 공으로 황태후의 은혜를 받들어 은자 2만 량을 상으로 내려 군의 사기를 높이도록 하고, 또 전보를 보니 공주로 가려고 할 때 왜병 2만 명이 불의의 습격을 해 왔다고 한다. 이들과 여섯 시간 동안 맞서 싸워 왜병 1,700여 명이 죽고 우리 군사 300명이 부상당했다고 한다.[45] 전략을 세워 수많은 적군을 물리치고 한강을 건너 평양에 진을 쳤으니 장수를 보내 일본군을 공격하도록 하며, 전사(戰死)한 장수와 병졸을 구별하여 한편으론 질책하고, 한편으로는 포상하도록 하였다.

원래 섭지초의 군사 수가 적은데 별안간 몇 배나 되는 적군을 만나 약한 군대로 고립되어 싸우다 이번에 한 번 실수하였으니 공과(功過)가 동일하다. 패한 죄는 특별히 용서하고, 또한 싸움에 패한 병사들은 더위를 무릅쓰고 있는 힘을 다하여 충성을 바쳤으니 기특하다. 가장 심하게 다친 자를 가려 상금을 내리게 하고, 섭지초는 이미 평양으로 들어가 대군과 합류했다 하니 급히 장수들을 거느리고

---

44) 성환 전투 관련 내용은 제2부의 4.2 성환전투(381쪽) 부분을 참조하시기 바람.

45) 섭지초는 성환 전투에서 초기의 승리를 과장하여 본국에 "일본군 2만여 명이 별안간 습격하여 포위했으나 용감히 싸워 일본군 손실 1,700여 명이나 청군 손실은 300명에 불과했다"고 승전보를 전했고, 과장된 이 보고를 접한 본국에서는 광서제가 큰 상을 내렸다.

큰 공을 세워 크게 바라는 뜻을 이루라.[46]

(4) 1894년 8월 26일, 청국 황제 조칙

이홍장의 전보를 보니 섭지초가 전보를 보내 6월 25일(양력 7월 27일)에 성환 지방에서 접전하여 왜병을 무수히 무찌르고 청주와 충주, 김화 등지를 지나다 여러 차례 왜병을 만나 일일이 물리치고 방금 평양에 주둔했는데, 힘써 싸운 자와 패한 자를 가려 상벌을 해달라고 요청해 왔다.

이번에 섭지초가 적은 병력으로 대병(大兵)과 맞서 싸워 6월 27일(양력 7월 29일) 이후로 쳐서 죽인 것이 5,000여 명이 되니, 있는 힘을 다해 싸운 충성스러운 뜻에 대해 마땅히 큰 상을 내릴 것이다. 산서 대동 진총병 섭사성(聶士成·네스청)[47]은 강용파도로(强勇巴图鲁·강용바투루)[48]라는 명호(名號, 이름과 호)를 내리고, 제독 강자강(江自康·강즈캉)은 황마갑[49]을 내려주고, 그 밖의 장수 30여 명은 그 다음가는 상을 주며, 그밖에 전사한 장수나 병사에게는 위로금을 내린다.

제독 섭지초는 힘써 적군을 물리치고도 스스로 죄를 청하니 애처

---

46) 성환 전투에서 패한 청군은 공주에 집결했다가 공주 진지를 버리고 후퇴하여 한 달 만에 평양에 도착했다.

47) 성환 전투에서 청군을 지휘하여 일본군과 전투를 벌였던 청국 총병.

48) 强勇巴图鲁는 청나라 때 용감한 장군에게 황제가 하사하는 칭호이다.

49) 황제가 상으로 내려주는 갑옷. 황색은 황제의 색이어서 일반 사람들은 착용이 금지되어 있었다.

로운 마음이 들어 용서하고, 다시 백옥령관 한 개와 칼 한 자루, 총 한 쌍, 불 끄는 낫 한 자루를 상으로 내리니 속히 각 군을 거느리고 군사의 사기가 좋을 때 개전하여 큰 공을 세우고 큰 상을 받도록 하라.

(5) 1894년 8월 29일, 황태후 조칙

지금 대군(大軍)이 평양에 머물면서 장수와 병사들이 더위를 무릅쓰고 계속하여 출전하니 어렵고 고된 중에 물과 토양이 달라 병이나 나지 않을까 걱정이 크다. 태평단이라는 약 40갑을 내리니 이홍장은 섭지초 군대에 보내 장수와 병사들을 위로하라.

(6) 1894년 8월 29일, 청국 황제의 조칙

왜인이 약속을 배반하고 전쟁을 일으켜 조선을 핍박하니 우리가 군사를 동원하여 왜군을 무찌르기 위해 북양대신 이홍장에게 일체의 군사 관련 업무를 맡겼다. 맡은 책임이 막중한 데 시일이 흘러도 성공하지 못하니 그 책무를 감당하기 어려운 것 같다. 삼안화령(三眼花翎)[50]과 황마갑을 도로 걷어 들여 견책하는 한편 하루빨리 공을 세워 죄를 대신하도록 하라.[51]

---

50) 화령이란 공작의 깃털로 만든 예모에 꽂는 장식물로, 특별한 공적이 있는 5품 이상의 관리에게만 하사되었다. 단안화령, 쌍안화령, 삼안화령의 세 종류가 있는데, 공작의 날개에 붙인 눈알의 수에 차이가 있다. 삼안화령이 가장 높은 공을 상징한다.

51) 1894년 9월 17일 청군이 평양에서 패전한 소식이 북경에 도착하자 어전회의에서 이홍장

(7) 1894년 9월 21일, 황태후 조칙

전쟁을 하려면 군량이 넉넉해야 한다. 호조(戶曹: 경제, 재정 관련부서)에서 제공하는 군량이 있으나, 그밖에 궁내부(宮內府)[52]에서 아껴 모은 은자 300만 량을 호조에 주어 군량과 말 먹이가 부족하지 않도록 하라. 또 출전하는 부대가 쓸 돈 또한 궁내부에서 2만 관을 호조에 내려 이홍장에게 전하여 속히 전쟁터로 보내라.

(8) 1894년 9월 28일, 황제 조칙

얼마 전 이홍장의 전보를 통해 해군이 대동강[53] 위에서 일본군과 접전한 내용을 듣고 전투 중 전사한 장수와 병사들을 불쌍히 여겨 은혜를 베푸는 예식을 행했다. 자세한 정황을 들으니 이번에 해군이 군량 운반선을 보호하여 가다가 졸지에 왜군을 만나 세 시간 동안 우리 배 10척이 왜선 10여 척과 전투를 벌였는데, 악전고투 끝에 우리 육군을 상륙시키고 나서 보니 우리 배 네 척이 손상을 입었고 왜선은 세 척이 파손되었으며, 나머지 여러 척은 많이 부서졌다고 한다.

이 신속하게 병기의 준비에 전념하지 않고, 공을 세운 것이 없으니 황마괘 조끼와 예모에 공작 깃털을 꽂는 것을 금지시키는 처벌을 받았다. 이는 요즘으로 치면 훈장을 패용해서는 안 된다는 가벼운 처벌이었다.

52) 왕실에 관한 사무를 맡아보는 관청.

53) 원문은 대동강에서 접전을 한 것으로 되어 있는데, 내용을 보면 황해 해전을 설명하고 있어, 압록강으로 해석하는 것이 맞다.

제독 등세창(鄧世昌·등시창)[54]은 선두에서 적진을 공격하여 왜선을 불 지르고 물에 떨어져 죽게 된 것을 구해냈으나, 혼자 사는 것이 도리가 아니라면서 강에 빠져 전사했으니 용맹함도 장하거니와 충절이 깊은 죽음이다. 시호(諡號)[55]를 내려 표창할 만하고 유격장군 진금규와 참장 황전인, 이중은 다 품계를 올려주어 그들의 충혼을 위로하라.[56] 전사한 총병 좌보귀(左寶貴·쭤바오쿠이)[57]의 아들을 찾는 것이 좋을 듯하다고 했으니 우선 그의 아들 좌국집(左國楫·쭤궈지)과 좌국동(左國棟·쭤궈동), 좌국장(左國樟·쭤궈장)을 정초에 입궐시켜 알현하도록 하라.[58]

(9) 1894년 9월 28일, 황제 조칙

서울 안의 각국 외교 공관을 각별히 보호해야 한다. 최근 왜인이 난리를 일으켰는데, 이는 서양 다른 나라들은 전혀 상관이 없는 일이다. 그럼에도 불구하고 어리석은 백성들이 시기하는 마음에서 어

54) 치원(致遠)함 함장 등세창은 치원함이 집중 포화를 맞고 크게 파손되어 침몰 위기에 놓이자 정면에 있던 요시노함을 향해 돌격했으나 충돌에 실패하여 침몰했고, 등세창은 배와 함께 수장됐다.

55) 임금이나 정승, 장군 등이 사망한 후 그들의 공덕을 칭송하여 주는 이름.

56) '진금규' '황전인' '이중'의 한자는 현채의 『중동전기』에 등장하지 않는다. 아마 알렌·채이강의 『중동전기본말』을 보고 이름을 넣은 것으로 추정된다.

57) 좌보기는 평양성 전투에서 청군의 선두에서 진두지휘하여 일본군을 습격하는 등 분전하다 장렬히 전사했다.

58) 황해해전 관련 내용은 제2부의 4.4. 황해해전(386쪽) 부분 참조 바람.

수선한 기회를 틈타 성내에 사는 외국인을 공격하여 나라에 큰 걱정을 끼칠 수도 있다. 본국 장관을 단단히 타일러 각처에 파견하여 외국 공관과 외국인들의 신변을 보호하라. 만일 불법을 저지르는 무리가 있으면 엄중히 다스려 용서하지 말라.

(10) 1894년 9월 28일, 황제 조칙

총병 위여귀(衛汝貴·웨이루쿠이)[59]가 대군을 거느리고 있었으나 적병을 만나자 겁을 내고 군대를 퇴각시켜 군사가 모두 흩어지고 군령이 엄정하지 못해 백성의 재물을 탈취했다니 즉시 파직하고 잡아들여 죄를 묻도록 하라.

(11) 1894년 9월 30일, 황제 조칙

전날 송경(宋慶·쑹칭)에게 명하여 군무를 돕게 했으니 조선에 출병해 있는 군대와 동쪽 지방의 봉천성을 방비하는 여러 군병은 모두 송경의 지휘를 받아야 하며, 이를 어기면 군법으로 다스려라.

---

59) 이홍장은 태평천국의 난 진압 과정에서 증국번의 명을 받아 1861년 회군(淮軍)을 조직했는데, 장수성(張樹聲·장소샹)과 주성파(周盛波·주성보), 주성전(周盛傳·주성주안) 형제 등이 휘하 장군이었다. 주성파 형제가 지휘했던 군대를 두 사람 이름의 가운데 자를 따서 성군(盛軍)이라 불렀는데, 주성파 형제가 사망한 후 성군을 물려받은 인물이 위여귀다. 위여귀는 고리대금업이 주업이고 군 지휘관은 부업이었다. 그는 군대 운영비와 병사들의 급료, 식대 등을 고리대금업의 운영자금으로 사용했다. 때문에 위여귀 부대는 청국군 중에서도 군기가 가장 문란하고 부패가 심한 오합지졸의 불량배 집단이었다. 평양의 청군 병력 중 절반 정도가 위여귀의 군대였다.

(12) 1894년 12월 16일, 황제 조칙

송경이 아뢰기를 총병 위여귀는 평소에도 군사를 제대로 대접하지 않았으며, 이번에도 단속을 잘못하여 인민의 원망이 가득하니 그 죄가 매우 크다. 이홍장과 유록(裕祿)에게 명하여 그 동안의 사실이 밝혀지는 즉시 형부에 잡아들여 죄를 지은 값을 치르도록 하라.

제독 섭지초는 공주에서 평양으로 갈 때 한 번 접전도 못하고 쫓겨 퇴각했으면서도 번번이 승전했다고 보고했으니 이것도 다 허위였다. 급기야 평양에서도 싸울 생각 한 번 안하고 흩어져 도망했으며, 그때 안주에 여답의 기병과 보병부대가 있었음에도 지휘하여 지킬 생각은 않고 압록강으로 도망하여 일을 그르쳤다.

해군제독 정여창(丁汝昌·딩루창)[60]은 해군을 총지휘한 지 여러 해 되었음에도 불구하고 개전 후 겁을 내고 여기저기서 군사를 퇴각시켜 일을 낭패하게 만들었다. 여순을 지킬 의무도 저에게 있지만 여순이 함락될 때 구하지 않고 겁을 내어 실패했으니 그 죄를 용서할 수 없다. 섭지초와 정여창을 잡아들여 죄 값을 치르도록 하라.[61]

(13) 1894년 12월 27일, 황제 조칙

60) 정여창은 이홍장에게 발탁되어 1888년 북양함대 총사령관(제독)이 되었다. 육군 출신으로 해군 고위직에 올랐지만 전문적인 해군 교육을 받은 사람은 아니었다. 위해위 해전에서 패전한 후 아편을 먹고 자살했다.

61) 정여창이 9월 17일 벌어진 황해 해전에서 패하고 여순마저 함락 당하자 광서제는 정여창의 북양함대 지휘관 직을 박탈했다.

전에 여순을 빼앗긴 일로 정여창과 공조서를 잡아들이라 하고, 이홍장과 위여성(衛汝成), 황사림의 뒤를 탐지하라 했다. 이병형(李秉衡)이 보고하기를 정여창, 공조서(龔照瑞)와 위여성은 모두 적군을 만나 도주했다고 한다. 위여성은 도처에서 병력을 풀어 노략질을 하다가 급기야 여순구를 빼앗겼으니 소문만 듣고 도망한 죄를 물어 군법으로 처리하고, 이홍장에게 명을 내려 황사림의 행적을 조사하라.

(14) 1895년 1월 6일, 황제 조칙

총병 위여귀는 전쟁에 나갔으나 제 몸만 돌보다가 전부 패하고 군량을 매우 줄여 백성을 노략질했다고 하니 엄히 다스려라.

(15) 1895년 1월 9일, 황제 조칙

이홍장의 보고를 들으니 황사림은 여순구를 빼앗긴 후 고향 풍현(豊縣) 땅으로 돌아갔고, 조회업(趙懷業·초우화이예)과 위여성은 아직 종적을 모른다고 한다. 이는 틈을 타서 멀리 도망간 것이 분명하니 지방관들에게 단단히 일러서 잡아 바쳐라.

(16) 1895년 1월 14일, 황제 조칙

얼마 전에 대병력이 북경에 모였을 때에 각 장관들에게 단단히 일러 병력이 지나가는 마을에서 약탈이나 민폐를 엄금하라 했다. 그런데 최근에 직예와 산동 등지에서 병정들이 도처에서 난을 일으킨다고 한다. 이를 엄금하지 않으면 군율이 엉망이 되고, 백성들 피해가 계속될 것이다. 앞으로 다시 법을 어기면 군법을 엄히 시행하며, 직예와 산동 각 고을의 군사들이 지나는 곳은 일체 부역을 면하여 곤궁한 백성을 돌보아라.

(17) 1895년 1월 16일, 황제 조칙

총병 위여귀는 죄가 너무 크니 법에 따라 목을 베어 죽이되 형부대신(오늘날의 법무부장관) 설륜충이 형을 집행할 때 직접 나가 감독하라.[62]

(18) 1895년 2월 15일, 황제 조칙

송경이 말하기를 섭지초가 성환 등지에서 접전했다는 것은 모두 거짓말이고, 김화에서 왜병을 공격했다는 것도 사실이 아니다. 당초 성환 전투에서 섭사성과 강자강(江自康), 담청원(潭淸遠),[63] 풍의화(馮義和), 허조귀(許兆貴), 위가훈(魏家訓), 섭붕정(聶鵬程), 서조덕

62) 위여귀는 시장에서 많은 사람들이 지켜보는 가운데 참수되었다.

63) 원문에는 담정원으로 되어 있으나 현채의 『중동전기』에는 담청원(潭淸遠)으로 표기되어 있다.

(徐照德),[64] 왕신(王臣), 손예달(孫禮達)은 힘써 싸운 사람들이다. 반면에 오학렴(吳學廉), 모전양(毛殿颺), 엽옥표(葉玉標), 대장영(戴長榮), 포준경(鮑俊卿), 장운금(張雲錦), 유장영(劉長英), 김경자(金慶慈), 임가우(任家祐), 범여강(范汝康), 사운룡(史雲龍) 등은 공도 세우지 않고 상을 받았다고 하니 전에 내렸던 상을 다시 거두어들여라.

(19) 1895년 4월 16일, 황제 조직

섭지초와 공조서는 형부에 명을 내려 올 가을에 목을 베어 처형하고, 1월 25일에 위해위를 빼앗길 때 전사(戰死)한 유보섬(劉步蟾)과 장문선(張文宣), 양용림(楊用霖), 황조연(黃祖蓮)은 충성심이 기특하니 그들을 위로하라.[65] 정여창은 패하여 죽었으니 그대로 두고, 3월 16일 제독 장의리는 진을 빼앗길 때 힘껏 싸우지 않았고, 군량을 빼돌려 군사가 백성을 노략질하도록 했으니 잡아다 심문하여 죄 값을 치르도록 하라.

(20) 1895년 5월 8일, 황제 조칙

64) 원문에는 서조적으로 되어 있으나 현재의 『중동전기』에는 서조덕(徐照德)으로 표기되어 있다.

65) 위해위 전투에서 북양함대는 정여창 제독의 자살 후 유보섬과 장문선, 양용림, 황조연도 정여창을 따라 자살했다.

최근 일본과 화평조약[66]을 정한 후 여러 신하들이 상소하기를 (중국의) 영토와 배상을 하나도 내주지 말고, 조약을 폐기하고 다시 싸워 인심을 돌보고 위태로운 형세를 진정하자고 한다. 이는 충분히 일리 있는 말이나, 짐이 깊이 생각해보니 전혀 옳지 않은 말이다. 여러 신하들이 자세히 알지 못해 그런 주장을 하는 것이다.

지난해 갑자기 전쟁을 시작한 후 군사 동원과 군량 운반에 있는 힘을 다했으나 지휘관과 병사들이 모두 훈련이 되지 않아 준비가 전혀 없는 오합지졸이나 다름없었다. 때문에 해상과 육상 전투에서 한 번도 승리하지 못하고 패했다. 게다가 최근에는 관내외의 사정이 심상치 않아 북으로는 심양(瀋陽·선양)과 요동의 형세가 절박하고, 남으로는 황성(북경)을 침범하고 있다. 심양은 능이 있는 곳이고 황성은 종묘사직이 있으며 더욱이 황태후께서 계시니 중요한 곳이다. 황성이 불안하면 짐이 그 죄를 어찌 받겠는가.

또 하늘이 재앙을 내려 바닷물이 넘쳐 해변에 주둔한 군사들이 피해를 당하고 선박들이 침몰하니 형세가 진퇴양난이다. 이것은 천하 신민이 다 알고 있는 내용이다. 일본과 화평조약을 맺게 된 전후 사정을 상세하게 밝혀 널리 알리니, 앞으로는 모든 사람이 한 마음으로 예전의 낡은 생각을 버리고 폐단을 없애며, 부국강병 할 계획을 힘써 공부하라. 게으른 마음을 버리고, 문(文)을 숭상하지 말고 옛 법을 고쳐 새 정치와 학문을 배워 개명하기를 여러 신하들에게 바라

66) 1895년 4월 시모노세키에서 이홍장과 이토 히로부미가 조인한 강화조약. 청이 조선의 독립을 확인하고 군비 2억 량을 배상하며, 요동반도와 대만, 팽호열도를 일본에 할양했다.

노라.

(21) 1895년 12월 3일, 황제 조칙

우리 황태후 폐하의 인자하신 성의가 간절하여 국가 사무와 짐의 거처, 음식까지도 낱낱이 헤아리심은 천하의 모든 사람이 다 아는 바이다. 그런데 무식하고 어리석은 시랑 왕홍란(汪鴻蘭)과 장린(長麟)이 지난 해 황후에게 허황한 거짓말로 이간질을 하려 했다. 그때 즉시 죄를 물으려 했으나 군사 관련 업무가 당장 시급하여 참고 발설하지 않았던 것이다.

이를 지금에서야 알리는 이유는 여러 신하들에게 경계의 뜻을 보이고자 하는 것이니 이부시랑 왕홍란과 호부시랑 장린은 파직하여 다시는 임용되지 못하도록 하라. 앞으로 여러 신하 중에 항간에 떠도는 헛소문을 꾸며내 사실인 것처럼 떠드는 자는 중죄로 다스릴 것이니 너희는 마땅히 충효의 근원을 알아 짐의 효성을 돕기 바라노라.

04
청일전쟁 전후(前後) 세계 각국이 주고받은 **전보**[67]

1894년 음력 5월

광서 20년 갑오 5월 28일 (1894년 7월 1일), 런던으로 보낸 전보. 청국 정부가 이홍장이 조선에 병력을 파병하자는 요청을 허락했다.

1894년 음력 6월

6월 3일 (양력 7월 5일) 런던 루터신문 전보국이 청국 상해『자림보신문』에 보낸 전보. 일본이 조선에 군사를 파병하여 주둔시키자 청국이 각국을 초청하여 이 문제를 거론했는데, 러시아 정부가 "일본과 청국 둘 다 조선에서 병력을 철수한 후에 이를 의논하겠다"고 반대했다.

6월 4일 (양력 7월 6일), 런던에서 상해로 보낸 전보. 영국 외무부 장관이 의회에 나가 "우리 영국은 일·청 양국에 각각 연락하여 두 나

---

67) 여기서 '전보'라 함은 각국의 통신사들이 전하는 기사를 뜻하는 것으로 보인다.

라가 싸우지 않도록 할 것이며, 옳고 그름을 따지는 일은 상관하지 않겠다"고 했다. 상해의 일본 거류민들은 자국 정부의 명에 따라 무역 업무를 정지했으니 조선에서 곧 전쟁이 벌어질 것 같다.

6월 8일 (양력 7월 10일), 러시아가 일·청 두 나라에게 조선에서 병력을 철수하라고 권고하자 청국은 수락했으나 일본은 거부했다. 러시아는 "일본이 힘만 믿고 말을 듣지 않으면 우리가 청국을 도와 조선 문제를 해결할 것"이라고 했다. 슬프다. 천하에 누가 러시아에게 남을 돕는 의리가 있다고 하겠는가. 동으로 조선을 바라보니 근심의 빛이 가득하구나.

6월 10일 (양력 7월 12일), 일본은 영국이 자신들을 무시하는 것을 분하게 여긴다니 소인배 나라다. 3~4등급의 총영사를 보내는 것을 기뻐하지 않으니, 영국이 일본을 프랑스나 독일처럼 우대하여 1~2등 공사를 보냈다면 좋아했을까. 일본은 자기들의 국력은 생각하지 않고 청국을 상대로 일을 벌였다.

6월 11일 (양력 7월 13일), 영국 외무부장관이 "일·청 관계가 악화되어 우리가 두 나라를 위해 중재를 하겠다"고 하자 청국은 이를 허락했다고 한다.

6월 17일 (양력 7월 19일), 러시아 신문에 "청·일이 조선을 두고 서로 다투는데, 영국이 만약 단독으로 중재에 성공하면 우리 러시아는 군대를 일으킬 권리를 침해당할 것이다. 당연히 영국과 뜻을 같이하고 힘을 합쳐야 할 것이다(부동항을 얻기 위해 남하정책을 추진하던 러시아로서는 일본의 조선 점령으로 불리한 상황에 처하게 됨-해설자 주). 일본군이 조선에 돌입할 때에 영국 총영사와 영사의 부인에게 심한 무례를 저질렀는데, 영국이 이 소식을 듣고 대단히 분노했다.

6월 23일 (양력 7월 25일), 일본이 영국에 사죄하고 불법을 저지른 병사를 엄하게 처벌했다.

6월 25일 (양력 7월 27일), 청일전쟁은 아직 확실치 않으나 양국은 서로 준비가 끝났다고 말한다. 영국 외무부차관이 어느 의원의 질문에 답하기를 "우리 영국은 이미 일본과 청국 두 나라의 주재 공사에게 훈령을 보내 싸움을 중재하라 했고 독일, 프랑스, 러시아, 이탈리아 네 나라도 자국 공사들에게 훈령을 보내 우리 공사와 같이 일·청 두 나라에 화해를 권고하도록 지시했다"고 했다.

28일 (양력 7월 30일), 러시아 관보에 실린 내용에 의하면 "우리는 당연히 영국이 조선의 거문도를 차지[68]하지 못하도록 행동할 것이다. 만약 거문도에 영국 병력이 많이 주둔하면 이는 지중해에서 영국이 우리 군함을 통제하여 항해하지 못하도록 하는 것과 동일하며, 앞으로 우리 러시아에 속한 지역을 압박할 것이 분명하니 우리 해군

68) 영국과 러시아는 오래 전부터 거문도의 전략적 가치를 주목하고 있었다. 이 와중에 이홍장의 추천으로 조선에 와서 외무협판 직을 맡게 된 묄렌도르프는 청국은 일본의 야심으로부터 조선을 보호할 힘이 없고, 미국도 군사력이 없으며, 영국은 친일적이니 조선이 자주독립을 유지하려면 강대국인 러시아의 보호를 받는 것이 최선이라고 판단했다. 고종은 묄렌도르프의 건의를 받아들여 청일 간에 전쟁이 벌어질 경우 조선을 보호해줄 것을 러시아에 요청하고, 그 대가로 한반도 내에 부동항을 제공하겠다는 의사를 러시아 정부에 전달하려 했다. 이것이 조선과 러시아의 밀약설이다. 이 정보가 새 나가자 영국은 러시아의 기선을 제압하기 위해 1885년 3월 1일 군함 세 척을 보내 거문도를 불법 점령하고 해밀턴항이라고 명명했다. 열흘 후 청국 주재 영국 공사 오코너는 러시아의 불법 점령에 대비하여 잠시 영국군이 머무는 것이라고 조선에 알렸다. 그러나 영국군은 그로부터 2년 후인 1887년 2월 27일에 러시아로부터 거문도를 점령하지 않겠다는 약속을 받고 철수했다.

에 큰 피해가 예상된다"고 했다.

29일 (양력 7월 31일), 양국 외무부차관이 말하기를 "일·청 양국은 사건을 억지로 끝내려는 것이 아니라 우리 공사에게 전보하여 청국 북경과 일본 도쿄에서 러시아, 프랑스, 독일 공사를 초빙하여 무력 충돌이 생기지 않도록 할 것"이라고 했다.

1894년 음력 7월

7월 2일 (양력 8월 2일), 영국 전보. 어제 청국 황제 광서제가 명을 내려 일본을 공격한다고 하며, 일본의 메이지 천황도 이 날 전쟁을 선포했다. 영국 해군대신이 해외 거주 영국인에게 담화를 발표했는데, 오늘부터 영국 선박은 일·청 양국을 위해 무기나 군대 내에서 사용하는 물건 중 국제법으로 금하는 것은 배에 싣지 못하며, 청국 연해에 주둔 중인 영국 해군 제독은 함정을 파견하여 양국 해상을 순시하면서 영국 상인들을 보호하라는 명을 내렸다.

3일 (양력 8월 3일), 청·일의 충돌은 이미 예정된 것으로, 해결이 쉽지 않자 서양 각국이 군함을 파견하여 전쟁도 관전하고 자국 국민도 보호하기로 했다. 독일은 군함 세 척, 스페인은 한 척을 파견할 예정이다. 일본 전보에 의하면 일본 사람들이 일본 총독에게 청원하여 고베(神戸)에 거류하는 청국 상인 중 국내법을 잘 지키는 사람은 계속 상업에 종사하도록 허가하자고 하여 이 내용을 방을 붙여 널리 알렸다. 일본이 개전을 알리는 뜻에서 각국 외무부와 일본 주재 각국 공사에게 통지하자 일본에 주재하던 청국 공사 왕봉조의 부인이 먼저 상해로 돌아가고 왕 공사도 곧 귀국하였다.

5일 (양력 8월 5일), 러시아가 함정 8척에 정예 병력을 싣고 동으로 향했다. 이는 조선과 일본의 사정을 탐지하기 위해서다.

7일 (양력 8월 7일), 영국의 모 의원과 영국 외무부차관의 대화 내용이다.

의원: "청일전쟁이 앞으로 어떻게 전개될 것인가."

외무차관: "일본이 상해에 조계지를 만든다고 하는데, 청국도 상해로 들어가는 오송구(吳淞口: 황포강 입구)를 막지 않는다고 하니 상해의 외국 거류지는 무사할 것이다."

의원: "국제법상의 전쟁 규칙을 보면 적국이 항구를 봉쇄하여 상선을 왕래하지 못하도록 하는 법이 있는데, 적군이 항구를 완전 봉쇄할 수 없으면 상선 통행을 막는 권리를 인정하지 않는다고 규정되어 있다. 또 전쟁과 관련이 없는 제3국 나라들에게 먼저 이 사실을 통지해야 한다. 만약 청일이 국제법 규정대로 하지 않고 있다가 우리 상선이 항해하는 것만 범법이라고 차단하면 어떻게 대처할 것인가."

외무차관: "전장에서의 전례가 한 가지 뿐이 아니기 때문에 미리 예측하기 어렵다. 다만 우리는 전쟁 당사국이 국제법을 어기는 무리한 행동은 하지 못하도록 할 것이다. 또 양국이 특정 물건에 대해 매매를 금지할 경우 각국과 미리 상의한 후 실행에 옮기도록 하겠다."

9일 (양력 8월 9일), 일본인들은 전쟁할 마음이 물 끓듯 하다고 한다.

14일 (양력 8월 14일), 독일이 군함 두 척을 일·청 해안에 더 파견했다. 이는 일본인이 독일 함정을 시험하기 위한 것이라고 한다.

17일 (양력 8월 17일), 청국이 영국과 독일로부터 150만 파운드의 차관을 얻으려 하는데 이율은 매년 5푼(5%)이다.

20일 (양력 8월 20일), 이전에 청국이 영국의 군함 조선소에 주문하여 어뢰정 한 척을 건조했는데, 지금 청국이 이 함정을 인수해 가려 하자 영국이 각종 국제규약을 내세워 인도하지 않았다.

22일 (양력 8월 22일), 일본이 자국 백성들에게 은화 50만 원을 빌리려 하자 자원하는 사람들이 나타났다. 일본이 영국에서 상선 한 척을 구입하여 군함으로 개조하려 했는데, 영국은 국제적인 전례에 따라 이를 금지시키고 항구에서 내보내지 않았다. 어떤 사람이 영국 외무차관에게 "청국이 일본 각 지역의 통상항구에 조계지를 만들 가능성이 있는가" 하고 문의하자 외무차관은 "청국의 움직임이 없어 미리 답하기 어렵다"고 했다.

23일 (양력 8월 23일), 일본 전보를 보니 일본은 벌써 청국 군함을 어느 바다 모퉁이로 몰아넣고 발견하는 즉시 모두 격침시키겠다고 선언했다. 영국의 빅토리아 여왕[69]은 "짐은 청일 두 나라의 전쟁을 심히 애석하게 여긴다. 우리나라를 비롯하여 각국이 힘을 합쳐 화해를 시키고자 노력했으나 뜻을 이루지 못했으니 불행한 일이다"라고 하였다. 영일 양국이 조약을 개정하여 그 내용을 발표했는데, 일본에 거주하는 영국인들을 영국 영사가 관할하던 법을 고쳐 앞으로는

---

69) 빅토리아 여왕(1819~1901. 재위: 1837년 6월 20일~1901년 1월 22일)의 본명은 알렉산드리나 빅토리아 하노버(Alexandrina Victoria Hanover)로, 1837년 윌리엄 4세가 사망한 후 그의 뒤를 이어 즉위했다. 그의 재위 기간은 64년이었는데, 그 기간 동안 영국은 '해가 지지 않는 나라'로 불릴 정도로 전성기였고, 수많은 유럽 왕가와 연결되어 '유럽의 할머니'라고도 불린다.

일본 관원이 다스리도록 하며, 영국인이 일본 내 어디서나 자신들의 뜻대로 살도록 했다.[70] 세계 여러 나라가 일본과 청국에게 전쟁을 그치고 화친할 것을 권했는데, 일본이 이를 듣지 않고 오히려 군사를 파견하여 북경까지 쳐들어가겠다고 했다.

30일 (양력 8월 30일), 일본인이 영국인에게 상선 한 척을 구입하여 가져가려 하자 영국 정부는 일본인이 그 배를 가져다 군함으로 개조하려는 것으로 판단하여 출항을 금지시켰으나 일본 공사가 군함으로 개조하지 않는다는 보증을 하여 이 상선을 출항시켰다.

1894년 음력 8월

8월 6일 (양력 9월 5일), 영국 전보, 러시아 해군 제1군을 조선 해역에 급히 보내는데 그 중에 철갑선이 두 척이다. 러시아 상인을 보호하기 위한 조치라고 한다.

9일 (양력 9월 8일), 일본이 육군 10만 명을 새로 파견하는데 그 지휘관은 야마가타 아리토모(山縣有朋)[71]다. 북경을 공격하기 위해

---

70) 영국과 일본은 청일전쟁 발발 열흘 전인 1894년 7월 16일 영일통상항해조약을 맺었다. 일본은 이 조약의 체결로 치외법권 철폐라는 과제를 달성했다. 이것이 철폐된 것은 일본이 유럽과 대등한 주권국가로 승인되었음을 의미한다. 하라다 게이이치 지음·최석완 옮김, 『청일 러일전쟁』, 어문학사, 2013, 72~73쪽.

71) 야마가타 아리토모(1838~1922)는 일본 의회제도 체제 아래 최초의 총리다. 해외에 유학하여 군사제도를 연구하고 1870년 귀국하여 사이고 다카모리(西鄕隆盛)의 도움으로 징병제도를 도입했고, 1878년 군인훈계(軍人訓戒), 1882년 군인칙유(軍人勅諭)를 선포하여 일본 황군의 정신적 지침이 되었다. 1894년 청일전쟁 때 조선 주둔 제1사령관, 1898년 육군 원수에 임명되었다. 1903~1909년 이토 히로부미와 번갈아 추밀원 의장을 맡았고, 러일전쟁을 승리로 이끌었다.

서다. 일본 정부에서 영국 정부에 전문을 보내 "일본이 전에 영국에 허락하여 상해에 영국 조계지를 만들었는데, 지금 들으니 상해의 영국 제조국에서 밤낮으로 무기를 생산한다고 한다. 이는 중립에 대한 규약을 무시하는 행위다. 제조국에서 당장 무기 제조를 금지하지 않으면 약속을 폐기하겠다"고 통보해 왔다. 떠도는 소문에 의하면 각국 정부가 일·청에게 적극적으로 전투행위를 중지하라고 권유했다.

14일 (양력 9월 13일), 영국이 청일전쟁의 관전을 위해 포병장교 한 명을 일본군에 보내고, 보병장교 한 명은 청국에 보냈다.

15일 (양력 9월 14일), 러시아 해군 제독 제이(提耳)에게 명하여 조선 해역에 있는 러시아 군함을 지휘하도록 했다.

19일 (양력 9월 18일), 청일 양국 군대가 평양에서 전투를 벌였는데 청국이 대패하여 지금 조선에 청국 사람의 종적이 끊겼다. 청국이 평양에서 패전하여 장교 다섯 명이 포로로 붙잡혔다. 영국의 주요 언론보도에 의하면 일전에 유럽 각국은 청국이 승리하고 일본이 패할 것으로 예측했는데 결과는 천만 뜻밖에도 그 반대였다.

22일 (양력 9월 21일), 영국의 주요 언론보도에 의하면 일본이 평양에서 승리했으나 일본이 절대로 조선을 차지하지 못하게 할 것이니 각국과 합력하여 싸움을 막자고 하였다.

평양에 있던 청국 병사 중 탈출한 자는 불과 4분의 1이며, 일본군은 벌써 의주에 진출하여 청국의 봉천성을 넘보고 있다고 한다.

23일 (양력 9월 22일), 압록강 전투(황해 해전)에서 청국이 양위·초용·치원·경원 등 네 척의 함정을 잃었다고 한다. 일본 북쪽 지방에서 군사 8만 명을 모아서 히로시마를 통해 조선으로 보내려한다고 했다. 일본 정부 전보에 의하면 황해 해전에서 일본 함정은 한 척도 격침되지 않았고, 다만 해군 170명이 전사하고 함정 세 척이 약간 손상을 입었다고 한다. 청국 전보에는 일본 함정 네 척이 파손되었다고 되어 있다.

26일 (양력 9월 25일), 영국 타임스 신문은 영국이 일본과 뜻을 같이 하고 있으므로 좋게 위로하고 위협해서는 안 되며, 러시아를 견제해야 한다고 보도했다. 만약 러시아가 태평양으로 나가는 항구를 얻으면 일본과 영국이 큰 타격을 입을 것이니 영·일은 힘을 합쳐 러시아에 대항하는 것이 옳다고 주장했다.

28일 (양력 9월 27일), 일본 후방의 수비 병력 30만이 히로시마에서 나와 어디로 갔는지 알 수 없는 상황인데 군부대신(국방부장관)이 이들을 이끌었다. 그 중 한 부대가 황해를 건너 상륙한 후 빈 배로 일본에 돌아가 군사를 실어낼 준비를 하고 있다.

29일 (양력 9월 28일), 러시아 주요 언론은 청일전쟁은 러시아의 이해관계가 가장 많이 걸려있으므로 이 기회에 러시아, 영국, 프랑스 등 세 나라가 힘을 합쳐 청국을 아예 분할하는 것이 옳다고 했다.

1894년 음력 9월

9월 1일 (양력 9월 29일), 영국 전보, 조선에서 동학당이 다시 일어나 일본을 원수로 여긴다고 한다.[72]

---

72) 전주화약 이후 흩어졌던 동학 농민군은 1894년 10월 전봉준을 중심으로 재차 봉기했다.

3일 (양력 10월 1일), 평양에 있는 청국 병사들은 총탄이 총구와 맞지 않아 싸움을 못하고 일본군에게 항복했다. 일본이 후방의 수비 병력을 있는 대로 모아서 파견했다.

4일 (양력 10월 2일), 일본이 납철(鑞鐵)을 금지물품으로 정해 유통을 금지한다고 발표했다. 영국인 2~3명이 북경에서 청국 사람들에게 상해를 당했다. 청국이 전쟁을 하는 것은 일본뿐이요, 유럽 각국과는 상관이 없다는 사실을 정부에서 각 지방에 널리 알렸음에도 불구하고 지각이나 상식이 전혀 없는 무리들이 입을 모아 "서양인이 일본을 돕는다"면서 서양 사람을 적대시하고 있다. 그 이유를 물으면 나라에 대한 충성심 때문이라고 한다. 청국이 일본 하나를 이기지 못하고, 더구나 서양 각국이 죄를 묻기 위해 군사를 동원하도록 만들면서 이를 충성심이라고 하니 이는 자기 나라를 해치는 사람들이다. 그들의 죄가 크다.

5일 (양력 10월 3일), 일본군이 평양에서 안주로 이동하고 평양에 군량미 저장고를 만들었다.

6일 (양력 10월 4일), 성경(盛京·성징)[73]에는 청국이 백 년 전부터 선왕으로부터 물려받은 금은보화가 은으로 1억 2만 량이 있다. 일본

일본은 미나미 고시로(南小四郎) 소좌가 지휘하는 후비 19연대 병력과 조선 정부군 병력으로 맞섰다. 전봉준은 11월 19일, 12월 4일 두 차례 공주를 공격했으나 일본군에게 패퇴했다. 12월 17일 일본은 개화파 박영효, 조의연, 서광범을 입각시키고, 국왕과 세자가 백관을 이끌고 홍범(洪範) 14개조를 종묘사직에 서약 보고하게 했다. 농민군 지도자 전봉준은 12월 말에 체포되어 1895년 4월 23일 처형되었다.

73) 성경(盛京)은 중국 요녕(遼寧·랴오닝)성 심양(瀋陽)의 청국 초기 이름. 북경 천도 후에는 봉천(奉天·펑톈)이라고 불렀다.

인이 이를 욕심을 내기 때문에 청국 관원들이 금은보화를 내지로 이송한다고 한다. 영국 각 부 장관이 회의를 열어 청국에 체류하는 영국인들의 신변이 위태로우니 보호 병력을 보내자고 하고, 프랑스도 같은 생각이라고 한다.

9일 (양력 10월 7일), 영국이 군함과 선박을 파견하고 프랑스도 선박을 더 보내 청국 해상에 있던 군함들과 합류한다고 했다.

11일 (양력 10월 9일), 러시아가 철갑선 두 척과 선박 세 척을 더 보내 청국 해역에 머물고, 조선과 러시아 접경에도 육군 5,000명을 더 주둔시켜 상황을 봐서 움직이려 한다는 정보가 있다.

12일 (양력 10월 10일), 영국이 유럽 각국과 회담하여 일본이 조선을 점령하지 못하도록 하겠다고 했다. 유럽 각국이 일·청전쟁을 말리려 했으나 의견이 달라 힘을 합치지 못하더니 이제 영국 외무차관이 각국을 설득하여 전쟁에 참여하자고 한다.

15일 (양력 10월 13일), 청국은 일본이 조선을 독립시키고 배상금을 청구하면 청국은 이를 지불할 뜻이 있다고 밝혔다. 영국이 대병력을 동원해 홍콩에 보내고 해군장관이 각 상선회사에 명을 내려 청국과 영국 사이를 오가는 상선에 대포와 기계를 실었다가 전쟁이 발발하면 곧 군함으로 개조하도록 했다. 일본은 청국이 조선 문제에 간여하지 말고 배상금을 많이 주어야 철수하겠다고 한다.

17일 (양력 10월 15일), 미국은 아메리카 주에 떨어져 있어 다른 나라와 연합하지 않기 때문에 청일전쟁에 참여하지 않겠다고 하고, 독일도 원치 않는다고 하니 영국이 아무리 싸움을 말리려 해도 혼자 힘으로는 어려운 일이다. 영국이 1등, 2등의 우수한 포함 한 척씩을 싱가포르에 더 보내 군령을 기다리도록 했다. 러시아 정부는 흑룡강성 지역에 있는 러시아 군사들에게 군령을 내려 만약 청국에 좋지 못한 일이 발생하면 우리 러시아는 남의 일로 여기지 않을 것이니 장군들은 모두 준비하고 명령을 기다리라고 지시했다. 러시아가 군함 30척을 청일 양국 바다에 보내고 후춘(厚春·후훈)에 병력 운반선을 준비한다고 한다.

22일 (양력 10월 20일), 영국 정부에서 다시 각국에 요청하여 일본이 임의로 행동하지 못하도록 하자고 하는 한편 일본에는 청국이 어떤 제안을 하면 철수하겠는가를 물었으나 일본이 답을 하지 않았다.

24일 (양력 10월 22일), 일본이 군사 5만 명을 동원하여 오야마 이와오(大山巖)[74]의 지휘 하에 떠났는데 그 목적지가 어디인지 알 수 없다.[75] 일본이 다시 의회를 열고 군대를 더 증원하고자 하는데 국회의원이 작정하고 1억 원을 우선 지출하고 부족하면 추후에 다시 의논한다고 한다. 각국 대신들이 연이어 일본이 무슨 이유로 군대를

---

74) 오야마 이와오(1846~1916)는 야마가타 아리토모와 함께 메이지 육군 양성의 쌍벽을 이룬 인물로, 사이고 다카모리(西鄉隆盛)의 사촌 동생이다. 1885년 육군상(陸軍相)으로 재임 중 육군 군제(軍制)를 프랑스식에서 독일식으로 전환하고 병기 국산화를 추진했다. 청일전쟁 때는 제2군 사령관으로 참전했으며, 1898년 원수, 1899~1906년 참모총장을 역임했다. 러일전쟁 때는 일본 육군 총사령관으로 봉천(奉天) 대회전에서 러시아군 30만을 패주시켰다.

75) 일본은 평양 전투와 황해 해전에서 승전한 직후인 9월 21일 여순 공략을 위해 제2군의 편성에 착수하고 육군상 오야마 이와오를 2군 사령관에 임명했다. 제2군은 10월 15일 우지나 항을 출항하여 요동반도 남쪽 해안의 대산(大山·다산)에 상륙, 11월 6일에 금주성을 공략했고, 다음날인 11월 7일에는 대련의 포대 점령, 11월 21일에는 단 하루 만의 공격으로 여순을 점령했다.

잔뜩 동원하여 우리 상인들을 위협하는지 질문하고, 만약 일본이 굴복하지 않으면 위력으로 이 문제를 해결하겠다고 말했다. 천진 전보에 청국 관원이 일본 공사 이노우에 가오루(井上馨)[76]와 조선 경성(서울)에서 의논한다고 한다.

26일 (양력 10월 24일), 일본 의회 의원들이 황제에게 "청국이 다시는 일을 벌이지 않은 후에야 전쟁을 그치고, 만일 다른 나라들이 간섭하려 하면 우리 황제는 '우리의 의지가 충분히 달성된 후에야 청국에서 병력을 철수할 것이며, 그 전에는 절대 뜻을 꺾을 수 없다'고 하소서"라고 했다.

28일 (양력 10월 26일), 영국 수상 아치벌드 프림로즈(로즈베리 백작)에게 "청국이 압록강과 평양에서 패전한 후 우리 영국에게 휴전을 중재해달라면서 배상금은 일본이 요구하는 것보다 많이 주겠다고 했다는데 과연 그런 일이 있었는가" 하고 물었다. 이에 대해 "그렇다. 우리 영국이 이미 청국의 전보를 보고 유럽 각국에 이 사실을 알렸으나 아직은 휴전을 요구할 때가 아니다"라고 했다.

1894년 음력 10월

10월 1일 (양력 10월 29일), 영국 전보, 청국이 영국에게 은화

---

76) 이노우에 가오루(1836~1915)는 이토 히로부미 등과 영국 유학을 하고 돌아와 막부 타도운동을 벌였다. 1876년 구로다 기요타카(黑田淸隆)와 함께 조선 조정에 운요오호(雲揚號) 사건에 대한 책임을 추궁하여 조일수호조약 체결, 1884년 전권대사로 갑신정변 처리를 위해 한성조약을 체결했다. 1885년 외무대신, 농상무대신, 1892년 내무대신, 1894~1895년 주한 공사, 1898년 대장대신 등을 역임했다.

1,000만 량을 차관으로 빌리는데 매년 7푼(7%) 이자에 20년 기한으로 각 세관의 수입을 저당 잡히는 조건이라고 한다.

청국 병력이 구련(九連·주롄)성[77]을 버리고 도주하자 일본군이 구련성을 점령하고 대포 30문과 화약을 대량으로 노획했다.

일본 고베 전보, 9월 26일(양력 10월 24일)에 청일 양군이 압록강에서 싸우다 청국 군대가 패하여 도주하자 28일(양력 10월 26일)에 일본군이 구련성을 점령하여 대포 34문을 노획했다.[78] 일본 제2군 2만 6,000~7,000명을 오야마 이와오가 지휘하여 여순구(旅順口·뤼순커우)를 지나 금주(金州·진저우)에 이르니 무인지경이나 다름없었다.

3일 (양력 10월 31일), 구련성에 있던 청국 군사가 일본군이 진격한다는 소문을 듣고 허둥지둥 도주했다.

4일 (양력 11월 1일), 오야마 이와오의 군사 2만 5,000명이 대련(大連·다롄)만에 상륙했다.

14일 (양력 11월 11일), 청국이 각국에 전보하여 일본과 중재해 주기를 요청했으나 러시아와 프랑스는 중재에 나서지 않겠다고 하고 독일은 전투가 한창이라 중재를 해도 소용없다고 했다. 유럽 각국은 청국이 자신들에게 명백하게 중재를 요청해야 일본 측 의사를 타진하겠다는 입장이며, 독일은 한결같이 그 일에 자신들이 개입하기를 원치 않는다고 했다.

---

77) 압록강 건너 10㎞ 지역에 위치한 단동의 한 마을.

78) 평양 전투에서 승리한 일본 육군 제1군(5사단과 3사단)은 10월 24일 압록강을 건너 청국 영토로 침입했다. 1군은 10월 25일 호산(虎山·후산)을 수비하는 마옥곤 군을 돌파하고 26일 구련성에 입성했고 29일에는 봉황성을 점령했다.

17일 (양력 11월 14일), 영국 신문보도에 따르면 청국의 전력이 너무 허약하여 각국의 정치상 지장이 많으므로 우리 생각에는 일본이 비록 의기양양하고 있으나 서양 각국은 일본이 임의로 행동하도록 방관하지 않을 것이라고 한다.

12일 (양력 11월 9일), 미국 정부가 일·청 양국에 주재하는 미국 공사에게 훈령을 내려 "청·일 두 정부가 미국에 휴전을 중재해달라고 요청해 오면 우리가 그 역할을 맡겠다"는 뜻을 밝혔다.

19일 (양력 11월 16일), 유럽 각국이 일·청의 휴전을 논의했는데 상호 의견이 다르고, 또 각국 입장이 청국의 뜻과도 달랐다.

20일 (양력 11월 17일), 런던 시장이 수상 아치벌드 프림로즈와 각부 장관을 초청하여 연회를 열었는데, 연회에서 잔을 들고 대화를 나누는 것은 서양 풍속이다. 로즈 수상이 영국의 평화로운 기상과 외국 사정을 차례로 설명하고 다음과 같이 발언했다.

"동방을 바라보면 검은 구름이 하늘 가득하나 유럽에는 태양이 없다. 우리 영국은 다른 나라들과 함께 일·청을 화해시키고자 하기 때문에 오늘까지 러시아와 힘을 합쳐 이를 주선해 왔다. 이는 예전에는 없었던 일이다. 영국과 프랑스는 30여 년 동안 우호관계를 유지해 왔는데 지금은 국력이 엇비슷하여 더욱 화합하고 있으니 다행한 일이지만, 전쟁을 피하지 못할 세 가지 이유가 있다.

첫째, 유럽 각국이 군비 경쟁을 시작하여 전쟁 준비에 전력을 다하고 있다.

둘째, 각국 언론들이 극비에 속하는 사안들을 상황을 제대로 알지 못하고 단편적인 정보를 토대로 보도하여 갈등을 야기하고 있다.

셋째, 유럽 각국이 아시아와 아프리카 두 대륙이 안정적이지 못하여 늘 전쟁을 일으키려 하고 있다. 이 세 가지 중에 세 번째가 가장 위급하다. 만일 각 대국이 아프리카에 경계를 분명히 정해 남의 경계를 한걸음도 침범하지 않으면 평화가 유지될 수 있을 것이다. 러시아가 인도와 경계를 다투는 사건도 결정한 바가 있으므로 아직까지는 갑자기 관계가 악화되지는 않을 듯하다. 만약 영국과 러시아가 아시아에 대한 야심을 버리면 지구상에 평화를 유지할 수 있지만, 러시아 황제가 세상을 떠난 지 얼마 되지 않아 제위에 오른 새 황제[79]가 이 어려운 일을 감당할 수 있을지 알 수 없다.

각국이 자신들의 식민지를 확대하거나 상업을 확장하려는 것은 한마디로 통상이 제일 중요하기 때문인데 이것이야말로 세계 평화를 유지할 방법이다. 청일 두 나라 사정을 보면 일본군이 백전백승하여 서양 인심이 전부 일본으로 향하고 있으니, 이는 큰 문제다. 만약 일본군이 북경까지 진격하면 청국 18개성의 관민이 다 들고 일어나 큰 난리를 일으켜 서양 상인과 선교사들이 큰 피해를 당할 우려가 있다.

국제법으로 봐도 일본이 청국을 침범하는 것은 옳지만, 그 중에는 마땅히 할 일도 있고 하지 말아야 할 일도 있다. 만일 일본이 전후좌우 사정을 무시한 채 임의로 행동하면 각국의 분노를 촉발시키는 것

79) 러시아에서는 알렉산드르 3세 황제가 사망하고 그의 아들 니콜라이 2세가 1894년 11월 1일 제위에 올랐다.

인데 일본이 이를 잘 분간하여 행동할지 알 수 없다. 조선을 독립국으로 분리시키는 문제도 겉으로는 그럴 듯한 말이라 의리상 당연하다고 하겠지만, 청국을 쥐어흔드는 것이 어디까지 갈지 미리 짐작하기 어렵다"라고 했다.

영국 각 언론은 보도하기를 세상 사람들이 한편으로 청국만 비난할 듯하지만, 청국에서 큰 난리가 나면 북쪽에서는 러시아, 남에서는 프랑스가 움직일 것이라고 한다. 이렇게 되면 영국도 부득이하게 병력을 파견하지 않을 수 없으니 천하가 어지럽게 될 수도 있다. 동양의 보잘 것 없는 일본이 세계를 뒤흔들어 멸망을 자초하지는 않을 것이라고 했다.

22일 (양력 11월 19일), 러시아의 주력 언론이 "영국이 청일 두 나라의 휴전 중재에 나선 것을 긍정적으로 생각하며, 독일이 이를 방해하는 것을 비판한다"고 보도했다. 일본이 여순구를 얻기 전에 각국이 권하는 말을 듣지 않고, 다른 나라도 간여하지 않으려 했지만, 미국은 양국을 중재하여 양쪽 의견을 들었다. 여순구를 더욱 엄중히 방어하기 위해 대포 100여 문을 더 배치했다.

25일 (양력 11월 22일), 일본이 미국에게 휴전을 중재하는 것에 대해 감사하며, 휴전은 청국이 직접 발표하고 서로 만나 의논하는 것이 좋다고 말했다.

26일 (양력 11월 23일), 일본이 미국 공사를 초청하여 휴전 중재를 요청했다. 만약 청국이 의논할 일이 있으면 미국 공사관에 알리면 일본이 다 시행하겠다고 약속했다. 이에 미국 대통령이 청일 주재 미국 공사에게 전보하여 즉시 휴전을 중재하라고 훈령을 내렸다.

27일 (양력 11월 24일), 일본 군함이 여순구를 공격할 때 영국 군함이 그 지역에 머물러 있었는데 일본 군함이 "신속히 다른 지역으로 이동하라"고 연락했다. 26일에 일본이 먼저 포대 앞에서 어뢰를 연속으로 발사하여 청국 군사들에게 충격을 주고, 일본 육군이 신속하게 포대 뒤로 쳐들어가 차례로 점령하니, 슬프다. 여순구는 지세가 험해서 소수의 병력으로도 능히 지킬 수 있는 요새인데, 제대로 싸우지도 않고 내주니 장차 이를 어찌하려는가.

1894년 음력 11월

11월 1일 (양력 11월 27일), 전보. 일본이 여순을 점령하고 일본 장군 오야마 이와오가 영국의 진의를 살피는데, 항간에 들리는 소문으로는 위해위(威海衛·웨이하이웨이)를 공격할 계획이라고 한다. 일본 천황은 승전 소식을 듣고 상급을 내려 포상하면서 날씨가 추우니 신속히 점령하라고 했다.

4일 (양력 11월 30일), 일본 정부에서 청국에게 배상금 5억 냥과 전쟁 경비를 요구했다고 한다.

5일 (양력 12월 1일), 일본군이 봉천성에서 10리 되는 지역에 진출하여 청국이 대단히 위태롭게 되었다. 영국 각 언론은 여순 함락 소식을 듣고 "청국의 허약함이 만천하에 드러났으니 앞으로 전세가 매우 어려울 것"이라고 보도했다. 타임스 신문은 "청국의 명예가 하루아침에 사라졌으니 지금 파병하는 것이 옳다. 지금 때를 놓치면 서양 각국이 어떻게 그 화를 막을 수 있겠는가. 우리 영국은 일본을 도우려 하기 때문에 대만을 할양하는 것에 대해서는 시비하지 않을 것이다. 나의 생각으로는 청국은 당연히 휴전하여 일본이 과도한 배상을 요구해도 낱낱이 시행하는 것이 옳다고 본다. 속담에 청산을 그냥 두어야 불 때는 나무라도 남는다고 하니 이 의견이 어떤가" 라고 보도했다.

8일 (양력 12월 4일), 일본이 배상금 4억 냥과 일본군이 점령한 지역을 다 차지하려고 한다. 청국이 이를 거절하면 앞으로는 요구 조건이 더 많아져 북경과 다른 지방을 요구할 것이라고 한다. 미국 대통령이 일본에서 조선을 독립시킨다는 것을 대단히 칭찬하면서 "일본이 국제회의에서 서양 각국과 동등한 입장이 될 것"이라고 말했다. 개전 초기 일·청 양국이 미국에 부탁하여 청국에 있는 자국 백성들을 보호하도록 했는데, 또다시 미국에 요청하여 미국이 휴전을 중재했다. 듣자하니 일본이 청국에 대신을 보내 "다른 나라 대표를 중간에 끼지 말고 두 나라 대표들이 서로 만나 회담을 하자"고 요청했다.

12일 (양력 12월 8일), 미국이 일본과 불평등조약을 개정하여 5년 후에는 두 나라 영사관이 각각 자기 나라 국민을 다스리는 권리를 없애기로 했다.

14일 (양력 12월 10일), 청국이 영국 상인에게 은화 1,000만 량을 차관하기 위해 이자율을 4푼 5리(4.5%)로 정했다. 청국이 전권대신을 파견하여 일본과 휴전 조건을 논의하기로 했다.

16일 (양력 12월 12일), 영국 상인이 청국에 차관을 제공하지 않겠다고 발표했는데, 이유는 이자가 적기 때문이라고 한다.

17일 (양력 12월 13일), 일본군이 복주(福州·푸저우)를 압박하니 청국 군대는 싸움 한 번 못하고 도망하여 복주를 내주었고, 일본군이 우장(牛莊·뉴장)을 압박하고 있다고 한다.

23일 (양력 12월 19일), 청국에 주재하는 각국 공사가 자국 해군을 불러들여 자국 공관을 보호하기 위해 청국 총리아문에 문의했다.

26일 (양력 12월 24일), 청국이 장음환(張蔭桓·장인헝)과 소우렴(邵友濂·쉬서우펑) 두 대신을 일본에 보내 화평조약을 맺으려 한다.[80)]

30일 (양력 12월 26일), 전에 파직 당한 해군제독 정여창이 해군을 다시 지휘하게 되었다. 이는 북양함대의 장수와 병졸들이 정 제독이 죄가 없음에도 불구하고 누명을 쓴 것을 분하게 여겨 총리아문에 "정 제독을 복직시키지 않으면 우리는 다 물러가겠다"고 항의하여 다시 북양함대 총지휘관으로 임명한 것이다. 일본이 청국에서 화친을 요청한다는 말을 듣고 "이것은 싸움을 지연시키려는 술수다. 일본이 그 계교에 넘어가면 청국이 준비를 단단히 하여 항복하지 않을 것"이라고 말했다.

---

80) 청국은 호부 좌시랑 장음환, 호남 순무 소우렴을 전권대사로 임명하여 일본 히로시마로 가서 휴전을 논의하도록 했으나 일본은 이들이 전권대표로서 자격이 부족하다는 이유로 돌려보냈다. 장음환은 미국·페루·스페인 공사를 지낸 외교관이고, 소우렴은 대만에 3년 동안 근무하면서 평이 좋은 관리였다. 장음환과 소우렴이 일본측의 거부로 귀국할 때 유공도가 함락되고 북양해군이 패전하여 소멸되었다. 청국 조정은 공포와 불안에 휩싸여 일본 측 요구대로 전쟁 실패에 대한 책임을 지고 정직 당한 이홍장을 복직시켜 특등 전권대사로 임명한 후 시모노세키로 보냈다.

1894년 음력 12월

12월 1일 (양력 12월 27일), 전보. 조선이 일본에서 300만 원을 차관한다는 소문이 있다.

영국과 러시아의 외교관계가 날로 친밀하여 가니 러시아의 새 황후 알렉산드라 표도르브나[81]는 해사국(헤센-다름슈타트 공국)의 공주요 영국 빅토리아 여왕의 외손녀다. 서양 풍속으로 러시아 황제는 곧 영국의 사위로서 가까운 친척이다. 때문에 러시아 사람들이 말하기를 "이런 이유 때문에 일·청이 화친할 때 영국, 러시아 두 나라 외가(外家)에서 이를 달갑게 여기지 않았다"고 한다.

2일 (양력 12월 28일), 우장에서 청국 사람들이 다 도망하여 하나도 없다고 한다.

3일 (양력 12월 29일), 미국 전 국무장관 존 포스터(John Watson Foster)가 청국으로부터 화친을 요청하는 외교 공문을 받고 일본에 가서 청국 사신 장음환과 소우렴 두 대신을 도와 화친을 하려 했다.

9일 (양력 1895년 1월 4일), 일본이 국화보정 훈패 한 개를 만들어 독일 황제에게 보냈다. 이는 일본이 독일 육군 장교를 초빙하여 일본군을 훈련 시켰는데[82], 이번에 큰 효과를 보아 이에 대한 사례라고 한다.

---

81) 영국 빅토리아 여왕의 손녀이자 독일 헤센-다름슈타트 공국의 대공 루트비히 4세의 딸. 1894년 러시아 황제 니콜라이 2세와 결혼했다. 알렉산드라는 신비주의에 빠져 광적으로 동방정교를 믿었고, 남편 니콜라이 2세의 절대권력을 되찾도록 도왔다. 니콜라이 2세와의 사이에 4명의 딸과 막내 알렉세이 황태자를 두었는데, 혈우병을 앓는 황태자를 치료하기 위해 최면술을 쓰는 괴승 라스푸틴의 도움을 받았다. 10월 혁명이 일어나 황제와 자식들과 함께 볼셰비키에게 체포되어 총살당했다.

82) 일본은 막부 시절부터 프랑스 육군을 모델로 하여 일본 육군을 건설했다. 그러나 보불전

10일 (양력 1895년 1월 5일), 일·청 양국이 개평(蓋平·가이핑)성[83]에서 네 시간 동안 전투를 벌여 일본군에게 빼앗기고, 금주에서 무인지경같이 진격하자 청군은 만리장성 밖으로 철수했다.

27일 (양력 1월 22일), 일본 천황이 히로시마에서 여순구에 이르러 그곳을 군사기지로 만들려고 한다.

1895년 음력 1월

광서 21년(을미) 정월 1일 (양력 1895년 1월 26일), 천진 전보. 이홍장이 서양 장관 여러 명과 함께 군사 1만 5,000명을 거느리고 위해위로 가려하며, 남방 각도에 알려 지원병 2만 명을 산동에 보내려고 한다.

5일 (양력 1월 30일), 고베 전보. 장음환과 소우렴 두 사신이 미국 국무대신 월터 그레샴(Walter Q. Gresham)과 같이 히로시마에 갈 때 일본에서 이토 히로부미와 외무대신 무쓰 무네미쓰를 전권대신으로 임명하여 강화 문제를 의논하라고 했다.

7일 (양력 2월 1일), 위해위는 빼앗기고 유공도(劉公島·류공다오)는 아직 무사하다고 한다. 일본 이토 히로부미와 무쓰 무네미쓰가 청국 두 공사와 오늘 만나서 국서(國書)의 내용을 서로 비교한다고

쟁에서 프러시아가 프랑스를 격파하자 프로이센 육군의 정책과 군사제도, 조직을 도입하기로 했다. 이를 위해 오야마 이와오와 가쓰라 다로(桂太郎)가 독일 장교를 일본 교관으로 초빙하기 베를린에 갔다. 당시 육군참모총장 몰트케는 자신의 애제자인 클레멘스 빌헬름 야콥 멕켈(Jakob Meckel) 소령을 군사 고문으로 메이지 정부에 파견했다. 멕켈은 일본 장교들에게 싸움은 초전에 적의 의표를 찔러 기선을 제압하여 승리해야 한다고 가르쳤다. 그 결과 선전포고와 동시에 공격이 일본의 전통적인 방법이 되었다.

83) 요녕성 해성(海城·하이청)현 남서부의 도시.

한다. 청일 네 대신이 두 번째 합석했는데 일본 측에서 장음환과 소우렴의 직위가 분명치 못하다 하여 대화를 거절하자 청국 사신은 하는 수 없이 기선을 타고 청국으로 돌아간다고 한다.[84)]

일본 의회는 정부에서 군비를 얼마든지 지출하더라도 의원들은 반대하지 않을 것이라고 전 국민에게 이 뜻을 발표했다. 일본이 초 5일에 위해위 동쪽 포대를 차지하고 청국 포대에서 빼앗은 대포로 청국 군함을 공격하자 청국 병사들이 도망하여 유공도를 방패로 삼았다. 일본군이 유공도를 공격하려 했는데 마침 큰 눈이 내려 기동이 어렵고, 대포가 얼어 포신이 막히는 바람에 공격을 일시 중지했다.[85)]

10일 (양력 2월 4일), 청국이 일본에 보낸 국서 중에 뜻이 분명하지 않고, 전권대표의 근거가 확실치 못하다 하여 두 사신을 받아들이지 않자 두 사람이 귀국한 지가 이미 오래다. 북경과 도쿄에 주재하는 영국·프랑스·러시아 3국 공사가 각각 자기 나라의 훈령을 받아 일본과 청국을 휴전시키기로 했다.

11일 (양력 2월 5일), 빅토리아 영국 여왕이 의회에 나와서 "우리 영국이 여러 나라와 좋은 관계를 맺고 있으니 짐이 심히 기쁘다. 그

---

84) 1895년 2월 1일 히로시마 현청에서 청일전쟁 강화를 위한 제1차 회담이 열렸다. 2월 2일 제2차 회담에서 일본 측 전권대표 이토 히로부미는 청국 전권대표의 위임장이 불명확하다면서 회의를 결렬시켰다. 그는 조약의 실행을 보증할 수 있는 '명망 높은 관직에 있는 인물'을 선택하여 회담에 응한다면 다시 회담에 응할 용의가 있다고 말했다. 이로 인해 회담은 결렬되고 청국의 전권대표 장음환과 소우렴은 2월 12일 귀국했다. 출처: 후지무라 미치오 지음·허남린 옮김 『청일전쟁』, 소화출판사, 1997, 189~191쪽.

85) 위해위 전투에서 일본군은 23일 동안 요새를 포위 공격했는데, 1895년 1월 31일부터 2월 1일 사이에 강추위가 닥쳐 기온이 영하 26도까지 떨어졌다.

런데 동방의 전쟁(청일전쟁)이 대단하니 이를 불안하게 생각한다. 우리 영국이 일·청 두 나라에 강화를 주선하려 하는데, 만일 두 나라가 응할 듯하거든 수고를 아끼지 말고 주선하라"고 말했다.

13일 밤 (양력 2월 7일), 유공도는 빼앗기고 정원(定遠)함이 일본 어뢰에 맞아 크게 부서졌고 나머지 함정은 행방이 묘연하다. 진원(鎭遠)함도 일본 해군의 어뢰에 맞아 침몰했다. 청군이 일본 어뢰정 두 척을 침몰시켰으나 일본 해군이 이미 영해를 점령했다.[86]

15일 (양력 2월 9일), 연대(煙臺·옌타이)[87]에 있는 서양 사람들이 무기를 준비하여 만일의 사태에 대비하고 있는데, 성문을 닫고 성 밖에도 방벽을 쌓았다.

16일 (양력 2월 10일) 천진 전보. 총리아문 왕 대신 등이 각국 공사와 일본에 파송할 전권공사의 일을 의논했다.

19일 (양력 2월 13일), 송경의 군사가 개주(蓋州)에서 일본군을 공격하여 승전했는데[88] 청군도 많은 피해가 발생했다. 오대증이 산해관(山海關·산하이관)[89]으로 나오니 휘하 정병이 2만 5,000명이었다.

---

86) 북양함대는 유공도 안으로 대피한 후 항만 입구를 쇠사슬과 목재를 이용해 방어재로 봉쇄했다. 이 방어재는 독일인 알베르트 넬젠이 설계했는데, 일본 어뢰정들이 이 방어재를 뚫고 항만 내로 진입하여 어뢰를 발사했다. 당시 항만 내로 들어가 맹활약한 어뢰정 정장 중의 한 사람이 훗날 태평양전쟁 때 마지막 일본 수상에 오른 스즈키 간타로(鈴木貫太郎) 해군 대위였다.

87) 산동(山東)성 북동부에 있는 도시.

88) 송경은 해성에서 가츠라 다로의 제3사단을 공격하여 400명 가까운 인명 손실을 입혔다. 일본군 제3사단이 송경의 청군에게 포위되어 위기에 처하자 제1사단 주력을 구원군으로 투입하여 겨우 포위망을 빠져나왔다. 이것이 청일전쟁에서 청군이 거둔 유일한 승전 기록이다.

89) 하북(河北)성 북동단에 위치한 도시.

일본 전보. 어제 정여창이 일본 대장 이토 스케유키(伊東祐亨)[90]에게 흰 기를 세우고 글을 보내 밝히기를 "나의 휘하에 있는 군인들을 살해하지 않으면 항복하고 유공도에 있는 함선과 무기와 포대를 다 일본에 내주겠다"고 했다. 일본 대장이 크게 기뻐하여 앞으로 항복 받을 약속을 정하려 했다.

20일 (양력 2월 14일), 위해위 포대는 다 일본에 내주고 진원과 정원·내원(來遠)·위원(威遠) 등 여러 척이 격침되고 어뢰정 열세 척은 물에 잠기고 유공도 포대는 청군이 지켰으며, 함대 지휘관 정여창 제독은 일본에 항복했다.[91] 이홍장이 일본에 가서 강화를 의논할 전권대신에 임명되었다.

22일 (양력 2월 16일), 이홍장은 전권대신이 되고 장음환, 소우렴 두 사신은 일본서 떠나 21일에 상해로 돌아왔다. 정여창과 유보섬이 독약을 먹고 자살한 이튿날에 장, 황, 양 세 장군이 자수하고 대종진은 위해위를 잃을 때 음독자살했으니 그 뜻이 애틋하다. 일본군이 항복한 청국 군함을 다 차지하고 청국 사람과 서양 사람을 다 놓아 보냈으나 미국인 호형은 전에 일본에 붙잡혔을 때 청국을 돕지 않겠

---

90) 이토 스케유키(1843~1914)는 이토 유키라고도 발음한다. 1871년 해군 대위로 임관하여 해군대학교 교장, 1893년 상비함대 장관, 1894년 청일전쟁 때는 연합함대 사령장관으로 함대를 지휘하여 황해해전(압록강 해전), 위해위 해전 등에서 연전연승했다. 러일전쟁 때는 군령부장으로서 대본영을 지휘했으며, 종전 후 원수로 진급했다.

91) 2월 7일 일본 해군의 어뢰정 공격으로 진원과 다른 3척의 선박이 침몰하고 탈출을 시도하던 13척의 청군 어뢰정들이 공격을 받아 침몰했으며, 나머지 7척은 일본에 나포되었다. 2월 12일 북양함대 사령관 정여창은 항복을 선언했다. 정여창은 2월 13일 새벽 2시, 일본으로 정치적 망명을 하라는 이토 스케유키 제독의 요구를 거부하고 자살했으며, 북양함대 부사령관 유보섬도 군함을 자폭시키고 음독자살했다.

다고 했는데, 이번에 청국 군함에서 출전하다 붙잡혔기 때문에 체포하여 신문한다고 한다.

일본이 여순구에서 이홍장을 영접하고자 했는데 청국 정부에서 수치라고 항의하니, 일본 천황이 정부의 주요 인사를 거느리고 여순에 가서 그곳에 각 군을 총괄하는 기지를 만들려고 한다.

(양력 2월 14일), 일본이 청국의 항복한 병사들을 다 석방하고 자결한 장수 정여창, 유보섬 등 다섯 명의 시신은 군함에 실어 청국으로 호송하며 정여창의 충성심을 높이 평가했다. 이홍장이 세무사 구스타프 데트링(G. Detring·중국명 德崔林)[92]을 강화협상의 실무책임자로 임명했다. 청국 해군이 일본에 항복하기 전에 어뢰정은 먼저 도망하고[93], 군함은 명령을 따르지 않고 포대에서는 총을 쏘지 않았으며, 오직 청국 장군과 초빙해 온 서양 고문들만 있는 힘을 다해 싸웠다.

(양력 2월 18일), 일본 함정 여섯 척이 팽호도(澎湖島·펑후다오)[94]에 갑자기 나타났다. 일본이 은화 1억 원을 차관하여 군비를 보충하고자 한다.

---

92) 구스타프 데트링은 천진세관 세무사로 근무했던 영국인이다. 1886년 동료 영국인과 함께 『천진시보』(天津時報)라는 신문을 창간하여 중국 북부지역 최고의 중국어 신문이 되었다. 데트링은 이홍장의 친서를 휴대하고 강화협상 대표로 일본에 도착하여 이토 히로부미에게 면회를 요청했으나 정식 외교사절이 아니라는 이유로 거절당했고, 이홍장의 친서도 접수가 거부되었다.

93) 청국 어뢰정 지휘관 왕평(王平·왕핑)은 전투 중 어뢰정을 이끌고 도망쳤는데, 이 와중에 다수의 병사가 투항하거나 포로가 되었다.

94) 팽호제도는 대만 섬에서 서쪽으로 약 50㎞ 떨어져 있는 크고 작은 90개의 섬으로 이루어져 있다.

(양력 2월 25일), 정여창 등 다섯 명의 시신을 실은 일본 함정이 유공도에서 출항할 때 서양 풍속에 따라 조포(弔砲)를 발사하고 조기(弔旗)를 달고 닻을 감은 채 영구를 보냈는데, 청국 관리 몇 명과 서양 관리 21명이 무사히 돌아왔다.

1895년 음력 2월

2월 1일 (양력 2월 25일), 영국 전보. 러시아의 수도 모스크바 사람들이 관측하기로는 이홍장이 일본과 강화조약을 논할 때 일본이 아무 의견이나 다 들을 것이라고 한다. 그렇지 않으면 영국과 프랑스가 그 내용을 의심하여 시비할 것이라고 한다. 청국 왕 대신 등이 회의할 때 청국 황제가 각 도에 명을 내려 3품 이상 관리들은 일본과 강화하는 것이 옳은지 옳지 않은지 그 뜻을 황제에게 알리라고 하고, 이후부터는 그 의견대로 하기로 작정했다.

이홍장이 북경에 들어온 후 황태후와 황제가 불러 대화를 나누었는데, 황제에게 아뢴 말은 어떤 내용인지 외부 사람들이 알 수 없으나 이홍장의 말이 구구절절 원통하고 슬퍼하여 황태후와 황제가 안색이 변해 서로 돌아볼 뿐이었다. 각 도의 3품 이상 관리들이 알리기를 "휴전을 하되 배상금을 주는 것은 가능하지만 영토는 선대로부터 대대로 물려받은 것이니 일본에 내주면 안 된다"고 했다. 청국에 있는 미국 공사 전패가 말하기를 이홍장이 받든 국서(國書) 초본을 일본에 전보하여 답신을 받은 후에 출발한다고 한다. 일본 적십자회에서 전투 중 부상을 당한 청국 병사 600명을 치료한다고 한다.

일본 전보. 일본 천황이 이홍장을 영접하겠다는 뜻을 밝히면서 "만약 청국이 과거처럼 일본이 먼저 강화를 요청하는 내용으로 되어 있으면 우리는 휴전회담을 시행하지 않을 것"이라고 말했다. 청국에 주재하는 미국 공사의 전보를 봐야 그 뜻을 정확히 알 것이라고 하며, 또 "이홍장의 전권 내용에 영토문제를 처리할 수 있는 권리도 포함되어야 한다. 만약 이 내용이 포함되어 있지 않으면 굳이 회담을 할 필요가 없다"고 말했다.

조선 군부대신이 일본군 제2대를 따라 청국에 와서 전쟁을 관전하니, 어찌 사람의 마음이 있다고 하겠는가. 청일의 화친이 점점 무르익어가는 데, 들어보니 일본 공사가 먼저 시모노세키에 와서 청국 사신을 접대하고 전권하는 칙서의 내용을 확인한 후에야 히로시마로 보낸다고 한다. 청국 주재 미국 공사가 일본과 부지런히 전보를 주고받더니 지금의 칙서를 받기로 결정한 후 일본에서 이홍장을 받아들인다고 한다.

9일 (양력 3월 5일), 이홍장이 일본으로 떠나려고 할 때 각 왕 대신 등은 다 화친을 주장했는데, 그 중 한 대신이 홀로 반대했다. 공친왕(恭親王)[95]이 이 대신에게 간절히 설명하면서 "이는 이홍장의 죄

95) 공친왕 혁흔(奕訢: 1832~1898)은 도광제(道光帝)의 6남이자 함풍제(咸豊帝 : 1851~61 재위)의 이복 동생이다. 1861년 8월에 형인 함풍제가 사망하자 어린 동치제(同治帝 : 1861~75 재위)의 공동 섭정이 되었다. 그의 지휘 아래 10년 넘게 지속되던 태평천국의 난을 평정했고, 서구식 무기 제작을 위한 군수공장을 설립했으며 서양 기술을 받아들였다. 1860년에 북경조약 체결 임무를 맡았고, 총리아문을 창설하여 열강과의 외교를 담당했다. 청일전쟁이 일어나자 군기처 대신이 되어 전쟁을 치렀다. 서태후가 다시 권력을 쥐면서 1884년 해임되어 재야에 있다가 사망했다.

가 아니라 우리가 그의 말을 일찍 듣지 않은 때문이다"라고 말했다.

10일 (양력 3월 6일), 청국에서 일본에게 빼앗긴 여러 함정을 일본군이 요코하마로 가져가 수리한다고 한다. 어떤 관리가 황제에게 다음과 같이 말했다.

"지금 나라가 위급한 때를 당하여 언관(言官)[96]들이 이홍장을 책망하는데, 이번 패전은 천진(天津: 직예 총독이었던 이홍장의 집무실이 천진에 있었다)의 잘못이 아니라 황성(황제가 거처하는 자금성을 뜻함)에서 잘못한 것입니다. 이홍장이 나라 형편을 깊이 생각하고 태평할 때도 군사력을 강화해야 한다고 상소를 여러 차례 올렸습니다. 그런데 총리와 호부(戶部)에서 그를 시비하고, 심지어 어떤 대신은 이홍장을 비웃으면서 '그가 일본을 어찌 염려하겠는가' 하고 비난하는 자도 있었습니다. 또 이홍장이 해군력 강화를 위해 남미에서 철갑선 한 척을 구입하자고 했을 때 어느 대신도 이를 찬성하지 않으면서 '일본이 어떻게 상국(上國: 청국)을 감히 침범하겠는가. 북양함대만 가지고도 일본의 간담을 떨어지게 할 것이다. 또 일본이 어떻게 바다를 건너 멀리 오겠는가' 했습니다. 지금 그 대신은 전에 자기가 한 말은 생각지도 못하고 이홍장을 책망하니 신이 원통하게 여깁니다."[97]

---

96) 황제에게 간언(諫言)을 임무로 하는 관리들.

97) 이홍장은 태평천국의 난을 함께 진압했던 스승 증국번(曾國藩·정궈후안)이 사망한 후 청국의 군권을 쥔 북양대신에 임명되었다. 북양대신에 오른 그는 외세에 대항하기 위해 양무운동을 전개했다. 양무운동은 청국의 정치체계를 유지한 채 군사·과학·산업 분야에서 서구화를 추진하여 외세에 맞서고자 했던 운동이다. 독일, 영국 등에서 파견된 장교들이

조선이 영은문[98]을 열고 동학당은 다 흩어지고 일본 병사들은 귀국을 준비하고 있다.

11일 (양력 3월 7일), 이홍장이 출발할 무렵 일본 정부에서 청국 황제의 칙서 내용에 대단히 만족하여 기뻐했다. 일본이 우장을 점령하려 한다고 밝히고 우장에 있는 각국 영사에게 글을 보냈다.

13일 (양력 3월 9일), 일본군이 우장에 돌입했다.

20일 (양력 3월 16일), 이홍장이 승선한 선박이 발감 지방(모지·門司, 후쿠오카 현 기타큐슈)에 이르니 일본 사신이 시모노세키에서 발감으로 나가서 영접한다고 한다. 일본이 청국 대만과 요동에 있는 섬을 얻어 화친하는 표적으로 차지한다 하나, 그 밖에 또 몇 가지를 요구하는지는 아직 자세히 밝히지 않았다.

21일 (양력 3월 17일), 청국이 러시아, 독일 양국을 초청하여 일본이 강화 조건으로 내놓은 조건을 설명하고 일본이 위협을 통해 청국 영토를 할양하려는 것을 막으려고 한다. 러시아가 지중해에 있는 군함에게 태평양으로 집결하라고 명을 내리고 청·일의 동정을 살피고 있다. 청

이홍장의 북양군을 훈련시켰고, 서양에서 도입한 무기와 기술을 이용하여 이홍장은 강력한 군사력을 손에 쥐게 된다. 그는 무기와 탄약을 제조하는 군수공장을 각지에 설립했고, 서양 서적을 번역하고 신식 학교를 설립했으며, 미국과 유럽에 많은 유학생을 보냈다. 그러나 보수 관료들의 반대와 견제로 행정과 정치제도의 개혁은 지지부진했고, 양무운동은 체계적으로 추진되지 못했다. 게다가 북양함대의 전력강화를 위한 예산, 새로운 군함 구입비, 탄약 구입비 등은 모두 서태후의 별장(이화원) 건설비로 전용되어 북양육군과 해군의 전력이 크게 약화되었다. 이런 이유 때문에 청일전쟁에서 북양해군과 육군이 연전연패하여 이홍장은 정치적 반대파들로부터 공격을 받게 되었고, 양무파들의 발언권도 크게 위축되었다.

98) 조선에서 중국의 사신을 맞이하던 문.

국이 영국으로부터 차관을 얻어 일본에 줄 배상금을 마련할 예정이다.

일본 전보. 이홍장이 시모노세키에 도착하자 일본 외무부 관리가 영접하니 이홍장이 주일공사 이경방(李經芳·리징황)[99] 등을 보내 이토 히로부미와 무쓰 무네미쓰 두 대신에게 답례 인사를 했다.

26일 (양력 3월 22일), 청일 화약을 위한 담판이 시모노세키에서 시작되었는데, 요코하마 항구에 나도는 여론은 일본 전국에서 일고 있는 강경한 민심[100]을 막을 수 없어 화친이 시급하게 맺어지기 어려울 것이라고 한다. 일본에서 돌아온 청국 사신 장음환이 이홍장에게 간절히 권하여 화친을 주장하고 여러 대신들도 각국에 화친을 청할 예정이라고 한다. 시모노세키 강화 협의에서 전투행위를 잠시 중지하는 것이 가장 시급한 문제로 거론되고 있으며, 일본이 이홍장을 극진하게 예우하고 있다.

27일 (양력 3월 23일), 이홍장이 회담장에서 숙소로 돌아갈 때 한 소년이 길에서 권총을 발사하여 이홍장의 얼굴에 맞았으며, 저격범은 체포되었다.[101] 이토 히로부미, 무쓰 무네미쓰 두 대신과 지방관

---

99) 북양대신 이홍장의 장남. 1890년 주일 청국공사로 부임한 이경방은 1893년 7월 이홍장의 부인 조 씨가 사망하자 복상을 위해 사직하고 귀국했으며, 그의 후임으로 왕봉조가 주일 청국공사로 임명되었다. 시모노세키조약 때 중국 측 전권대신으로 참석하여 조약에 조인했다.

100) 당시 일본에서는 휴전을 하지 말고 전쟁을 계속해야 한다는 여론이 강했다.

101) 1895년 3월 24일 회담장에서 숙소로 향하던 이홍장은 고야마 도요타로(小山豊太郎)란 청년이 쏜 권총에 맞아 중상을 입었다. 고야마는 게이오의숙을 중퇴한 인물로, 강화회담을 깨기 위해 이홍장의 암살을 시도했다. 고야마는 이홍장의 행렬이 접근했을 때 2m 거리에서 권총을 발사했는데, 흉부를 겨냥해 쏜 총탄은 이홍장의 왼쪽 눈 아래에 박혔다. 일본은 이 사건으로 청국에 동정적인 여론이 형성되어 서양 열강이 간섭해 올 것을

이 이 소식을 듣고 크게 놀라 이홍장의 처소를 방문하여 위문하고, 일본 정부에 이 사실을 알렸다. 일본 천황이 급히 어전 대신에 명을 내려 밤을 새워 시모노세키로 달려가 황후[102]의 친필로 쓴 위로 서한을 받들어 전했다. 그리고 일본 천황의 어전 의원 두 명을 보내 치료를 도왔다. 전국의 일본 신민이 이 소문을 듣고 크게 근심했다. 어전 의원이 일본 천황에게 전보를 보냈는데, 그 내용은 다음과 같다.

"이홍장의 상처는 차차 나을 것 같으며, 권총을 발사한 범인의 성명은 고야마 도요타로(小山豊太郎)이고 나이 21세입니다. 이홍장의 상처는 왼쪽 눈 아래 한 치쯤 아래에 총알이 박혔는데, 시력에는 이상이 없습니다. 이홍장을 수행하여 온 서양 의원 두 명이 상처에 박힌 탄환을 발견했으나 제거하지 못했는데, 서양 의원은 상처가 위중하지만 크게 염려할 것은 아니라고 합니다. 이홍장은 심신을 진정하고 사람들을 만나고 있는데, 상처를 무릅쓰고 공무를 계속하겠다는 뜻을 밝혔습니다. 숙소 안팎에 일본 병력이 배치되어 경호를 엄중히 하고 있습니다."

일본 천황이 그 아우 창인친왕(小松宮彰仁親王·고마쓰 노미야 아키히토·황족으로 육군 대장)을 청국에 보내 육군을 지휘하도록 했다.

1895년 음력 3월

우려하여 무조건 휴전을 성사시키기로 결정했다.

102) 쇼켄(昭憲)황태후(1849~1914. 재위: 1869년 2월 9일~1912년 7월 30일). 일본 메이지 천황의 황후로 결혼 전 이름은 이치조 마사코(一条勝子)였다. 몸이 허약하여 자식을 생산하지 못하자 메이지 천황의 후궁이 낳은 다이쇼 천황을 양자로 받아들였다.

3월 1일 (양력 3월 26일), 영국 전보. 이홍장의 상처에 새 살이 돋아나서 아물기 시작했다.

이홍장의 상처가 점점 나아져 휴전조약을 다시 의논하기로 했다고 한다. 이홍장이 청국에 전보하여 휴전이 성립되기 어려울 것으로 전망했다. 일본 정부에서 그 지방의 행정 책임자와 경찰 관리가 직책을 소홀히 하여 이홍장을 보호하지 못한 죄로 둘 다 파직시켰다.

5일 (양력 3월 30일), 일본 천황이 이홍장의 봉변을 민망하게 여겨 크게 걱정하고 있으며, 이토 히로부미와 무쓰 무네미쓰 두 사신을 단단히 일러 강화회담을 할 때 너무 심하게 밀어붙이지 말라고 당부하고 3주 동안 일시 휴전을 하라고 명했다. 이홍장이 저격당하기 전에는 일본이 갖가지로 위협하여 대고에 있는 포대와 산해관을 휴전의 조건으로 저당 잡겠다고 했다. 청일이 지금 휴전을 위한 조약을 체결하려는 이유는 다른 나라의 청을 들어서가 아니라 이홍장의 봉변을 민망히 여겨 일본이 원해서 하는 것이다. 이토 히로부미가 저격범 고야마를 종신 징역에 처하고 고된 노역을 시키고 있다.

9일 (양력 4월 3일), 영국의 은(銀) 가격이 갑자기 올랐다. 이것은 영국 시민들이 동아시아에서 강화회담이 진행되는 소식을 듣고 은화가 많이 필요할 것으로 예측하여 은화를 사재기했기 때문이다. 이홍장이 저격당하던 날 일본 천황은 구슬프게 눈물을 흘리고, 황후는 시녀를 보내 시중을 들도록 했는데, 십자를 새긴 옷을 입혀 보냈다고 한다. 이홍장이 일본 천황과 황후에게 글을 보내 감사의 뜻을 전한다고 한다.

15일 (양력 4월 9일), 영국 상선이 금지된 물품을 싣고 가다 대고에서 일본 사람에게 붙잡혔다. 강화조약 내용이 극비에 붙여져 자세히 알 수는 없으나 첫째는 조선을 독립시키고, 둘째는 만주 남방과 여순구를 일본에 할양, 셋째는 대만 할양, 넷째는 청국의 강과 바다에 접해 있는 다섯 지방을 통상항으로 지정하는 일, 다섯째는 배상금 4억 냥이라고 한다. 특별히 중요한 땅을 배상금을 다 받을 때까지 전당 잡아 둘 예정이라고 한다.

17일 (양력 4월 11), 러시아가 "일본이 팽호열도를 노리고 있으니 우리가 청국을 위해 방어하겠다"고 말한다. 일본에서 주전파(主戰派)들이 휴전을 방해하려는 움직임이 있다.

19일 (양력 4월 13), 시모노세키에서 강화조약이 체결되었다.[103] 러시아 사람이 "우리가 결단코 일본이 청국의 영토를 차지하는 것을 보고만 있지는 않겠다"고 말했다.

21일 (양력 4월 15) 북경 전보. 청국 황제가 이홍장의 강화조약 내용을 모두 허락했고, 군부와 총리아문의 여러 왕 대신들도 다 합의했다. 일본이 배상금을 3억 냥으로 정했는데, 이것은 일본이 요동

---

103) 4월 17일 청일 양국 간에 체결된 시모노세키조약의 주요 내용은 다음과 같다. 1)조선국은 완전무결한 독립 자주국임을 승인한다. 2)요동반도, 대만, 팽호열도를 할양한다. 3)군비 배상금 고평은(庫平銀) 2억 냥을 지불한다. 4)청국과 서양 각국 간 조약을 기초로 하여 일청 통상항해조약 및 육로 교통무역에 관한 약정을 체결한다. 그 실시까지 청국은 일본국 정부와 신민에 최혜국 대우를 부여한다. 5)새로이 일본에 사시, 중경, 소주, 항주를 개방 개항한다. 6)의창, 중경 및 상해, 소주, 항주 구역 간 기선 항로를 승인한다. 7)개항장에서 각종 제조업 종사권의 승인, 내륙 운송세, 내지 부과금, 수치금에 대한 특전을 부여한다. 8)비준 후 3개월 이내에 일본군은 철수하고 조약을 성실히 이행하는 것의 담보로 위해위를 점령한다.

(遼東·랴오둥)을 점령했기 때문에 1억 냥을 줄여준 것이다.

23일 (양력 4월 17), 청일 양국이 휴전조약을 체결하고 양국 사신이 서명한 다음 이홍장은 공사와 함께 선편으로 귀국했다. 이토 히로부미와 무쓰 무네미쓰 두 대신도 그날 히로시마로 돌아갔다. 강화조약은 양국이 다 황제의 친필로 재가한 후에야 반포하며, 3주일 안에 황제의 직인을 받은 문서를 교환하며, 전투도 3주일 동안 다시 정지하였으며, 그 기한을 4월 4일(양력 4월 28일)로 정했다.

24일 (양력 4월 18), 일본이 청국에 글을 보내 "배상금은 은자 4억 냥이요, 요동은 북위 40도까지 할양하며 새로 항구 다섯 곳을 열고 세금을 감면하며, 각 내지에 공장을 설치하며, 군 병력을 여순구에 수 년 동안 주둔하겠다고 한다. 이에 대한 승인을 재촉하자 청국 황제가 이홍장에게 이를 허락하라고 하자 이 소문이 세상 널리 퍼졌다.

영국 신문에서는 자세한 전보를 기다려 의논하겠다고 했고, 프랑스 신문은 "본국 정부에 요청하여 유럽 각국과 힘을 합쳐 이 조약을 파기 시키겠다"고 보도했다. 러시아는 "이 사태를 보고만 있지는 않을 것"이라고 반대의 뜻을 분명히 하면서 "각국과 함께 이 조약을 파기시키는 것이 옳으며, 각국이 우리와 의견을 함께 하지 않으면 러시아 단독으로라도 행동 하겠다"고 밝혔다.[104] 이 발언에 대해 영국

104) 러시아의 위테 외상은 청국과 일본을 동시에 적으로 하는 것을 피하고, 열국의 중국 분할 경쟁이 시작되는 것을 저지하기 위해서는 일본이 중국 영토의 획득은 삼가야 한다고 주장하면서 일본의 남만주 점령에 반대했다. 만약 일본이 러시아의 권고를 듣지 않을 때는 함대가 일본의 함대와 항만을 공격해야 한다고 주장했다. 후지무라 미치오 지음·허남린 옮김, 『청일전쟁』, 소화출판사, 1997, 217쪽.

언론은 다음과 같이 논평했다.

"러시아의 이번 언행은 청국을 위해서가 아니라 일본이 강성하여 러시아를 압박하는 것을 견제하기 위해서다. 러시아는 청국이 계속 국력이 허약하고 국제정세에 어두워 잠이 깨지 않을수록 좋아하며, 조선의 국력이 미약하여 어찌할 수 없을 때를 이용하여 시베리아 철도를 건설하여 철도가 완공된 후에 뜻을 이루려 한다. 이제 일본이 일어서는 모습을 보고 미워하는 마음이 생겨나 러시아가 먼저 그 기운을 꺾으려는 것이다.

원래 러시아는 남의 영토를 빼앗는 것을 목표로 삼는 나라다. 일본이 청국 영토를 차지하는 것은 곧 자기가 차지할 몫을 빼앗아가는 것으로 이해한다. 영국은 통상을 원하므로 일본이 청국 항구를 각처에 개항하면 동등한 이익을 보장하는 전례에 따라 영국도 상권을 얻을 수 있으니 일본의 이익은 곧 영국에도 이익이 된다. 만약 일본이 영국의 식민지 미얀마와 인도, 싱가포르와 홍콩 등지에 해(害)를 끼치면 영국도 들고 일어날 것이다. 러시아는 휘춘(揮春·훼이춘)이 여순구에 가깝기 때문에 생각이 간절하고, 프랑스는 식민지 베트남과 태국이 대만과 가까워 신경이 쓰이고, 그밖에 네덜란드는 소문답랍(蘇門答臘)[105] 등지로 인해 욕심을 내며, 스페인은 마카오 등지 때문에 관계가 있기 때문에 일본을 반대할 것이다. 독일은 식민지와 관련된 연고도 없는데 러시아와 함께 나서는 이유를 알 수가 없다."

---

105) 원문에는 '소문(蘇門)과 답랍(答臘)'이라고 표기되어 있으나, 인도네시아의 수마트라 섬을 한문으로 표기하는 소문답랍(蘇門答臘)으로 읽어야 한다.

25일 (양력 4월 19), 러시아가 일본이 청국 영토를 차지하는 것을 좋아하지 않아 각국에게 협력을 요청하여 강화조약의 내용을 고치자고 했다. 청국이 배상금을 7년 분할 상환하며 이율을 매년 5푼(5%)으로 정하되 3년 내에 다 갚으면 이자는 받지 않기로 하며, 청국에 거주하는 일본인을 서양 각국의 최혜국인과 동일하게 대우하며, 청국의 물품이 일본에 수출되면 일본법에 의해 세금을 납부하고 일본에 거주하는 청국 사람은 일본 관원이 다스리기로 약속한다고 한다. 청국에 새로 개항하는 곳은 성도(成都·청두)와 개봉(開封·카이펑)과 북경과 조경(肇慶·자오칭)과 호주(湖州·후저우) 다섯 곳이오, 또 내지에도 일본인을 금하지 않는다고 한다. 프랑스·독일·러시아 3국이 힘을 합쳐 아시아 동방의 모든 이익을 보호하려 한다고 한다. 청국이 영국에 금전 300만 파운드를 빌리고자 한다고 한다.

29일 (양력 4월 23일), 일본이 청국으로부터 통상이익을 얻었으니 각국도 청국으로부터 이와 동일한 이익을 보장하는 전례를 따르고자 한다고 한다.

1895년 음력 4월

4월 1일 (양력 4월 25일), 영국 전보. 일본 주재 러시아·프랑스·독일 3국 공사가 일본 외무부에 공문을 보내 "귀국이 청국 땅을 차지하는 것에 대해 우리는 찬성할 수 없다"고 통보했다.[106)]

---

106) 러시아는 일본의 남만주 점령을 흑룡강(黑龍江·헤이룽장)성에 대한 위협으로 보고, 또 일본의 행동이 중국 분할의 도화선이 될 것을 염려하여 간섭 정책을 밀고 나갔다. 4월

북경 전보. 일본에 갔던 존 포스터 등이 화약을 청국 황제에게 바치니 모든 대신이 각국 공사와 의논하며 관원 중에는 조약문을 고쳐야 한다고 상소하는 사람이 많았다. 이홍장은 북경에 들어가지 않고 조약문에 황제의 재가가 나기를 기다려 연대로 가서 강화회담에 황제의 친필 서명을 기다리고 있다. 송경과 의고당아(依古唐阿·이쿠탕아)[107]와 유영복(劉永福·류우융후)[108] 등 여러 장수가 싸울 뜻이 있고, 독무사 여러 명과 대신들이 "만주는 우리 청 태조[109]가 일어나신 지역이니 어떻게 다른 나라에 이 땅을 넘길 수 있겠는가. 이홍장이 부득이 할양하자고 하는 것은 재력이 부족하여 그런 것이나 영토를 내주는 것보다 천금(千金)을 버리는 것이 옳은 방법"이라고 상소했다.[110]

23일 히트로보 러시아 공사, 구트슈미트 독일 공사, 알만 프랑스 공사가 일본 외무성을 방문하여 일본의 요동반도 점령은 1)청국 수도를 위험하게 하고, 2)조선의 독립을 유명무실하게 하며, 3)극동의 영구 평화에 장애를 가져온다는 이유를 들어 포기를 권했다. 독일 공사는 "일본이 세 나라를 상대로 무모한 전쟁을 하지는 않을 것이지만, 필요한 압력을 받을 것이다"라는 훈령을 받고 그대로 일본에 전달했다. 후지무라 미치오 지음·허남린 옮김, 『청일전쟁』, 소화출판사, 1997, 218~220쪽.

107) 심양 일대에서 세력을 떨치던 타타르계 군벌. 압록강 전투에 청군 지휘관으로 참여했다.

108) 청불전쟁 당시 베트남에서 프랑스군을 무찔렀던 흑기군 지휘관. 유영복은 1873년 12월, 하노이 교외에서 격전을 벌여 프랑스군 지휘관 가르니에 대위를 전사시키고 수백 명을 사상하는 등 대승을 거두었다. 1883년 5월 하노이 서부에서 벌어진 전투에서 유영복은 또 다시 사령관 리비에르를 전사시키는 등 대승을 거두었다.

109) 천명제(天命帝: 1559~1626년 9월 30일. 재위: 건주여진 1583~1616년, 후금 1616 ~ 1626년). 청국을 창시한 누르하치를 말함.

110) 시모노세키조약 내용이 청국 조정에 알려지자 청국 대신들은 강화 조건이 가혹하므로 이를 폐기하고 다시 싸워야 한다는 소리가 높아졌다. 산동순무(山東巡撫) 이병형은 현재까지 잃은 땅은 봉천 등 일부에 지나지 않고 태평천국 당시와 비교하면 100분의 1도 안 되기 때문에 각 장수가 와신상담한다면 점령지 회복은 어려운 문제가 아니라고 주장했다. 남양대신 장지동은 신장 등 몇 개의 성을 러시아에게 떼어 주고 티베트의 일부를

2일 (양력 4월 26일), 일본 외무부에서 러시아·프랑스·독일 3국에 답신하기를 "우리 민심이 승전을 대단히 좋아하여 전국이 술에 취한 모양이니 만약 귀 3국의 뜻을 따른다면 민심을 진정시키지 못하겠다"고 했다. 3국 공사가 다시 공문을 보내 사과하는 것이 가장 화평하나 오직 땅을 분할하는 것은 북경 문호를 놀랠 뿐 아니라 조선에도 좋지 않으니 요동반도를 내주는 것이 매우 좋다고 했다.

영국 상선이 일본에 나포되었는데 재판을 하여 금지 물품을 압수하고 배는 풀어주었다. 러시아와 일본의 외교관계가 점점 심각해져 형세가 위태로운 상황이다. 풍설에 영국이 일본을 도와 러시아를 비판하자 일본이 러시아를 두려워하지 않는다고 한다.

프랑스 신문에 프랑스가 러시아, 독일 양국을 도와 일본에 압력을 넣어서는 안 된다는 의견이 분분하다. 보도에 의하면 "우리 프랑스가 일본과 좋은 관계였고, 독일은 원래 우리와 원수지간인데 이번에 독일과 입장을 같이 하는 것은 무미한 일"이라고 비판했다.

북경 전보. 청국 공친왕과 이홍장이 황제께 강화조약의 재가를 권하고, 러시아와 일본의 교섭 문제는 그들 하는 대로 놔두는 것이 좋다고 했다. 또한 러시아 공사가 "강화회담을 허락해서는 안 된다"고 하니 청국 사람 대다수가 그 말이 옳다고 하지만, 이런 언행은 러시아가 일본을 미워해서 그렇게 행동하는 것이다. 일본과 러시아의 충돌 위험이 높아지고 있다. 동으로는 러시아 군함이 무수하고, 유럽 각국도 군함을 일본에 보낼 예정이며, 프랑스 군함도 정부 명령을

양보한 뒤 일본과 싸워야 한다고 주장했다.

기다려 뜻밖의 변고를 막으려고 한다.[111]

일본 대신이 말하기를 "러시아가 너무 공평하지 않으니 우리는 러시아가 이 일에 간섭하지 못하도록 하겠다. 동아시아에 있는 러시아 해군이 별로 강하지 못하니 두려울 것이 없다"고 했다.

9일 (양력 5월 3일), 일본이 3국 공사에게 다시 말하기를 "우리가 청국 땅을 차지하는 것이 북경에 소요를 일으키고 조선에 해가 된다는 것은 귀 3국이 잘못 생각하는 것"이라고 했다.

8일 (양력 5월 2일), 강화조약에 대해 황제가 어필(御筆)로 재가했다.[112] 스페인이 러시아·프랑스·독일과 힘을 합치고 영국과 연대하여 일본이 청국 영토를 차지하는 것을 막자고 하며, 이탈리아와 오스트리아는 러시아가 만약 일본을 방해하면 우리 두 나라도 러시아를 도울 것이라고 선언했다. 북경 대신들은 휴전 기한을 연기했고, 일본과 러시아의 갈등은 점점 위태로워지고 있다. 청일 강화조약의

---

111) 삼국간섭에 즈음하여 일본 각 항구에 정박 중이던 러시아 동양함대의 각 함정은 24시간 내에 언제라도 출항할 수 있도록 준비하라는 명령을 받았고, 고베와 조약 비준지인 치후에는 군함 여러 척이 집결하여 시위 항해를 했다. 독일 황제는 중국 연안의 함대사령관에게 화북 항만에 집결하여 러시아 함대와 연락을 취하라고 명령했다. 치하체프 러시아 해군상 대리는 "러시아의 동양함대는 강력하고 사기는 높다. 대규모 작전을 전개하지 않아도 일본의 해상 연락을 차단할 수 있을 것"이라고 말했다. 후지무라 미치오 지음·허남린 옮김, 『청일전쟁』, 소화출판사, 1997, 220~221쪽.

112) 1895년 5월 8일 청일 양국은 비준서를 교환하여 시모노세키조약이 정식으로 성립되었다. 5월 11일 광서제는 영토 할양, 전비 배상에 반대하고 조약 폐기 및 결전을 주장하는 신하들의 상소를 "확고한 충성과 울분에서 나온 것"이라고 인정하면서 "견고 일심, 고통스런 적폐를 제거하고 군사력과 군사비의 양면에 있어 실력을 쌓고 하루빨리 개혁에 힘써 자강의 효를 거두라"고 말했다. 후지무라 미치오 지음·허남린 옮김, 『청일전쟁』, 소화출판사, 1997, 231쪽.

내용을 의논할 때 여러 대신들 의견이 재물(배상금)을 더 주더라도 영토를 내주는 것은 불가능하다 했고, 지방 관리들은 계속하여 황제에게 아뢰기를 은화를 더 주어 대만 할양을 취소해야 한다고 했으며, 송경과 유영복 두 사람도 목소리를 합쳐 일본과 죽기로 싸워 만주를 내주지 말라고 했다. 일본 정부의 의견을 탐지했는데 다른 지역의 합당한 영토를 따로 얻으면 요동은 반환할 수 있지만 여순구는 절대 양보할 수 없다고 한다. 조정 대신들이 매일 상소하여 영토 할양을 책망하고, 대만에서는 관리를 보내 말하기를 "일본과 싸울 준비가 다 되어 있다. 만약 전쟁을 할 수 없는 상황이면 차라리 유럽 각국에 주는 것이 옳다"고 했다. 이홍장이 오정방과 연방 등 두 관찰사를 연대로 보내 강화조약 내용을 수정할 예정이라고 한다.

13일 (양력 5월 7일), 러시아가 결단코 일본이 청국 영토를 차지하는 것은 반대한다고 하니 일본과 러시아의 외교관계가 조만간 단절될 가능성이 있다고 한다. 각 공사가 본국 전보를 보니 일본이 요동과 여순구를 청국에 반환했다고 한다.[113] 일본이 러시아·프랑스·독일의 압력을 받을 뿐만 아니라 러시아가 반대하기로 작정한 것을 보고 부득이하게 요동반도를 반납하고 은화 1억 량을 더 요구했다.[114]

113) 1895년 5월 4일 일본이 러시아·프랑스·독일의 강력한 압력을 받아 요동반도 포기를 결정하자 청일전쟁에 참여했던 100여 명의 장교와 사병들이 자살로 항의했다. 이 사건 직후부터 일본은 러시아와의 전쟁을 대비하기 위해 신무기로 무장한 6개 사단을 증강했고, 해군의 규모도 크게 확장했다. 강성학, 『시베리아 횡단열차와 사무라이』, 고려대학교 출판부, 2000, 143~144쪽.

114) 일본 정부는 삼국간섭에 의해 요동반도를 청국에 돌려주는 조건으로 5,000만 량을 더 요구했으나 삼국 정부의 권고를 받아들여 3,000만 량으로 감액했다.

이는 러시아가 일본이 여순구를 차지하면 청국보다 러시아의 이해관계에 더 큰 영향을 미친다고 말했기 때문이다.

14일 (양력 5월 8일), 여러 대신들이 상소를 올려 "만약 대만을 보전하기 어려우면 차라리 영국에 내어주자"고 했다. 일본 사신이 연대에 와서 청국 공사와 강화조약 내용을 수정할 때 일본 사신 이토 미구치가 "강화조약 원본을 고치라는 명령을 받지 못했으니 임의로 결정할 수 없다"고 하여 양국 사신이 각각 본국에 이 사실을 알렸다.

그 때 연대에 있던 러시아 포함(砲艦) 10척이 갑자기 전투배치를 하고 공격하려는 움직임을 보였다. 청국 관원들이 황급히 정부에 보고하여 러시아 공사에게 문의하니 공사의 대답이 "일본이 만약 강화조약 내용을 수정하지 않으면 여순을 공격할 것이다. 귀국과는 상관없으니 두려워 말라"고 했다. 이날 밤 강화조약 내용을 수정하니 이는 청국에 주재하는 영국 공사가 로버트 하트(赫德)라는 영국인 총세무사와 함께 중재하여 화해를 시켰기 때문이다.

일·청의 전쟁이 이후 조용히 평정되었다. 청국이 배상 1억 량을 더 물어줄 일로 크게 근심하더니 총세무사 로버트 하트가 큰 힘을 써서 한몫을 했다. 이제 각 도에 명을 내려 2,600만 량을 거두어 모았는데 6월이 되면 3,000만 량이 모일 것이다. 황태후도 궁내부로 2,300만 량을 보조하여 배상을 갚기로 했다. 러시아 사람이 "우리가 만주를 점령하려는 게 아니라 일본을 막기 위해서"라고 말했다.

17일 (양력 5월 11일), 태평양에 있는 러시아·프랑스·독일 3국 해군이 일·청의 강화조약 개정이 다 마무리 된 후에야 철수했다.

19일 (양력 5월 13일), 일본이 가바야마 스케노리(樺山資紀)[115]를 대만 총독으로 임명했다.

일본이 청국 배상 얼마를 받으면 청국에 있는 군사 얼마를 철수할 것이오, 다 갚으면 군사를 다 철수하기로 했다. 일본과 러시아 양국이 강화조약 내용을 파악한 후 외교관계가 다시 정상화되었다. 일본 천황이 친필로 명을 내려 "일·청 휴전이 이루어지고 러시아·프랑스·독일의 권유를 들어 만주를 오래 점령하지 않을 것이며, 청국과 통상을 할 때의 규정은 다시 정할 예정"이라고 말했다.

21일 (양력 5월 15일), 일본 신민이 요동반도를 반납하는 것이 불가하다 하여 소동을 일으키려 하자 정부에서 급히 병력을 파견하여 도쿄에 있는 각국 공사관을 보호했다.

천진 전보. 청국이 영국인 로버트 하트에게 배상금 관련 업무를 총괄하도록 했더니 러시아·프랑스·독일이 영국인이 단독으로 재정권을 갖는 것에 불만을 품고 이를 허락하지 않으면서 말하기를 "조약 중에 동등 이익이란 규정이 있는데 영국인만 참여할 수는 없다" 하고 총리아문에 와서 시비하고 미국도 차관을 제공하겠다고 자원했다.

23일 (양력 5월 17일), 경친왕이 미국 공사관에 와서 미국이 일본과의 강화조약 중재를 위해 힘쓴 것에 대해 감사의 예를 표했다. 미국인 존 포스터가 일본에 두 번 왕래하여 강화조약을 성사시킨 노고

---

115) 가바야마 스케노리(1837~1922)는 해군 차관, 해군 대신을 역임했고, 청일전쟁 때는 해군 군령부장으로 재직 중 상선 사이교마루호에 대포 몇 문을 싣고 황해 해전에 참전했다. 이후 대만을 공략하여 점령했다. 1895년 말부터 1896년 초까지 대만 사람들이 반란을 일으키자 잔인한 진압을 하여 2,800여 명의 대만인들을 학살했다.

를 치하하기 위해 청국 황제가 15만 원을 내려주고, 이홍장도 예물을 주었다.

24일 (양력 5월 18일)[116], 예부(禮部: 오늘날의 교육부) 출신 서동(徐桐)이 휴전을 극력 반대하는데, 이 사람은 원래 서양의 법을 싫어하기로 유명한 사람이다. 청국이 포스터를 대만을 일본에 할양하는 업무를 관장하는 공사로 임명했다.

27일 (양력 5월 21일), 러시아, 프랑스, 독일이 일본에 "요동에 있는 일본군을 철수한 후에야 배상을 더 주는 문제를 의논할 수 있다"고 전했다. 청국이 러시아, 프랑스, 독일 3국에 사신을 보내 사례를 한다고 하는데, 무슨 이유로 사례를 하는가. 삼국간섭은 세 나라가 자기 이익을 위해 한 행동이다. 청국에 이익이 될 것도 없는데 무슨 사례를 하려는 것인지 이해하기 힘들다고 했다.[117]

30일[118], 일본이 외무대신 하야시 다다스(林董)를 청국에 파견할 공사로 임명했다.

1895년 음력 5월

5월 1일 (양력 5월 24일) 전보. 대만을 담당하는 청국 관원 당경송

116) 원문에는 날짜가 누락되어 있으나, 현채의 『중동전기』를 확인하여 바로 잡았다.

117) 청국은 일본에 배상금 2억 3,000만 량을 지불하기 위해 러·프 차관 4억 프랑과 다음해 그것에 대항하여 영·독이 공동으로 대부한 같은 금액의 차관을 얻었다. 그 대가로 열강들은 러청은행 설립, 동청철도 협정, 버마 철도의 운남 연장, 독일의 교주만 점령과 조차, 러시아의 여순 군항 점령, 여순 대련만 조차 등 수많은 이권을 빼앗아갔다. 후지무라 미치오 지음·허남린 옮김, 『청일전쟁』, 소화출판사, 1997, 275쪽.

118) 음력 4월은 작은 달이므로 29일까지 있으나 원문은 30일로 표기되어 있음.

(唐景崧·탕징숭)이 각국에 공문을 보내 "대만이 지금 자주국이 되었다"면서 황색 바탕에 누런 호랑이를 그려놓은 국기를 만들었다.[119]

4일 (양력 5월 27일), 러시아가 일본에게 조선에 있는 군사기지를 철수하라고 하자 일본은 조선 정부의 부탁으로 잠시 머무르는 것이라고 답했다. 팽호도에 있는 일본군이 2만 명이나 되는데 조만간 대만을 압박하려 하며, 새로 파견한 총독 가바야마 스케노리도 팽호도에 이르렀다. 유영복은 대만 남방을 지키고 구봉갑(邱逢甲)은 가운데서 지키며, 복건수군 제독 양기진(楊岐珍)은 북방을 방어하고 있다. 요동을 점령했던 일본군이 철수하여 대만으로 집결했다.

11일 (양력 6월 3일), 일본 군함 15척이 대만 동쪽에 일본군 3,000명을 상륙시켜 대만 군사들과 전투를 벌였는데 승패를 분간할 수 없다. 러시아가 은화 1억 량을 빌려주며 매년 이자가 5푼(5%)이다. 내년에 또 1억 량을 빌려준다고 하는데 러시아가 자기네들 빚이 많고 그 이자가 5푼(5%)이 넘는데, 청국에 싼 이자로 빌려주는 것을 보면 그 뜻이 무엇인지를 알 수 있다.

13일 (양력 6월 5일), 대만에 큰 난이 벌어져 총통은 어디 있는지 알 수가 없고, 관사와 민가가 모두 불타고 외국 군인들의 노략질이 도처에서 벌어지고 있으나 이를 금지시키는 사람이 없다.[120]

---

119) 청국과 일본이 시모노세키노약을 체결하여 대만과 팽호열도를 일본에 넘기자 대만은 1895년 5월 25일, 황색 바탕에 호랑이 그림이 그려진 황호기(黃虎旗)를 게양하고 대만 민주국을 출범시켰다. 대만 순무(巡撫) 당경송(唐景崧)이 총통에 취임했다.

120) 일본군이 5월 29일 대만에 상륙하여 쳐들어오자 당경송 총통을 비롯한 요인들은 본토로 도망했다. 일부 장수들과 민중들이 5개월 간 게릴라전을 전개하여 일본군을 공격했

9일 (양력 6월 1일) 저녁, 이경방이 대만을 일본에 할양하는 문서를 써서 가바야마 스케노리에게 주었다.

15일 (양력 6월 7일), 러시아 공사가 청국 황제를 알현하여 청국 황제가 러시아에 사신을 보내 러시아의 국상(國喪)을 조문하고, 새 황제의 즉위를 축하한 것에 대해 예를 표했다. 프랑스 공사가 함께 들어왔는데 러시아, 프랑스 양국이 요동반도를 돌려받은 것에 대해 축하를 해 주었다. 러시아가 프랑스 상인에게 금전 1,700만 파운드를 차관하여 청국에 제공하고, 러시아가 보증인이 되었다. 청국이 러시아와 차관 조약을 체결했는데 영국과 독일 양국이 기뻐하지 않았다. 이는 청국이 러시아의 영향권에 들어갈 것을 우려해서 그런 것이다.

프랑스의 외무장관 한락다가 말하기를 "동방 사건(청일전쟁 강화문제)은 우리가 간여할 일은 아니다. 그런데 최근 동방의 형세가 러시아와 관계가 깊은데, 러시아 단독으로는 일본을 막지 못해 우리가 러시아를 돕는 것이다. 일·청 강화조약은 청국의 앞날에 해가 될 뿐 아니라, 청국과 인도 사이에 있는 프랑스 식민지에도 손해가 되기 때문에 간여한 것"이라고 말했다.

20일 (양력 6월 12일), 프랑스의 5개 은행이 연합하여 금전 1,500만 파운드를 청국에 빌려주었는데, 러시아가 보증을 섰다.

고, 일본은 민간인 학살, 강간, 민가 방화 등 보복으로 맞섰다. 특히 청불전쟁 당시 베트남에서 프랑스군을 대패시켰던 흑기군 지휘관 유영복의 지휘로 대만 게릴라부대는 사기가 충천했다. 일본군은 5만 명의 병력을 투입하여 게릴라 소탕에 나서 1895년 11월 18일 항일운동을 완전 진압하고 대만 전체를 점령했다. 유영복은 남부도시 대남(臺南·타이난)이 포위되자 대만에서 탈출했다. 그 동안 일본은 근위사단장, 근위제2여단장을 비롯하여 4,642명이 전사하는 등 큰 피해를 입었다.

25일 (양력 6월 17일), 러시아 황제가 특이한 보성을 따로 지어 프랑스 대통령에게 보낼 때 친필로 국서를 써서 사신을 보내 친목한 뜻을 전했다. 러시아 대신의 말이 청국을 위해 보증을 서고 많은 차관을 얻어주는 이유는 청국 내정에 간섭하기 위해서라 하며, 혹은 러시아가 청국 흑룡강성 지역에 철도를 놓아 블라디보스토크로 향하는 지름길을 닦으려는 이유 때문이라고 한다. 이제야 러시아의 욕심을 눈치 챈 청국 정부는 일본의 압박을 겨우 면하자 러시아의 농간에 빠질 우려가 있어 러시아가 제공하는 차관을 정중하게 거절하려고 한다. 들으니 러시아가 이미 청국과 약속을 하여 23일 내로 결정하라고 하며, 혹은 이미 청구하였으나 23일이 되도록 말이 없다고 한다.

28일 (양력 6월 20일), 러시아와 일본의 새 조약은 러시아의 수도 페테르부르크에서 체결한다고 한다. 영국 하원의원이 청국의 패전은 군비가 부족했기 때문이라며 영국 정부에 기존의 군비 예산을 증액하자는 의견을 제출했다. 이 의견을 표결에 붙였는데 찬성이 132명, 반대가 125명이었다. 집권당 수상 아치벌드 프림로즈(로즈베리 백작)의 당파는 군비 증액을 반대했는데, 이 표결에 의해 아치벌드 수상과 그가 임명한 각부 장관들이 물러났다.[121]

---

121) 아치벌드 프림로즈 수상은 해군 예산 증액 문제로 논쟁을 벌였는데, 전투함대를 강화해야 한다고 주장한 측에 패해 사임했다. 이로 인해 자유당 내각이 물러나고 1895년 6월 25일 솔즈베리 후작 로버트 게스코인 세실이 이끄는 보수당 내각이 출범했다.

1895년 음력 윤5월부터 10월까지

윤 5월 1일 (양력 6월 23일), 영국 전보. 영국 수상 아치벌드 프림로즈가 사직하자 여왕이 전 수상 로버트 게스코인 세실(솔즈베리 후작)에게 사무를 맡겼다. 로버트 게스코인 세실이 전례에 따라 보수당을 중심으로 내각을 구성했다.

12일 (양력 7월 4일), 러시아가 프랑스에서 차관하여 청국에 제공했으나, 채권자가 되어 각 세관을 전당 잡으려 하자 청국이 크게 두려워하며 다른 나라에서 불편해 하지 않을까 우려했다. 청국에 있는 세 나라 공사가 연명으로 총리아문에 말하기를 "요동반도가 일본에 할양되면 동아시아의 형세가 대단히 불안해지므로 일본에게 압력을 가해 반납하도록 한 것이지 청국을 사랑해서 그런 일을 한 것이 아니다. 만약 청국이 다른 전쟁에 휘말리면 우리는 상관하지 않을 것이니 우리에게 의존하지 말라"고 했다.

15일 (양력 7월 7일), 청국이 30년 동안 세관을 전당하여 차관을 상환할 예정이며, 기한이 되어서도 차관을 다 갚지 못하면 프랑스가 러시아에게 받는다고 한다.

6월 1일 (양력 7월 22일) 영국 전보. 일본이 청국에게 요동반도를 반환하는 대신 750만 파운드를 요구했다고 한다.

7월 1일 (양력 8월 19일) 일본 전보. 러시아·프랑스·독일 3국이 서로 의논을 마치고 3국이 일본에게 요동반도를 속히 반환하고, 그 조건으로 받기로 한 배상 750만 파운드도 감액하라고 요구했다.

8월 1일 (양력 9월 19일) 영국 전보. 러시아가 군사와 대포를 증강하여 블라디보스토크를 굳게 지키고 있다.

23일 (양력 10월 11일), 일본이 요동반도 대신 받기로 한 배상금을 줄여 은화 3,000만 량으로 정하고[122] 요동에 있는 일본 군사시설은 3개월 후 철수하기로 했다.

9월 1일 (양력 10월 18일, 7일) 전보. 러시아가 일본에게 압력을 가해 조선에서 군사를 철수시키라고 요구했다. 만약 이를 듣지 않으면 군함을 부산으로 이동시켜 겨울에 배 다니는 항구를 만들고, 이와 함께 시베리아 철도의 종착역으로 삼겠다고 말했다.

18일 (양력 11월 4일), 일본이 각 군에 알려 요동에 있는 일본군을 다 철수하고 조선에 주둔 중인 일본군도 철수한다고 밝혔다.

10월 1일 (양력 11월 17일), 일본이 여순구의 포대와 부두를 청국에 반환했다.

영국 전보. 영국인 랭 윌리엄(Lang William)은 청국이 전에 고용하여 해군 제독으로 임명하고 해군을 교련시키던 사람이다. 지금 청국이 다시 해군을 훈련시켜줄 것을 요구하자 랭 윌리엄이 굳이 사양했는데 청국이 영국 외무장관에게 다시 보내줄 것을 요청했다. 영국 외무장관이 랭 윌리엄에게 말하기를 "청국이 해군 지휘권을 당신에게 맡긴다고 약속하면 가고, 그 조건이 아니면 가지 말라"고 했다. 이는 청국이 해군을 처음 건설할 때 랭 윌리엄을 제독으로 임명하

---

122) 일본 정부는 요동반도를 청국에 돌려주는 조건으로 1)요동반도를 타국에 할양하지 말 것, 2)요동반도를 돌려주는 대가로 은화 5,000만 량을 제공할 것 등을 요구했으나 삼국간섭에 의해 1)항은 철회되고 지급하는 은화도 3,000만 량으로 감액되었다. 결국 요동반도의 대련, 여순 두 항구는 러시아가 차지했다.

고, 랭 윌리엄이 열과 성을 다 바쳐 해군을 훈련시켜 군사제도를 정비하고 해군 사령관의 기(제독기)를 랭 윌리엄이 탄 배에 걸었다.

광서 16년(1890)에 군함이 영국 식민지 홍콩에 입항하여 랭 윌리엄이 친구와 만나고 돌아오자 그 배에 청국 제독 정여창의 기가 게양되어 있었다. 랭 윌리엄이 크게 노하여 이홍장에게 이 사태의 진상을 묻자 이홍장은 "청국 배가 영국 식민지에 입항하자 영국인으로 해군 사령관을 삼는 것이 불편하여 교체했다"고 답했다. 랭 윌리엄이 사직하고 영국으로 돌아갔는데, 이후로 해군 법제가 문란하여 이번에 일본에게 크게 패한 것이다. 청국 사람들이 정여창을 비판하지만, 내 생각에는 능력 있는 장군을 물리친 이홍장의 죄가 패한 정여창의 죄보다 크다.[123)]

---

123) 북양해군은 영국의 해군 대령 랭 윌리엄을 초빙하여 북양함대를 훈련시켰는데 그의 직책이 처음에는 부제독이었으나 고문으로 내려앉자 사임하고 영국으로 돌아갔다. 이홍장은 랭 윌리엄의 후임으로 프러시아의 육군 엔지니어 폰 한네켄을 기용했다. 폰 한네켄은 요새 구축 전문가로서 여순과 위해위 포대를 설계하고 축조했다. 한네켄은 포대와 요새 전문가였으나 해군의 해상전투에는 문외한이었다. 이밖에도 북양해군에는 외국인 고문으로 독일인 엔지니어 알 브레히트, 독일 포술 전문가 헤크만, 미국인 항해술 교관 필로 맥기핀, 영국 엔지니어 파비스 등이 근무하고 있었다. 해군 출신으로는 영국인 예비역 소위 니콜라스가 있었는데, 그는 중국 해관에서 밀수 단속업무를 담당하던 인물이었다. 이처럼 해군 전문가 아닌 사람들이 근무했기 때문에 북양해군은 근대식 전투 훈련은 부족했다. 진순신 지음·조양욱 옮김, 『청일전쟁』, 세경출판사, 2012, 635~636쪽 참조.

05
일본 메이지 천황의 **선전포고문**[124)]

"짐(메이지 천황)은 청국에 대해 전쟁을 선포하니 모든 신하들은 위로는 짐의 뜻을 받들며, 아래로 백성들의 뜻을 모아 싸우고 지키는데 최선을 다하여 나라의 영광을 드높이되 만국 공법(국제법)을 어기지 말라. 짐은 학문을 숭상하고 전쟁을 방지하여 백성들에게 평화와 행복을 누리게 하는 것을 중시했다. 짐은 제위에 오른 후 30년간 외국과 원만한 관계를 유지하기 위해 노력했으며, 그 뜻을 대신들에게 알려 여러 해 동안 많은 나라와 친밀한 외교관계를 맺어왔다.

최근에 조선 문제와 관련하여 청국이 여러 번 신의를 저버리고 정의롭지 못하게 하니 이는 짐도 전혀 생각하지 못했던 것이다. 조선은 독립국으로서 여러 나라와 조약을 맺고 통상하는 것은 우리 일본이 이끌어준 것이다. 그런데 청국은 속국이라 하며 내정을 간섭하다

---

124) 이 내용은 윤치호가 번역하여 영어신문에 게재한 것을 『중동전기』에 한문으로 번역한 것이다.

가 조선에 환란(동학 농민운동)이 일어나자 속국을 보호한다는 명분으로 군대를 보냈다.

짐은 1885년에 맺은 천진조약에 따라 우리 군사를 보내 불상사를 막고, 조선을 환란에서 구하여 동양의 평화를 보존하고자 협조를 요청하였으나 청국이 갖가지 이유로 이를 거절했다. 일본은 조선에 대해 정치를 개혁하여 안으로는 백성을 편안하게 하고, 밖으로는 우호친선을 증진하도록 권고하자 조선 정부는 이를 수용했다. 그러나 청국은 은밀히 이를 방해하고 조선의 내란을 진압한다는 명분하에 군대를 동원하여 바다와 육지에서 전쟁을 준비하고 증원군을 보냈다. 강한 힘만 믿고 허약한 나라를 힘으로 누르며 오만하고 무례하여 우리 군함에 대포를 쏘기에 이르렀다.

조선의 독립국 지위는 일본이 지지하고 있고, 또 조선과 여러 나라 간 조약에 의해 인정되고 있다. 청국의 행동은 조선의 지위를 훼손할 뿐 아니라 조선과 각국이 맺은 조약을 위반하는 것이고, 우리의 권리에 대한 도전이며 동양 평화를 깨뜨리는 것으로 청국의 욕심과 음흉한 책략이 드러났다. 우리나라가 정당한 목적으로 군대를 동원하는 것이 부득이하니 충성스럽고 용맹한 백성들은 각자 책임을 다하여 신속히 평화를 회복하고 국가의 영광을 빛내기를 진정으로 바라노라."

대일본 메이지 27년(1894) 8월 1일

기자가 논평하기를 "이 글을 보면 충분히 세상 사람의 이목을 속

일만 하다. 일본이 조선의 독립을 위해 싸운다는 것은 실상은 세상을 속이는 말일 뿐이다."[125]

125) 이 대목의 따옴표 속 문장은 이승만이 기자의 말을 빌려 자신의 의사를 표현한 것으로 보인다.

06
조선 난리의 **역사적 기록**(제 1부터 제 12까지)

미국인 존 알렌(林樂知: Young John Allen) 저술, 이승만 번역

(1) 조선 난리의 역사적 기록 제 1

조선은 기자(箕子)[126]에 도읍한 오래된 나라다. 청국과 친밀하게 지낸지 오래 되었는데, 광서 20년(1894) 갑오 3월에 동학당의 괴수 최시형(崔時亨)[127]이 전라도 고부에서 난을 일으키자 가담한 자가 5~6만 명이나 되었다. 이들은 머리에 흰 수건을 쓰고 손에 황색 깃발을 들고 떼를 지어 다니며 지방 관리를 세 명이나 살해했다. 전운사(轉運使)[128] 조필영이 소문을 듣고 도망가자 난민들이 나라의 식량 수천 가마를 노략질하고 무기를 탈취하여 네 가지 주장을 내세웠는

---

126) 기자는 고조선 시대 전설상의 기자 조선(箕子朝鮮)의 시조다. 중국 은(殷)나라의 현인(賢人)이었는데 주나라 무왕(武王)이 은나라를 멸망시키자, 기원 전 1122년 조선으로 이주해 와서 단군 조선에 이어 기자 조선을 건국했다.

127) 최시형(1827~1898)은 1861년 동학에 입문했고, 1863년 초대 교조(敎祖) 최제우에 이어 제2대 교조가 되었다. 동학 농민운동에 참여했다가 1898년 체포되어 교수형을 당했다. 호는 해월(海月).

128) 조선 시대, 세곡 운반을 맡아보던 전운서(轉運署)에 속한 관원.

데 그 내용은 다음과 같다.

1) 사람을 죽이거나 다치게 하지 않는다.

2) 충효를 세우고 세상을 구제하며 백성을 편안하게 한다.

3) 왜적을 물리치고 유교를 맑게 한다.

4) 서울로 쳐들어가 권문세가를 타도하고 나라의 기강을 세우며, 명분을 바로잡아 성현의 교훈을 좇는다.

이 네 조목을 가지고 일제히 봉기하여 전주를 점령하고 기세가 등등하니 서울이 크게 소란스러워졌다. 난을 일으킨 사람들이 전주 남문에 글을 써 붙여 놓았는데 그 내용은 다음과 같았다.

"지금 나라 돌아가는 형편을 보면 우리가 가만히 앉아서 죽기를 기다릴 수는 없다. 용맹하고 날랜 군인들은 중요한 위치에서 군령을 기다리고, 재주 있는 사람들은 여기저기 글을 보내 나라 일을 도와야 한다. 요즘 돌아가는 나라 형세는 집권 대신들은 모두가 왕의 외가 친척들이다. 이들은 개인과 가문의 이익이 될 만한 일에만 관심이 있을 뿐이다. 그 도당들이 각지에 나가 백성의 재물을 착취하고 괴롭히고 있으니 백성들이 어떻게 견딜 수 있겠는가.

초토사(招討使)[129] 홍계훈(洪啓薰)[130]은 원래 무식한 사람으로 동

---

129) 나라에 변란이 생겼을 때 이를 평정하기 위해 중앙에서 파견한 관리.

130) 홍계훈(?~1895)은 1882년 임오군란이 일어나 구식 군인들이 궁궐을 공격할 때 명성황후를 궁궐에서 탈출시킨 공으로 중용되었다. 1894년 동학 농민운동이 일어나자 양호초토사(兩湖招討使)에 임명되어 군사 800명을 이끌고 난민 토벌을 위해 4월 7일 전주에 도착했다. 농민군이 부안, 영광 등 전라도의 여러 고을을 휩쓸자 관군 병력만으로는 농민군을 진압하기 어렵다고 판단, 청국에 군대를 요청해 달라는 보고를 올렸다. 이 보고가 결국 청일전쟁의 도화선이 되었다. 1895년 8월 을미사변이 일어나 일본 자객들이 명

학의 위엄에 겁이 났으나 부득이하게 출전하여 나라에 공이 있는 김세풍을 허락 없이 베어 죽였다. 스스로 자기 공을 드러내 남에게 칭찬이나 받으려 하니, 이 자는 반드시 천벌을 받아 죽을 것이다. 애석한 것은 3년 내에 우리나라가 러시아에 넘어갈 지도 모른다는 점이다. 이런 이유로 우리 동학당이 의병을 일으켜 백성들을 살리고자 한다."

동학란이 벌어지자 조선 정부에서 홍계훈에게 군사 800명을 지휘하여 청국에서 온 군함 정원함과 조선에 있던 창룡, 한양 두 화물선 등 세 척에 나누어 타고 충청도로 향해 난민들을 공격했다. 청국 공사 원세개가 서방걸을 딸려 보냈는데, 조선 병사들이 여러 차례 패전하여 경상도는 동학도들이 점령했다.

이 사실이 천진에 보고되자 이홍장이 청국 황제의 명을 받들어 정예 병력 4,000명을 해안, 해정, 도남, 공북 등 군함 네 척에 분승시켜 조선에 파송했다.[131] 이 소식을 접한 일본이 자기네 거류민을 보호한다는 명목으로 군대를 조선에 보내려고 했다. 일본의 파병 움직임은 다섯 가지 이유가 있다.

첫째, 갑신정변 때 일본군이 뜻을 이루지 못했다가 이번에 기회를

성황후를 시해하기 위해 궁궐을 습격할 때 군부대신 안경수와 함께 시위대 병력을 이끌고 방어하다가 전사했다.

131) 청군은 6월 6일 섭사성의 지휘 하에 기마병과 보병 910명이 증기선 도남호를 타고 천진을 출발하여 6월 8일 오후 6시 아산 백석포에 상륙했다. 섭지초는 6월 8일 후발부대 1,055명을 이끌고 산해관에서 증기선 해정호, 해안호에 나눠 타고 6월 10일 백석포에 상륙하여 섭사성의 군대와 합류했다. 6월 22일 총병 하청운(夏青雲)은 기마대 100명, 지뢰병 100명, 보병 300명과 군마를 이끌고 해정호를 이용해 6월 25일 아산에 도착했다. 유영익 외 지음, 『청일전쟁의 재조명』, 한림대학교 아시아문화연구소, 1996, 134쪽.

잡아서 원수를 갚고자 하는 것이다.[132]

둘째, 조선이 통상을 시작한 이후 청국이 조선 세관을 모두 관리하여 일본이 끼어들 틈이 없었는데, 이제 군대를 이용하여 조선에서 이익을 취하기 위해서다.

셋째, 전에 조선 황태후(趙大妃)[133]가 서거했을 때 청국 황제가 사신을 보내 위문하자 조선이 정중하게 답례 했는데 일본에게는 그만한 답례를 하지 않았다. 일본이 이를 서운하게 생각하다가 이 기회에 청국과 동등한 세력으로 인정을 받기 위해서다.

넷째, 김옥균이 일본의 보호를 받은 지 오래인데, 청국으로 유인하여 상해에서 암살하고 그 시신을 찢어 일본의 체면을 무시했으니, 일본이 이 수치를 씻고자 하는 것이다.[134]

---

132) 갑신정변 때 일본군은 청군의 공격을 받아 공사관이 불타고 공사관 직원과 거류민이 희생되는 참패를 당했다.

133) 신정왕후(神貞王后, 1808~1890) 조대비(趙大妃)는 조선시대 추존왕 익종의 정비이며 헌종의 어머니다. 조대비는 흥선군의 둘째아들인 이재황을 익종과 자신의 양자로 입적시켜 왕위에 올렸는데, 그가 조선의 26대 왕 고종이다. 조대비는 고종의 법적인 어머니로서 수렴청정을 하다가 고종의 아버지 흥선대원군에게 전권을 주고 물러났다. 1890년 83세의 나이로 경복궁 흥복전에서 사망했다.

134) 청군의 도움으로 갑신정변 쿠데타를 진압한 민 씨 정권은 김옥균, 박영효, 서광범, 서재필 등 주모자들을 대역죄인으로 규정하고 일본으로 망명한 이들의 송환을 요구했다. 1894년 3월 김옥균은 민 씨 정권이 보낸 자객 홍종우의 설득에 넘어가 상해로 갔다가 동화양행 객실에서 홍종우에게 암살당했다. 청국은 김옥균의 시신과 체포한 자객 홍종우를 조선 정부에 인도했고, 김옥균의 시신은 양화진에서 능지처참되어 길거리에 내걸렸다. 이 소식을 접한 일본의 지도층과 언론은 조선과 청국을 응징하자는 여론을 형성하여 청일전쟁을 촉발시키는 분위기를 조성했다. 후지무라 미치오 지음·허남린 옮김, 『청일전쟁』, 도서출판 소화, 1997, 73~74쪽.

다섯째, 일본이 의회를 새로 개설[135]했는데, 전국의 민심이 사납고 흉흉하여 여러 차례 회의에도 불구하고 번번이 의견이 맞지 않았다.[136] 서양 각국은 민심이 흉흉하면 외국과 전쟁을 벌여 내란을 진정하곤 하는데, 일본이 이를 본받아 내정의 위태로움을 진정시키려고 하는 것이다. 이 다섯 가지는 모두 일본이 반드시 이행하려고 했다.

조선은 내란을 평정하기 위해 임금이 명을 내려 고부군수 조병갑(趙秉甲)[137]을 체포하여 남간(南間·의금부 남쪽에 있던 사형수를 가두던 감옥)에 가두었다. 또 지방의 수령 중 욕심이 적고 성질이 포악하지 않은 사람도 죄를 다스려 민심을 진정시키고, 대신(大臣) 이하 미관말직에 이르기까지 백성들을 편안하게 할 방법을 건의하도록 했다. 전라감사는 감봉 처벌하고, 각지에서 도주한 수령들은 죄의 경중을 가려 처벌하라고 했다. 또 봉기한 농민들이 무기를 내려놓으면 죄를 용서할 것이며, 만약 말을 듣지 않으면 경군(京軍·서울의 각

135) 1882년 3월, 이토 히로부미는 정부의 명을 받고 유럽으로 건너가 독일 입헌주의에 대해 조사를 시작했다. 이토는 베를린 대학교의 루돌프 폰 그나이스트와 빈 대학교의 로렌츠 폰 슈타인에게 수학하고, 군주권이 강력한 독일·프로이센 헌법이 일본에 가장 적합한 정치 체제로 보았다. 1883년 귀국한 이토는 헌법조사국을 설치하고 헌법 초안을 기초했다. 1885년에는 내각 제도가 창설되어 초대 내각총리대신에 취임했고, 1889년 2월 11일 '대일본제국 헌법'이 공포되었다. 이로써 일본은 터키가 오스만 제국 헌법을 제정한 후 14년 만에 동아시아에서 근대적인 헌법을 가진 입헌국가가 되었다. 1890년 11월 29일 제1회 일본 제국의회가 개회했다.

136) 동학 농민군이 전주성을 함락한 날 일본 내각은 의회에서 탄핵 당하자 정치적 위기를 해외에서 전쟁을 일으켜 해소하려 했다.

137) 조병갑은 1892년 4월 고부군수로 부임한 이래 갖가지 탐학비행(貪虐非行)을 저질렀다. 1894년 1월 11일 전봉준을 지도자로 하는 농민항쟁이 일어나 고부 관아를 습격하자 그는 남의 집에 숨어 있다가 옷을 바꿔 입고 정읍을 거쳐 전주로 도망쳤다. 정부는 조병갑을 체포하여 섬으로 귀양 보냈다.

영문에 소속되어 주로 임금을 호위하던 군사)을 보내 토벌하겠다는 뜻을 밝혔다.

외국과의 외교관계는 문제가 많았다. 이 무렵 이홍장이 조선에서 난리(동학 농민운동) 소문을 듣고 청국 황제에게 아뢰어 육군 제독 섭지초는 육군을 거느리고, 해군 제독 정여창은 철갑선(정원함)을 지휘하고, 전 대만 순무사 유명전(劉銘傳·류우밍후)을 전권대신으로 일본에 보내 전쟁과 화친 중 한 가지를 택하라고 요구했다. 이 정도면 조선 문제를 진정시킬 수 있을 것으로 보았다.

그러나 조선에 파병된 일본군이 말을 듣지 않고, 조선 주재 일본 공사 오토리 게이스케(大鳥圭介)는 군함을 타고 바다 건너 서울로 들어갔다. 일본 정부는 우편선 한 척을 빌어 운행하도록 했는데, 이는 동학당이 서울에 쳐들어오는 것을 원치 않았기 때문이다. 조선 군인들이 각 성문을 지키면서 행인을 감시하고, 단오날 조선 군사가 동학당을 쫓아 전주를 공격하고, 청국 군사들이 조선에 파병되니 적(동학 농민군)들이 패하여 김제로 물러갔다. 조선 정부에서 다시 동학도들을 타일렀으나 여전히 항거했다.

이때 청국은 속국을 위해 구원병을 보내 반란을 평정하는 것이 마땅한 도리라며 자청했다. 갑신정변 후 청·일이 맺은 조약(천진조약)에 의하면 양국이 조선에 군사를 보내지 않도록 되어 있으며, 만약 부득이하게 파병할 경우 두 나라가 함께 병력을 보내기로 되어 있으므로 일본은 핑계 댈 명분이 있기 때문에 각국 신문도 청국 행동을 두고 옳으니 그르니 하며 시끄러웠다. 일본은 조선의 변란을 이용하여 육군과 해군을 증강하고, 군함과 군대가 이동하는 모습이 신문에 보도되지 않도록 통제했다. 이는 군사기밀이 누설될까 우려해서 내린 조치다.

일본 해군 제독 이토 스케유키가 군함을 지휘하여 조선에 도착하자 해군 제1대와 군의(軍醫) 여러 명을 서울에 보내니 그 움직임이 많은 적군을 대하는 것과 비슷했다. 6월 7일 새벽에 해군 제2대를 동원하고 주조선 일본 공사 오토리 게이스케는 순포(巡捕·치안을 담당하는 경찰)와 함께 서울에 입성했다. 오토리 게이스케는 조선에 두 번째 주재하는 것이다. 이날 오후 일본군 105명이 대포를 끌고 서울에 입성했고, 100명은 인천과 서울 사이 각처의 야산에 주둔하여 망원경으로 사면을 감시했다.

6월 11일에 또 병력 1,100명과 말 20필을 서울로 들여보내고, 13일에는 군함 두 척에 3,000여 명을 실어 보냈다. 육군 소장 오시마 요시마사(大島義昌)[138]가 지휘하는 병력은 일본 공사관 근처에 주둔했다. 항구에 입항한 배는 군함 7척과 포함 2척, 우편선 1척과 그밖에 상선 5척에 탄약을 실었다. 인천 세관의 세무사가 상륙을 금지시키면서 "이런 군함은 값이 3만 원이니 세금 3,000원을 납부하라"고 했으나 일본인들은 코웃음을 치면서 짐을 내렸다.[139]

---

138) 오시마 요시마사는 현 일본 총리 아베 신조의 모계 증조 할아버지다.

139) 일본 정부가 조선 정부의 요청도 없는 상황에서 육군과 해군을 조선에 파병하자 조선 정부는 조선 주재 일본 영사관의 스기무라 후카시에게 엄중 항의하고 병력의 철수를 요구했다. 또 미국 외교고문 젠트라 등을 인천에 급파하여 오토리 게이스케가 지휘하여 온 병력의 서울 진입을 저지하려 했으나 실패했다. 왕현종 외 지음, 『청일전쟁기

청국 제독 섭지초가 조선에 도착하자 조선 정부에서 외무차관 이중화가 영접을 나갔다. 조선에 도착한 청군은 백성들의 집을 내어주어 거처하도록 했다. 청국 군함 4척과 증기선 2척은 인천과 아산에 입항했고, 대병력이 연대에 집결했는데 군령을 기다려 이동을 준비 중이다. 소강이란 배는 총 1,000정과 탄환 10만 발을 실어 보냈고, 상무국의 증기선 4척은 군량과 탄약을 싣고 뒤를 따랐다.

이홍장이 명을 내려 "서울에 들어가지 말고 소란을 피우지 말라. 앞으로 우리가 영국, 독일 두 나라에게 청국과 일본의 잘잘못을 판단하도록 할 것"이라고 하였으나 일본은 영국, 독일에게 "남의 나라 일에 간섭하지 말라"고 했다. 이때 조선에 도착한 외국 군함은 러시아, 프랑스, 미국 등 세 나라가 한 척씩이고, 영국은 군함 두 척을 거문도에 보냈다. 이는 전에 청·일 양국 조약 중에 만약 조선에서 문제가 발생하면 영국이 거문도를 지키겠다고 한 약속을 이행하기 위해서다.

프랑스, 미국 군함은 자국 상인을 보호할 목적이니 영국, 프랑스, 미국 3국은 청국이 꺼릴 이유가 없다. 러시아는 조선에 야심을 가지기 시작한 지 오래 되었는데, 조선에 주재하는 러시아 공사가 조선 조정에 "우리가 조선을 돕겠다"고 제의해 왔다. 조선이 이를 망설이면서 청국 병력이 하루빨리 철수하기를 요청하자 러시아 군함이 가장 먼저 조선 해역에 진입했다. 그 뜻이 의심스럽다.

한·중·일 삼국의 상호 전략』, 동북아역사재단, 2009, 431쪽.

⑵ 조선 난리의 역사적 기록 제 2

조선 정부는 상해에서 김옥균의 피살 소식을 듣고 그의 관을 실어다 시체의 목을 베고 처자에게까지 참혹한 형벌을 가하는 행위가 강대국의 분노를 사리라는 것은 생각지 않았다. 갑신정변의 공모자 박영효(朴泳孝)[140]가 일본에 망명했다가 조선 자객 이일직의 공격을 받았다. 다행히 화는 면했으나 조선과 일본 양국 간의 외교 문제로 비화한데다, 또한 김옥균의 잘린 머리를 거리에 매달고 소금에 절였다.[141] 이는 옛날에 왕거군(王巨君)[142]이 적의 시체를 불사르고, 조무휼(趙毋卹)[143]이 지백(智伯)[144]의 머리에 옻칠한 것과 같았다. 이런 행위를 어찌 인정에 가깝다고 할 것인가.

---

140) 박영효(1861~1939)는 철종의 사위로 김옥균·서광범·홍영식 등과 개화당을 조직했다. 1882년 임오군란 수습을 위해 특명전권대신으로 일본에 갈 때 배에서 태극팔괘(太極八卦)의 도안을 기초로 태극기를 만들어 사용했다. 1884년 갑신정변 쿠데타를 일으켰으나 청군의 개입으로 실패하자 김옥균 등과 함께 일본으로 망명했다. 1888년 메이지학원 영어과 졸업, 1892년 박영효 암살을 위해 조선 정부가 자객을 보냈으나 미수에 그쳤다. 청일전쟁에서 승리한 일본이 갑오개혁을 추진할 때 귀국했다.

141) 일본『시사신보』는 1894년 4월 28일자 기사에서 김옥균의 시신 처리 과정을 다음과 같이 보도했다. "김의 시신을 관에서 꺼내어 땅 위에 놓고, 절단하기 쉽게 목과 손, 그리고 발 밑에 나무판자를 깔았다. 목을 자르고 난 다음에 오른쪽 손목 그다음 왼쪽 팔을 잘랐다. 이어 양 발목을 자르고 몸통의 등 쪽에서 칼을 넣어 깊이 한 치 길이 여섯 치 씩 열 세 곳을 잘라 형벌을 마쳤다. 시신을 조각조각 떼어서 팔도에 보내어 저자거리에 내다 걸게 하고, 목은 대역부도 옥균이라고 커다랗게 쓴 현수막과 함께 양화진 형장에 걸어 놓았다."

142) 중국 전한(前漢) 말의 정치가이며 '신(新)' 왕조의 건국자.

143) 조양자(趙襄子). 이름은 무휼(毋卹)로도 쓴다. 춘추 시대 말 진(晉)나라 사람.

144) 전국시대 진(晉)나라 사람. 이름은 요(瑤)고, 지양자(智襄子)라고도 부른다. 진나라 말기 유력 씨족들이 분열해서 서로 다투게 됐을 때 자체 세력을 형성하여 조양자를 공격했지만 멸망했다.

일본이 김옥균의 참혹한 죽음 소식을 듣고 각 신문에서 비판적인 보도를 하는 바람에 조선을 비난하는 목소리가 거세지고 있는데, 조선 인민은 이런 사실을 깨닫지 못하고 있다.[145)]

동학당은 구태를 면치 못하고 개화당들과 원수지간으로 있는데, 청국이 김옥균의 시신을 일부러 전함 위정에 실어 보내 도륙하는 모습을 보고는 "청국도 개화당을 별로 좋아하지 않는 것 같다"고 수군거렸다. 수구파 홍종우(洪鍾宇)[146)]는 김옥균을 암살한 공으로 5품 벼슬을 내리고 표창함으로써 조선 정부가 확실한 수구임을 알 것이다.

---

145) 일본 정부는 조선 정부가 자객을 보내 김옥균을 암살하려는 움직임을 눈치 챘으나 이를 저지하지는 않았다. 갑신정변이 실패하여 쓸모가 없어졌기 때문이다. 김옥균이 상해에서 암살당하자 일본 정부는 김옥균이 일본인이나 다름없고, 일본 여관에서 살해당했으니 사건 관할권이 일본에 있다고 주장했고, 암살을 방치한 청국 정부를 맹비난했다. 일본 언론은 일제히 김옥균을 애도하고 의연금 모금, 시신 수습 문제를 협의하는 등 재빠르게 움직였다.

146) 홍종우(1850~1913)는 일본 나가사키로 건너가 막노동을 하며 일본어를 익혔고, 20여 년 일본에 살면서 근대화 된 모습을 지켜보았다. 그는 일본이 동양의 영국이 된다면 조선은 동양의 프랑스가 되어야 한다는 생각에서 프랑스어를 배워 40세 되던 1890년 12월 프랑스로 유학을 떠났다. 홍종우는 조선 최초의 프랑스 유학생이다. 2년 동안 파리 기메 박물관에서 재직하며 『춘향전』, 『심청전』, 『직성행년편람』(直星行年便覽) 등 한국의 고전을 번역했고, 프랑스인들이 조선어를 배울 수 있도록 조선어 사전과 조선어 교습서를 만들었다. 1893년 귀국을 위해 일본에 도착했을 때 고종의 밀명으로 도쿄에 온 이일직으로부터 김옥균 암살을 제의받았다. 유럽 외교관 부인들과 자주 어울린 명성황후는 파리 사교계의 유명 인사였던 홍종우의 존재를 알게 되었고, 홍종우에게 개화당 수괴 김옥균의 암살을 부탁한 것이다. 외세를 등에 업은 개화당을 싫어했던 홍종우는 이를 승낙하고, 김옥균과 접촉하여 상해행을 유도했다. 홍종우를 따라 상해로 간 김옥균은 동화양행이란 일본계 호텔 객실에서 홍종우가 쏜 세 발의 총탄을 맞고 즉사했다. 청국 경찰은 홍종우를 체포했으나 무혐의로 석방했고, 김옥균의 시체까지 내주었다. 홍종우는 김옥균의 관을 가지고 귀국했다. 고종은 홍종우에게 보부상들을 통한 여론 조성, 정보 수집 등을 하는 정보기관 운영을 맡겼다. 그는 왕당파 개화세력으로서 입헌군주국이나 공화제를 주장하는 독립협회와 만민공동회의를 해산시키는 데 앞장섰다.

떼를 지어 다니며 약탈을 일삼는 무리들이 이런 기회를 다시 만날 수 없다면서 더욱 창궐하여 조선의 사태는 불 위에 앉아 있는 모습과 같았다. 끝내 이를 미리 짐작하지 못하고 마침내 동학 난리가 진압하기 어렵게 된 후 청국에 구원병을 요청하여 두 차례에 걸쳐 구원병이 들어오고 일본군마저 따라 들어오도록 만들었으니 슬프고 애석하다. 누가 화를 먼저 일으켰든 조선 정부가 그 책임을 면하기 어렵게 됐다.

전에 일본 군함 10여 척이 조선 해역에 진입했을 때 서양 법에 따라 행동하며 당장 접전을 벌일 듯 법석을 떨었다. 반면 청국은 군함 두어 척이 그 근처에 있었음에도 불구하고 태평하게 있었으니, 미개하고 어리석음을 넉넉히 알 것이다. 생각 있는 사람들은 모두 탄식했다.

일본 공사 오토리 게이스케는 조선 정부에 "속국이라 하지 말고 자주독립하여 서울에 주둔한 청국 관원과 군사들을 돌려보내라"고 하자 조선 정부가 오랫동안 주저하며 결정하지 못했다. 영국과 러시아 양국 정부는 프랑스, 독일, 이탈리아 3국과 협력하여 돈독한 외교관계를 악화시키지 말라고 청국에 권고했다. 청국은 그 말을 수긍했으나 일본은 오히려 그 다섯 나라에 항의하려고 한다.

이에 러시아가 "일본은 조선의 토지 한 뼘, 사람 한 명이라도 차지하지 못할 것"이라고 했다. 러시아의 이 발언은 청국을 돕고 일본을 억누르려는 것인지, 아니면 조선을 취하여 러시아에 이롭게 하려는 것인지 그 뜻을 알 수가 없다. 말하자면 매미를 잡으려는 새는 뛰며 기뻐하는데 사냥꾼은 그 밑에서 활을 들고 새를 쏘아 잡으려는 형상이다.

이때 이홍장이 대화로는 사태를 해결하기 어렵다고 보고 군량을 모으고 천진의 마보군(馬步軍: 기마병과 보병)과 군향성의 기마대, 여순구의 포병대 등 10여 영문에 명을 내려 조선에 파병하고, 또 상무국 소속 증기선에 군사를 실어 동쪽으로 향했다. 그밖에 서양 상선을 빌리고 철갑선 8척을 파송하면서 "도중에 일본군을 만나거든 함포를 발사하여 적을 쳐부수라"고 했다. 그리고 광동(廣東·광둥)과 남양(南陽·난양) 군함들을 조선 해역에 보내 위력 시위를 하도록 하니, 이는 해군을 전면 동원한 것이다.[147)]

육로로 이동한 병력은 좌보귀 등 여러 장수가 병력 3만 명인데 길림(吉林·지린)성, 산해관, 흑룡강성, 봉천성을 거쳐 압록강을 건넌 다음 의주와 평양을 지나 서울에 진입하라고 명을 내렸다.[148)] 이러한 대병력의 해군과 육군의 출동으로 볼 때 조만간 조선의 위기가 안정

---

147) 당시 청국 해군은 북양함대, 남양함대, 복건함대, 광동함대 등 4개 함대로 구성되어 있었다. 북양함대는 수도 방위를 위해 특별히 창설된 중국의 최정예 함대였고, 여순과 위해위 두 곳에 웅장한 요새 항만을 보유하고 있었다. 제노네 볼피첼리 지음·유영분 옮김, 『구한말 러시아 외교관의 눈으로 본 청일전쟁』, 살림출판사, 2009, 99쪽.

148) 7월 20일부터 청국 군대가 이동을 시작, 압록강을 건너 평양에 집결했다. 조선에 파병된 4개의 청군 부대는 1)천진에 주둔하던 성군(盛軍): 위여귀 지휘 하에 총 6000명. 2)여순 입구에 주둔하던 의군(毅軍): 마옥곤 지휘 하에 2,100명. 3)봉천 근처에 주둔하던 봉군(奉軍): 좌보귀 지휘 하에 3,500명. 4)봉천 연군(練軍) 성자영(盛字營)과 지린(吉林)연군(鍊軍): 풍승아(豊升阿) 지휘 하에 2,000명이었다. 각 군영의 청군이 조선에 들어온 후 청국 정부는 평양 배후의 공백을 메우기 위해 8월 15일, 금주에 주둔하던 유성휴(劉盛休)의 명군(銘軍) 보병 4,000명을 조선의 안주로 출병시키고 이를 후원부대로 삼았다. 또 흑룡강성의 의고당아(依古唐阿)가 이끄는 연군(鍊軍) 8개 군영을 보내 훈춘에서 조선으로 진입시켰다. 이상의 4대군을 합치면 조선에 들어온 청국의 총 병력은 2만여 명 정도였다. 유영익 외 지음, 『청일전쟁의 재조명』, 한림대학교 아시아문화연구소, 1996, 140~141쪽.

될 수 있었는데, 원세개는 사신이 도착하는 것을 기다리지 않고 천진으로 도주했다. 이는 원세개의 큰 실수였다.[149)]

독일 장수 콘스탄틴 폰 한네켄(韓納根· von Hanneken)은 전장에 익숙한 사람이다. 청국 병력 1,200명을 지휘하여 영국 상선 고승호를 타고 아산을 향하다가 일본 해군의 공격을 받아 침몰할 때 청국 군함들이 전력을 다해 싸우지 않고 도주하는 바람에 700명이 사망했다. 폰 한네켄은 바다에 뛰어들어 헤엄을 치고 있는 것을 건져내 간신히 살았다. 일본 군함은 바다에 빠진 서양 사람만 구하고, 청국 군인들은 지나가던 프랑스, 독일 군함이 구출하여 겨우 목숨을 건졌다. 이는 청국 군함들의 잘못이다.[150)]

---

149) 일본군이 조선에 병력을 파병하여 서울에 진입하자 원세개는 1894년 7월 19일 노인으로 변장하고 서울을 빠져나가 인천에서 청국 군함 평원호를 타고 본국으로 탈출했다. 그는 당분간 고향에서 쉬다가 이홍장의 부름을 받고 만주 지역의 청군에게 식량과 군수물자를 보급하는 직책을 맡아 봉천에서 활동했다.

150) 1894년 7월 25일 풍도 앞바다에서 일본 연합함대의 나니와함이 청군 1,200여 명을 태우고 아산만으로 향하던 영국 상선 고승호를 발견했다. 이 배에는 청국에서 고용한 독일인 장교 콘스탄틴 폰 한네켄이 타고 있었다. 독일 귀족 출신인 한네켄은 독일군에서 육군대위로 전역한 뒤 베를린 주재 중국 공사인 이봉포(李鳳苞·리펑바오)의 요청으로 청국에 와서 회군(淮軍) 교관을 맡았다. 그러다 이홍장의 군사고문이 되어 여순, 대련, 위해위의 포대 구축 때 설계를 담당했다. 1894년에는 조선 형세를 보고 오겠다고 이홍장에게 건의하여 고승호에 승선했다. 오전 9시 경 나니와함은 고승호를 향해 닻을 내리라는 신호와 함께 공포탄을 발사하고 장교를 태운 보트 한 척을 고승호에 보냈다. 일본군 장교는 고승호 선장 겔스워디(T. R. Galsworthy)에게 나니와함을 따라오라고 말했다. 이때 배에 타고 있던 청군 장수가 병사들에게 무기와 탄약을 지급하고 일본군과 싸울 것이라고 선언했다. 나니와함은 고승호가 적대행위를 하려 하자 오후 1시경 어뢰와 함포를 발사했다. 폰 한네켄과 유럽인들은 배 밖으로 뛰어내려 빗발치는 탄환 속에서 필사적으로 헤엄쳤다. 고승호는 30분 만에 침몰했고 영국인 선장과 일등 항해사, 조타수는 일본군 구명정에 의해 구조되었다. 폰 한네켄과 일부 병사들은 해안까지 헤엄쳐 갔고, 일부는 고승호 돛대에 매달려 있다가 다음날 아침 프랑스 포함인 라이온호에 의

조강호는 일본에 나포되고 말았다. 해군 제독 정여창이 지휘하는 군함은 일본보다 두 배나 많았지만 고승호의 침몰을 구원하지 않았고, 적군을 보지도 않고 먼저 도주했으니 이는 정여창의 죄가 크다. 철갑 전함 제원(濟遠)은 정여창이 탄 배(정원함)보다 작았지만[151] 일본군과 접전을 벌였고, 광을호는 북양함대만도 못했지만 일본군과 접전하다 패했는데 정여창이 제원과 광을 두 전함을 구하지 않았으니 이것 또한 정여창의 잘못이다.

이홍장이 고승과 제원 두 척의 패전 소식을 듣고 정여창에게 명령하여 전함 13척을 동원하여 조선 해역으로 나가라고 했으니, 그 소문만 들어도 일본군의 간담이 서늘해질 것이다. 그러나 정여창 함대는 잠시 바다로 나왔다가 뱃머리를 돌려 위해위로 돌아가는 바람에 일본의 멸시를 자초했으니 이 또한 정여창의 죄다. 상황이 이러하니 조선은 모두 일본 손아귀에 넘어가고 조선 사람은 청국에게 기대하는 마음이 사라졌다. 이것이 다 누구 탓인가. 생각할수록 분을 참지 못하겠다.

해 구조되었다. 그러나 구조된 생존자는 170여 명에 불과했고 1,000명 이상이 목숨을 잃었다. 고승호가 나니와함에게 발각된 것은 고승호의 출항시간이 천진에 잠복해 있던 일본 첩자에게 탐지되었기 때문이다. 일본 대본영은 청국 병력수송선의 출항 정보를 입수하자 7월 23일 연합함대 사령관 이토 스케유키에게 작전명령을 내렸다. 이토는 전함 15척, 어뢰정 6척을 끌고 사세보항을 출항하여 풍도 부근에서 병력수송선과 호위함들을 공격했다. 고승호에서 살아남은 폰 한네켄은 북양함대의 군함에 승선하여 황해 해전에 참전했다. 제노네 볼피첼리 지음·유영분 옮김, 『구한말 러시아 외교관의 눈으로 본 청일전쟁』, 살림출판사, 2009, 133쪽. 유영익 외 지음, 『청일전쟁의 재조명』, 한림대학교 아시아문화연구소, 1996, 142쪽 참조.

151) 정원함은 7,340톤에 305㎜ 주포 4문, 150㎜ 2문을 장착한 당대 최고의 거함이었고, 제원함은 2,355톤에 210㎜ 포 2문을 장착하고 있었다.

섭사성은 아산으로 이동하여 수비에 나섰는데 휘하 군사가 2,000명에 불과했다. 병력 수가 이 정도밖에 안 되니 어떻게 일본군 7,000명을 당하겠는가. 탄환도 떨어지고 구원병도 오지 않아 아산을 잃었다. 청국 군함이 오지 않으면 일본 군함이 오는 것은 삼척동자도 다 아는 사실이다.

그런데 무슨 까닭인지 청국의 철갑 전함은 위해위로 피하고, 간간히 군사 몇 명씩 보내 바다 밖 30리 또는 50리씩 돌아다니다 5~6시간 만에 돌아왔다. 이들이 항구에 들어올 때마다 천진의 이홍장에게 이런 저런 배가 이 지역, 저 지역을 순찰했으나 일본군의 종적이 없다고 보고했다. 그러나 영국 타임스와 미국의 트리뷴은 모두가 유명한 신문인데, 일본이 청국 전함을 바다 모퉁이로 몰아넣고 모두 격침시킬 것이라고 보도했다.

7월 11일(양력 8월 30일)에 일본 군함 10척이 위해위 앞바다까지 왔다가 항만 내로 진입하지 못하자 청국 사람들은 "위해위 포대의 대포가 일본 함포보다 멀리 나가기 때문에 일본 함정들이 항만 내로 들어오면 청국 대포에 얻어맞아 침몰될 우려가 있기 때문"이라고 말했다. 그러나 외국인들은 일본 함정들이 청국 포대에 설치된 대포의 사정거리와 위력을 파악하기 위해 일부러 나타난 것이라고 했다.

청국 장관은 이홍장에게 "10일(양력 8월 29일) 새벽에 일본 함정 10여 척이 침범해오자 우리 각 포대에서 대포를 발사하여 일본 해군 제독이 탄 배는 대구경 포탄 세 발을 맞았고, 왼쪽의 철갑 함정은 한 발을 맞았으니 일본군이 많이 사망했을 것"이라고 보고했다. 영국 해군 제독 비씨는 군함 6척을 지휘하여 위해위에 와서 전투 상황을 지켜본 후 "일본 함정이 여순 앞바다에 나타난 것은 여순 포대의 위력을 정찰하기 위한 목적"이라 했다.[152)]

본래 위해위와 여순구는 좌우에서 바다 쪽으로 삐져나와 병목같이 생긴 발해만의 자물쇠일 뿐 아니라 수많은 포대와 요새가 세워져 있어 북양을 지키는 요충지다. 적당한 지휘관만 임명하면 천진과 대고(大沽·다구)[153)]는 철옹성인데, 지금 여순이 어떤 상황인지, 일본 군함의 움직임이 어떤지도 모르면서 일본군은 종적도 없다고만 한다. 이는 우리에게 참으로 위태한 일이니 조선의 상황은 물어볼 것도 없다.

(3) 조선 난리의 역사적 기록 제 3

유진덕(劉振德)이 평양에서 청군과 일본군의 전투 장면을 목격하고 그 상황을 다음과 같이 기술했다.[154)]

청국 장수 섭지초, 풍신아(豐紳阿), 좌보귀, 위여귀, 마옥곤(馬玉

---

152) 1894년 8월 10일 이토 스케유키 제독은 20여 척의 일본 함대를 이끌고 여순과 위해위를 공격했다. 이 공격은 항만 내에 틀어 박여 움직이지 않는 정여창 제독의 북양함대를 밖으로 유인해 함대 결전을 벌이기 위한 작전으로 알려졌다. 그러나 이 공격은 조선으로 군대를 수송하는 일본군 수송선의 움직임을 은폐하기 위한 작전이었다. 제노네 볼피첼리 지음·유영분 옮김, 『구한말 러시아 외교관의 눈으로 본 청일전쟁』, 살림출판사, 2009, 149~150쪽.

153) 발해만에 면해 있는 천진의 외항.

154) 평양전투 관련내용은 제2부 4.3.평양전투(384쪽) 참조 바람.

昆·마유우권) 다섯 대장이 34영 병력을 거느리고 7월에 평양에 집결했다. 일본과 접전하기도 전에 일·청 양국의 정찰병들 간에 소규모 전투가 벌어졌다. 8월 3일(양력 9월 2일)에 청군 두 부대가 어두운 밤에 정찰을 나갔는데 암호를 잘못 알아 아군끼리 전투를 벌였다.[155)]

8월 10일(양력 9월 9일) 일본군이 여러 방향에서 평양으로 진격해오자 마옥곤은 4개 부대를 지휘하여 성 남쪽 언덕을 지키고, 좌보귀는 6개 부대를 지휘하여 성 북쪽의 산지를 담당했다. 섭지초와 섭계림은 평양성 내에 포진했고, 그 외 6개 부대와 조선 군대 800명도 평양성 내에서 대기하며 전투에 투입되기를 기다렸다.

8월 12일(양력 9월 11일) 일본군이 강을 건너 봉천 군사와 싸우다가 청군이 승리를 눈앞에 두고 있었는데 갑자기 섭지초가 급히 퇴각하라는 명을 내렸다. 일본군은 청군이 퇴각하는 것을 보고 강을 건너 공격을 시작하여 산위로 올라와 그곳에 진을 쳤다. 좌보귀가 성 북쪽의 방어를 맡아 밤낮으로 나흘을 싸우다 일본군 대포에 맞아 부상당하자 병사들이 동요했다. 이때 섭지초가 백기를 달고 항복을 요청했다. 일본 지휘관이 전령을 보내 "즉시 성 밖으로 나가라. 그렇지 않으면 또 다시 공격하겠다"고 하자 섭지초가 병력을 이끌고 황급히 퇴각했다.

이때 좌보귀는 중상을 입고 치료 중이었는데, 퇴각 명령을 듣고

155) 1894년 양력 9월 2일 밤 일본군 주력부대가 접근해 오고 있다는 정보가 들어오자 청군의 초계부대가 평양성 밖으로 나가 순찰을 했다. 위여귀의 초계대와 마옥곤의 초계대가 어둠 속에서 마주치자 일본군으로 오판하여 한 시간 동안 총격전을 벌여 상당한 사상자가 발생했다.

섭지초를 만류했으나 섭지초는 말을 듣지 않고 도주하여 어디로 갔는지 알 수가 없었다. 위여귀, 풍신아 두 장수 휘하의 병사들도 도주하고, 좌보귀와 기타 장수들은 평양에서 전사했다. 패전한 군대가 의주에 집결했는데 그 숫자가 수백 명에 불과했다. 마옥곤이 강 동쪽으로 물러나 압록강을 건넘으로써 의주마저 빼앗겼다.

일본 신문에 의하면 섭지초가 수천 군사를 거느리고 먼저 북쪽으로 도주했고, 섭계림은 일본군이 눈치 채지 못하도록 조선 사람 옷으로 갈아입고 도주했다. 풍신아는 좌보귀의 전사 소식을 듣고 도망했고, 위여귀는 군비 중 은화 8만 량을 자기 집으로 보내다가 군심(軍心)이 흉흉하자 먼저 달아났다.

청군이 사용한 소총은 감사와 대신들이 많은 이익을 얻기 위해 서양인들이 쓰다 버린 것을 수입해 온 것으로, 소총의 구경과 탄환이 맞지 않는 등 엉망이어서 아무리 맹장(猛將)이라도 속수무책이었을 것이다.[156] 당시 군에 입대한 자들은 모두가 시중의 무뢰배들이었다. 설령 소총과 탄약이 정상이었다 해도 장수와 병사들이 훈련되어 있지 않았고 전술에 어두웠다.

반면에 일본군은 수십 년 전부터 훈련을 거듭해 온 정예 병사들이었다. 양군을 비교하면 바둑과 비슷한 모양인데, 승부는 판을 마치

---

156) 평양 전투에서 청군의 무기는 통일되어 있지 않아 어떤 병사는 총, 어떤 병사는 칼과 방패 등을 사용했다. 많은 무기가 임시로 조달되거나 외국 상사에서 구입했다. 그마저 수송이 제 때 이루어지지 않아 전방에선 총은 있으나 탄약이 없거나, 탄환이 먼저 도착하고 총은 미처 도착하지 않는 등 소동이 벌어졌다. 유영익 외 지음, 『청일전쟁의 재조명』, 한림대학교 아시아문화연구소, 1996, 158쪽.

기 전에 명백히 알 수 있었다. 섭지초가 퇴각할 때 평양에 있던 조선 군사가 섭지초의 행위를 미워하여 성 밖으로 나갈 때 총을 발사했다는 이야기도 들린다.

(4) 조선 난리의 역사적 기록 제 4

러시아 신문에 실린 논설에 의하면 일본이 조선을 누에가 뽕잎 먹듯 하려는 것을 러시아가 허락하지 않고 청국과 함께 조선의 자주 권리를 보호할 것이라고 했다. 일본이 요동반도를 차지하면 러시아 국경과 마주하게 된다. 이를 수수방관하면 일본 같은 강한 나라가 러시아와 이웃하게 되고, 시베리아 철도가 완성되면 조선은 블라디보스토크로 출입하는 관문이나 다름없다. 비유하자면 두 선박이 서로 접안할 때 서로 부딪쳐 망가지지 않도록 중간에 부드러운 나무를 끼우듯, 지금 조선은 두 선박 사이에 낀 부드러운 나무나 다름없는 신세다.

그러므로 조선을 독립국으로 만들고 일·청에 있는 러시아 공사들은 두 나라를 화해시키는 데 앞장서도록 했는데, 두 공사가 다 일이 여의치 않다고 한다. 따라서 러시아가 먼저 두 나라를 제어할 방법을 찾을 것이며, 다른 나라가 러시아 가까운 지역에서 전쟁을 하지 못하도록 할 것이다. 이것이 러시아 정부의 공식 의견이다.

만일 러시아에 일이 있으면 영국이 반드시 병력을 동원할 것이다. 영국이 병력을 동원하면 러시아, 프랑스, 일본이 합세하고 영국은 청국과 합세할 것이다. 이렇게 되면 세계가 동요하여 뛰어가는 사슴이 누구 손에 죽을지 알 수 없는 상태가 되니 세계정세가 지극히 위태롭게 된다. 러시아가 일·청간의 전쟁에서 해외의 권리를 굳게 지키고 조선을 보호하여 이전 제도를 회복하게 하며, 청국과의 외교관계는 전보다 더 두텁게 할 것이다.

만약 영국이 청국을 도와 청이 승리하도록 하면 일본은 반드시 러시아에 구원을 요청할 것이므로 이렇게 된다면 우리나라와 청국 사이는 나빠질 것이라고 했다. 이상의 논설을 보면 한, 일, 청, 영, 러시아의 형세가 명약관화하다.

또한 러시아 정부는 일·청전쟁이 영향을 미친 미 오래지만, 우리(러시아)는 처음 생각대로 각국을 화해시키는 일에 앞장서고, 조약을 맺을 때 우리가 항상 맹주가 되며, 영국과 함께 속히 평화가 찾아오기를 바란다고 했다. 이 말이 비록 간사한 속임수에 가깝지만 공정함은 잃지 않았는데 패전한 청국 군사들이 러시아 지역에 들어와 러시아 군인들의 무기를 탈취하고, 러시아 마을에서 재물을 노략질하고 있으니 화근의 시작이다. 청국 군사들은 일본군은 두려워하면서 어찌하여 러시아 군인들은 무서운 줄을 모르는가.

(5) 조선 난리의 역사적 기록 제 5

일본을 여행하는 청국 사람이 글을 보내왔는데, 일본은 토지와 인구와 재산이 청국에 비교할 수 없을 정도로 적다. 그러나 해군 지휘관은 어린 시절부터 학교에 들어가 여러 학교를 차례로 공부한 후 훈련함을 타고 해전에 필요한 각종 훈련을 받으니 서양의 제독과 차이가 없다고 한다.

육군은 독일 군제를 본받아 민간인을 선발하여 훈련시킨 후 3년 만에 제대시켜 생업에 종사하도록 했다가 만일 전쟁이 발생하면 다시 소집한다.[157] 사정이 이러므로 임시 모집한 사람들과는 비교할 수 없을 정도로 병사의 자질이 뛰어나다. 내가 몸은 외국에 있으나 마음은 고국에 있어 여러 군사에게 간절히 바라는 것은 지휘관은 남을 우습게보지 말고, 겁내지도 말고, 사건마다 신중히 행동하며, 남북 육·해군이 서로 연합하면 승리할 날이 있을 것이라고 했다.

청국 채이강이 이 글을 보고 남필에게 말하기를 "이 말이 옳다. 청국이 일본에 패한 이유는 첫째, 군사는 많으나 훈련이 되지 않았기 때문이다. 어제는 진을 다섯 개 쳤다가 오늘은 열 개를 치고, 깃발을 펄럭이고 북과 나팔이나 울리는 등 근대식 전투방법을 전혀 모른다. 훈련되지 않은 병사들이 오랜 기간 훈련을 통해 단련된 일본의 정예 병력과 싸움해서 승리할 수 있겠는가. 공자가 말하기를 군사를 훈련시키지 않고 싸우면 군대를 버리는 것이나 다름없다고 했다.

157) 1870년 프랑스와 프러시아 간의 보불전쟁에서 프러시아군이 헬무트 폰 몰트케 장군의 지휘 하에 놀라운 기동력으로 프랑스군을 격파했다. 당시 프로이센은 신체 건강한 남자를 군사적 목적으로 소집하여 국민군을 건설하여 전쟁에서 승리했다. 이 전쟁 후 세계 여러 나라는 프러시아 군제를 받아들여 국민군을 건설했다. 일본도 이 제도를 받아들여 남자의 경우 스무 살이 되면 군 복무를 의무화했다. 기간은 현역으로 3년(해군은 4년)간 근무한 후 예비군 4년(해군은 3년), 국방의용군으로 5년을 복무하도록 되어 있었다. 제노네 볼피첼리 지음·유영분 옮김, 『구한말 러시아 외교관의 눈으로 본 청일전쟁』, 살림출판사, 2009, 104~105쪽.

둘째는 서로 합심하지 못했기 때문이다. 청국 18개 지역 지방관들은 모두 자기 지역을 지킨다는 핑계를 대면서 북양군이 패하는 것을 보고도 가만히 앉아 있으니 어쩌자는 것인지 알 수가 없다.

셋째는 명령이 혼잡스럽고 일관성이 없어 싸움을 제대로 하기 어려웠기 때문이다. 정여창이 북양대신의 명을 받고 철갑선과 어뢰정 등 여러 척의 군함을 지휘하여 조선 항구에 주둔하려 했는데, 갑자기 해군사령부에서 정지하라는 명을 내려 중간에 돌아왔다. 이는 북양대신의 허물도 아니요, 정여창 제독의 죄도 아니다. 나라를 망하게 한 자들의 죄다.

넷째는 과거의 습속을 버리지 못해 큰 공을 세운 사람도 시험을 치르지 않았다거나 혹은 상황이 맞지 않는다 하여 상을 주지 않고, 큰 죄를 지어도 과거 전례가 그렇지 않다, 혹은 체통을 지켜야 한다면서 그 벌을 시행하지 않는다.

다섯째는 행실에 진실이 없어 윗사람은 전례대로 일을 처리하고, 아랫사람들은 윗사람 속이는 것을 예사로 알아 이상하게 생각하지 않는다. 대체로 서양의 법은 죄 지은 자를 용서하는 조항이 많지만, 남을 속인 자는 그 죄를 용서하지 않을 뿐만 아니라 거짓말을 한 죄까지 가중 처벌을 한다. 심지어 친구나 가까운 친척이라도 어김없이 이 법을 시행하는데, 청국 사람들은 남을 속이는 것을 밥 먹듯 하여 상소 중에도 열에 하나는 거짓된 내용이다.

이 다섯 가지 폐단 때문에 전쟁이 벌어지면 싸우지 않고도 승부를 미리 예측할 수 있는 것이다. 이런 허물만 없다면 청국의 땅 넓이가 일본보다 8~9배요, 인구가 일본보다 10배나 많으니 어떻게 해전 육전에서 백전백패할 수가 있겠는가.

다음은 각 신문에 보도된 내용을 게재한다.

어떤 영자 신문의 보도. 일·청 전쟁이 시작되자 각국이 관리들을 청국 군중(軍中)에 보내 해군과 육군의 자세한 상황을 시시각각으로 본국에 보고했다. 영국 타임스 신문과 유명한 각국의 대언론사들은 특파원을 파견하여 청군을 종군하며 취재하고 있다.

러시아는 청국에 조선을 침범하지 않는다고 설명했으나 러시아가 부동항을 마련하여 군함을 정박시키고자 한 지 오래다. 영국 신문은 "만약 러시아가 약속을 어기고 제 욕심을 채우려 한다면 일본이 불편할 것이오, 일본이 불편하면 영국도 불편하게 될 것이니 이후 일본이 조약을 맺을 때 다른 나라가 당연히 참견할 것이며 영국은 반드시 일본과 연합하여 러시아를 막을 것"이라고 보도했다.

얼마 전에 들으니 러시아 병력이 조선 국경지역에 머물고, 블라디보스토크에 군함을 집결시켜 조만간 움직일 것이라고 했는데, 이는 잘못된 정보다. 러시아 사람들이 유럽을 분열시켜, 일본이 조선을 빼앗으려는 것을 막으려는 것뿐이다. 들으니 일본도 조선을 점령할 생각은 없다고 한다.

러시아 신문의 보도. "최근 열강들이 일·청의 강화를 주선하려 하나 우리 러시아는 각국이 힘을 합쳐 일·청이 다시는 전쟁을 못하도록 하는 것이 좋다고 생각한다. 또 러시아, 영국, 프랑스 3국이 청국에게 다시는 선교사를 죽이고 통상을 방해하는 악습이 없도록 하는 것이 옳다. 청국은 대국이지만 일본이 어린 풀 베듯 쉽게 승리했으니 우리 3국이 청국을 분할하고자 하면 전에 영국이 인도를 속국으로 만든 것보다 더 쉬울 것이다. 러시아는 조선과 가장 가까우니 일·청의 사건을 러시아가 주도하는 것이 옳다."

영국 의원이 외무차관 각뢰(刻雷)에게 "일·청 전쟁이 아직 중재의 기미가 보이지 않으니 공의 뜻은 어떤가" 하고 묻자 "유럽 각국 중 동양과 관계가 있는 나라는 하루빨리 전쟁이 끝나기를 바란다. 전쟁이 오래 계속되면 화근이 더 심해질 것이니 우리 영국은 형세를 보아가면서 동양에 있는 서양인의 생명 재산과 통상 권리를 보호할 것"이라고 말했다.

영국 관리 혼승덕(魂升德)이 일·청 전쟁에 대해 다음과 같이 말했다. "일본과 청국의 전쟁은 영국의 통상업무와 관련이 적지 않다. 일본이 서양 방식을 본받아 청국을 패배시키면 영국 상인에게 유익하다고 말한다. 내 생각으로는 영국이 가장 걱정해야 할 일은 청국이 인도와 국경을 맞대고 있으니 청국이 패하면 우리 속국 인도와 관련된 통상업무에 크게 손해가 될 수 있다는 점이다.

게다가 러시아, 프랑스 양국 사람이 청국 관리로 있어 만일 뜻밖의 변고가 생기면 프랑스는 청국 남쪽에 있고, 러시아는 북쪽에 있어 인도를 해롭게 할 수도 있으니 청국을 예사롭게 볼 일이 아니다. 러시아는 블라디보스토크까지 철도를 건설하여 해군과 육군을 준비하고 있다. 만약 청국에서 어떤 움직임이 있으면 영국은 어떻게 대처할 것인가.

프랑스는 속지 태국 때문에 관계가 적지 않고 또 그 뜻을 헤아리기 어렵다. 우리가 있는 힘을 다해 이를 막아야 한다. 우리 영국이 파송한 영사는 사리에 밝고 영국인 로버트 하트(Robert Hart, 중국명 혁덕·赫德)[158]는 청국을 위해 일을 한 지 오래 되어 청국이 많이 의지한다. 로버트 하트가 관리하고 있는 세관의 세금이 매년 세수 중 가장 많고, 우리 교회 중 청국에 있는 교인들이 비록 난리를 만났지만 아직은 참는 것이 좋다. 내 생각을 말하자면 영국의 염려는 청국의 국력이 강한데 있는 것이 아니라 허약한데 있다."

미국이 영국에 전보로 "유럽 각국이 서둘러 강화하라고 일본을 종용하는 것은 일본이 청국을 지나치게 압박하여 청국에 내란이 발생하면 각국 상인을 보호하기 힘들어질까 우려해서다. 그러나 우리 미국은 그렇게 생각하지 않을 뿐만 아니라, 일본의 이번 전쟁은 잘하는 일이라고 칭찬하고 이번 전쟁이 청국에 실질적인 도움이 되게 하고자 한다. 대체로 일본이 흡족하게 여길 때 화친하면 청국만 유익할 뿐 아니라 세계에 이로울 것이다. 청국이 여러 번 패해야 과거의 잘못된 습관을 고치고 광산, 철도부설 등 나라를 이롭게 하고 백성이 편안하게 할 법률을 차례로 시행할 것이다. 일·청이 강화 담판하는 자리에는 영국, 독일, 프랑스, 러시아가 당연히 참석할 것이며 우리

---

158) 로버트 하트(1835~1911)는 1835년 북아일랜드에서 태어나 퀸즈 칼리지를 졸업하고 영국의 외교관으로 중국에 부임했다. 영사관 근무를 거쳐 28세 되던 해 청국의 재정 고문이 되었다. 전임자였던 레이는 청국인에게 오만한 태도를 보여 평이 좋지 않았으나, 로버트 하트는 청국에 우호적이었다. 덕분에 1861년부터 1908년까지 약 50년 간 청국의 해관총세무사로 일했다. 그는 중국 역사상 가장 막강한 권력을 휘두른 서양인이었다. 저서로는 『중국논집』(中國論集) 등이 있다.

미국도 통상업무가 적지 않으니 그 자리에 참석할 것"이라고 했다.

영국 신문은 "압록강 전쟁(황해 해전)에서 우리 영국이 얻은 교훈은 가볍고 빠른 포를 사용해야 전쟁에서 이길 수 있다는 것으로, 우리도 시급히 준비해야 할 것이다. 새로 건조하는 포함도 크게만 만들지 말고 민첩하게 움직일 수 있도록 해야 승리할 수 있다"고 보도했다.

영국 전보. 청국 진원함에 타고 있던 장관 필로 맥기핀[159]이 그 가족에게 보낸 편지에 의하면 "내가 청국 해군 제독 정여창과 함께 조선 제물포로 가서 일본 군함을 먼저 공격하려고 했다. 그런데 배가 출항했을 때 갑자기 북경 해군사령부에서 연락이 와 출항하지 말고 돌아오라고 하여 항해를 중지하고 귀항했다"고 했다.

영국 런던신문에서 이 글을 보고 "처음 계획대로 실행하는 것이 최선이었는데, 갑자기 작전을 중지하는 바람에 전황이 역전되었으니 애석하다. 만약 이 작전을 실행에 옮겼다면 일본 함대가 큰 타격을 받았을 것이고, 이토록 참혹한 패전을 당하지는 않았을 것이다. 정여창이 확실하게 이 계획을 추진했다면 지혜가 뛰어난 지휘관이라는 평을 들었을 것인데, 그 뜻을 행하지 못했으니 아쉽다"고 보도했다.

영국 신문 보도에 의하면 유럽 각국은 일·청의 강화를 다행으로 여기지만 오직 영국의 각 대신들은 "우리가 중재하여 강화를 권하는 것은 좋지만, 위력으로 일본을 협박하여 다시 싸우지 못하도록 하는 것은 옳지 않다"거나 "일본이 청국에게 어떤 조건을 요구하든 우리

---

159) 진순신 지음·조양욱 옮김, 『청일전쟁』, 세경출판사, 2012, 636쪽 참조.

가 상관할 바 아니며, 다만 우리의 통상 권리에 손해되지 않게 할 것이다"라고 하고, 또 다른 대신은 "우리 영국이 비록 힘으로 일본에게 화친을 강요하지는 않겠지만, 만일 일본이 다른 뜻을 품고 청국과 비밀 협약을 체결한다면 우리가 사실대로 밝히고 러시아와 함께 방해할 것이다. 이는 일·청이 협력하여 타국이 간섭하는 뒷날의 폐단을 미리 막고자하기 때문이다.

지난날을 돌이켜 보면, 일본이 청국과 비공식적인 조약을 맺어 아시아를 부흥시키고 유럽 세력을 억제하려고 했다. 청국이 일본의 정책을 모방하여 맹주가 되려고 하였으나 일본과 맹주 자리를 놓고 전쟁이 벌어져 일이 뜻대로 되지 않았다. 만일 지금 휴전이 이루어지면 일본이 동양의 맹주 자리를 차지할 것이고, 청국은 어쩔 수 없이 일본에 순종할 것이다. 유럽 각국 입장을 말한다면 일·청이 힘을 합쳐 아시아를 번창하게 한다는 것은 당연한 말이나, 만약 유럽에 압력을 가하려 할 경우 외교관계만 악화될 뿐 아니라 특별한 사건들이 발생할 것이다"라는 견해를 밝혔다.

청국 신문의 보도. 전쟁을 지켜본 사람들이 하는 말이 "우리가 황해 해전에서 본받을 만한 일이 세 가지가 있다.[160]

첫째는 군함의 속력을 빠르게 하는 것이 장갑을 두껍게 만드는 것보다 유리하다.

둘째, 함포를 신속하게 쏠 수 있도록 하는 것이 함포 구경을 크게 하는 것보다 유리하다.

---

160) 이 부분은 제2부의 5.황해해전의 교훈(400쪽) 부분 참조 바람.

사람마다 과학으로 배가 운행하는 이치를 대수롭지 않게 여기지만, 이번 해전을 보면 일본 군함이 포탄에 맞아 여러 차례 화재가 발생했는데, 불꽃이 맹렬하여 쉽게 진압되지 않을 것 같으면 진 밖으로 빠져나와 화재를 진압한 후 다시 진중에 들어가 싸웠다. 또 크게 파손된 배는 전투현장 멀리 빠져나와 적에게 포획되지 않았으니 이는 과학을 깊이 통찰했기 때문에 가능했던 것이다. 청국은 이를 실행하지 못해 군함 네 척을 잃었다(알렌이 말하기를 제원함을 지휘한 방백겸(方伯謙)이 이 법을 알고 진 밖으로 물러나왔더니 청국 군율에 의해 먼저 도망했다는 죄를 물어 방백겸을 죽였다[161)]"고 말했다.)

어떤 영국인이 "일본이 전쟁에서 승리하면 청국을 분할하여 차지할 것"이라고 말했다. 영국의 한 언론이 그 말을 듣고 "이는 천만부당한 말이다. 일본이 청국에게 강권하여 나라를 발전시키고 양국이 힘을 합쳐 유럽 열강과 상대하려고 한다. 일본이 전에 아시아를 발전시키기 위해 흥아회(興亞會)[162)]를 설치한 것이 그 본심이다"라고 보도했다.[163)]

---

161) 방백겸은 제원함 함장으로 풍도 해전에 참전했는데 일본 함대의 기습 공격을 받아 함수가 망가지고 승조원 20명이 전사하는 등 큰 피해를 입었다. 제원함은 백기와 일본기를 올렸고, 일본 전함이 다가가자 어뢰 한 발을 발사했는데 빗나가자 도주했다. 방백겸은 황해 해전에도 참여하여 전투 중 함정이 크게 부서지자 또 다시 전장에서 이탈했다. 그는 두 차례나 비겁한 행위를 했다는 죄목으로 참수 당했다. 제노네 볼피첼리 지음·유영분 옮김, 앞의 책, 128쪽.

162) 도쿄에 거주하는 중국과 일본의 지식인이 모여 삼국이 동맹하여 서양세력에 맞서자는 취지로 세운 사설단체. 실제로는 일본 정부의 지원을 받고 있었는데, 이 사실이 알려지자 중국 지식인들이 탈퇴했다.

163) 일본 외무대신 이노우에 가오루는 프랑스의 법학자 보아소나드(Boissonade, Gustave

독일 신문 보도. 독일 무관학교에 일본 군인이 유학을 와서 보병, 기병, 포병과 관련된 학업에 힘쓰고 있는데, 장교 네 명을 선발하여 러시아로 유학을 보내 행군하는 법을 배우게 한다고 한다. 청국 군부도 이런 자세가 되어 있는가.

이탈리아 어떤 신문의 보도. "일본이 청국에 승리하여 배상금을 과도하게 요구하거나 영토를 얻는 것에 대해 우리 이탈리아는 상관하지 않을 것이다. 다만 일본이 조선의 영토를 차지하려 하면 결연히 막되 그 내정을 간섭하는 것은 방해하지 않을 것이다. 유럽 각국이 중간에서 이득을 취하려는 행위에 우리는 동참하지 않을 것이며, 이는 옳지 않은 행위라고 생각한다."

청국 공친왕이 정권을 잡은 후 천진에 전보를 쳐서 성에 들어와 의논할 사리에 밝은 서양 학자를 요청하자 이홍장이 독일인 콘스탄틴 폰 한네켄을 보냈다.

조선 법부시랑 김학우(金鶴羽)[164]가 권문세가로부터 노여움을 사서 10월 1일 밤에 자객에게 암살당했다.

Emil)에게 동아시아 외교관계에 대한 자문을 구했는데, 보아소나드는 청일이 동맹을 맺어 유럽에 대항해야 한다고 제안했다. 왕현종 외 지음, 『청일전쟁기 한중일 삼국의 상호 전략』, 동북아역사재단, 2009, 121~122쪽.

164) 김학우는 함북 경흥 출생으로 10세 때 블라디보스토크로 이주하여 그곳에서 교사를 하면서 일본어를 배워 러시아어, 중국어, 일본어 등 3개국어에 능통했다. 블라디보스토크에 파견되었던 관리 장박(張博)의 주선으로 서울에서 정계에 진출했다. 고종의 명으로 일본으로 건너가 전신 기술을 배웠으며, 귀국 후 정부가 추진한 각종 개화사업, 특히 일본과 청국으로부터 선박과 무기 구입, 전선 가설, 전선 기술자 양성, 모스부호 도입 등에 종사했다. 1894년 7월에 갑오경장이 시작되고 청일전쟁이 발발하자 김홍집, 유길준 등과 개혁을 주도하다가 그 해 10월 31일 흥선대원군과 이준용 일파가 보낸 자객에게 암살당했다.

19일에 일본 군함 15척이 대련만 포대 앞에 모이고 육군은 포대 뒤로 갑자기 돌입하여 여순구에서 대련만을 빼앗겼다는 소문을 듣고 인심이 크게 요동을 쳤다.

진원함이 대해(大海)에서 위해위로 귀항하다가 수심이 낮은 곳에서 수중 암초에 걸려 배 아랫부분이 부서지자 총병 임태증(林泰曾·린타이정)이 이를 원통하게 여겨 바다에 빠져 죽었다.[165] 임태증은 무충공 임칙서(林則徐·린저쉬)[166]의 손자다.

21일에 수안주를 빼앗기고, 23일에 일본군이 여순구 밖에서 어뢰를 발사하자 연기가 하늘 가득했다. 연기가 청국 군인들의 시야를 가린 틈을 노려 갑자기 일본군이 포대 뒤로 공격해 왔다. 청국의 장군들이 제대로 방어하지 못해 24일 저녁에 일본군이 여순구를 점령했다.[167]

서양 사람들이 여순구는 하늘이 만든 요새라서 수많은 군사가 공격해도 쉽게 점령하기 어려울 것이라고 예상했다. 그런데 일본군이 순식간에 이 지역을 점령했으니, 이것은 개벽 이후로 처음 보는 특이한 전투로, 미처 생각지 못한 의외의 상황이라고 했다.

---

165) 1894년 11월 19일, 북양함대가 순찰을 마치고 위해위로 귀항하던 중 진원함이 암초에 걸려 배 아랫부분이 크게 부서지는 사고를 당했다. 정여창 휘하의 뛰어난 장수였던 임태증은 사고 직후 자살했다. 정여창은 진원함을 수리하려 했으나 한겨울이라 수중공사가 어렵자 임시처방만 하여 위해위 해전에서 제 역할을 못해 북양함대 전력이 크게 약화되었다.

166) 임칙서(1785~1850)는 외국 상인들의 아편을 압수하여 폐기하고, 다시는 아편을 수입하지 않겠다는 서약서를 제출하라고 압력을 가했다. 이로 인해 영국이 아편전쟁을 일으켜 중국 남부 도시들을 점령하자 도광제는 임칙서를 좌천시켰다.

167) 이 부분은 제2부 4.5. 압록강 전투와 여순 점령(392쪽) 내용 참조 바람.

해군부 제독 폰 한네켄이 말하기를 “여순구는 첩첩이 겹친 골짜기와 수많은 봉우리로 이루어진 험한 지형이며 견고한 포대가 있기 때문에 일본군이 4면을 포위하고 청군을 굶어죽게 만들면 모를까, 그렇지 않으면 점령하기 어려울 것이다. 그런데 군량과 각종 무기와 병참물자가 3년을 지탱할 정도로 넉넉하고, 일본군이 오래 공격할 힘도 없는 상황에서 이토록 허무하게 잃었는가” 하고 애석해 했다.[168]

일본군의 전술은 매번 소규모 병력이 선두에서 청국 병사들을 유인하다가 청군이 공격을 해오면 대병력을 투입하여 물밀듯이 반격을 한다. 200~300명씩 떼를 지어 흩어져 있다가 승기를 잡으면 4면에서 번개같이 달려들고, 패하면 각 부대의 기를 빼들고 제각각 후퇴한다. 청군은 매번 자신들이 대승을 거둔 것으로 착각하고 전력을 다해 추격하면 일본군은 흩어졌던 군대를 집결하여 한꺼번에 반격하여 청군이 자주 대패를 당했다.

일본 장관이 “여순을 공격한 것은 선봉의 1개 부대였다. 대군이 도착하기 전에 소수의 병력을 동원하여 요새의 포대를 탈취했다”고 말했다. 그 때 여순을 지킨 청군 지휘관은 어떤 사람이었는가.

서양 사람이 “여순구의 포대가 철통같이 견고했으나 일본군이 겨우 17시간 동안 공격하여 손쉽게 점령했다. 이는 청군 지휘관 중에

168) 독일 장교 폰 한네켄은 여순구 일대의 포대를 최신 기술로 축조하고 240㎜, 210㎜, 150㎜ 포와 소형 포 및 기관포를 배치하여 요새화했다. 이 지역을 점령하고 포대를 조사했던 일본군 장교는 1개 중대만으로도 1개 사단에 대항할 수 있을 정도라고 평했다. 제노네 볼피첼리 지음·유영분 옮김, 앞의 책, 253~254쪽.

충성심 있는 자가 하나도 없었기 때문이다. 청국이 천하의 요새를 하잘 것 없는 무리에게 잃었으니 어찌 이렇게 어리석은가" 하고 한탄했다.

복주(復州·푸주)에 있는 군사가 일본 장군 정상경(井上卿)을 생포하자 청국 황제가 명을 내려 목을 베어 죽였다. 여순구에서 청국 장군 강계제(姜桂題·강궤이티)[169]도 일본 장군 한 명을 생포했는데, 이홍장이 전령을 보내 천진으로 압송해 갔다.

일본 제2군 사령관 오야마 이와오가 휘하 군인들에게 다음과 같은 명을 내렸다.

"우리가 이번에 멀리 행군해 온 것은 의리 때문이다. 우리의 원수는 적국의 군사뿐이며, 일반 백성은 이번 전쟁과 아무 상관이 없다. 우리가 적군과 전투를 할 때는 사정없이 용감하게 공격해야 하지만, 적군이 항복하거나 생포되거나 부상을 입은 병사는 보호해야 한다. 또 대군이 지나갈 때 절대 민가를 침범해서는 안 되며, 의복이나 기타 군에 필요한 물자는 시가에 따라 돈을 주고 구입하여 우리 군사의 인자한 마음을 보여주도록 하라. 우리 군사들은 원래 의리를 알기 때문에 무리한 폐단이 없을 것이다. 또 군을 따라다니는 일꾼들도 모두 법도를 각별히 지키기 바란다. 이 명령을 어기는 자는 엄격하게 다스릴 것이다. 이제 적 진영에 들어왔으니 더욱 조심해서 엄중하게 법을 행사할 것이다. 여러 지휘관들은 이를 널리 알려 위로는 천황의 덕을 해외에 전하고, 아래로는 우리 군사의 명예를 만국

169) 청일전쟁 때 이룡산(二龍山) 토치카를 방어한 청군(淸軍)의 총병(總兵).

에 알려라."

(6) 조선 난리의 역사적 기록 제 6

우리가 조선 난리 사적을 집필한지 불과 반 년 동안에 일곱 번 변란이 발생했다. 대강을 말하면 동학당이 일어나 간신을 물리친다고 주장했다. 조선 병력이 이 난을 제압하지 못하고 청국에 구원병을 요청했다. 이것은 조선 백성이 난을 일으켜 청국의 병력을 불러들인 것이나 마찬가지다. 이것이 첫 번째 변이다.

청국 군사들이 겨우 조선에 도착하자 일본군이 먼저 도착하여 서울에 돌입했다. 이것은 일본이 조선을 어지럽게 만든 화근이 동학보다 심하니, 두 번째 변이다.

섭지초는 아산에 주둔하고 북양에서 대군을 모아 조선으로 보낼 때 영국 상선 고승호가 일본의 공격을 받아 침몰했다. 이는 일본이 조선과 청국을 어지럽게 만든 화근의 시초이니, 이것이 세 번째 변이다.

아산에서 쫓기고 평양에서 또 도망하며 만주를 지키는 군사가 적지 않지만 순탄하게 압록강으로 나가려는 전함을 강제로 중단시켰다. 청국이 조선을 구원한다는 것은 헛소리였고 청국에 화만 만들었으니 이것이 네 번째 변이다.

구련성과 봉황성을 차례로 빼앗기고[170] 양위(揚威)함과 초용(超

170) 평양전투에서 패배한 청군은 압록강으로 퇴각하여 섭지초가 해임되고 새 사령관에 송경

勇)함 등 여러 군함이 해전에서 다 침몰했다. 일본 육군은 봉천성에서 제멋대로 날뛰고 해군은 발해에서 충돌하니 조선의 환란은 돌아볼 여유가 없고 청국은 화를 자초하여 이 지경에 이르니 이것이 다섯 번째 변이다.

여순구를 지킨 장수는 공주서와 위여성, 황사림, 강계제, 정원화 등이다. 이 무리는 모두 벼슬이 감사와 제독인데, 견고한 험지에 주둔하고 있다가 불과 두어 시간 동안의 전투에 물결 흩어지듯 도주했으니 이는 청국의 화근이 조선의 탓도 아니고, 일본이 싸움을 잘하여 그런 것도 아니다. 죽기를 두려워하고 목숨을 아껴 충애를 생각지 않는 무뢰배가 자초한 것이니 여섯 번째 변이다.[171)]

여순구를 잃었기 때문에 봉천성에서 송경이 승전을 했으나 전황에 큰 도움이 되지 못했다. 마침 미국이 일·청의 화친을 자원하여 장음환과 소우렴 두 대신을 일본에 보내 강화를 요청했다. 이는 조선 환란은 고사하고 일본군으로부터의 화를 면하기 위해서이니 일곱 번째 변이다.

한 가지 다행한 일은 청국이 여러 해를 태평하게 지내는 바람에 옛 법을 고집하고 개혁의 생각조차 없었는데, 이제야 세상 돌아가는

이 임명되었다. 일본군이 압록강을 건너 청군을 공격하자 청군은 구련성을 버리고 봉황성까지 퇴각했으며, 봉황성에서도 전투 한 번 하지 않고 봉천으로 퇴각했다.

171) 일본 육군 제2군은 11월 21일 여순을 함락시켰다. 청군의 여순 방어 지휘관은 조선에 출병했던 황사림이었는데, 병사들은 민간인 복장으로 갈아입고 도망쳤고, 장군과 고급 장교들은 배를 타고 산동반도로 도주했다. 황사림이 탄 작은 배는 해상에서 전복되어 상선에 의해 구조됐다.

물정을 알고 개혁을 하고 새 법을 시행하여 구미 각국을 앞설 생각을 하게 되었으니 불행 중 다행이다.

상해 자림신문의 보도다. 황해 해전에서 일본 군함이 청국 군함보다 크기가 작았지만 승리한 이유는 일본 함대의 배들이 민첩하고 정밀하여 진퇴와 기동이 자유로우며, 또 자기가 쏜 함포는 적을 명중시키고 적이 쏜 대포는 잘 피할 정도로 속력이 빨랐다. 지금까지 미국은 경무장 속사포를 장착하여 스피드가 빠른 군함을 만들고, 영국과 프랑스는 덩치를 크게 만드는 것에 전력해 왔다. 과연 어떤 방식이 좋은지 짐작하기 어려웠는데 이번에 각국이 황해 해전을 관전한 후 청국 함정들이 일본 함정과 더 가까이 붙었다면 다 침몰됐을 것이라면서 일본 함정의 기동성에 크게 놀랐다.

영국에 주재하는 일본 공사가 "일본은 새 나라요, 청국은 옛 나라다. 조선에 군사를 파병한 것은 영국이 이집트 문제를 처리한 전례와 같아 우리나라는 영국, 청국은 프랑스의 처지와 같다.[172] 또 조선

---

172) 일본은 영국의 이집트 정책에서 대(對)조선 정책의 모델을 삼았다. 당시 이집트는 터키에 예속되어 있었으나 정무는 영국과 프랑스의 간섭을 받고 있었다. 이집트의 이스마일은 1867년 오스만 제국에 의해 헤디브(이집트의 副王) 지위를 얻는 등 오스만 제국으로부터 자주성을 강화했다. 그 배후에는 시리아와 이집트, 수단 지방에 대한 영향력을 강화하기 위해 이집트를 오스만 제국으로부터 자립시켜 프랑스의 영향력에 대항하려는 영국의 정책이 숨어 있었다. 1883년 영국은 크로머 경을 총영사 겸 대표로 이집트에 파견했다. 크로머 경은 자신과 각 성에 고문관으로 배치된 영국인 관리가 이집트 통치의 실질적인 권한을 쥐었다. 크로머 경을 중심으로 이집트 경제는 재건되고 행정, 재정, 사법 개혁이 추진되었다. 일본은 이러한 영국의 이집트 통치를 조선 개혁의 모델로 삼으려고 했다. 오비나타 스미오(大日方純夫), 「청일전쟁 전후 일본 정치에서의 동아시아 질서 구상」, 왕현종 외 지음, 『청일전쟁기 한중일 삼국의 상호전략』, 동북아역사재단, 2009, 111~175쪽 참조.

은 각국과 통상조약을 맺었으니 청국의 속국이 아니다"라고 했다.

일본군이 무장한 소총은 무라타(村田) 소총[173]이라 하여 일본 지휘관의 이름을 붙인 것이다. 이 총은 미국 기술을 모방하여 약간 변형했고, 탄환은 연한 납에 동을 입혔기 때문에 상비군이나 예비군이 사용하는 총에 탄알이 모두 맞는다. 반면에 청국은 영국, 프랑스, 미국 등 각국의 소총을 수입했기 때문에 구경이 서로 달라 탄환을 보급 받을 때 잘못 받아오면 총과 탄환의 구경이 맞지 않아 전부 무용지물이 될 것이므로 매우 염려된다.

청국이 영국에서 은화 1,900만 량을 빌리기 위해 세관의 수입을 전당 잡혔다. 원래 청국 각 세관의 매년 세입이 3,000만 량이다. 영국 사람이 말하기를 "일본이 청국을 어떻게 이기든 결국은 휴전할 날이 있을 것이다. 화친한 후에는 청국이 패전한 이유를 깨달아 구습을 개혁하여 차츰 발전할 것이고, 상업도 과거의 악습을 폐지하여 발전할 것이니 세입이 3,000만 량은 훨씬 넘을 것"이라고 했다.

진원함이 위해위로 입항하다가 수중 암초에 부딪쳐 수심이 낮은 곳에 걸렸는데, 상해에 있는 영국 기술자를 초빙하여 잠수복을 입고 수중에 들어가 수리 작업을 이제야 마쳤다. 배 위에서 함포 두어 발

173) 무라타 소총은 사쓰마 번 출신의 육군 소장 무라타 쓰네요시(村田經芳)가 1880년에 발명했다. 무라타는 1875년 소령일 때 유럽으로 건너가 소총 제조에 관한 연구를 했다. 1880년 직경 6.5㎜ 탄환을 사용하는 단발식 소총을 개발했는데, 이것을 개량하여 1889년 연발식 소총을 만들었다. 무라타 연발총은 이것을 원형으로 한 38식 소총이 개발되기까지 전 세계에서 능률과 정밀도가 가장 우수한 군용 소총으로 꼽혔다. 후에 99식 소총으로 개량되어 1945년까지 일본군의 주력 소총으로 사용되었다. 시바 료타로 지음·이송희 옮김, 『언덕 위의 구름』(2), 도서출판 명문각, 1992, 106쪽 참조.

을 시험 발사했는데, 배 하부구조에 아무 이상이 없었다.

(7) 조선 난리의 역사적 기록 제 7

청국 황제가 장음환과 소우렴을 강화를 위한 전권공사로 임명하여 일본에 보낼 때 장음환이 국제법에 밝은 미국 대신 포스터와 동행하기를 원해 1895년 1월 8일(양력 2월 2일) 히로시마에 도착했다. 일본이 총리대신 이토 히로부미와 외무장관 무쓰 무네미쓰를 전권대신으로 삼아 청국 사신을 영접했다.

양측이 모두 수고를 위로하고 장음환, 소우렴 두 대신이 청국 황제의 국서를 이토 히로부미에게 전했다. 그 글에 "양국이 정의를 잃고 전쟁이 일어나니 짐이 백성들의 불쌍함을 차마 견디지 못하여 호부 좌시랑 장음환과 복건 대만 순무사 소우렴을 귀국에 보내 화친을 의논하게 했노라"고 했다. 1월 9일(양력 1월 31일) 오후 청·일 양국 대신이 회의할 때 이토와 무쓰 외무장관이 일본 정부의 답서를 청국 사신에게 전했다. 대강 쓰여 있는 내용은 "짐도 또한 인민의 도탄을 차마 보지 못하겠다"라고 되어 있었다.

청국으로 돌려보낼 때 경찰관리 등을 보내 장음환, 소우렴 두 공사를 나가사키까지 호송하고 증기선을 기다려 상해로 돌려보냈다. 당초에 청국은 대수롭지 않은 장난 같이 글을 써 보냈기 때문에 일본도 아무 뜻 없는 말 두어 마디로 대답하여 친구 간에 한가하게 인사하고 지나가듯 했다.

일본은 "첫째, 장음환, 소우렴 두 사신이 사사건건 청국 황제에게 의견을 물어 실행할 뿐 자의로 판단하여 결정할 권한이 없다. 둘째, 국서 중에 사신을 보낸 목적을 밝히지 않고 몇 등급의 공사인지 알 수 없다. 셋째, 두 사신이 인신(印信·개인이나 단체의 이름, 그와 관련된 기호나 글자 등을 새겨 일정한 표적으로 문건에 찍는 도장)을 차지 않아 왕래하는 공문을 입증할 증거가 없다. 그러므로 두 사신을 돌려보냈다"라고 주장했다.

이때 나가사키에 도착한 두 사신은 황제에게 이 사실을 알려줄 것을 요청하는 전보를 총리아문에 보냈고 "나가사키에 머물며 국서를 수정하여 가지고 다시 화친을 의논하라"는 답이 왔다.

청국 정부는 "일본이 우리가 하는 일을 사소한 것에서부터 큰일까지 다 먼저 알고 있으니, 이는 청국에 주재했던 일본 공사가 정보를 수집하여 본국에 보고한 때문"이라면서 일본 공사관에 근무하는 고용인들을 잡아 가두고 엄하게 신문했으니 이는 청국의 실수다.

일본 사대부들이 청국에 관심을 집중하여 연구한 지 벌써 30년이다. 청국이 모르는 비밀스러운 일도 일본인은 모두 알고 있으며, 또한 일본 공사가 청국에 주재할 때 전력을 다해 정보를 수집하는 것은 그 사람의 당연한 임무다. 그런데 국사(國事)와 관련된 고급 정보를 어떻게 하인배들에게 물어서 알았겠는가. 설령 그들에게 물었다 해도 이들 하인배가 무엇을 안다고 일본에 유익한 비밀 정보를 제공할 수 있었겠는가.

아무 이유 없이 죄 없는 백성을 죽이려 하니, 이는 청국의 정치

체통에 손상을 입힐 뿐 아니라 각국 공사관에서 총리아문에 "이 사건은 외교관의 권리에 크게 관계될 뿐 아니라 조약을 위배하는 행위다. 하인배들을 조속히 석방하지 않으면 우리가 이에 불복하는 뜻을 밝히겠다" 하고 항의하니 슬프다. 나라가 더욱 위태롭게 되었구나.

각국 공사가 자국 해군을 불러들여 공사관들을 보호하려 하자 총리아문에서 이에 대해 불편한 사정을 설명하고 경비병을 보내 보호하도록 조치하니 이는 사리에 맞는 처사라고 했다.

독일 장수 폰 한네켄이 새 병사들을 훈련시키고, 한편으론 군사지식에 밝은 서양 교관을 초청하여 훈련시켰다. 서양 교관들이 위해위 전투 소문을 듣고 자원하여 출전하겠다는 뜻을 밝혔다. 공친왕이 출전을 허락하고 훈련된 병사 2만 명을 선발하여 산동으로 진군하라고 명을 내렸다. 그런데 군량을 총괄하는 호대관이 군량을 징발하지 않으며 "우리 백성이 아니라서 그 마음을 믿을 수 없다"라고 청국 황제께 보고하여 청국을 사랑하는 참된 뜻을 막으니 애석한 일이다.

폰 한네켄이 상해 만덕(滿德)과 함께 황성에 입궐하여 1월 9일(양력 2월 3일)에 황제에게 스물한 가지 보고를 드렸다. 청국 황제가 이들과 오래 대화를 나눈 후 특별한 은총을 내려 대접을 하고, 폰 한네켄에게 15영문을, 만덕에게 5영문을 거느리고 신속히 나가 대군을 도와 성공하라고 격려했다.

(8) 조선 난리의 역사적 기록 제 8

청국 공사 장음환, 소우렴 등이 일본에 도착하여 이토 히로부미, 무쓰 무네미쓰 두 공사와 강화를 의논하던 중 국서가 격식을 갖추지 못했다는 이유로 일본이 두 사신을 돌려보낼 때 이토 히로부미가 수행 관원인 전 관찰사 오정방(伍廷芳·우팅팡)[174]과 대화를 나누었다.

이토: "젊은 시절 내가 그대와 함께 유럽에서 공부를 했는데, 그 때 헤어진 후 세월이 흘러 둘 다 백발이 되었구려."

오정방: "그렇습니다."

이토: "청국이 진정으로 우리나라와 화친하기를 원하는지, 아니면 여러 대신들을 보내 우리의 진위를 탐지하려고 하는 것인지 그 실상을 알고 싶습니다."

오정방: "우리나라는 진심으로 화해하려는 마음으로 사신이 천리를 한걸음에 달려온 것입니다. 귀국의 진위는 이미 자세히 알고 있어 정탐을 할 필요도 없습니다."

이토: "그렇다면 무슨 이유로 지위가 높은 대신을 보내지 않고, 국서도 그 동안의 격식과 다른 이유가 무엇인지 알 수가 없소이다."

오정방: "이번 두 사신 중 한 분은 시랑(侍郎·차관급에 해당)이요, 하나는 순무사니 다 우리나라의 중신입니다. 또 여러 해 구미 각국에 공사로 주재한 경험이 있어 외교 업무에 정통하기 때문에 황제께

---

174) 오정방(1842~1922)은 1874년 영국에 유학을 했는데, 그 때 영국으로 유학을 온 이토 히로부미와 만나 교류했다. 1882년부터 직예총독 이홍장의 참모로 근무했으며, 청국 정부의 외교담판에 여러 차례 참여했다. 미국·페루·멕시코·쿠바 등에서 외교관으로 근무했다. 중화민국 임시정부가 성립되자 1917년 국무총리에 올랐다.

서 특별히 선발하여 보내신 것입니다. 국서 문제는 격식에 어긋나는 부분이 있다고 하니 우리 두 사신이 잠시 머무르면서 관련 내용을 정부에 알려 신속히 국제법의 규칙대로 고쳐올 예정입니다. 대신의 의견은 어떠하십니까?"

이토: "이것은 여러 가지 폐단이 되니 장황하게 설명할 것 없고, 내가 그대와 친구 간의 정으로 한 마디 묻고 싶소이다. 공친왕이 우리나라에 오지 못하는 이유가 있습니까."

오정방: "공친왕은 지위가 높아 오래 전부터 도성 밖에 함부로 나가지 않았기 때문에 먼 바다를 건너 일본까지 오기 어렵습니다."

이토: "이중당(이홍장)은 근래 무탈하신가요?"

오정방: "중요한 나라 일을 맡았으나 기력이 전만 못한 상태입니다."

이토: "내 생각에는 이중당이 화친조약을 직접 주재하는 것이 합당하다고 생각합니다. 귀국이 이중당을 보내지 않는 이유는 무엇입니까."

오정방: "이중당이 군사 관련 업무를 총괄하고 있어 중국을 떠날 수 없습니다."

이토: "귀국이 진정으로 화친을 원한다고 했는데 당장 군사 관련 업무에 무슨 중요한 큰일이 일어나겠습니까."

오정방: "나도 귀 대신에게 친구로서 할 말이 있습니다. 만약 중당이 오면 귀국에서 만족하겠습니까?"

이토: "이중당이 화친을 의논하러 온다면 우리가 기꺼이 영접할 것이며, 국서를 합당하게 만들어야 할 것입니다."

오정방: "그러면 이중당도 꼭 히로시마로 와야 합니까."

이토: "내 생각으로는 중당이 늘그막에 멀리 외국을 왕래하는 것이 심히 불편할 듯 하나 우리 정부의 의견이 어떨지 알 수 없습니다."

오정방: "상해는 어떻게 생각하십니까?"

이토: "그건 어려울 듯합니다."

오정방: "홍콩은 어떻습니까?"

이토: "홍콩도 어려우나 생각해보면 여순구는 귀국과 우리나라 거리의 중간입니다. 또 중당이 젊은 시절 유람하던 곳이니 그 곳이라면 합의가 가능할 것 같습니다."

오정방: "내 뜻도 같습니다."

이토: "10년 전에 내가 천진에 가서 이중당과 조약을 맺을 때(천진조약 체결을 말함) 중당이 승상 지위에 어울리는 존엄한 위엄으로 사람들을 두렵게 했는데, 이제 중당이 만일 귀한 몸을 굽혀 멀리 온다면 결단코 그 뒤를 따르지 못할 사람이 없을 것입니다."

오정방: "내가 다시 친구로서 묻겠습니다. 귀국이 늘 국제법을 기준으로 말하는데, 전권공사의 당연한 권리 중에 암호로 전문을 주고받는 것은 국제법에 없어서 귀국이 금지시킨 것입니까?"

이토: "국제법에 없는 것은 아니지만, 이는 우리나라가 먼저 어긴 것이 아닙니다. 애초에 양국의 뜻이 다를 때 공사 왕봉조가 도쿄에 주재하면서 비밀 전보를 보내지 않은 날이 없었는데, 우리 고무라 주타로가 귀국 북경에 있을 때[175] 귀국에서 비밀 전문을 사용하지 못

175) 고무라 주타로는 청국 주재 대리공사로 재임했다.

하게 했으니, 이는 귀국에서 먼저 시작한 것입니다. 이번에 장음환, 소우렴 두 공사의 암호 전문을 막은 것은 우리가 귀국을 따라서 한 것입니다."

두 사람은 대화를 끝낸 후 손을 잡고 진지하게 작별했다. 두 사신이 상해로 돌아와 오정방이 이토 히로부미와 나눈 대화 내용을 상세히 추밀원[176]에 보고하자 즉시 명을 내려 북양방관대신 왕문소에게 직예 총독 서리 겸 북양대신을 겸임하게 하고, 이홍장은 밤을 새워 입성하라고 했다. 그리고 각 군에 명을 내려 3품 이상의 관리들은 강화에 대한 각자 의견을 신속히 보고하라고 했다. 여기저기서 보낸 의견 중에 화친을 해야 한다는 의견이 많았다.

청국 황제가 화친을 결단하자 이홍장이 그날 세 번 입궐했다가 하직하고 천진으로 돌아가 떠날 준비를 하는 한편, 일본에 연락하여 회담 장소를 물었다. 일본이 히로시마를 제안했고, 이홍장도 이에 찬성하여 일·청전쟁의 강화를 위한 기틀이 이때부터 시작되었다. 다음은 각국 신문을 번역한 것이다.

일본이 청국과 조선, 유럽의 정세를 보전하려는 이유는 자기 나라의 안전보장을 위해서다. 전에 청국과 비밀조약을 맺었는데 영국도 청국과 맺은 비밀조약 내용을 몰라 앞으로 5년이 지나서 러시아의 시베리아 철도가 완공되어 아시아 각국이 난처한 상황이 될 것을

176) 왕명의 출납이나 궁중의 숙위(宿衛) 및 군기(軍機)를 맡아보던 관청.

깨닫지 못했다.[177] 일본이 이를 근심하여 기회를 봐서 세력을 키우려 했는데, 만일 그 일이 잘 되었다면 조심스럽게 러시아의 욕심을 막고, 영국은 남쪽에 있고 일본과 청국은 동쪽에 있어 평화를 위한 기초를 태산반석같이 굳게 했을 텐데, 청국이 늘 이 모양이니 어찌할 것인가.

청국에 오래 주재했던 서양 사람이 말하기를 "일·청전쟁이 지금 휴전 되었으니 청국이 각지에 통상 항구를 열면 청국에 이로운 것이 한 가지요, 청국이 만국 통상회에 가입하여 교제를 친밀히 하면 앞으로 모든 나라가 업신여기지 않을 것이니 청국에 이로운 것이 두 가지다. 이야말로 재앙을 만나 복을 얻은 것과 마찬가지다. 만약 이 사실을 끝끝내 깨닫지 못하고 쇄국을 하여 각국과 통상을 하지 않으면 화근이 더욱 심하게 될 것이다. 일본이 청국을 위협해서라도 반드시 통상을 하도록 해야 한다"고 했다.

포스터 대신이 일본에서 청국으로 돌아가면서 다음과 같은 입장을 밝혔다.

"일·청 양국이 화친할 뜻은 있으나 난관이 적지 않다. 일본 정부

---

177) 러시아는 1885년 시베리아 철도 건설계획을 발표했고, 1891년 프랑스 차관을 얻어 착공했다. 일본 정부는 시베리아 철도 구상을 오래 전부터 경계하면서 이 철도가 완공되면 일본에 큰 위협이 될 것이라고 생각했다. 특히 야마가타 아리토모 일본 초대 수상은 "시베리아 철도가 완공되면 러시아 수도를 출발하여 열흘이 조금 지나면 말들에게 흑룡강 물을 마시게 할 수 있다. 우리는 시베리아 철도가 완공되는 날 조선에서 많은 사건이 일어나는 날이라는 점을 잊어서는 안 될 것"이라고 우려했다. 또 아오키 슈조 외무장관은 "러시아는 시베리아 철도를 이용하여 일거에 추호의 방해도 받지 않고 곧바로 정예 대병을 아시아로 파견할 수 있다"면서 위험성을 지적했다. 하라다 게이이치 지음·최석완 옮김, 『청일 러일전쟁』, 어문학사, 2013, 46~49쪽.

가 이토 히로부미와 무쓰 무네미쓰 두 대신을 전권공사에 임명한 것은 화친할 뜻이 있음을 밝힌 것이다. 이 두 대신은 화친을 주장하나 의회의 공론은 그렇지 않다. 의회에서는 '우리가 여러 번 승전했으나 아직도 부족하다'고 하니 두 대신은 정부와 의회의 사정을 다 살펴야 한다. 만약 한쪽에 치우친다면 여러 사람들에게 공격의 대상이 되어 명예와 지위를 보전하기 어렵게 될 것이니 이는 일본이 겪게 될 곤란한 사정이다. 청국은 적지 않은 배상금을 물어야 하는데 아직도 꿈속을 헤매고 있어 세상 돌아가는 물정을 모르고 있으니 어떻게 잘 결말이 날지 모르겠다.

누가 일본에 가서 강화를 성사시키든지, 아무리 회담을 잘하여 체통을 잃지 않더라도 청국 신하들은 그 사람을 시비하는 상소를 분주하게 올릴 것이니 이것은 청국이 겪을 난처한 사정이다. 이홍장이 일본에 가면 배상금을 당초보다 적게 협상하여 오겠지만, 세상 물정을 모르는 무리들은 그 액수가 너무 많다고 책망할 것이다. 그 중에서도 완고한 무리들은 여순구와 위해위와 북양 등지의 해군을 이홍장이 혼자서 지휘하여 패전하더니 이제는 나라를 팔아먹었다고 비판할 것이니, 이홍장이 강화를 성사시켜 이런 비방을 들으려 하겠는가.

양국 사정이 이렇듯 절박하기 때문에 강화회담은 성사되기 어렵다. 내 생각에는 양국 황제가 한 자리에서 만나 결심하면 화친이 가능할 듯하다. 지금이라도 서양 풍속에 따라 서로 합의한 지역을 정해 양국 황제들이 만나도록 하는 것이 상책이다. 그러나 두 나라 모두 이 의견에 반대할 것이 분명하다."

청국 공사 장음환과 소우렴이 일본으로 떠날 때 청국에 주재하는 미국 공사가 총리아문의 부탁을 받아 국서를 작성했다. 미국 공사는 국제법에 따라 국서를 작성했기 때문에 잘못된 것이 없었다. 그런데 일본에 도착하자 일본 대신이 격식이 틀린다, 제목이 분명하지 않다, 전권한 내용이 없다면서 사신을 돌려보냈다. 그 이유는 청국이 국제법을 모르고 미국 공사가 작성한 국서 내용을 자기들이 임의로 고쳐 보냈기 때문이다.

미국 공사는 이 사실을 모르고 이상하게 여겨 "내가 작성한 국서는 격식에 틀린 것이 없는데 왜 받지 않는가"라고 항의했다. 포스터 대신은 함께 떠날 때 국서를 미국 공사가 작성한 것이니 합당하게 만들었으리라 믿고 출발했다. 또 청국 정부에서 포스터 대신에게 "미국 공사가 작성한 국서를 시행한다"고 하여 전혀 의심하지 않았는데, 일본에 가서야 청국이 임의로 고친 사실을 알게 되었다. 이는 청국이 미국 공사와 포스터를 속인 것이다. 지금 청국을 진정으로 위하는 친구는 포스터와 미국 공사 두 사람뿐인데, 이 친구들마저 잃으면 국제법을 따르지 않고 과거의 전례만 중요하게 여길 것이니 앞으로 어쩌자는 것인가.

청국은 조선이 자주국이라는 사실을 각국에 알렸으나 아직도 어떻게 할지 모르고 있다. 영국은 청국과 교섭하여 다른 나라가 조선을 차지하지 못하도록 한다고 하며, 거문도는 다른 나라가 상관하지 못할 것이라고 했다. 일본은 조선 내정에는 간여하지만 주권을 빼앗지는 않을 것이라고 했으며, 러시아는 "조선이 과거의 법을 여전히 고수하여 개화하지 않을 것이라고 하므로 각국은 아직 이를 시비해서는 안 될 것"이라고 밝혔다. 일본은 "우리가 청국이 강성하게 되기를 날마다 바라는 뜻은 이웃이 편안해야 우리도 무사하기 때문"이라고 입장을 밝혔다. 생각해보니 앞으로 일본이 청국을 위해 좋은 방책을 마련할 것이며, 이번 일에 다른 생각을 품지만 않는다면 유럽과 아시아에는 다행한 일이다.

영·미 각국의 여러 신문사들이 청국이 화친하려 한다는 소문을 듣고 모두 기뻐하며 일본이 순응할 것으로 기대했다. 그런데 장음환, 소우렴 두 공사가 허탕을 치고 돌아오자 모두 이상하게 여기면서 "이는 천만 뜻밖의 일"이라고 논평했다.

이번 전쟁 후 청국이 교만한 악습을 고치고 남을 업신여기지 않는다면, 이 치욕이 청국에게는 큰 이익이 될 것이다.

영국 타임스 신문의 보도다. "청국이 태평무사할 때 문무관원이 모두 나라에 도움이 되는 일은 잊고 자기 이익만 생각했다. 위해위와 여순구 포대를 건설할 때 무슨 협잡을 부렸는지 포탄 한 발 제대로 쓸 만한 것이 없었으니 참으로 개탄할 일이다. 포대 건설을 주관했던 사람들은 다 신분이나 지위가 높은 고관들인데, 그들은 사사로운 이익만을 추구했다.

예를 들어 대포 한 문 값이 1,000원이라고 탁지부(오늘날의 재무부)에 보고한 후 200~300원은 언제나 자기 주머니에 넣고, 500~600원을 들여 사다가 숫자만 채웠을 뿐 이 대포가 제 성능을 발휘할 것인지에 대해서는 알려고 하지도 않았다. 일본은 이와는 정

반대였다. 비록 당파는 많지만 전쟁이 시작된 후로는 모두가 일심동체가 되어 나라를 위해 목숨을 아끼지 않았다. 심지어 전에는 점잖은 척도 하고 완고한 척도 하면서 개화를 원수같이 여기던 자들도 몸과 마음을 다 바쳐 나라를 도왔다. 그 중 대장군은 과거에 큰 권세를 누렸던 사람이다. 개화가 된 후 권세를 잃고 귀밑머리가 반백이 되어 두문불출하며 분하게 여기는 마음을 가지고 있었으나 이번에 재물을 적지 않게 내놓아 군비에 보탰다. 청·일의 태도가 천지차이니 일본의 승전은 당연한 일이다."

북경의 내각대신들이 여순구에서 패전한 소식을 듣고 크게 놀라 황급히 각국에 강화를 주선해 달라고 요청하므로 전쟁은 조만간 끝이 날 것이지만, 청국 사람들 소행을 보면 오랫동안 보기 드문 요절할 일이 너무 많다. 소위 청국의 포대와 진은 어린아이들이 모래성으로 쌓는 것과 비슷하여 한 아이가 발로 걷어차면 다 헛수고가 되듯이 허무하게 무너졌다. 우리의 청국에 대한 신뢰가 사라졌으니 슬프고 안타깝다.

소위 해군과 육군의 장병들은 진법이 무엇인지 모르고, 양식은 중간에서 다 빼앗겼으며 무기에는 이끼와 먼지가 가득했다. 전투에 나선 군인들은 배가 고파 견디지 못하니 노략질 할 생각만 하고, 적을 만나면 사지를 떨며 죽을 곳으로 들어가는 모습이다. 만약 조금이라도 상황이 위태로우면 사방으로 도주하여 정처 없이 떠돌면서 빌어먹고 또는 떼강도가 되어 민가를 약탈했다.

청국은 무수한 재물을 쓸데없이 허비하는 버릇이 심하다. 연대라는 지역을 예로 들면, 그곳은 중요한 지역도 아니고 설령 적이 점령하더라도 별로 염려될 것이 없는 곳이다. 그런데 두서너 해 전에 재상 한 사람이 지금 남들은 다 포대를 건설한다면서 재물을 빼돌려 거부(巨富)가 되었으니 무엇이 남만 못하겠는가. 부득이 이곳에 포대를 건설하여 자기 욕심을 채우리라 작심하고는 대신에게 청탁하여 쓸 데 없는 포대를 쓸 데 없는 곳에 엄청나게 만들고 100만 원 은전을 절반이나 빼돌려 자기 주머니를 채웠다. 해군 제독 정여창은 적군의 숫자가 어느 정도인지, 적군 함정이 출몰 왕래하는 것도 전혀 모른 채 점잖게 항구에 틀어박혀 출항하지 않았다.

서양사람 한 명이 비록 남의 일이지만 분하게 여겨 정여창 제독에게 요청하고 자원하여 싸우기로 했다. 그리고 한 시간에 20리를 달린다는 배를 얻어 바다로 나섰는데, 막상 항해를 해 보니 그 배는 한 시간에 8~9리밖에 달리지 못했다. 한 시간에 20리를 달리는 배는 청국에 한 척도 없었는데 정여창 제독이 거짓말로 속인 것이다. 사정이 이러므로 그 서양인은 한 가지도 성공하지 못했다. 황해 해전에서 북양함대가 크게 패한 후 각 군함의 장졸들은 담력이 더욱 작아져서 자기 나라 군함이 멀리서 오는 연기만 보아도 황급히 도망하려 했다.

이홍장은 원수가 되어 각 군을 통솔할 때 여순구가 대단히 중요한 요충지인 줄은 알았다. 그러나 이럭저럭 미루다가 사세가 위급하게 된 후에야 비로소 후한 상을 주고 군사를 모아 여순구를 구하라고 했다. 결국 패전 소식이 연이어 들려오자 그제야 “여순구에는 내가 친히 가야겠다"고 하다가 "생각해보니 천진이 더욱 중요하니 내가 천진을 떠날 수 없다"는 등 두서없이 허둥대다가 며칠 만에 여순구를 잃었다. 한마디로 청국은 너무나 허약했다. 대포는 대나무로 만든 담배설대와 같고, 사람은 그림 속의 호랑이 같으니 우리가 돌보지 않으면 이 나라가 어떻게 될지 모르겠다.

1894년 12월 영국 어떤 신문의 보도다. "황해 해전과 여순구 전투 이후 청국이 해상 권리를 많이 잃었다. 근대 세계정세가 해상 권리를 가장 중요하게 생각하는데, 청국은 지금 그것을 다 포기하고 피하여 위해위까지 철수했다. 황해가 동아시아와 연결되어 있기 때문에 일본군이 어디든지 상륙하려고 하면 막을 사람이 없다. 또한 청국 군함이 모두 멀쩡하다 해도 나의 생각에 일본군이 북양 해군을 전멸시키는 것은 어렵지 않을 터였다. 더욱이 지금 해군이 모두 다 패했으니 일본이 북경과 천진을 무인지경같이 돌입할 것이다. 청국이 어떻게 손을 쓸 방법이 없으니 이제 강화를 해야 한다. 그렇지 않으면 싸울 때마다 계속 패할 것이다."

도쿄 신문의 보도다.

"일청 전쟁이 시작된 후 메이지 27년(1894) 12월 31일까지 일본군이 노획한 여러 가지 물건을 값으로 계산하면 5,731만 엔이다. 대포 8문은 아산에서 얻은 것이요, 평양에서 48문, 구련성에서 78문, 봉황성에서 5문, 금주와 대련만에서 129문, 여순구에서 330문, 수암주에서 5문, 해성에서 4문 등 합계 607문을 노획했다.

서양 총은 아산에서 83자루, 평양에서 1,165자루, 구련성에서

4,395자루, 금주와 대련만에서 621자루, 여순구에서 780자루, 금가와자에서 50자루 등 총 7,394자루를 노획했다. 대포 포탄은 평양에서 840발, 여순구에서 9만 6,307발, 금주와 대련만에서 246만 8,200발, 구련성에서 3만 6,374발 등 총 260만 1,720발을 노획했다. 서양총의 탄환은 평양에서 56만발, 구련성에서 4,300만 660발, 금주에서 3,381만 4,000발, 여순구에서 8만 4,125발 등 총 7,745만 8,785발을 노획했다.

군량은 일본의 계량 단위로 아산에서 2만 석, 평양에서 4,600석, 구련성에서 4,015석, 봉황성에서 5,537석, 금주와 대련만에서 2,605석 등 총 3만 6,757석을 얻었다. 말은 평양에서 250필, 금주에서 85필, 여순구에서 33필 등 총 368필, 금은 동전은 평양에서 금 25관목을 얻었고 은자 113관목 910총, 떨어진 물건이 4관목 600총, 조선 돈이 20만 400량, 일본 은전 5,995원, 구련성에서 청국 돈 21만 량, 금주와 대련만에서 은전 60원 등 총 합계를 내면 은전은 100만 원 가량이다.

군용 막사는 평양에서 1,800채, 여순구에서 121채 등 총 2,322채를 노획했고, 깃발은 아산에서 33개, 평양에서 300개, 금주와 반도에서 144개 등 총 470개를 얻었다. 선박은 화원구에서 상선 15척, 대련만에서 소형선 한 척, 여순구에서 소형선 한 척과 범선과 군함 두 척, 풍도에서 군함 한 척을 노획했다.

이밖에 북과 장금, 군도와 창, 나팔과 톱, 삽 등 다양한 물건과 지뢰, 어뢰, 화약, 우산, 군화, 군복과 전선줄 등이 부지기수였다. 청국이 수십 년간 공을 들이고 20여 성이 힘을 모아 대군을 만들고 무기를 준비했지만, 이번에 싸움 한 번 제대로 못하고 있는 대로 적군에게 내주었다.

청국 군함 중에 나포되고 불에 타고 포탄에 맞아 파선하여 부서진 것이 9척이고, 위해위와 유공도에서 빼앗긴 것이 이보다 좀 적고, 정원함, 위원함, 내원함 세척이 불에 타고 그 나머지는 다 항복했으니 북양 해상에는 돛대 그림자와 증기선 몇 척밖에 남지 않았다. 어찌 통곡할 일이 아니겠는가.

아산, 평양, 구련성, 금주, 여순구의 전투와 풍도, 압록강(황해해전), 초하구(草河口), 금가와(金家窩), 자해성(子海城), 와강채(瓦岡寨) 등 17차례 전투에서 뼈를 묻은(전사했다는 뜻) 청군이 6,660명이고, 일본군은 413명이다. 중상자는 청군 9,600명, 일본군은 1,112명이다. 포로로 붙잡힌 청군이 1,164명인데, 이것은 광서 20년(1894) 5월 초9일 전에 이루어진 일이다. 지금도 문등과 여성 등이 차례로 함락되었고 웨하이웨이, 유공도에서 항복하고 있으니 앞으로 어쩌면 좋은가.

(9) 조선 난리의 역사적 기록 제 9

일·청 전쟁에 참전한 양국 장군과 군사 중에 영국인에게 배운 제자가 많아 영국인끼리 다투는 것과 비슷한 상황이 벌어져 영국인들은 더욱 조심했다. 서양 신문에 어떤 영국인이 시쳇말로 의론하여 그 내용은 다음과 같다.

"일본 사람이 청국 사람보다 더 우수하다. 해군 제독들은 모두 담대하고 영특한데다가 의기가 있어 앞으로 세계에 일본의 명예를 날릴 것이다. 동방을 돌아다니는 영국 해군 제독들은 일본을 수없이 칭찬하며 군함을 운행하는 방법이 매우 민첩하다고 평했다. 청국 해군도 담력이 일본인 못지않으나 전술이 일본만 못하고, 더욱이 남쪽 지방 사람들은 성질이 원래 게으른 편이다. 그러나 해군 장관들의 지혜와 용맹이 다 정여창과 같았다면 청국이 이 지경은 안 되었을 것이며, 또한 청국 정부에서 정여창의 지혜를 미리 알아 남이 그 뜻을 꺾지 못하게 했다면 해상에서 볼 만한 접전이 이루어져 전후(戰後) 사정이 이렇게 되지 않았을 것이다."

당초에 정여창이 조선 제물포로 향하다가 정부에서 항해를 중지시켰고, 곧 산동 영성으로 가려고 했으나 이 또한 제지당했다. 영국인이 여러 차례 탄식하며 하는 말이 '청국 사람이 다 군인 재목으로 쓸 만하나 이들을 하나로 묶어 쓸 줄을 아는 사람이 없으니 애석한 일'이라고 했다. 그 이유는 일본인은 전후 25년을 공부에 전력했고, 청국은 25개월에 불과하니 달수와 햇수를 비교하면 실력 차가 날 수밖에 없었다.

최초에 아산과 황해 해전에서 패전한 군함들은 남방 군사로 정여창 휘하에서 오래 단련한 자들이 아니다. 광동과 복건의 해군과 북양에서 훈련 받은 해군을 비교하면 그 실력이 일본군과 청군을 비교하는 것과 동일하다.[178] 일본이 청국을 이긴 이유는 공부를 부지런히 하여 군심이 견고하며, 군령을 어기지 않았기 때문이다. 영국의 명장(名將) 과등[179]은 '일본 사람은 타고난 군사 재목이다. 지휘관이 진심으로 명령을 시행하여 의심이 없게 하며 군량을 풍족하게 해 주면 어떤 재난이라도 물리칠 수 있을 것'이라고 말했다."

청국은 하마 같아 남이 제 살점을 두둑한 곳으로 택해 떼어가라고 맡겨두고 있는 모습이다. 예를 들어 이 마을에 난리가 일어나면 저 마을서는 자기 일이 아니라고 구경이나 할뿐이다. 서양의 경우 만약 자기 나라 영토를 한 조각이라도 잃으면 전국의 남녀노소가 다 내가 당한 집안일처럼 온 힘을 다해 일어나 죽음을 두려워하지 않고 싸운다. 청국 사람들은 남을 업신여기는 악습이 가득하고 충군 애국하는 마음이 조금도 없어서 이런 일에 나라를 위해 근심한다는 것은 다 거짓말이라고 한다.

영국 신문 보도. 지금 청국은 강화 외에 다른 방법이 없고, 일본은 곧 청국 황제가 있는 북경까지 돌입할 태세다. 그러나 언제든지 전쟁이 끝나는 날 청국이 고루한 구습을 다 버리고 다른 나라처럼 발전에 힘쓰면 이번 전쟁이 청국에 큰 이로움을 가져다 줄 것이다.

일본이 이번에 웅장한 세력을 드러냈으나 휴전할 때 청국에게 영

---

178) 청군의 해군학교는 복건에 있으므로 해군 중에는 복건 출신이 많았다. 그런데 북양함대 사령관 정여창은 안휘 출신이라서 복건 출신들로부터 따돌림을 당했다. 진순신 지음·조양욱 옮김, 『청일전쟁』, 세경출판사, 2012, 637쪽 참조.

179) 현채의 『중동전기』에는 영국인이라고만 밝히고 이름이 없다. 알렌·채이강의 『중동전기본말』에 등장한 한자 이름을 따른 한글 이름 같은데 한자를 확인할 수 없었다.

토와 배상금 등을 가혹하게 요구하여 수십 년이 되도록 원기를 회복하지 못하게 할 것이다. 이는 이웃 나라의 노여움을 일으켜 기왕 얻은 것도 도로 잃을 것이니 일본이 조심할 것이다.

일본 정부가 전에 청국에 연락하여 함께 만나 논의하자고 했으니 틀림없이 화친은 성립될 것이다. 그러나 난처한 일이 많은데 청국은 쓸데없는 체면치레나 하는 까닭에 일본은 이 지나친 체면치레를 없애려 하며, 더욱이 영국·독일·미국·프랑스가 모두 청국이 화친을 요구하는 것이 옳다고 하므로 청국이 화친을 요구하면 일본도 국제사회의 여론에 따라 전쟁을 그칠 것이다.

본래 일본은 청국의 거만한 악습을 없애려는 것이지 청국 내정에 간섭하려는 것은 아니다. 아울러 청국을 지나치게 핍박하지도 않을 것이며, 오직 청국이 부강해져 일본과 힘을 합쳐 유럽의 욕심을 막으려는 것이다. 오늘이라도 청국이 진심으로 화친을 요구한다면 일본은 청국에 전쟁 배상으로 청구할 내용을 숨기지 말고 낱낱이 밝힐 것이다. 만약 일본이 강한 세력만 믿고 과도한 요구를 한다면 다른 나라들이 일어나 요구사항이 무엇인지를 알아내려 할 것이라고 한다.

청국 장음환, 소우렴 두 사신이 헛걸음한 것을 봤으니 청국이 실속 없이 체통만 고집한다는 것을 알 것이다. 일본은 처음부터 청국의 교만함을 꺾고 자기들이 동양의 패자(覇者)가 되고자 했다. 청국은 고집만 부리고 뜻을 굽히지 않다가 일본군이 북경을 침범하는 날 각 부와 각 관청이 다 도망하여 텅 비게 될 것이니 정부가 사라지면 누가 화친을 의논하겠는가. 이렇게 되면 청국에 큰 화가 닥칠 것이고 일본에도 좋을 것이 없다.

청국이 패전한 후에도 끝까지 패했다는 사실을 말하기를 꺼려하지만, 자기들이 사신을 보내 화친을 요청하는 것만 봐도 청국이 일본을 이기지 못한다는 사실을 세상이 다 알게 되었다. 그럼에도 불구하고 아직도 교만하니 다른 나라를 다 어리석은 버러지로 아는지 통탄할 일이다.

그러나 각국은 청국이 동양의 오래된 나라라서 공경하여 대우하는 것이다. 청국은 이 사실을 모르고 어리석게도 "일본은 변방 오랑캐라 재물로 달래서 보내는 것이 옳다"고 말했다. 일본은 청국의 의도를 알고 기어이 다른 나라와 동일하게 대접 받으려 하니 강화가 쉽지 않을 것이라 한다.

일본이 청국을 흔들려는 뜻도 아니고 청국 영토를 빼앗거나 청국을 분할하여 유럽 각국을 격동시키려는 것도 아니다. 일본이 원하는 것은 첫째, 조선이 자주독립이 되거나 일본에 의지하도록 하려는 것이다.

둘째, 청국과 특별한 통상조약을 맺어 일본의 생산품이 중국에 진출하려는 것이다.

셋째, 전쟁 비용과 배상금을 합쳐 5억 엔을 받고 위해위와 여순구와 만주와 대만을 차지하려는 것이다. 이것은 이홍장이 일본에 가기 전에 남들이 미리 짐작하고 한 말이다.

마침내 이홍장이 강화회담을 위해 일본에 갈 때 일본이 청국에 다음 다섯 가지 사항을 요구했다. 첫째 조선의 자주독립, 둘째 배상,

셋째 영토 할양, 넷째 통상사무 확장, 다섯째 청국에 거주하는 일본인을 일본 영사가 다스리고, 일본에 있는 청국 사람은 일본 법관이 관할하겠다는 것이다. 이 다섯 가지 요구사항은 모두 청국이 받아들이기 어려운 문제인데, 그 중 더욱 난처한 것은 영토 할양이라고 한다.

청국 사람의 성질이 원래 용감하지 않아 『사기(史記)』 책에도 전쟁 관련 내용은 드물고, 소위 야사(野史)라는 책에 기록한 내용도 아무개가 장수 되었다, 아무개가 장원급제했다는 말 뿐이다. 기치검극(칼싸움을 내용으로 하는 연극) 중에서 좌충우돌한 장수는 무식한 사람이라고 지목하더니 이제 청국은 그 교만하던 악습을 고치고 국정을 정비하며, 서양 사람을 초빙하여 새 법을 시행할 것이다. 그러므로 청국은 이번 전쟁에서 더 없이 큰 이득을 보았는데 일본과 전쟁한 것이 영국, 프랑스, 러시아 각국과 시비한 것보다 청국에 다행한 일이다. 일본인이 청국 사정을 서양 사람보다 더 자세히 아니 틀림없이 청국을 위해 잘 인도할 것이라 했다.

전에 청국에 왔던 영국 공사가 신문에 논설을 게재했다. 그 내용을 보니 일본이 전쟁을 한 이유가 세 가지인데,

첫째, 청국이 일본의 개화를 보고 피차 방법이 다르다고 업신여기기 때문이다.

둘째, 청국이 속국을 대접함이 겉으로는 사사로운 뜻이 없는 듯하나 실상은 조선이 다른 나라와 조약을 맺도록 하면서도 속으로는 자주를 허락하지 않았다.

셋째, 이런 식으로 조선을 대접하다가는 다른 나라에 큰 잘못을

저질러 강한 자에게 침략을 당할 것이니 일본이 이에 대해 시비한 것이다. 승전하는 날 일본은 아시아에서 으뜸가는 나라가 되고 청국은 2등국이 될 것이다.

앞으로 일본은 청국을 더욱 친밀하게 대하여 두 나라가 날이 갈수록 발전하여 태평한 형세를 보존할 수 있을 것이다. 일본은 여러 나라와 외교 상 큰 분란은 없으나 친분이 각별하지는 않기 때문에 비록 전쟁에서 승전했지만 청국 없이 혼자 설 수는 없는 형편이다. 휴전할 때 청국의 대응을 볼 것이나, 이후에도 청국이 일본의 권유를 따르지 않는다면 일본은 동양의 외톨이가 되고 청국은 더욱 위태로워질 것이다.

일본이 15년 전부터 청국 해안 지방과 각 지역의 내부 사정을 탐지하여 신문에 자세히 알렸다. 청국 황제가 명을 내려 조사한다 해도 이렇게 상세히 알 수는 없을 것이다.[180] 일본군은 모자 속에 청국 내륙 지도를 가지고 다니다가 어느 지역에 들어가려면 그 지방 지도를 펼쳐보고, 다른 지역을 향하려면 또 다른 지도를 꺼내 보았지만, 청국은 자기 나라 지도가 없었다.

일본인은 지도만 가지고 있는 것이 아니라 군중의 움직임과 방어할 방법까지도 상세히 알고 있었다. 청국 사람은 캄캄한 밤에 길을

180) 일본군은 1893년 12월 말부터 1894년 3월 말까지 군함 쓰쿠바(筑波)호와 오시마(大島)호를 조선에 파견하여 조선에 관한 정보수집 및 첩보활동을 벌였다. 그 내용 가운데는 전쟁이 벌어질 경우 서울의 20만 인구를 아사 혹은 항복시킬 것을 목적으로 한 서울 부근의 식량창고 조사를 비롯하여 러시아 접경지대인 나진항의 상황 등에 관한 정보가 들어 있었다. 왕현종 외 지음, 『청일전쟁기 한중일 삼국의 상호 전략』, 동북아역사재단, 2009, 430쪽.

가는 것과 같아서 지척을 구분하지 못하는 까닭에 탄탄대로에서 의심이 생겨 접전을 할 때면 도망할 생각을 먼저 했다. 일본군이 삼두육비(三頭六臂·머리가 셋, 팔이 여섯이라는 뜻으로 힘이 매우 센 사람을 비유하는 말)나 되는 듯 감히 대항하지 못하니 이는 청국이 외국의 사정을 모르는 것이 원인이라고 한다.

영국[181]이 청국에서 전쟁이 일어나는 것을 보고 인도와 싱가포르에 있던 군함들을 다 청국 해역으로 이동시켰다. 지중해에 있는 함대 외에는 이 군함들이 제2함대다. 영국이 해군을 준비했다가 청·일이 강화할 때 러시아와 프랑스의 동정을 살펴 만약 러시아와 프랑스가 엉뚱한 행동을 하면 영국이 수세에 몰리지 않기 위해서다.

일본이 서양 법률을 따라 평민을 이유 없이 살해하지 않는다고 하더니 이번에 여순과 동주, 영성을 점령할 때 촌가와 일반 백성의 살림집에 총을 무수히 발사하고 부녀자를 겁탈하고 노략질을 일삼았다. 어찌 일본을 교화 받은 나라라고 하겠는가.[182]

청국 황태후(서태후) 6순 회갑 되는 만수경절에 일본 정부에서 유명한 장인(匠人)에게 명을 내려 금으로 용포(황제가 입는 옷) 한 벌을 만들었는데 지극히 화려했다. 강화조약을 맺은 후 청국으로 보낼 예정이다.[183]

---

181) 원문에는 청국으로 되어 있으나 문맥상으로 원문의 오류임.

182) 일본군의 잔악한 행동에 대해 일본군은 자신들의 행위를 소탕작전이라고 한 반면 중국에서는 삼광(三光)작전이라고 불렀다. 삼광이란 소광(燒光), 살광(殺光), 창광(搶光)으로 '모두 태우고, 모두 죽이고, 모두 빼앗는다'는 뜻이다.

183) 서태후의 6순 회갑 되는 만수경절은 음력 10월 10일(양력 11월 7일)이었는데, 이날 대련

위해위 전투에서 패한 후 수군제독 정여창이 항복문서를 보내고 곧 자결했다. 그때 같이 자결한 사람은 유보겸과 장문선, 양용림, 황조연이다.[184)]

영자신문의 보도다. 1895년 1월 1일(양력 1월 26일)에 일본군이 유공도에 돌입하자 정여창이 각 장수들과 있는 힘을 다해 방어했으나 탄환은 바닥나고 구원병도 도착하지 않았다. 각 군사를 독려하여 출전하려 했으나 병사들은 싸울 뜻이 없고 군령을 농담처럼 여겼다. 정여창이 크게 노하여 자신이 선봉에 서서 적과 싸우려 했으나 해군이 배를 움직이려 하지 않았다. 그제야 정여창은 어떻게 할 방도가 없음을 깨닫고 전령을 보내 포대를 다 파괴하여 적군에게 빼앗겨도 쓰지 못하게 만들려고 했다.[185)]

그러나 무식한 군졸들이 벌써 지뢰와 어뢰의 줄은 끊어버리고, 어뢰정이 속속 도망하자 정여창 제독이 각 지휘관들을 소집하여 적을 방어할 방법을 의논했다. 대다수 의견이 "지금은 속수무책이니 일본

이 일본군에게 함락되었다. 이날 서태후의 회갑 잔치를 위해 재경 고관은 연봉의 4분의 1을 헌상했고, 각 성의 순무는 각각 3만 량을 조달했다. 환관과 궁녀들까지도 돈을 갹출하여 총 비용이 700만 량이나 되었다. 이 금액은 근대식 군함 몇 척을 구입할 수 있는 돈이었다. 진순신 지음·조양욱 옮김, 앞의 책, 677쪽 참조.

184) 이 부분은 제2부 4.6. 위해전투(395쪽) 관련 내용을 참조 바람.

185) 일본의 위해위 공격대는 1895년 1월 19일 대련만을 출발, 50척의 수송선에 나눠 타고 1월 20~23일 산동반도의 영성 근처 해안에 상륙했다. 일본군은 위해 주변의 청군 포대를 차례로 점령하여 북양해군의 모항인 유공도를 포위했고, 이토 스케유키 제독은 북양함대의 탈출을 막기 위해 항만 입구를 봉쇄했다. 정여창 제독은 북양함대를 동원하여 위해위를 둘러싸고 있는 청군 포대를 함포사격으로 파괴하여 일본군이 사용하지 못하도록 했다. 제노네 볼피첼리 지음·유영분 옮김, 앞의 책, 310~327쪽.

에 항복하여 목숨을 구하는 것이 옳다"면서 일본 해군제독 이토 스케유키의 배에 올라 항복 문서를 전했다. 이토 스케유키가 군함 네 척을 보내 사방을 지켜 청국 군함이 도주하는 것을 막은 후 정벽광(程壁光·광병함 함장)과 대화를 나누었다.

이토 스케유키: (정여창과 유보겸의 안부를 물은 후) "아산 전투(풍도 해전을 말함)에서 보니 방백겸이 군사 지식에 밝았는데 무슨 이유로 죽였습니까."

정벽광: "정부 명령에 의해서 죽은 것이며 정여창 제독의 명령으로 죽인 것이 아니오."

이토: "위해위는 어찌하여 이렇게 짧은 시간에 잃었는가요."

정벽광: "해군이 서로 돕지 않고 군율이 밝지 못해서 그렇소. 매사가 이런데 이는 총리아문에서 잘못한 것이오."

대화를 마친 이토 스케유키가 답서를 써 주며 정여창에게 포도주를 보내 내일 새벽에 만나자고 약속하고 전송했는데, 그 다음날 정벽광이 함정에 조기(弔旗)를 달고 나타났다. 그 뜻을 알지 못하다가 정벽광이 일본 함정에 오를 때 보니 얼굴이 검고 슬픈 빛이 가득했다.

일본인이 이유를 묻자 정벽광이 "어제 답서를 정여창 제독에게 드리자 정 제독이 일본 측 의견에 깊이 감동하여 편지를 한 통 쓰고 침실에 들어가 생아편 한 통을 먹고 자결했다. 유보겸과 장문선 등도 따라서 자결했으니 우리는 어제 논의한 의견에 따라 부득이 시행할 뿐"이라면서 항복문서를 주었다.

청군이 일시에 일본군에게 항복하니 일본 장군이 연제 등지에 있는 청국 사람에게 이틀 치 식량을 주어 위해위에 있는 일본 진영으로 보냈다. 그 다음날 민월 등지의 청국 사람을 연대로 보낼 때 그들의 무기를 다 수거하고 강제호(康濟號)를 보내 정여창 제독 이하 정제독과 함께 자결한 북양함대 지휘관 다섯 시신의 관을 실어 연대로 보냈다.[186]

일본 황후[187] 이치조 마사코(一条勝子)가 전투 중 총이나 포탄 파편에 맞아 부상을 당한 병사 중 팔이 부러진 자도 있고, 다리를 잃은

186) 북양함대는 일본 함정이 유공도만 안쪽으로 진입하는 것을 저지하기 위해 만의 입구를 철제 케이블과 목재 대들보로 봉쇄하고 그 앞에 어뢰를 설치했다. 2월 5일과 6일 새벽 일본의 어뢰정 부대가 봉쇄선을 뚫고 안쪽으로 들어가 어뢰공격을 감행하여 정원함, 내원함, 위원함이 어뢰에 피격되었다. 이 두 차례의 어뢰정 공격이 북양함대의 운명을 결정했다. 정여창 제독은 2월 11일 밤 항복을 결심한다. 2월 12일 아침 광병함의 함장 정벽광은 백기를 달고 이토 스케유키 제독에게 항복 의사를 전달했다. 정벽광은 술과 기타 상당량의 선물과 함께 이토 제독이 보내는 답신을 가지고 돌아왔다. 정여창 제독은 이토 제독에게 한 통의 편지를 썼는데 그 내용은 부하의 목숨을 살려준 데 대해 제독에게 감사를 표한 뒤 포대와 배를 인도할 시간을 연장해 달라고 요청했다. 정 제독은 두 나라가 전쟁 중이라는 이유로 선물을 돌려보냈다. 만약 정여창이 이토의 선물을 받았다면 수많은 중국인들이 일본에게 매수당해 항복했을 것이라고 의심 받았을 것이다. 정여창은 편지를 쓴 후 자신의 막사로 들어가 다량의 아편을 삼키고 자결했다. 이어 북양함대의 지휘관 유보겸, 장문선, 대종건 등이 자결했다. 정여창 제독의 죽음 소식을 전해 듣고 깊은 감동을 받은 이토 제독은 포획한 중국 함선 가운데 강제호를 돌려보내 예의를 갖춰 시신을 운반하라고 지시했다. 강제호가 떠나기 전 일본군 장교들이 정여창 제독의 시신에 조문을 했는데, 중국인과 외국인들은 일본군이 적장의 죽음에 정중하게 경의를 표하는 것을 보고 깊이 감동했다. 1월 20일 일본군 상륙으로 시작된 위해위 전투는 2월 16일 일본군이 북양함대에서 파괴되지 않은 함정과 요새를 접수함으로써 종료됐다. 제노네 볼피첼리 지음·유영분 옮김, 앞의 책, 310~327쪽 참조.

187) 쇼켄(昭憲)황태후(1849~1914). 결혼 전 이름이 이치조 마사코(一条勝子)였다.

자도 있음을 불쌍히 여겨 유명한 공장에 명을 내려 인조 다리와 팔을 만들어 상처를 이어주었다.

러시아 신문 보도. "일본이 우리가 권유하는 말을 듣지 않고 화친하기를 싫어하니 우리 러시아가 군사력을 동원하여 조선을 도울 것이다."

(10) 조선 난리의 역사적 기록 제 10

사건은 조선이 만들고 전쟁은 일본이 일으키더니 조선이 엄염한 자주독립국이 되고, 일본은 배상금 5억 량과 성능이 우수한 군함, 대포며 금은과 식량 등을 얻는 등 손해를 본 것은 청국뿐이다. 러시아가 프랑스를 움직여 청국을 위하는 척 하고 있으나, 속으로는 자국의 이익을 위해 일본에 압력을 넣는 것이다.

청국이 얼마 전 러시아가 국상(國喪)[188]을 당했을 때 사신을 보내 조문하고 비밀 조약을 맺었다. 흑룡강성 일대를 러시아에 넘겨 시베리아 철도를 블라디보스토크 철도와 연결하고, 청·러 두 나라가 힘을 합쳐 일본에 대비하겠다고 하나 러시아가 남으로 청국을 침략하기 시작한 것이 하루 이틀이 아니니 일본의 복은 러시아의 근심이다. 사정이 이러하니 러시아 단독으로라도 일본에 맞서려는 것은 자연스러운 일이다.

188) 러시아의 알렉산드르 3세 황제가 1894년 사망하고 그의 아들 니콜라이 2세가 1894년 11월 1일 제위에 올랐다.

프랑스는 베트남을 얻은 데 이어 대만을 손에 넣으려다 일본에게 빼앗겼으니 프랑스가 들고 일어나는 것은 자연스러운 이치다. 독일은 오래 전부터 프랑스와는 원수지간이다. 러시아와 프랑스가 다른 나라와 동맹을 맺으면 독일은 오스트리아, 이탈리아와 동맹을 맺고 러시아와 프랑스를 방어하는 것이 옳은데 이번에는 오히려 러시아와 프랑스를 돕겠다고 나섰으니 이것은 의외의 일이다. 그러나 속마음은 러시아, 프랑스와 같이 청국의 이권을 얻고자 하는 뜻인데 청국은 수수방관할 뿐이다.

러시아는 영국을 두려하여 영국과 이해관계가 있는 나라의 접경 사건으로 다투던 것을 양보하여 영국을 기쁘게 하며 다시 영국과 비밀 조약을 맺고 하는 말이 "러시아가 흑룡강을 차지한 일을 상관하지 말라"고 했단다. 자세한 내용은 비밀이라서 알 수 없으나, 깊은 뜻이 있어 청국을 돕지 않다가 청·일이 연대에서 휴전조약 비준서를 상호 교환할 때 러시아 군함이 위협하여 일본이 청국 영토를 차지하는 것을 막는 바람에 요동반도를 되찾았다.

이것이 겉으로는 러시아의 힘 때문인 듯하나, 청국은 그 대가로 은자 억만 량을 더 일본에 주었으니 일본은 조금도 손해 본 것이 없다. 그런데 무식한 사람들이 이것을 러시아의 덕으로 알아 유럽 사람은 무엇이든지 주고 싶어도 일본인은 미워서 아무 것도 줄 수 없다고 하니 일본이 이를 분하게 여기고 있다. 이웃 간의 정은 생각하지 않고 어떻게 멀리 있는 서양 나라들을 끌어들여 이웃 나라를 억누르려 하는가.

청국은 한 명의 백성, 한 조각의 영토라도 남에게 내주어서는 안 된다. 사정이 어쩔 수 없어 내준다면 서양인에게 주는 것보다 같은 동양의 일본에 주는 것이 어떻겠는가. 정부의 여러 대신들은 잠깐 동안의 원수를 미워하기보다는 미래의 일에 더 많은 관심을 가져야 한다.

도쿄 각 신문의 보도.

"이홍장이 황제의 명을 받들어 일본으로 왔다. 우리 일본의 생각은 청국을 보호하여 동방에서 부강을 도모하고 수모를 예방하고자 하는 것이다. 이홍장은 이런 뜻을 자세히 알기 때문에 강화회담이 손바닥 뒤집듯 쉬운 일이라고 한다. 강화를 서두르기 위한 다섯 가지가 있으니

첫째, 청국이 일본의 상대가 되지 않는다는 점을 깨달았다.

둘째, 휴전을 하지 않으면 전쟁으로 인한 피해가 더 커진다.

셋째, 이홍장이 진정으로 휴전을 원한다.

넷째, 일본도 휴전을 원하고 있다.

다섯째, 이홍장이 일본 대신들과 직접 만나 의논하면 일본이 자기만 이롭자고 하는 것이 아니라 두 나라가 함께 동방의 세력을 보전하려는 것임을 확실히 이해할 것이다.

이렇게 다섯 가지 이유가 있으므로 틀림없이 화친이 성사될 것이다. 그러나 청국 사람은 쓸 데 없는 교만이 몸에 익어 말과 행실이 미덥지 못한 것이 문제인데, 이번에는 아무리 이홍장이라도 임의로 행동하지는 못할 것이다. 일본이 조선의 부산 항구에서 서울까지 철

도를 건설하려 하는데, 1895년부터 시작한다고 한다.

이홍장이 시모노세키에 도착하자 일본 내각 총리대신 이토 히로부미가 즉시 네 가지 영을 발표했다.

첫째, 어떤 사람이나 무슨 일이 있거나를 막론하고 회의 장소에 들어오지 못한다.

둘째, 각 신문과 책 등은 경찰관이 미리 검열하여 허가를 받은 후 발간한다.

셋째, 경찰관의 허락을 받기 전에는 무기를 소지하지 못한다.

넷째, 각 여관에 머무는 행인들을 철저히 조사한다.

이 영을 반포한 후 전문가를 보내 이홍장 일행의 일본 체류 중에 음식물을 검사하여 불순분자의 공격을 예방하며, 어떤 공문이나 우편물을 외부 사람이 미리 보는 폐단을 엄금하며, 암호 전문의 왕래를 막지 않는 등 전에 장음환, 소우렴 두 공사를 박대하던 것과는 큰 차이가 있었다.

(11) 조선 난리의 역사적 기록 제 11

슬프다, 청국의 고집불통이여. 이홍장이 황제의 명을 받들어 일본에 와서 대화가 사라지고, 총 맞은 일이 큰 공로가 되었다.[189] 천황

189) 1895년 3월 24일 회담장에서 숙소로 향하던 이홍장이 고야마 도요타로(小山豊太郎)라는 일본 청년의 권총 저격을 받아 부상당한 일을 말하는 내용.

씨(天皇氏)[190] 시절 백성들이 도무지 시세도 모르면서 강화조약에 합의한 이홍장을 탄핵하는 상소가 끊이지 않으니 이해할 수 없고 전국이 모두 미친 것 같다.

이홍장의 행동을 보면 영토와 백성의 생활과 통상 등 큰일을 낱낱이 청국 황제에게 보고하고 황제의 허락을 받은 후에 결정한 것이지 임의로 결정한 것이 아니다. 그런데 유공일, 왕문소 등이 휴전조약을 폐기하고 다시 싸우자면서 심지어 각국 공사에게 의논까지 했다.

각국 공사들은 “이홍장이 전권하여 조약을 체결한 것은 황제가 직접 조약을 체결한 것과 동일하기 때문에 이를 파기하면 천하에 신의를 크게 잃게 될 것이다. 조약의 내용이 모두 공평하게 되었으므로 파기하는 것은 옳지 않다”고 답변했다. 황제가 강화조약을 확정했는데 쓸 데 없는 말이나 늘어놓는 무리들이 중대한 외교관계는 생각지도 않고 이홍장을 논죄하려 드니 이는 참으로 어리석은 일이다.

러시아는 겉으로 청국을 돕는 척 하면서 속으로는 흑룡강성을 집어삼키려 한다. 이는 청국이 일본에게 당하는 피해보다 러시아에게 당하는 피해가 더 심하다. 러시아가 프랑스와 연합하여 일본을 견제하니 이 형세는 지극히 강한 영국이라도 잠시 피할 수밖에 없는 상황이다. 하물며 새로 일어난 일본이 어떻게 세 나라의 압력에 저항하며, 더욱이 전쟁에서 패한 청국이 어떻게 세 나라의 압력을 감당하겠는가.

---

190) 중국 고대 전설상의 제왕이다. 삼황(三皇)의 한 사람으로, 열두 형제가 각각 1만 8000년씩 왕 노릇을 했다고 한다.

지금이라도 청국이 새 법을 배워 개혁을 시도하여 번창해지면 요동반도를 보전할 수 있다. 그렇지 않으면 러시아가 요동반도를 '도마 위에 오른 고기'로 알 것이다. 일본은 러시아의 시베리아 철도가 완성되기 전에 조선을 위해 일을 도모한다고 하지만, 러시아가 마침내 일본을 압박하여 조선에 오래 머물지 못하게 했으니, 일본인이 물러가고 러시아인이 들어오는 중에 어느덧 조선은 독립만 어렵게 되었다. 만약 러시아가 조선의 부산 등지에 부동항을 얻으면 천하가 크게 요동할 것이다. 이것은 일·청 두 나라에만 관계되는 일이 아니다.

일본의 전략은 아시아를 굳게 지켜 유럽을 막자는 것이었다. 그런데 먼저 군대를 동원하여 무력을 과시하고 세계에 청국의 허약함을 드러낸 것은 오히려 잘못되었다. 그 와중에 욕심을 내어 배상을 많이 얻어내는 것만 좋아하다가 러시아의 시기심을 불러일으켜 흑룡강과 조선, 부산 등을 러시아의 손에 들어가게 만들었다. 이것은 아시아를 위한다고 해놓고 오히려 해를 끼친 셈이다.

배상금으로 말하자면 러시아가 프랑스의 돈을 차관하여 청국에 빌려주고 러시아인의 권세가 청국에 더욱 확장되니, 이것도 일본이 러시아를 막으려다 러시아를 도와주는 형세가 되었다. 일마다 이렇게 뒤집혔으니 그 허물은 일본이 면하기 어렵게 되었다.

(12) 조선 난리의 역사적 기록 제 12

일본 나가사키 신문 보도에 의하면 전쟁에 참전한 일본 해군과 육군 병력은 총 20만 5,000명이었다.

조선 대관들의 기록에 의하면 재상 박정양(朴定陽)[191]은 전에 미국 공사였고, 내부대신(내무부장관) 박영효(朴泳孝)는 일본에서 10년을 살았고, 법부대신(법무부장관) 서광범(徐光範)[192]은 미국에 10년 동안 있었고, 학부대신 이완용(李完用)[193]은 전에 미국 공사로 있었고, 외무차관 서재필(徐載弼)[194] 또한 미국에 10년 동안 있었고, 농상공부협판(차관급) 이채연(李采淵)[195]은 미국에 주재하는 공사관의 참

---

191) 박정양(1841~1904)은 1881년 조병직·조준영·어윤중·홍영식 등과 함께 신사유람단의 일원으로 일본의 정부기관, 각종 사업기관과 조폐공장 등을 시찰하고 귀국하여 개화운동에 참여했다. 1887년 주미 전권공사로 미국에 파견되었으나 청의 압력으로 1889년에 소환되었다.

192) 서광범(1859~1897)은 1884년 갑신정변의 주역이며, 갑오개혁 때 법무대신과 학부대신으로 사법제도를 개혁하는 등 개혁정책을 실시했다. 1883년 6월 보빙사(報聘使)가 미국에 파견될 때, 전권대사 민영익의 종사관으로 미국과 유럽 각국을 돌아보고 이듬해 6월에 귀국했다. 갑신정변이 실패하여 김옥균, 박영효와 함께 일본으로 망명했다가 1885년 5월 미국으로 망명했다. 1892년 미국 시민권을 획득하고 미 연방정부의 교육국 인종학과에서 번역관으로 일했다. 1894년 일본 외무성의 주선으로 12월 초 귀국, 법무대신, 1895년 주미 전권공사로 미국에 갔다. 1896년 2월 아관파천으로 갑오내각이 무너지자 부임한 지 7개월 만에 공사직에서 해임되어 미국에서 살다가 1897년 8월 사망했다.

193) 이완용(1856~1926)은 1886년 육영공원에서 영어와 신학문을 배우고 1887년부터 2년간 주미 대리공사로 근무했다.

194) 서재필(1864~1951)은 1883년 5월 일본 게이오 의숙(慶應義塾)에서 일본어를 배운 후 도야마(戶山) 육군학교에서 군사훈련을 받고 귀국했다. 1884년 갑신정변 실패로 일본을 거쳐 1885년 4월 미국으로 망명했다. 1893년 코크란대학(조지 워싱턴대학교의 전신)을 졸업하고, 의사면허를 취득했으며 1890년 6월 미국에 귀화하여 시민권을 얻었다. 1894년 6월 뮤리엘 암스트롱과 결혼하고 워싱턴에서 병원을 개업했다. 1895년 12월 귀국하여 독립신문을 발간하고 독립협회 창설, 배재학당 강사로 활동했다. 1898년 5월 미국으로 돌아가 필라델피아에서 사무실용 가구와 문구류를 파는 필립제이슨 상회를 경영했다.

195) 이채연(1861~1900)은 1887년 초대 주미공사관 번역관으로 도미했다. 이완용에 이어 대리공사로 재직하다 1893년 귀국했다. 1898년 한성전기회사를 설립하고 이 회사 사장에

사관을 지냈고, 농상공부대신 김가진(金嘉鎭)[196]은 일본 공사로 있었고, 학부협판 윤치호(尹致昊)[197]는 청·일·미 각국을 10여 년간 유람했다.

이들 해외 경험이 있는 대신들이 있고 외국에서 유람하며 공부하던 사람들도 점점 모여들어 조선에는 힘이 될 것이다. 일본은 외국에서 고문관과 선교사를 초빙하여 일본 백성을 교육 시킨 지 10년 만에 비로소 인재를 배출하기 시작했으나 조선은 해외 경험이 풍부한 신하가 있으니 일본보다 낫다고 한다.

취임하여 전차를 도입했다.

196) 김가진(1846~1922)은 1887년부터 4년간 주일본 판사대신으로 도쿄에 주재했고 1894년 갑오개혁 때 군국기무처 회의원으로 참여했다. 1920년 비밀결사인 대동단의 총재 및 고문으로 추대되어 상해 임시정부와 연락하여 독립운동을 전개하다가 상해로 건너가 대한민국 임시정부 요인으로 활동했다.

197) 윤치호(1865~1945)는 1881년 일본에 건너가 일본어와 영어를 배우고 게이오 의숙(慶應義塾)의 경영자 후쿠자와 유키치(福澤諭吉) 등과 교유했다. 갑신정변 후 상해로 망명, 미국 감리교 선교사 알렌이 세운 중서서원(中西書院)에서 공부한 후 미국으로 건너가 밴더빌트대학, 에모리대학에서 공부했다. 1896년 민영환의 수행원으로 러시아 황제 니콜라이 2세의 대관식에 참석했다. 1897년 후반부터 독립협회에서 국민계몽 활동에 앞장섰다.

07
시모노세키 조약
막전 막후

※ 시모노세키 조약 체결 과정 이해에 필요한 용어 해설(편집자)

▲강화조약(講和條約, peace treaty): 전쟁 및 전쟁상태를 종결시켜 평화를 회복시키기 위한 교전국 간의 조약. 평화조약(平和條約)이라고도 불린다.

▲정전협정(Ceasefire): 교전을 잠시 중단하는 약속이다. 공식적인 전쟁의 종료를 위한 평화협정은 아니다. 공식적인 문서로 정전의 약속을 하는 것은 휴전협정(Armistice)이라고 한다.

▲휴전협정(Armistice): 전쟁을 잠시 중단하는 조약. 공식적인 전쟁의 종료인 평화협정은 아니다. 공식적인 문서로 작성된다.

▲평화조약(Peace Treaty): 현대전에서 평화협정의 체결양식은 전투를 중지하기 위한 정전협정(Ceasefire)이 구두로 체결되고, 이에 이어서 평화회담이 개최되며, 평화협정(강화조약)에서 전쟁 종료의 확인, 평화의 회복, 영토할양, 배상지불이 결정된다.

(1) 시모노세키 강화회담장에서 양국 대표들이 주고받은 대화

광서 21년(1895) 2월 24일(양력 3월 20일) 이홍장이 강화를 논의할 사신에 임명되어 일본으로 갈 때 이경방[198]과 참찬 11인[199]을 데리고 시모노세키에 도착했다. 이토 히로부미와 무쓰 무네미쓰, 기타 서기관 등 6명이 예필좌정(禮畢坐定: 예를 마치고 단정하게 앉음)했다.

이토: "원로에 순풍을 만나 무사히 도착하셨는지요."

이홍장: "순풍을 만났으나 성산 부근에서 하루 쉬었습니다. 지체 높은 대신의 성의로 훌륭한 공관을 준비해주셔서 대단히 감사합니다."[200]

이토: "이곳이 워낙 후미진 곳이라 귀하신 외교관들의 격에 맞는 공관이 없어 대단히 송구스럽습니다."

---

198) 이경방(이홍장의 양아들)은 주일 공사로 재직했기 때문에 일본어가 가능했고, 일본 정계에 지인들이 많았으며 일본 사정에도 밝아 회담 대표단에 선발되었다.

199) 청국 대표단은 이홍장을 대표로 하여 이경방이 차석 전권, 임오군란 당시 조선에 파병되어 대원군을 천진으로 압송해 간 마건충, 미국의 전 국무장관 존 포스터(John Watson Foster)가 청국 고문으로 참석했다. 마건충은 프랑스에 유학하여 법률을 전공하고 파리에서 변호사 자격을 취득했다. 진순신 지음·조양욱 옮김, 『청일전쟁』, 세경출판사, 2012, 740~741쪽 참조.

200) 회담은 시모노세키의 여관 겸 일본 최초의 복어 요리 전문점이었던 춘범루(春帆樓)에서 열렸다. 청국 전권대표 이홍장은 그들이 타고 온 선박을 숙소로 사용했는데, 일본 측에서 인접사(仁接寺)라는 일본 사찰을 숙소로 정해주어 청국 대표단은 이곳에 머물며 회담을 진행했다.

우선 전권한 공문 교환이 급선무라서 이홍장이 청국 황제의 칙서를 이토 히로부미에게 전했고, 이토 히로부미도 일본 천황의 칙서를 이홍장에게 전달하여 확인했다.

무쓰 무네미쓰: "우리 황제 폐하의 칙서가 격식에 맞습니까."

이홍장: "합당합니다. 우리 황제 폐하의 칙서는 어떻습니까."

이토: "이번 칙서는 합당합니다."

이홍장이 우선 휴전을 하자는 의견을 이토 히로부미에게 전했다.

이토: "그 문제에 대해서는 내일 답을 드리겠습니다. 그런데 귀국의 칙서 중에 황제 폐하께서 친필로 서명하신 것이 없으니 이것은 무슨 뜻입니까."

이홍장: "그것은 각국의 풍속이 다르고, 또 어보(御寶: 황제의 도장)를 날인했으니 황제의 친필로 쓴 것이나 다름없습니다."

이토: "이번에는 구구절절 깊이 따지지 않겠습니다만, 귀국 황제께서 각국과 외교관계를 맺고 계신데 무슨 이유로 각국의 전례를 따르지 않는 것입니까."

이홍장: "우리나라는 지금까지 이런 전례가 없었고, 또 신하의 도리 상 억지로 요구할 수 없어 두루 미안하게 되었습니다."

이토: "중당(이홍장)이 이번 황제의 명을 받드는 직책이 중대하다고 생각합니다. 두 나라가 전쟁을 그치고 정의(情誼)가 다시 통하도록 하는 것이 중요합니다. 앞으로 영원히 화친을 이루면 두 나라에 이익이 많을 것입니다."

이홍장: "아시아에서 우리 두 나라가 가장 가깝고, 또 글(한문)이 같습니다. 최근에 잠시 다투었는데, 이것은 서로의 이로움을 위해서였다고 생각합니다. 만약 계속해서 원수지간으로 지내면 우리에게 큰 해가 될 것이며, 일본도 결코 이롭지 못합니다. 서양 사정을 보면 군사력이 아무리 강해도 이웃 나라와는 우호적으로 지냅니다. 우리 두 나라도 서양 사정을 참고하여 아시아의 평화를 이룩합시다. 두 나라 관계가 악화되면 아시아 황인종이 유럽 백인종에게 잡아먹히고 말 것입니다."

이토: "중당의 말씀이 내 생각과 같습니다. 그러나 10년 전에[201] 내가 중당에게 권한 바 있습니다만, 어찌하여 오늘까지 정치를 한 가지도 개혁하지 못했습니까."

이홍장: "귀 대신은 저와 만난 후 귀국의 좋지 않은 제도를 일제히 고쳐서 오늘과 같이 발전했으니 진실로 부럽습니다. 우리 청국은 과거의 제도에 젖어 오늘에 이르기까지 10여 년 동안 변한 것이 하나도 없으니 참으로 부끄럽기 그지없습니다."

두 사람은 나이를 물었는데 이토 히로부미는 55세, 무쓰 무네미쓰는 52세였다.

이홍장: "나는 올해 73세요. 귀 대신은 연부역강(年富力强: 나이가 젊고 기운이 왕성함)하여 나라 일을 하면서도 편안한 날이 있을

201) 이홍장과 이토 히로부미는 1885년 천진에서 만나 천진조약을 체결했다.

것입니다."

이토: "일본 국민은 청국 국민보다 다스리기가 더 어렵고, 또 의회가 중간에 있어 처신하기가 더욱 어렵습니다."

이홍장: "귀국 의회는 우리나라의 도찰원(都察院)[202]과 비슷합니다."

이토: "내가 일찍이 천진에 있을 때 중당에게 도찰원을 없애라고 권유하자 중당께서 도찰원이 과거 한(漢)나라 시절부터 생긴 것으로, 그 역사가 오래 되어 없애는 것이 쉽지 않다고 하셨습니다. 도찰원 관리들이 세상 물정에 밝지 못해 일을 제대로 판단하기 어려우니 연부역강하고 서양 학문에 능통한 자를 선발하여 중임을 맡기시기를 권합니다. 과거의 방식만 고집하는 자는 모두 파면해야 부강한 나라의 기틀을 만들 수 있을 것입니다."

이홍장: "우리나라에도 세상 물정에 밝은 인재가 많으나 각 도의 지방 관리들이 권세를 휘두르면서 일을 제 마음대로 처리하는 바람에 법령이 제대로 집행되지 못하고 있습니다. 에노모토 다케아키(榎本武揚)와 오토리 게이스케는 지금 무슨 벼슬을 맡고 있습니까."

이토: "에노모토 다케아키는 농무대신이고 오토리 게이스케는 추밀원 고문관입니다. 원세개는 지금 어디에 있습니까."

이홍장: "하남 땅 시골집에 있습니다."

---

202) 중국에서는 관리의 부정을 규탄하는 어사대(御史臺)라는 감찰기관이 발달했다. 명 태조(太祖)는 1376년에 어사대를 도찰원(都察院)으로 고쳐 좌·우도어사(左右都御史)·부도어사(副都御史) 아래 다수의 감찰어사(監察御史)를 두어 관리들의 기강을 바로잡고 부정 방지, 형사사건의 심의 등을 담당했다. 청국도 명나라의 제도를 그대로 따랐다.

전권 공문을 교환한 후 상의할 조건을 논의하기로 했다. 다음날 오후에 다시 만나기로 약속한 후 헤어졌다.

2월 25일(양력 3월 21일) 오후에 이홍장이 다시 회의 장소에 나와 이토, 무쓰 두 대신과 의논했다.

이토: "휴전과 관련한 초안을 어제 대략 적어보았습니다."

이토가 영문으로 된 초안을 회람시켰다.

이홍장: "지금 일본군이 아직 대고와 천진과 산해관 등지에 이르지 못했는데, 이 세 지역을 귀국 군사가 점령하려 하는 이유는 무엇입니까."[203)]

이토: "우리 양국이 전쟁을 중지하려는 이유는 양쪽에게 다 이롭도록 하기 위해서입니다. 지금 당장 휴전하는 것은 귀국에 이익이니 우리는 세 곳을 점령한 다음 그 지역을 담보로 하여 우리의 이익을 추구하려는 뜻입니다."

이홍장: "이 세 곳에 우리 군사가 많이 주둔하고 있는데 일본군이 차지하면 우리 청국 병사들은 다 어디로 가라는 말씀이십니까."

---

203) 이홍장이 강화조약 체결에 앞서 휴전을 요청하자 일본 측은 다음과 같은 조건을 제시했다. 1)대고, 천진, 산해관을 일본에 양도할 것. 2)동 지역의 청군의 무장 해제 및 군수품 인도. 3)천진, 산해관 철도를 일본군 지배하에 맡길 것. 4)휴전 중의 군비는 청국에서 부담할 것. 이는 일본군이 군사력으로 아직 점령하지 못한 지역을 내놓으라는 가혹한 요구였다. 일본이 청국의 심장부에 해당하는 이 지역을 점령하기 위해 '직예작전'을 준비했는데, 이 작전을 위해서는 막대한 병력과 군수물자의 수송이 필요했다. 일본군으로서도 직예작전은 쉽지 않아 숨 고르기를 하고 있던 중, 청국이 휴전을 요구하자 이 지역을 내놓으라고 요구한 것이다. 진순신 지음·조양욱 옮김, 『청일전쟁』, 세계출판사, 2012, 756쪽 참조.

이토: "귀국 군사가 어디로 갈 것인지는 마음대로 결정하시기 바랍니다. 다만 두 나라 병력의 경계를 먼저 정하려는 것입니다."

이홍장: "두 나라 군사가 가까이 주둔하면 문제가 불거질 우려가 있으니 그게 염려되어서 하는 말입니다."

이토: "양국 군대가 주둔할 지역은 조약 가운데 세 개의 조목으로 표기되어 있으니 미뤄 놓았다가 다시 의논하기로 하고, 그 밖의 다른 조항들은 받아들이시겠습니까."

이홍장: "천진은 원래 통상 항구인데 일본이 왜 차지하려고 하십니까."

이토: "휴전하는 동안만 점령하겠다는 뜻이오. 기간은 서로 상의해서 가능하면 길지 않게 조정하면 될 것입니다."

이홍장: "휴전 기간 동안에는 이 세 곳을 귀국 관할에 속하도록 했다가, 만약 강화조약이 체결되지 못하면 일본군이 그 지역을 차지하여 손님이 주인 노릇을 하려는 것 아닙니까."

이토: "휴전 기한이 다 되면 그 안에는 강화조약이 체결될 것이니 그때는 일본군이 당연히 철수할 것입니다. 만약 우리가 영토를 저당 잡지 않았다가 귀국이 전쟁을 계속하면 우리는 앉아서 큰 화를 당할 것입니다."

이홍장: "청일 양국은 형제지국이라서 오래 전부터 정이 깊은 사이였는데 이토록 야박하게 대하십니까. 다른 방법을 생각해 보시길 바랍니다."

이토: "원래 휴전조약에는 두 가지 전례가 있는데 첫째는 모든 지

역을 한꺼번에 다 휴전하는 것이고, 두 번째는 몇 지역만 특별히 정해서 전투행위를 중지하기도 합니다. 지금 중당의 의견으로는 모든 지역이 한꺼번에 다 휴전하자는 것입니다."

이홍장: "귀국이 나에게 화친을 요청해 와서 우리도 진심으로 화친이 성사되기를 원하고 있습니다. 지금 귀국이 중요한 세 지역을 점령하려고 하는데, 내 직책이 직예총독으로서 이 세 곳은 내 관할 지역입니다. 이 지역을 남몰래 내주면 내 체면을 잃게 하는 것과 같습니다. 귀 대신이 내 입장이라면 어떻게 하겠습니까?"

이토: "두 나라가 협상을 하는 것은 각각 황제를 위해서이니 나라 일을 사사로운 관계로 말할 수는 없고, 오직 정해진 법대로 따라서 할 뿐입니다. 만약 중당이 이 문제를 허용할 수 없다면 휴전 문제는 일단 뒤로 미루고 강화를 먼저 논하는 것은 어떻겠습니까."

이홍장: "휴전 여부는 뒤로 미루고 강화를 먼저 의논하는 것이 좋겠습니다. 우리는 이제 충심으로 나라를 위한다는 큰 틀에서 생각해야 합니다. 우리 청국이 외국과의 전쟁을 대비하지 못했고, 새로 소집한 군사는 훈련을 하지 못해 이 지경에 이르렀습니다. 청·일 두 나라는 가장 가까운 이웃인데 어찌 오랜 기간을 다투어야 한단 말입니까. 기왕 화친을 염두에 두신다면 당연히 청국의 체면을 생각하셔야 합니다. 그렇지 않으면 우리나라 위아래가 모두 어수선하고 소란스러워져 비록 지금은 정전을 한다 해도 오래 가지 못할 것입니다. 특히 천진과 상해는 북경에서 볼 때 대단히 중요한 지역입니다. 부디 이곳은 건드리지 말기를 바랍니다. 그렇지 않으면 황제가 계신 도성

이 진동할 것입니다. 이번 분란은 조선 때문에 발생한 것입니다. 지금 우리 군사가 봉천으로 물러가 조선과 상관없게 되었으니 일본군이 천진과 산해관 등지만 차지하지 않는다면 휴전에 대한 문제를 의논하지 않고, 정전을 약속하는 것은 문제가 되지 않습니다. 한마디로 귀국의 요청은 절대로 받아들일 수 없습니다."

이토: "깊이 생각하신 후 신속하게 답을 주실 것을 요청합니다."

이홍장: "그러면 한주일 후에 답을 드리겠소."

이토: "너무 늦습니다."

이홍장: "1주일 후에라도 휴전 조항에 합의하기 어려우면 그 때 강화를 의논하는 것이 어떻겠습니까."

이토: "휴전 논의는 아예 그만두고 강화를 논의할 때에도 다시 거론하지 마시기 바랍니다.

이홍장: "강화조약만 이루어지면 전쟁은 절로 멈출 수 있다고 생각합니다."

이토: "그러면 언제 답을 주시겠습니까."

이홍장: "나흘 후에 드리겠습니다."

이토: "사흘 후로 하십시다. 빠르면 빠를수록 좋습니다."

이홍장: "강화 조건은 휴전을 논의할 때처럼 각박하게 처리할 문제는 아니라고 봅니다. 변함없이 각박하게 하면 결정을 내리기 어려우니, 귀 대신은 천하대세를 깊이 생각하여 우리나라가 감당할 수 있는 조건을 제시하시기 바랍니다."

이토: "나도 두 나라가 다 같이 이로운 결정이 나오기를 바랍니다."

말을 마친 후 일어나 각각 숙소로 돌아갔다.

2월 28일(양력 3월 24일) 오후에 다시 회의를 재개하고 이홍장이 휴전 문제에 대한 청국의 입장을 이토 히로부미와 무쓰 무네미쓰 두 대신에게 전했다.

이토: "휴전 논의는 아주 그만둘 것입니까."

이홍장: "잠시 뒤로 미룹시다. 나는 강화에 전념할 생각입니다."

이토가 깊이 생각하다가 말했다.

이토: "중당이 일본으로 오기 전에 이미 귀국에서 진심으로 강화를 원하고 있다는 것을 알았습니다."

이홍장: "내가 이제 나이가 들어 해외에 나갈 형편이 못되었는데, 형세가 이처럼 급한데다가 내가 귀 대신과 친분이 있다 해서 우리 정부에서 특별히 나를 보내 천리 길이 멀다 하고 달려왔으니, 우리 나라의 성의는 충분히 짐작하셨으리라 믿습니다."

이토: "우리가 의논하는 일은 한번 결정한 후에는 확실하게 시행해야 합니다. 귀국은 예전부터 외국과의 교섭에서 약속한 것을 시행하지 않은 사례가 많습니다. 사정이 이렇다보니 우리 일본 정부는 귀국이 약속한 사안을 반드시 시행할 수 있도록 확실한 조치를 취할 것을 나에게 명하셨습니다. 귀국은 이 뜻을 잊지 마시기 바랍니다."

이홍장: "귀 대신의 말은 우리나라가 도광(道光) 시절(재위 1821~1850)에 외국과 처음 교섭할 때 있었던 몇 가지 사례를 말하는 듯하나 함풍(咸豐: 재위 1850~1861)과 동치(同治: 재위

1861~1875) 이후로는 한번 정한 조약은 확실하게 시행했습니다. 10년 전에 러시아와 맺은 조약은 뜻이 맞지 않는 부분이 있었으나 결국 순조롭게 마무리 되었습니다."

이토: "우리 양국이 지위가 높은 전권공사를 보내 회의하는 것이니 만약 시행하지 않으면 국가의 위신이 크게 손상될 뿐 아니라 다시 전쟁이 재개될 것입니다. 또한 강화는 전투 행위만 멈추는 게 아니라 과거의 좋은 관계를 다시 회복하는 것을 뜻합니다. 내가 대신의 입장에서 결정한 일은 반드시 시행할 것이니 중당도 이 약속을 어기지 마시기 바랍니다."

이홍장: "내가 우리 황제의 훈칙을 친히 받아왔으니 무슨 다른 뜻이 있겠습니까. 오직 조약의 조건은 나의 힘을 헤아려 형세에 맞도록 할 것입니다. 시행할만한 내용은 즉시 승낙할 것이고, 시행이 어려운 것은 천천히 생각할 것이므로 2~3일 내에 끝내지 못할 것입니다. 귀 대신은 여러 조항들을 다 제기하시기 바랍니다."

이토: "내일 함께 열람하도록 하겠습니다."

이홍장: "만약 조약 내용에 다른 나라의 간섭이 있으면 잘 분별해서 문제가 없도록 해주시길 바랍니다. 다른 나라의 간섭이 있으면 불편한 일들이 많을 것입니다. 우리 양국이 친분이 각별하니 미리 부탁드립니다."

이토: "이번 일·청 사건과 관련하여 다른 나라는 다 국외에 있으니 영향을 미치지 못할 것입니다."

이홍장: "작년에 영국에 부탁하여 중간에서 강화를 주선해달라고

요청했더니 귀국에서 불가하다고 하여 다른 사람이 간섭하지 못하게 했습니다. 이제 우리 두 사람이 상의하다가 여의치 않으면 다른 사람이 간섭할 것입니다."

이토: "만약 강화가 안 되면 귀 황제께서 틀림없이 손수 결정하실 것입니다. 유럽 각국에서는 늘 황제가 친히 의논하는 것이 전례입니다."

이홍장: "청국은 그렇지 못하여 공친왕도 얼굴을 맞대고 의논하지 않았습니다. 우리가 지금은 비록 다투지만 곧 정상화될 날이 있을 것이니 조속히 결정하는 것이 합당합니다. 작년에 전쟁이 개시될 때에도 내가 있는 힘을 다해 말렸으나 뜻을 이루지 못했습니다."

이토: "전쟁은 좋지 못한 일이지만 사정이 급하면 부득이 일어나는 것입니다. 작년에 우리나라가 귀국에 사소한 것을 요청했음에도 불구하고 귀국이 이를 허락하지 않은 것은 심히 애석합니다. 비유하자면, 처음 시작 때는 두 사람이 길 가는 것과 같아 몇 걸음 떨어져 있지 않았으나, 지금은 각각 수 백리씩 갔으니 갑자기 머리를 돌이키기가 어렵게 되었습니다."

이홍장: "어떻게 하든 머리를 돌이켜야 합니다. 그리고 귀 대신이 국사를 총괄하는 상황이니 무엇이 난처할 것이 있겠습니까."

이토: "지금은 피차 길을 수 백리씩 갔으니 빨리 돌아와도 그 중간이 수 백 리는 될 것입니다."

이홍장: "애초에 급히 가지만 않았으면 일이 이렇게 되지는 않았을 것입니다. 만약 몇 백리씩 더 갔다면 우리 인민들이 다 헤어나지

못했을 것입니다."

이토: "우리는 처음부터 전쟁을 할 마음이 없었습니다."

이홍장: "이제 우리나라가 강화를 원하니 싸우지 않아도 되겠군요."

이토: "귀국 인민은 조선 사람보다 국가의 법을 잘 따르고 생업에 부지런하니 백성을 다스리기가 쉬운 듯합니다."

이홍장: "조선 인민은 원래 나태합니다."

이토: "그런 것 같습니다. 조선 백성이 무리지어 관가에 소장을 내는 대표를 맡기려고 하자 모두 원하지 않는 것을 보았습니다. 이제 우리 군사가 대만을 공격했는데, 대만 백성은 어떻습니까."

이홍장: "대만 백성은 다 조수와 장천 등지에서 옮겨온 외지 사람으로 가장 우악스럽고 사납습니다. 공(公)이 대만 일을 묻는 뜻은 그곳을 점령할 마음이 있어 싸움을 계속하려는 것 아닙니까. 대만을 건드리면 영국이 그냥 두고 보지만은 않을 것입니다. 다른 나라에 있는 우리들의 권리가 침해당할까 염려한다는 것이 바로 이 말입니다."

이토: "청국이 손해를 보는 것인데 영국이 왜 관계가 있다는 것입니까."

이홍장: "영국의 속지 홍콩과 가깝기 때문입니다."

이토: "우리 두 나라가 다투는 것인데 다른 나라가 무슨 손해 날 것이 있겠습니까."

이홍장: "다른 나라가 대만을 차지하는 것을 영국이 좋아하지 않

는다는 말을 들었습니다."

이토: "그렇지 않습니다. 소문이 그렇게 돌고 있지만 귀국이 만약 어느 나라에게든 주면 다 웃고 기뻐하면서 받을 것입니다."

이홍장: "대만은 우리나라의 한 고을로 만들었으니 다른 나라에 주지 못할 것입니다. 10년 전에 귀국 대신 오쿠보 도시미치(大久保利通)[204]가 대만 주민이 일본 상인을 살해했다 하여 군사를 일으킨 후 북경에서 나와 화친조약을 맺을 때 '양국이 이웃에 살고 있는데 이번 일은 두 아이의 다툼과 같아 짧은 시간에 화해하여 전보다 정이 더 두터워졌다'고 했습니다. 그 때도 거의 전쟁이 날 뻔 했는데 내가 화친을 주장하면서 말하기를 '대만 주민이 일본 상인을 살해한 것은 우리와 상관이 없으니 결코 싸움의 시초가 되지 못할 것'이라고 했습니다."

이토: "내가 모든 정사를 도맡아서 살피고 있어 일이 아주 많습니다."

이홍장: "내가 귀 대신의 사무를 방해해서 미안합니다. 그러나 귀 대신이 제시한 강화 조건을 보고 받아들이기 쉬운 것이면 속히 결정할 것이며, 그렇지 않으면 시간을 들여 자세히 살펴야 하기 때문에 날짜가 좀 지체될 것이니 용서하시기 바랍니다."

이토: "강화 일자는 빠를수록 좋다고 생각합니다. 지금 양군이 전

---

204) 오쿠보 도시미치(1830~1878)는 사쓰마 번(薩摩藩)의 사무라이 출신으로 기도 다카요시(木戸孝允), 사이고 다카모리(西鄕隆盛)와 함께 유신 삼걸(維新三傑)로 불린다. 무력으로 막부를 타도하고 메이지유신 정권을 수립하여 제도개혁, 부국강병의 기틀을 닦았다. 1878년 도쿄에서 시마다 이치로(島田一郎) 일당에게 암살당했다.

쟁을 하고 있어 하루라도 더 끌면 많은 생명이 더 다치고 죽게 될 것입니다."

두 사람은 말을 마치고 작별했다.

(2) 이홍장 피격 사건

영자신문의 보도다. 광서 21년(1895) 2월 28일(양력 3월 24일)에 이홍장이 회의장에서 숙소로 돌아가는 길에 갑자기 일본 사람 한 명이 사람들의 무리에서 뛰쳐나와 권총을 발사하여 이홍장을 저격한 후 달아나다 순경에게 붙잡혔다. 이홍장은 탄환이 왼편 눈 아래 깊이 들어가 중상을 입었다. 가마꾼이 자객을 보고 놀라 움직이지 못하고 방황하자 경찰들이 칼을 휘둘러 구경꾼들을 모두 쫓은 다음 가마를 호위하여 여관에 도착하여 침실로 업고 들어가자 이홍장이 혼절하여 인사불성이 되었다.[205)]

이홍장을 따라왔던 청국 의사 둘이 급히 달려와 유혈이 낭자한 상처를 보고 지혈제를 꺼내 급하게 상처를 싸맸다. 일본 정부 소속 의사도 급히 도착하여 의논하는 사이에 이홍장의 정신이 돌아왔다. 이홍장은 "총 맞을 때 기억이 희미하나 어떤 사람이 총을 들고 나타나

---

205) 저격당할 당시 이홍장은 금테 안경을 쓰고 있었는데 탄환이 안경을 맞춘 뒤 이홍장의 볼에 박혔다. 렌즈는 깨어져 사방으로 흩어졌는데 이홍장이 눈을 감고 있었기 때문에 안구는 상하지 않았다. 진순신 지음·조양욱 옮김, 『청일전쟁』, 세경출판사, 2012, 762쪽 참조.

더니 갑자기 포성이 울리면서 왼쪽 뺨에 통증이 심해 만져보니 유혈이 벌써 옷깃에 가득했다. 틀림없이 죽을 줄로 알았는데 다행히 진정되었으나 정신이 혼미하여 견딜 수가 없다"고 말했다.

이 무렵 저격 소식을 듣고 달려와 위문하려는 일본의 대소 관원이 좌우의 행랑에 가득했다. 얼마 후 이토 히로부미와 무쓰 무네미쓰 두 대신이 찾아와 위문하고 극진히 사죄하며 얼굴에 근심하는 빛이 가득했다.[206] 여러 의원들이 얼굴에 박힌 탄환을 찾으려고 애를 썼으나 박힌 곳을 찾지 못해 애를 태웠다. 여관에 있는 이홍장 일행의 걱정이 이만저만이 아니었다.

여관 밖에는 경찰이 사방을 둘러싸고 경비를 삼엄하게 펼쳤다. 출입하는 사람들을 일일이 조사하고 길 곳곳에는 병정이 순찰을 돌며 불의의 사건을 예방하기 위해 힘썼다. 도시 내에는 군령을 시행하게 하며 위험한 행패를 엄하게 금지하는 명령을 내린 지 며칠이 지나도 다른 사건이 일어나지 않았다. 비로소 반란의 무리들이 모의를 꾸며 거사한 것이 아니라 미친 사람이 단독으로 범행을 저지른 것임이 밝혀지자 민심이 안정되었으며, 야마구치 현(山口縣) 지방관과 경찰서장은 한꺼번에 파직됐다.[207]

---

206) 이홍장은 문안을 온 이토 히로부미에게 "이런 일도 얼마쯤은 각오하고 왔다"고 태연하게 말했다.

207) 야마구치 현의 행정 책임자인 하라야스 타로(原保太郎) 지사(우리나라의 도지사에 해당)와 경무부장 고토 마츠요시로(後藤松吉郎)는 이홍장 저격사건을 사전 방지하지 못한 책임을 물어 면직되었다. 진순신 지음·조양욱 옮김, 『청일전쟁』, 세경출판사, 2012, 766쪽 참조.

다음날 일본 천황이 황실 의사 한 명과 군의(軍醫) 두 명을 보내 치료하게 했고, 이들이 오랫동안 탄환을 찾았으나 탄환의 위치를 알 수 없었다. 저격을 당한 지 사흘째 여러 의사들이 수술을 하여 탄환을 제거하려 했으나 환자가 너무 연로한 데다 상처가 심해 수술은 무리라고 판단했다. 며칠 더 상황을 보아가며 수술을 결정하기로 했다.

이전에 여러 의사가 이홍장에게 "상처를 째고 탄환을 꺼내면 곧 나을 수 있으나 수술 후에는 여러 날을 조리를 잘 해야 완치 될 수 있으니 편하게 생각하셔야 한다"고 말했다. 이홍장이 "지금 나라에 중요한 일이 많아 한 시라도 강화를 지체할 수 없다. 내 어찌 사사로운 일로 지체하여 국사를 그르칠 수 있겠느냐. 죽고 사는 문제는 다 운명에 달렸으니 죽더라도 수술은 하지 말라"고 했다.

이홍장이 봉변을 당한 다음날 옷에 유혈이 낭자한 것을 보고 어떤 사람이 "이 피는 나라에 은혜를 갚는 표식"이라고 위로하자 이홍장이 눈물을 떨구며 "내 비록 목숨을 버릴지라도 국사에 도움이 된다면 이 목숨 아끼지 않을 것이다"라고 했다. 당초에 일본은 휴전할 뜻이 없고 전국의 군사를 동원하여 청국을 몰아붙이고 요구조건을 너무 과하게 내놓는 등 조속한 시일 내에 강화하는 것을 원치 않았다.[208)]

208) 일본이 청국을 너무 쉽게 제압하여 청국이 붕괴될 위기에 처하자 열강들은 자신들의 이권에 해가 될 것을 우려하여 일본에 압력을 넣기 위해 분주히 움직이고 있었다. 이 사실을 간파한 일본은 겉으로는 강화를 원하지 않는 것처럼 행동했으나, 속으로는 강화조약이 빨리 체결되기를 바랬다. 만약 이홍장이 열강들이 간섭을 위해 움직이는 정보를 알았다면 회담을 지연시키거나 파기하는 것이 유리했을 것이다.

이홍장이 중상을 입은 몸으로 모든 일을 도맡아 살피며, 병상에서 마음으로 생각하고 입으로 사리를 분별하는 등 고생을 아끼지 않자 그제야 비로소 휴전조약이 체결되는 등 강화의 기운이 무르익기 시작했다. 이홍장의 심신이 조금씩 안정되고 상처도 차도가 있어 휴전의 힘이 의원의 약효보다 더 강했다.

일본은 이홍장의 병세가 위중하자 천하에 그 잘못을 용서받지 못할 수도 있음을 깨닫고 큰 후회를 하면서 비로소 휴전을 허락했다. 강화조약 내용 중에 배상금과 영토를 빼앗는 조건도 크게 줄였다. 이것은 오랜 기간의 회담에서 대화로 얻을 수 있는 것이 아닌데, 이홍장이 총 한 방을 맞은 것으로 순순히 성사되었으니, 참으로 기이한 일이다.

일본 천황이 다음과 같이 명을 내렸다.

"청국이 비록 우리와 전쟁을 멈추지는 않았으나 지체 높은 대신을 우리나라에 파송하여 화친을 의논할 때 우리도 전권대신을 임명하여 회의하도록 했다. 마땅히 국제관례에 따라 청국 사신을 우대해야 국가 체면에 합당한 것이었다. 짐이 이미 특별 명령을 여러 번 내려 문무 관원으로 하여금 화친과 관련한 사무를 잘 처리하도록 했는데 불법한 흉도가 청국 대신을 저격하여 짐의 근심이 끝이 없다. 그 죄인은 엄한 법률 로 다스릴 것이며, 특별히 명을 내려 관민에게 다시 한 번 경계하니 내 뜻을 각별히 시행하여 나라의 영광을 손상되게 하지 말라."

일본 재판관이 이홍장을 저격한 범인 고야마 도요타로(小山豊太

郎)를 심판했는데, 고야마의 심문 기록에 "작년 일·청 양국이 전쟁을 시작한 것은 이홍장의 뜻이었다. 이 사람을 그냥 두면 동양에 화평한 날을 보기 어려울 듯하여 청국으로 가서 암살하려 했으나 가지 못하고 있었다. 지금 이홍장이 제 발로 일본에 왔기에 이 기회를 놓쳐서는 안 된다는 생각이 들었다. 그를 살해할 마음으로 육혈포를 소지하고 도쿄를 출발하여 육로로 시모노세키에 도착했다. 이홍장의 심장을 맞추려 했으나 잘못 쏘아 왼쪽 눈 아래를 맞췄다" 하고 자백했다. 그 죄를 따져보니 사람을 죽이려다 미수에 그친 모살(謀殺: 미리 계획하여 죽임) 미수죄에 해당하여 종신 징역형을 선고받았다.[209)]

이때 일본 신문을 통해 고야마 도요타로가 종신 징역형을 선고받은 소식이 널리 알려져 전국이 소란하고 남녀노소가 놀라지 않는 사람이 없었다. 이토 히로부미는 이 말을 듣고 크게 진노하여 "그 죄인이 강화를 해서는 안 된다고 생각했으면 나를 쏘는 것이 옳지 어떻게 청국 사신을 살해하려고 했는가. 강화는 내가 제안한 것이며, 청국 사신에게는 아무 잘못이 없다"고 말했다. 이토 히로부미는 청국 사절이 머물고 있는 숙소로 가서 위문하고 여러 사람에게 말했다. "이번 일은 비록 미친 사람이 저지른 일이지만 우리나라의 명예에 큰 타격을 주었다. 만약 나를 죽였다면 문제가 오히려 적었을 것이다."

군부대신 야마가타 아리토모는 이 소식을 듣고 책상을 치며 큰 목

---

209) 저격사건은 1895년 3월 24일 발생했고, 재판 판결은 3월 30일에 발표되었다. 사건이 워낙 중대하여 범인 체포에서 재판 결과가 나오기까지 불과 6일 만에 일사천리로 진행됐다.

소리로 "이 범인이 국가의 대사를 생각하지도 않고 일을 저질렀다"고 외치면서 황급히 일어나 일본 천황의 처소로 향했다. 해군제독 가바야마 스케노리도 크게 놀라 자기 집무실로 돌아간 후 밤이 되도록 조용히 지냈다.

3월 30일 일본 외부대신 무쓰 무네미쓰가 이홍장에게 "우리 대일본 황제가 지난달 28일 사건[210]으로 대단히 미안하게 여겨 본 대신 등에게 명을 내려 귀국의 요청에 따라 휴전을 하고, 강화와 관련해서도 가혹한 조건을 요구하지 말라고 하셨으니 이제 적당한 날짜와 장소를 정해 조약을 체결하고자 한다. 이는 우리가 전에는 받아들일 수 없었던 내용이니 귀국에는 큰 다행이 아닐 수 없다. 지금 이토 히로부미가 시모노세키에 없으니 귀 대신은 편리한 장소와 휴전 조건을 자세히 기록하여 정전 조약을 속히 체결하기 바란다"고 했다.

(3) 시모노세키 회담에서 이홍장이 일본 전권대표들과 주고받은 외교 공문

광서 21년(1895) 2월 28일(양력 3월 24일), 이홍장이 이토 히로부미와 무쓰 무네미쓰 두 대신에게 보낸 외교 공문

"오늘 오후 본 대신이 회담장에서 숙소로 돌아오는 길에 갑자기 의외의 일[211]을 당하여 내일 약속한 시간에 참석이 어렵게 되었습니

210) 양력 3월 24일, 이홍장 저격사건을 뜻함.

211) 일본 청년에게 저격을 당한 일을 말함.

다. 이경방을 대신 보낼 것이니 강화조약의 주요 내용을 본 대신이 볼 수 있도록 조치를 취해주기를 바랍니다.”

2월 29일(양력 3월 25일), 이토 히로부미와 무쓰 무네미쓰가 특명전권 이홍장 대신에게 보낸 답서

“어제 귀 대신이 흉악 광패한 일을 당해 본 대신 등이 크게 근심하며, 일본 전국이 다 귀 대신의 쾌차를 바라고 있습니다. 회담 관련 내용은 본국 황제에게 먼저 아뢴 다음 대리로 참석하는 이경방에게 관련 내용을 전달하겠습니다.”

3월 1일(양력 3월 26일), 이홍장이 이토와 무쓰 무네미쓰 두 대신에게 보낸 외교 공문

“어제 귀 대신이 친히 문병을 오시고, 또 귀국 대황제께서 위로의 글을 내리셨으며 대황후께서는 상처를 싸맬 물건(붕대)을 내려주셨습니다. 게다가 황실 의사까지 보내시어 본 대신의 상처를 속히 낫도록 하시니 그 성의에 대해 진심으로 감사드립니다. 강화조약은 대단히 중대한 문제이니 귀국에서 좋은 안을 내 주기를 바랍니다.”

3월 5일(양력 3월 30일) 이홍장이 보낸 외교 공문

“휴전조약은 임의로 결정하여 날인까지 했지만, 바라기는 영원한 화친을 위해 강화 회의를 속히 시작하여 휴전 기한이 완료되기 전에 완전히 수습되어야 합니다. 귀 대신은 본 대신의 병세를 고려하여

강화조약문을 숙소로 보내주십시오. 그렇지 않으면 직접 숙소로 오셔서 대면하여 의논할 수 있기를 기대합니다."

3월 11일(양력 4월 5일), 이홍장이 보낸 외교 공문(일본 측의 조약 초안에 대한 청국 측 의견)[212)]

대일본 제국 전권변리대신이 제안한 조약 초안에 대해 검토하고 회신하기로 약속한 짧은 시간 동안 나는 이 중대한 사안에 대해 불행하게도 내가 고통 받고 있는 신체적 장애를 고려할 때 내가 바칠 수 있는 최대한의 진지한 검토와 주의를 기울였다. 하지만 이 비망록이 바람직한 정도까지 완벽하지 못하다면 이 모든 원인을 단지 변명으로만 내세울 수 있을 뿐이며, 대일본 제국 전권변리대신이 요구하는 모든 점에 대해 수일 내에 완전하고도 상세하게 답변할 수 있으리라 확신한다.

모든 조항을 상세히 취급하지 않고 협상과 관련된 네 가지 주요 문제에 대한 나의 견해를 집약하여 조약 초안에 포함하고자 했다. 네 가지 문제란 첫째 조선, 둘째 영토 할양, 셋째 배상금, 넷째 통상 특권이다.

1) 조선 문제

중국 정부는 수개월 전 조선의 완전하고도 철저한 독립을 기꺼이

212) 이 부분은 이승만이 순한글로 번역한 내용이 워낙 복잡하고 난삽하여 본문 해독이 어려운 관계로 제노네 볼피첼리 지음·유영분 옮김, 『구한말 러시아 외교관의 눈으로 본 청일전쟁』, 도서출판 살림, 2009, 488~504쪽을 참고하여 해제한 것이다.

인정하고 조선의 완전한 중립성 보장을 언급했고, 본 조약에 그 같은 조항을 삽입할 준비가 되어 있다. 하지만 당연한 상호주의에 따라 일본에 대해서도 그와 같은 조항이 동일하게 작성되어야 한다. 따라서 이 점에서 조항의 수정이 필요할 것이다.

2) 영토 할양 문제

조약 초안에 제시된 전문에 따르면 조약 체결의 목적이 '장래 분규의 모든 원인을 제거하기 위한 것'이란 말로 시작한다. 하지만 이 조항은 그 같은 목적을 달성하는 대신 그것이 강요될 경우 수 세대에 걸쳐 이어질 분규의 확실하고 다양한 원인이 될 수 있는 조항을 포함하고 있다.

동방의 두 강대국, 현재도 그렇지만 앞으로도 이웃으로 남을 것이며, 역사와 문화, 예술과 상업에서도 너무나 많은 것을 공유한 두 나라를 진정한 친구이자 동맹국으로 만들 그런 조약을 체결하는 것이 양국 전권대신의 임무이자 현명한 정치가의 역할이다. 한 나라가 수세기 동안 수많은 왕조를 거치면서 오랜 세월 보유해 온 영토는 그 가치를 따질 수 없는 소중한 유산이다. 자국 영토의 소중한 일부를 빼앗는 것보다 중국 백성에게 치욕감을 불러일으키고 잦아들지 않는 적대감과 증오심을 일으키는 일은 없을 것이다.

이 조항의 (a)절[213]에서 기술된 영토의 경우 특히 그러하다. 왜냐하면 이는 제국 수도로 접근이 용이하고 지속적인 위험이 될 수 있

213) 이 부분은 이 책의 2부 6장에 제시된 "일본이 청국에 제시한 시모노세키 평화조약 초안" (1895년 4월 1일)의 제2항 (a)부분을 가리키는 것이다(404쪽 참조).

는 위치에 육군과 해군 군사작전을 위한 발판과 기지를 일본에게 제공하는 것이며, 또 중국의 현 왕조로부터 고대 영지 일부를 빼앗는 것이기 때문이다. 이 대목에서 중국은 일본이 다음과 같이 말하는 것을 듣는다.

"우리는 내킬 때 육군과 해군을 이끌고 귀국 수도에 덤벼들 준비를 함으로써 늘 위협이 되는 영원한 적이 될 작정이다. 그리고 소중한 조상의 발상지 일부를 빼앗음으로써 귀국 황제를 능멸하고자 한다."

더 나아가 이는 공동 접경지 전역을 따라 축성이 이루어져야 함을 의미한다. 즉 양국이 막대한 경비를 부담하면서 접경 부근에 육군과 해군을 대규모로 주둔시키게 만들 것이고, 나누어진 전선 양측은 국경 다툼과 무법 상태로 끊임없이 위협받게 될 것이다.

일본은 전쟁을 선포하면서 조선의 완전한 독립을 공고히 하는 것이 자신들의 목적이라고 선언했다. 또 유럽과 미국에 있는 일본의 외교사절들은 정복 전쟁을 수행하는 것은 자국 정부의 목표가 아님을 천명했다. 이 같은 선언에 부응한다면 항구적인 평화를 이룩하고 동방의 두 위대한 민족이 장차 진정한 친구가 되고, 그 결과 적대적인 국가에 대항하는 확고한 보루로 우뚝 서게 할 그런 평화를 이루기 위해 2항과 기타 특정 조항을 수정하는 것이 전적으로 가능할 것이다.

하지만 성대한 전쟁 대가를 조건으로 일본에 의해 평화가 강요된다면 이는 필연적으로 중국 민족의 적대감과 복수심을 일깨우게 될 것이며 양국은 공감이나 공동 이익을 통한 유대감 없어 외부 적의 먹이로 전락할 것이 분명하다.

3) 배상금 문제

중국은 스스로를 침략자로 생각하지 않으며 전쟁 기간 중 일본의 영토를 침범한 적도 없는 이번 전쟁에서 전쟁 경비에 관한 배상금을 지불하도록 요구받는 것은 정당하지 않다고 생각한다. 따라서 중국이 배상금을 지불하는 것은 이치에 맞지 않는 것으로 생각한다.

하지만 불행한 전쟁을 종결짓고 백성을 고난으로부터 구제하기 위한 열망에서 지난 10월 우리 정부가 미국 공사를 통해 배상금을 지불하기로 약속했다는 점을 고려하고, 또 배상금이 지난 2월 17일 북경 주재 미국 공사를 통해 일본이 공표한 조건 가운데 하나였다는 추가적인 사실을 고려하여 합당한 배상금 지불에 관한 적절한 조항을 본 조약에 삽입할 용의가 있다.

첫째, 이 전쟁의 목적이 조선의 완전한 독립을 보장하기 위한 것이라고 일본이 언급했음을 주목해야 한다. 작년 11월 22일 중국은 조선의 독립을 인정할 준비가 되어 있음을 각국 정부에 선언했다. 따라서 이 시기 이후의 전쟁 경비는 배상금 안에 포함하지 말아야 한다.

배상금을 요구할 때 그 금액이 중국의 지불 능력을 넘어선 액수로 정해져서는 안 된다. 중국이 지급 불능에 빠질 경우 일본은 이를 조약 위반으로 간주할 것이고, 따라서 전쟁이 재발할 것이기 때문이다. 요구받은 액수는 중국의 현 조세 체계에서는 지불 능력을 초과하는 것이다. 현 시점에서 내국세 내지 국내세를 늘리면 엄청난 불만과 심지어 폭동까지도 야기할 것이다. 굴욕적이고 치욕적인 평화라고 부를 수밖에 없는 결과를 이끌어낸 데 대하여 황제와 정부를 향한 백성의 불만이 가중될 경우 특히 그렇다. 수입품과 수출품에 대한 관세는 외국 정부와의 조약 때문에 올리기 어려우며, 이를 올리기 위해서는 10년간의 고지와 관련 정부의 만장일치의 동의가 필요하다.

마지막 세수원은 차관 협상 과정에서 은행가와 전주들에게 담보 잡히거나 저당 잡힐 수 있는 가용 자금 뿐이다. 이들 자금은 이미 전쟁 차관을 얻기 위해 완전히 저당 잡힌 상태여서 일부에 한해 배상금 변제를 위한 차관으로 활용할 수 있을 뿐이다. 지난 3월 1일 상해 주재 외국 관세 행정관이 준비한 성명서를 통해 중국의 관세 수입이 전쟁 차관 지불을 위해 그 날짜로 저당 잡혔음이 드러났다. 1895년에는 393만 7,420량을 지불해야 하고, 1896년에는 628만 1,620량, 1897년에는 514만 2,238량을 지불해야 한다. 그리고 이들 전쟁 차관의 경우 관세 수입을 통해 20년 안에 7,801만 7,103량을 반드시 갚아야 한다. 3월 1일 이래 이 같은 차관 규모가 상당히 증가하고 있음에 주목해야 한다.

중국 정부의 신용과 차관 협상 능력은 전쟁으로 큰 타격을 입었다. 이자도 7%에서 무려 8.5%까지 지불해야 하며, 해외에서 얻을 수 있는 가장 낮은 금리는 채권 액면가를 대폭 할인하는 조건으로 6%에 달한다. 그것도 소액만 가능하다. 유능하고 경험 있는 은행가들은 강화조약 체결 시 얻을 수 있는 최우대 금리는 채권의 총 가치 기준으로 6.5~7%라고 주장한다.

중국 세관으로부터 거두어들이는 연평균 총 조세 수익은 지대세와 아편 이금세(청국이 상인, 무역업자로부터 징수한 특별세로 상품의 통과세 또는 영업세)를 포함해서 1890년에서 1893년까지 2,254만 8,150량이다. 그 중 총 금액의 10분의 6은 지방정부에 지불하는 것이 이제까지의 관례였다. 만약 이 같은 막대한 현금이 배상금 지불을 위해 전용된다면 지방에서는 새로운 조세가 부과되어야 할 것이고, 백성들은 불평하게 될 것이다. 또 일본이 요구하는 배상금을 마련하기 위해 외국 차관을 빌리는 방법을 취한다면 원금과 6.5%의 이자가 필요하게 된다. 만약 20년 동안 상환할 경우 6억 9,000만 량이라는 엄청난 액수가 되는데, 이는 중국 정부의 협상 능력을 완전히 넘어선 금액이자 조세를 통해 조달할 수 있는 한도를 초과한 액수다.

이것은 중국 조세에 정통한 사람이라면 누구에게나 명백한 사실이다. 일본에 지불되는 배상금이 전쟁의 결과에 따라 중국에 가중된 재정적 부담일 뿐만 아니라 즉시 지불되어야 하는 것임을 고려한다면 말이다. 이미 언급한 바와 같이 평화조약이 알려지게 되면 현 왕조와 정부는 많은 중국 백성들로부터 지지를 잃게 될 것이며 지방에서의 불만과 소요가 예상된다. 더욱이 전장에 소집된 미숙하고 규율 없는 군대가 강화조약 체결과 함께 해산될 것이다.

이들은 약탈과 무법 행위를 저지를 위험성이 크며, 정부는 진압에 엄청난 부담을 느끼게 될 것이다. 정부의 힘은 최대한 평화를 유지하는 데 발휘될 것이다. 평화와 질서가 없다면 일상적인 조세조차 거두는 것이 불가능해질 것이다. 따라서 국내 안정을 유지하기 위해서는 현대적인 전투 방식에 따라 군대를 조직하고 무장할 필요가 있으며, 전쟁으로 사실상 궤멸된 해군을 재건해야 한다. 여기에는 대규모 긴급 경비의 지출이 요구되나 만약 무거운 배상금을 지불해야 한다면 이 같은 목적으로 돈을 거두기는 불가능할 것이다. 정부는 국내에서 다양한 개혁과 발전을 구상하고 있다. 하지만 이 모든 것은 일본이 요구를 대폭 축소하지 않을 경우 무력해질 것이다.

제안된 조약 초안에서는 배상금이 '군비 배상금'으로 불리고 있다. 이는 전쟁 수행 과정에서 일본이 쓴 경비를 지불하는 배상금이라는 의미로 여겨진다. 하지만 그 경우 요구 금액이 원 금액을 상당히 초과하고 있음을 대일본 전권변리대신이 인정해야 한다고 생각한다. 현재까지 공식적인 세부 자료를 확보하지 못한 우리로서는 일본의 전쟁 경비가 정확히 얼마인지 알아내기란 불가능하다. 하지만 총 금액을 추정할 수 있는 공식적인 공개된 자료와 성명서가 존재한다. 따라서 전권변리대신이 이를 확인하거나 정정할 수 있을 것이다.

전쟁 개전 당시 일본 국고에는 약 3,000만 엔이 있었다고 알려져 있다. 이 금액 가운데 얼마가 군비로 사용되었는지는 공개되지 않았다. 하지만 이 금액이 전부 그 같은 용도에 충당되었다고 추정할 수는 있을 것이다. 전투 개시 직후 1억 5,000만 엔의 전쟁 차관이 승인되었다.

일본의 공식 간행물에 게재된 보고서에 따르면 총리 이토 백작 각하가 지난 2월 20일 일본 의회 하원에서 연설을 했는데, 그 연설에서 같은 달 초 히로시마에서 있었던 협상 실패에 대해 언급한 후 이 같은 말을 했다고 한다. "연이은 전쟁 상황과 현재 상황으로 보건대 평화가 언제 복원될 지 장담하기 어렵다. 그리고 전쟁 기금이 부족해질 수 있다는 것도 터무니없는 말은 아니다."

그리고 이토 백작은 전쟁이 상당 기간 연장되는 비상 상황에 대처하기 위하여 추가로 전쟁 차관을 승인해 줄 것은 의회에 요청했다. 이 연설을 통해 첫째 전쟁 차관이 고갈되지 않았고, 상당 기간 전쟁이 계속되지 않는 한 그렇게 되지도 않을 것임을 추론하는 것이 타당할 것이다. 일본의 지역 신문들은 본 연설과 함께 이 문제에 관한 의회의 조치를 언급하면서 다음과 같이 보도했다.

"실질적인 자금 수요는 오는 6월이나 7월 어느 시점이 될 것이다. 정부가 의회에 이를 제출한 것으로 전해졌는데, 이는 돈이 긴급하게 필요해서가 아니라 의회가 지금 회기 중이기 때문이라고 한다." 그리고 이어 "조성된 첫 번 째 전쟁 차관 가운데 거두어들인 5,000만 원(엔)이 남아 있고, 이미 발생한 8,000만 엔 가운데 상당 금액이 아직까지 지불 예정이다."

추가로 상당한 액수의 국민 기부금이 모집되었다는 설명이 더해졌다. 이들 진술이 거의 정확한 것으로 인정된다면 이번 전쟁에서 일본의 총 경비지출은 현재까지 1억 5,000만 엔을 초과하지 않았다고 보는 것이 타당할 것이다.

또 일본의 전쟁 경비를 추정할 때 전투에서 승리하여 포획한 해군 함정을 비롯하여 엄청난 양의 군수물자와 보급품 같은 수많은 귀중한 전리품을 일본에 가져다주었다는 점도 잊지 말아야 한다. 배상금 총액을 결정할 때 이 부분은 공제되는 것이 마땅하다.

지연된 배상금 지불에 대해 중국에 이자를 부과하는 것은 번거롭고 비합리적인 조항이며, 요구한 막대한 금액을 고려할 때 이중 부과라고 할 수 있다.

4) 통상 특권 문제

조약 초안의 검토와 회신을 위해 허용된 지극히 짧은 시간 동안 요구된 통상 특권과 약정이 일으킬 수 있는 복잡하고 세부적인 문제를 완벽하게 고찰하기는 불가능하다. 다음 내용은 단순한 견해 표시로 받아들여야 할 것이며, 향후 완벽한 단서 조항이 추가되거나 정정되어야 한다. 하지만 다음 진술이 중국이 동의하는 조항과 수정이 필요하다고 판단되는 조항을 이해하는 데 일본 전권변리대신에게 도움이 되길 바란다.

전쟁으로 지난 통상조약의 효력이 정지되었기 때문에 중국은 새로운 조약이 필요한 것으로 판단하며, 협상의 토대로 외국 열강과의 현존 조약을 수용할 준비가 되어 있다. 하지만 당연한 호혜주의 차원에서 일본 국내에서 중국에 대한 최혜국 대우를 허용하는 조항이 조약 서문에 추가될 필요가 있다.

현재로서는 제1절과 제2절에 대한 답변은 유보한다.

제3절은 일본인의 수입품에 대한 저대세를 2% 혹은 실질적으로

0.5%까지 축소하는 것이다. 또 수출품에 대해 현존하는 운송세도 함께 폐지할 것을 제안하고 있다. 동일한 조약이 중국이 현재 감당할 수 있는 능력을 넘어선 배상금 지불 요구 조항을 포함하고 있음을 고려할 때 중국에게 그것이 어떤 것이든 현존 세입원을 포기하라고 요구하는 것은 지극히 부적절해 보인다.

관세 수익을 고려한다면 일본은 오히려 그 같은 관세를 늘리는 데 동의해야 할 것이다. 일본이 외국 열강과는 자국 관세의 인상을 보장받기 위해 협상을 벌이는 동시에 중국에 대해서는 이미 충분히 낮은 관세의 인하를 요구하는 것은 대단히 일관성이 결여된 것이다.

제3절의 효력과 대상은 수입업자든 외국인 소유주든 그들의 손에서 나와 전달되기만 하면 그 이후에는 외국 상품에 대해 어떤 부과금이나 이금세가 면제됨을 보여준다. 이는 외국의 북경 주재 외교사절과 자주 논의했던 문제로 그와 같은 주장의 정당성은 한번도 입증된 적이 없다. 대영제국보다 통상 특권을 더 탐욕스럽게 옹호하는 정부는 없다. 과거 중국과의 교역에 종사하는 영국 백성들이 이금세 경감을 보장받기 위해 자국 공사를 동원한 적도 많았으나 성공하지는 못했다.

영국군을 이끌고 북경으로 진격하며 점령 후에는 오직 승자의 입장에서 중국에 대해 온갖 통상 특권을 강요했던 제임스 엘긴(James Bruce Elgin)[214] 경도 현재 제기된 것과 같은 주장은 거부했다. "일

214) 런던에서 태어난 영국 정치가이자 외교관. 1857년 애로호 사건 때 청국 특파 전권대신이 되었으며, 1858년 프랑스와의 영불연합군을 지휘해 청군을 공격, 천진조약을 체결했다.

단 중국인 구매자의 손으로 넘어간 이상, 관세에 대항하여 수입품 보호를 더 이상 확대하고 싶지는 않다"라고 그는 말했다.

대외 통상에 대한 공식 감독권을 가진 영국 상무부는 영국 외무부의 요청에 따라 이 문제를 조사하고 다음과 같이 결정했다.

"관세에서 파생된 어떠한 경비의 증가 없이 최종 소비자에 대해 (수입) 상품 판매를 보장하는 것은 …제국 정부가 채택할 수 없는 관점이다. 각하 제위에게 그 같은 전면적인 요구를 정당화 하는 것으로 비춰질 만한 내용은 이 조약에는 전혀 없다. 그리고 중국에서 토종 상품에 적용되는 내국세를 고려할 때 그 같은 요구 조건을 강요하는 것은 설사 그것이 조약의 조항 형태로 보장된 것일지라도 중국인의 관점에서는 부당하면서도 부적절한 것이다."

중국 무역에 정통하고 오랫동안 북경에서 여왕 폐하의 유능한 사절로 머물렀던 토머스 웨이드 경은 이금세가 "그 속성상 소득세보다 더 공공연하게 장애가 되는 것은 아니며, 실제로 자금 부족에 처한 국가가 재원을 조달하는 수단인 특수세보다 더 장애가 되지도 않는다"라고 말했다.

그리고 다시 제3절에서 제기된 특권이 야기할 수 있는 남용 문제에 대해 언급하면서 웨이드 경은 "외국인 소유의 상품에 대해 자신들의 몫을 포기하는 것은 지방정부로서는 매우 곤란한 문제다. 하지만 외국인의 신임장으로 무장한 중국인이 제국 한 쪽 끝에서 다른 쪽 끝까지 세금 한 푼 없이 중국인 소유의 상품을 운반하려 한다면 문제는 훨씬 더 심각해질 것이다"라고 말했다.

정의와 소유권이 밑바탕에 탄탄히 자리 잡은 이 같은 선언을 고려할 때 나는 대일본 전권변리대신이 외국인 소유주의 소유로 남아 있는 경우에 한해 수입품 보호가 보장되도록 자신들의 제안을 기꺼이 수정할 것으로 확신한다. 이는 일본에 대한 최혜국 대우를 인정함으로써 보장될 것이고, 일본도 이에 만족해야 할 것이다.

제4절에 대해서는 현재로서는 그 주장의 정당성에 대한 고려는 차치하더라도 먼저 주장의 신중함에 심각한 의문을 제기해야 할 것이다. 외국 상인들이 개항장으로부터 멀리 떨어진 곳에 일시적으로 정착하도록 허용하는 것은 영사관의 보호와 통제를 넘어서는 것으로 치외법권의 관례에도 부합하지 않는 것으로 보이며, 중국 정부를 매우 당혹스럽게 만들 것이다. 영국 상인들이 제출한 유사 조항에 대해 논의하면서 토마스 웨이드 경은 다음과 같이 말했다.

"나는 그와 관련된 어떠한 전면적인 요구에도 단호히 반대한다. …우리는 치외법권적인 외국인의 통제를 위한 정당한 조항을 원할 때 외에는 중국으로부터 어떤 것도 요구하지 말아야 한다." 그리고 다시 말하길 "만약 우리 상인들이 중국의 어떤 도시나 구석진 내지에 그 수가 몇이 되었건 모이려 한다면, 우리에게 강요된 조차지의 필요성을 좀 더 일찍 깨닫지 못한 것을 매우 유감스러워 하게 될 것이다."

제6절은 중국의 원료를 공산품으로 바꾸기 위하여 중국으로 들여오는 수입 기계류의 특권에 관한 것이다. 이 문제는 북경 주재 외교단과 수차례 논의를 거쳐 본 장에서 요구한 특권에 반대하는 결정이

내려진 사안이다. 중국에서 외국인의 제조업 부문 종사를 금지하는 것은 오랫동안 유지되어 온 규정으로, 이에 대해서는 외국 정부도 일국의 주권과 독립에 정당하게 속하는 금지 규정으로 묵인한 바 있다. 외국인이 천연 생산물을 공산품으로 만드는 공정에 들어가거나 설립할 수 있도록 허용하는 것은 중국인의 생계를 위협할 가능성이 있고 정부에 보호 의무가 있는 고유 산업에도 심각한 피해를 줄 것이다.

이 규정은 오랫동안 존속해 온 것이며 다른 나라에서도 채택되고 있어 현재로서는 폐지되어선 안 된다. 중국 내 일본 백성이 제조한 모든 상품에 대해 내국세를 전면 면제하는 6절 삽입 조항은 극히 부당하며 과도하게 차별적인 조항이다. 더욱이 이 같은 특권이 일본 국민에게 허용된다면 필연적으로 중국과 조약을 맺은 모든 국가로 확대될 것이고, 따라서 국내 산업의 붕괴는 급속하고도 분명해질 것이다.

8장에 포함된 조항은 6항에서 규정한 통상조약의 체결에 따라 지정 지역에서의 철수를 추진하는 것으로 불필요하고도 불합리한 조항이다. 6항에 따르면 일본은 즉시 최혜국 대우를 보장받게 되고, 이를 통해 통상에서 모든 경쟁국과 대등한 지위에 놓이게 된다.

전술한 내용에는 내게 제출된 조약의 초안이 포함된 모든 중요하고 핵심적인 사항에 대한 검토가 포함되어 있다. 나는 주어진 상황에서 가능한 솔직하고 철저하게 답변했다. 중요도가 떨어지거나 단순히 세부 기술에 불과한 일부 조항은 검토하지 않았다. 하지만 다행히 위에 기술한 네 가지 문제에 관해 합의에 도달하게 된다면 다루지 못한 조항들은 정해진 시간 내에 정리될 수 있을 것으로 생각된다.

내가 지난 반세기 동안 조국을 위해 봉사해 왔다는 점을 얘기해도 이해해 주시리라 믿는다. 나의 생은 마지막을 향해 가고 있다고 할 수 있다. 이번 임무는 아마 폐하와 백성들에게 봉사하도록 내게 허용된 마지막 주요 임무일 것이다. 우리가 대표하는 백성과 정부에 지속적인 평화와 우애를 가져다 줄 수 있는 그런 협상을 도출하는 것이 나의 간절한 염원이자 가장 큰 바람이다.

우리는 이성의 소리에 귀를 기울여야 한다. 위대한 두 민족의 이익과 장래 번영을 수호하기 위하여 정치인으로서 가장 고귀한 원칙을 따라야 한다. 수 세기에 걸친 두 민족의 운명과 행복이 지금 우리 손 안에 있다.

일본의 번영과 위대함이 넘쳐나는 이 시대, 유능한 인물의 풍요 속에서 오늘날 배상금을 더 많이 받든 적게 받든, 일본군이 미치는 경계 안에 더 많은 영토를 병합하든 그렇지 못하든, 이는 일본에게 중요한 문제가 아니다. 하지만 현재 대일본 전권변리대신의 손에 달린 협상을 통해 중국 민족을 확고한 친구이자 동맹국으로 만들 것인지, 아니면 완고한 적으로 만들 것인지는 장차 일본의 위대함과 일본 백성의 행복이 걸린 대단히 중요한 문제다.

중국 민족의 대표자로서 나는 미래 시대에 싹을 틔워 우리를 저주하게 될 원한의 씨앗을 남겨 주지 않을 그런 평화, 우리에게 영광을 가져다주고, 동방의 두 강대국에게 축복과 영원한 우정을 가져다 줄 그런 평화를 만드는 데 대일본 전권변리대신 각하와 손을 맞잡을 준비가 되어 있다.

(4) 이토 히로부미의 답신 외교 공문(청국 측 의견에 대한 일본 측 입장)[215]

메이지 28년(1895) 4월 1일 회담에서 대일본 전권변리대신은 강화조약의 조건을 제시하면서 일정한 형식상 절차가 채택되어야 한다고 제안했다. 즉 강화조약 초안이 조목조목 제시되고 대중국 흠차전권대신이 대여섯 개 항의 수용 또는 거부 여부를 하나하나 표시하고 이를 통해 각 조항을 순차적으로 처리하는 절차를 취하자는 것이다.

하지만 조약 초안이 총괄적으로 제시되어야 한다는 대중국 흠차전권대신의 거듭된 요구에 따라 대일본 전권변리대신은 마침내 그의 바람을 수용하여 대중국 흠차전권대신에게 조약 초안 전체를 제시했다. 나흘이라는 기간 안에 전체 조약을 일괄 수용하겠다는 의사를 밝히거나 혹은 받아들일 수 없는 항목을 적시한다는 약속에서였다.

이제 대중국 흠차전권대신이 제시한 비망록을 검토하고 대일본 전권변리대신은 그 내용이 강화조약의 조건을 제고해 달라는 요청

215) 이 부분은 이승만이 순한글로 번역한 내용이 워낙 복잡하고 난삽하여 본문 해독이 어려운 관계로 제노네 볼피첼리 지음·유영분 옮김, 『구한말 러시아 외교관의 눈으로 본 청일전쟁』, 도서출판 살림, 2009, 504~506쪽을 참고하여 해제한 것이다.

과 함께 중국 제국이 처한 국내 어려움을 상세히 설명한 것에 국한되어 있음을 발견하고 매우 실망했다.

비망록은 대일본 전권변리대신이 제출한 조약 초안에 대한 회신으로 접수될 수 없을뿐더러 대중국 흠차전권대신의 바람이나 요구를 분명하게 표현하지도 못하고 있다. 결론적으로 중국이 처한 국내 어려움은 현 논의의 영역 안에 포함하기에 적합하지 않으며, 또한 전쟁의 결과 제기되는 요구 조건은 통상적인 의미에서의 협상 문제로 간주될 수 없음을 중국 전권대신에게 상기시키면서 대일본 전권변리대신은 대중국 흠차전권대신이 더 이상 지체하지 않고 이미 제시된 강화조약 초안의 수용 또는 수용 불가 여부를 총괄로 또는 항목별로 분명하게 알려 주길 바란다. 그리고 변경이 필요한 경우에는 명확한 형식으로 이를 제시해 주기를 요구한다.

메이지 28년 (1895) 4월 6일

(5) 이홍장이 수정해서 보낸 외교 공문[216)]

광서 21년(1895) 4월 15일에 대일본 전권변리대신에게 보낸 비망록이 만족할 만한 것으로 인정받지 못했다는 사실은 내게 커다란 실망과 유감을 안겨주었다. 중국 국내의 어려움을 상술하는 데 국한한

216) 이 부분은 이승만이 순한글로 번역한 내용이 워낙 복잡하고 난삽하여 본문 해독이 어려운 관계로 제노네 볼피첼리 지음·유영분 옮김, 『구한말 러시아 외교관의 눈으로 본 청일전쟁』, 도서출판 살림, 2009, 506~507쪽을 참고하여 해제한 것이다.

것이 아니라 제시된 조약 초안에 들어 있는 모든 주요 항목과 구절에 대한 나의 견해를 구체적으로 표현한 것임을 알게 될 것이다.

하지만 전력을 다하여 대일본 전권변리대신의 바람과 편의에 부응하고자 하는 열렬한 바람 속에서 이에 조약 대체안을 준비하여 보낸다. 이 대체안은 대일본 전권변리대신이 제시한 조약 초안의 모든 조항에 대한 답변이 될 수 있을 것이다. 새로운 항목이 추가되었다는 사실도 알게 될 것이며, 이 역시 수용 가능한 것으로 받아들여지리라 믿는다.

전권대신으로서 나의 책임 아래 만들어진 대체 호안은 협상의 현 단계에서 내가 나아갈 수 있는 한계이다. 여기 포함된 제안들이 대일본 전권변리대신의 견해를 완전하게 만족시키지 못한다면 구두 회담을 통해 손쉽게 합의를 진전시킬 수 있을 것으로 확신한다. 휴전 기간이 얼마 남지 않았음을 고려할 때 가능한 지연이 최소화되도록 대일본 전권변리대신이 회담 시간을 정해줄 것을 희망한다.

제1항. 일본과 중국은 조선의 완전무결한 독립과 자치를 확고히 인정하며 조선의 완벽한 중립성을 보장한다. 이 같은 자치를 훼손할 조선 국내 문제에 관한 양국의 간섭이나 독립성에 부합하지 않는 조선에 의한 조공 절차는 전적으로 중단한다.

제2항. 중국은 다음과 같은 지역의 완전한 통치권을 그 지역의 모든 마을과 도시, 관공서, 곡물 창고, 막사 병영, 공공건물과 함께 일본에게 양도한다.

(a) 봉천 지방 남부 1개현, 1개 군현, 2개 지역.

1) 안동(安東·안둥) 지역

2) 관전(寬甸·콴뎬) 지역

3) 봉황현(鳳凰懸·풍황시이안)

4) 수암(岫巖·슈이안) 군현

상기 언급한 현과 군현, 지역의 경계는 중국의 공식적인 조사에 엄밀히 부합하여 결정될 것이다.

(b) 북위 23도와 24도, 동경 119도와 120도 사이에 위치한 팽호열도.

지금 영국 해도를 근거로 경도와 위도 네 줄이 서로 정확히 맞지 않아 사방으로 모가 나는데, 이 지역을 드러내어 다른 지방과 섞이지 않도록 한다.

제3항. 이전 조항에서 기술했고 첨부한 지도에 나타나는 강계 획정선은 각각 두 사람 이상의 일본과 중국 대표로 구성되는 공동강계획정위원회의 현장 답사를 통해 이루어지며, 위원들은 본 조약 비준서 교환 후 바로 임명되어야 한다. 본 조항에서 정한 강계가 지형적인 이유에서든 혹은 행정적인 고려에서든, 어떤 점에서건 결함 있는 것으로 판명될 경우 그 내용을 수정하는 것도 강계위원회의 임무다. 강계위원회는 가능한 한 조속히 임무에 착수하게 될 것이며, 임명 후 1년 안에 자신들의 과업을 마치게 될 것이다. 하지만 이 조항에서 정한 강계선은 강계획정위원회 인준 때까지 유지될 것이며, 인준이 이루어질 경우 일본과 중국 정부의 승인을 받게 될 것이다.

제4항. 중국은 군비 배상금으로 총 1억 고평은(庫平銀)[217]을 일본에 지급하는 데 동의한다. 상기 금약은 다섯 차례 분납금으로 지불한다. 첫 분납금은 2,800만 량이며 나머지 네 차례 분납금은 각각 1,800만 량이다. 첫 분납금은 조약 비준서 교환 후 6개월 안에 지불되어야 하며, 나머지 네 차례 분납금은 조약 비준서 교환일로부터 6개월을 만기로 4년 연속해서 각각 지불되어야 한다. 중국은 상기 분납금의 일부 또는 전부를 자유롭게 선납할 권리를 가진다.

제5항. 일본에 할양된 지역 주민 가운데 할양 지역 밖으로 거주지를 이전하고자 하는 자는 전적으로 자유롭게 자신의 부동산과 동산을 처분하거나 퇴거할 수 있으며, 이를 이유로 어떤 조세나 세금, 부과금도 부과하지 않는다. 이를 위해 현 조약 비준서 교환일로부터 2년의 기간이 주어질 것이다. 기간이 종료된 시점에서 그 지역을 떠나지 않은 거주민들은 일본 백성으로 간주될 것이다. 할양된 지역에 속한 재산은 부동산이건 동산이건 비거주 중국인이 소유한 것은 일본 정부에 의해 존중될 것이며, 일본 백성에게 속한 것과 동일한 보장을 누릴 것이다.

제6항. 중국과 일본 간에 체결된 모든 조약은 전쟁의 결과로 종결될 것이며, 중국과 일본은 즉시 조약 비준서 교환에 착수하고 통상과 항해에 관한 조약과 국경 왕래와 무역을 통제할 협정을 체결할

217) 청국은 은본위였지만 화폐가 없어 양은(洋銀)이라는 이름의 멕시코 은화가 주로 통용되었고, 마제은(馬蹄銀)이라는 작은 은괴가 사용되었다. 조세 수입에는 순은 575그레인(약 37g)을 1량으로 했다. 이것을 고평은이라 부른다. 진순신 지음·조양욱 옮김, 『청일전쟁』, 세경출판사, 2012, 780쪽 참조.

전권대신을 임명한다. 중국과 유럽 열강 간에 현존하는 조약과 협정, 규정은 중국과 일본 간의 상기 조약과 협정의 토대로 활용될 것이며 모든 개항장과 항해, 과세, 상품 보관, 과세 방식 등에 있어 일본은 최혜국으로서 동일한 대우를 받을 것이다.

조약 비준서 교환일로부터 상기 조약과 협정이 실제 효력을 발휘할 때까지 일본 정부와 관리, 상업, 항해 육로 통상, 산업, 선박, 그리고 일본 백성은 중국으로부터 모든 면에서 최혜국 대우를 받을 것이다. 또한 호혜적으로 조약 비준서 교환일로부터 상기 조약과 협정이 실제 효력을 발휘할 때까지 중국 정부와 관리, 상업, 항해, 육로 통상, 산업, 선박, 그리고 중국 백성은 모든 면에서 일본에 의해 최혜국 대우를 받을 것이다.

제7항. 뒤이은 조항의 항목에 의거하여 중국으로부터의 일본군 철수는 현 조약 비준서 교환일로부터 1개월 안에 완전하게 실행되어야 한다.

제8항. 조약 내용의 성실한 이행을 위한 담보로 중국은 산동성 위해위에 대한 일본군의 일시 점령에 동의한다. 여기서 명기한 군비 배상금의 최초 2회 분납금 지불 시 이곳에 주둔한 일본군 병력의 절반이 철수할 것이며, 상기 배상금의 마지막 분담금 지불 시 남아 있는 일본군 병력이 상기 지역에서 철수할 것이다.

제9항. 본 조약 비준서 교환 즉시 그 시점에 억류되어 있는 모든 전쟁 포로가 송환될 것이며, 중국은 일본이 송환한 전쟁 포로를 학대하거나 처벌하지 말아야 한다. 중국은 또한 군사 스파이로 기소되

었거나 혹은 다른 군사적 범죄 혐의를 받고 있는 모든 일본 신민을 즉시 석방하는 절차에 착수해야 한다. 더 나아가 중국은 전쟁 기간 동안 일본군과 타협했던 중국 백성을 어떤 방식으로든 벌주거나 처벌되도록 내버려 두어서는 안 된다.

제10항. 모든 공격적인 군사작전은 양국 전권대신의 조약 서명과 동시에 중단될 것이다.

제11항. 중국과 일본 사이에 장래 분쟁이나 전쟁을 피하기 위해 현 평화조약의 해석과 실행에 관해, 또는 현 조약 6항에 규정된 통상과 항해에 관한 조약과 국경 왕래와 무역을 통제할 협정의 협상과 해석, 실행에 관해 문제가 제기되고 이것이 양국 정부 사이의 외교회담이나 서신왕래와 같은 일반적인 수단으로는 조정이 불가능한 경우 양국 정부는 상호 합의하여 선정된 몇몇 우방이 임명한 중재자의 결정에 이 문제를 일임하는 것이 동의한다. 혹은 상기 우방의 선정에 대한 합의가 실패할 경우 미합중국 대통령에게 중재자를 임명하도록 요청할 것이고, 양국 정부는 상기 중재자의 결정을 받아들이고 준수하며 이를 성실히 이행하는 데 동의한다.

제12항. 현 조약은 중국 황제 폐하와 일본 황제 폐하의 어필(御筆)로 재가를 받은 후 모년 모월 모일에 모처에서 교환될 것이다.

(6) 시모노세키 평화조약 초본[218]

---

218) 광서 21년(1985) 을미 3월 15일 이토가 이홍장을 대면하여 수정 제안한 내용으로 청국의 대체안에 대해 회신하면서 일본측이 요구를 축소한 것이다. 이승만이 순한글로 번역

전문

대일본 전권변리대신 이토 히로부미는 전문에 대한 어떤 수정안에도 동의할 수 없다.

제1항. 대일본 전권변리대신은 대중국 흠차전권대신에게 본래 제시했던 조항을 고수하는 것이 필요하다고 생각한다.

제2항. 대일본 전권변리대신은 대중국 흠차전권대신이 제안한 수정안을 받아들이는 것이 불가능하다고 생각한다. 하지만 원안을 일부 수정하는 데는 동의하며, 그 내용은 다음과 같다.

중국은 다음과 같은 지역에서 모든 보루와 군기 공창, 공물(公物)과 함께 완전한 통치권을 영구히 일본에게 양도한다.

(a) 아래 경계에 속한 성경 지방 남부

경계선은 압록강에서 시작하여 안평(安平) 하구까지 거슬러 올라가며 안평하구에서 봉황까지 이어진다. 봉황에서 해성, 해성에서 영구까지 이어져 그곳에서 끝난다. 위에 거명된 지역은 할양 영토에 포함된다. 또 할양 영토에는 요동만 동부 연안과 황해 북부 연안에 위치한 성경 지역에 관계되거나 부속된 모든 섬을 포함한다.

(b) 대만 섬과 대만 섬에 인접하거나 부속된 모든 섬.

(c) 팽호군도, 즉 동경 119도와 120도, 북위 23도와 24도 사이에 위치한 모든 섬.

한 내용이 너무 어렵고 난삽하여 해독이 어려운 관계로 제노네 볼피첼리 지음·유영분 옮김, 『구한말 러시아 외교관의 눈으로 본 청일전쟁』, 도서출판 살림, 2009, 512~518쪽을 참고하여 해제하였다. 또한 보다 분명한 사실확인을 위하여 제노네 볼피첼리의 저서에 실린 초본의 전문을 이 책의 제2부 P.404에 제시하였다.

제3항. 피차 이론이 없으니 그대로 한다.

제4항. 대일본 전권변리대신은 이 조항에 관해 대중국 흠차전권대신의 제안에 따를 수 없다. 하지만 다음과 같이 원안을 수정하는 데는 동의한다.

중국은 군비 배상금으로 총 2억 고평은을 일본에 지불하는 데 동의한다. 상기 금액은 8차례 분납금으로 지불한다. 5,000만 량의 첫 분납금은 6개월 안에 지불되어야 하며, 5,000만 량의 두 번째 분납금은 본 조약의 비준서 교환일로부터 12개월 안에 지불되어야 한다. 남은 금액은 다음과 같이 여섯 번의 동일한 연 분납금으로 지불되어야 한다. 즉 첫 번째 연 분납금은 본 조약 비준서 교환일로부터 2년 안에 지불되어야 하며, 두 번째는 3년 안에, 세 번째는 4년 안에, 네 번째는 5년 안에, 다섯 번째는 6년 안에, 여섯 번째는 7년 안에 지불되어야 한다. 첫 분납금 지불 예정일로부터 상기 분납금의 모든 미지급 금액에 대해 연리 5%의 이자가 부과될 것이다. 다만 중국은 상기 분납금의 일부 또는 전부에 대해 언제라도 선납할 권리를 가진다.

제5항. 대일본 전권변리대신은 이 조항에 제출된 수정안에 동의할 수 없다.

제6항. 대일본 전권변리대신은 이 조항에 대한 대중국 흠차전권대신의 대체안을 지지할 수 없다. 그럼에도 불구하고 원안에 대한 다음과 같은 수정안에는 동의한다.

일본과 중국 간에 존재하는 모든 조약은 전쟁의 결과로 종결되며, 본 조약 비준서가 교환되는 즉시 중국은 통상과 항해에 관한 조약과 국경 왕래와 무역을 통제할 협정을 대일본 전권변리대신과 체결할 전권대신의 임명에 착수한다. 중국과 유럽 열강 사이에 현존하는 조약과 협정, 규정은 상기 일본과 중국 간의 상기 조약과 협정의 토대로 작용할 것이다. 조약 비준서 교환일로부터 상기 조약과 협정이 실제 효력을 발휘할 때까지 일본 정부와 관리, 상업, 항해, 육로 통상, 산업, 선박, 그리고 일본 신민은 중국에 의해 모든 면에서 최혜국 대우를 받을 것이다. 중국은 본 조약 체결일로부터 6개월 안에 추가로 다음과 같은 할양안이 효력을 발휘하도록 한다.

첫째, 이미 개방한 지역 외에 다음과 같은 도시와 마을, 항구가 일본 신민의 상업과 거주, 제조업에 개방될 것이며, 현재 개방된 중국의 도시와 마을과 항구에 존재하는 것과 동일한 조건에서 동일한 특권과 편의시설을 누리게 될 것이다.

1) 하북(湖北) 지역의 사시(沙市)

2) 사천(四川) 지역의 중경(重慶)

3) 강소(江蘇) 지역의 소주(蘇州)

4) 절강(浙江) 지역의 항주(抗州)

일본 정부는 상기 거명 지역 일부 혹은 전 지역에 영사를 주재시킬 권리를 갖는다.

둘째, 여객과 화물 운송을 위해 일본 국적을 단 선박의 증기 운항은 다음과 같은 지역으로 확대될 것이다.

1) 의창에서 중경에 이르는 양자강 상류 부근.

2) 상해에서 소주와 항주에 이르는 오송강과 운하.

현재 외국 선박의 중국 내지 수로 항해에 적용되는 규칙과 규정은 새로운 규칙과 규정이 승인될 때까지 상기 경로에 대해 최대한 적절하게 적용될 것이다.

셋째, 중국 내에서 상품이나 생산물을 구매하거나 생산하고 중국 내로 수입 상품을 운송하는 일본 신민은 구매하여 운송하는 상품의 집적을 위해 창고를 일시적으로 임대하거나 빌릴 권리를 가진다. 또 여하한 세금이나 징수금도 납부하지 않으며, 어떠한 중국 관리의 간섭도 받지 않는다.

넷째, 재중 일본 신민이 지불하는 제반 조세와 관세, 수속비에 있어 고평은이 사용될 것이다. 그 같은 제반 관세와 조세, 수속비는 일본국 본위 은화 엔을 기준으로 액면가나 대표가로 지불될 것이다.

다섯째, 일본 신민은 중국에서 각종 제조업에 자유롭게 종사하게 될 것이며, 각종 기계류를 자유롭게 중국으로 수입할 수 있고, 이 경우 약정한 수입 관세만 지불하게 될 것이다. 재중 일본 신민이 제조한 일체의 상품은 내지 운송세와 내지세, 조세, 부과금, 온갖 종류의 징수금은 물론 중국 내 창고와 절강 설비도 일본 신민이 중국 내로 수입하는 상품과 동일한 지위에 있으며, 동일한 특전과 면세 혜택을 누린다. 이 같은 허가권과 관련하여 필요한 추가 규칙이나 규정에 관해서는 본 조항에 규정된 통상과 항해에 관한 조약에서 구체화될 것이다.

제7항. 대일본 전권변리대신은 이 조항에 관해 수정안을 받아들일 수 없다.

제8항. 대일본 전권변리대신은 이 조항에 관해 제안된 대체안은 수용할 수 없으나 다음과 같이 원안을 수정하는 데는 동의한다.

본 조약에 규정의 성실한 수행에 대한 담보로 중국은 산동성 위해위에 대한 일본군의 일시 점령에 동의한다. 이에 규정된 군비 배상금의 제1, 2차 분납금 지불과, 통상과 항해에 관한 조약 비준서 교환 시 상기 지역에서 일본군 병력이 철수하게 될 것이다. 다만 중국 정부가 적절하고 충분한 준비 아래 상기 배상금의 남은 분납금에 대한 원금과 이자를 지불하겠다는 보장으로 중국 해관세(海關稅)를 담보로 하는 데 동의한다는 전제하에서다. 그 같은 준비가 이루어지지 않은 경우 철수 작업은 상기 배상금의 마지막 분납금을 지불하는 경우에 한해 시행될 것이다. 하지만 통상과 항해에 관한 조약 비준서 교환 시까지 그 같은 철수 작업은 일절 이루어지지 않을 것임을 분명히 이해해야 한다. 일시적 점령과 관련된 모든 경비는 중국 측이 지불할 것이다.

제10항. 대일본 전권변리대신은 자신들의 원래 초안대로 이 조항을 유지하는 것이 필요하다고 생각한다.

제11조(신설). 대일본 전권변리대신으로서는 원본에 없던 것을 새로 넣은 것이라 이 점에 관한 제안을 수용할 수 없다.

(7) 이토 히로부미가 이홍장에게 1895년 4월 11일 (음력 3월 17일) 보낸 최후 의견[219]

219) 이 부분은 이승만이 순한글로 번역한 내용이 너무 어렵고 난삽하여 해독이 어려운 관계

대중국 제국 흠차전권대신 이홍장 각하께.

어제 제시한 강화조약 수정안과 관련하여 각하께 구두로 천명한 의견의 요지를 문서로 확인하는 것이 바람직하다고 생각한다. 나는 이 수정 요구안이 최종안으로 간주되어야 하며, 어제 날짜로부터 4일 안에 명확한 회신을 바란다고 각하께 말했고, 이제 다시 한 번 거듭 확인하고자 한다.

대일본 전권변리대신은 당초 만들어진 일본 제국 정부의 요구안에 관해 각하께서 제기한 내용을 진지하게 검토하는 데 전혀 소홀함이 없었음을 밝힌다. 또 그 같은 요구안에 있어 양보할 수 있는 최저 수준까지 요구 조건을 축소하는 것은 일본의 당초 요구 조건에 포함된 모든 수단이 강요될 경우 중국이 겪게 될 어려움을 지적하신 각하의 언급 때문임을 알려드린다.

배상금의 3분의 1 수준 감축, 보다 용이한 지불 조건의 혜택, 일시 점령 대상지를 두 곳에서 한 곳으로 축소하는 데 동의한 점, 영토적 담보 대신 금융적 담보로 대체할 수 있는 기회를 제공한 점, 이금세와 기타 내국세에 관한 조항 삭제, 황포강 입구에서의 항해 금지 철폐 요구를 철회한 점은 이미 설명한 바와 같이 각하의 예상에 따르면 일본의 금전적 요구의 완전한 충족을 극도로 어렵게 만들 재정적 곤란으로부터 중국을 구해 줄 것이라고 생각한다.

또한 동일한 화해 정신이 일본의 영토적 요구의 대폭적인 축소를

로 제노네 볼피첼리 지음·유영분 옮김, 『구한말 러시아 외교관의 눈으로 본 청일전쟁』, 도서출판 살림, 2009, 518~519쪽을 참고하여 해제한 것이다.

이끌어내는 데 기여했음을 각하께 분명히 인식시켜 드리고자 한다.

결론적으로 전쟁은 전투 작전뿐만 아니라 그 결과에서도 진행 중이므로 지금은 기꺼이 받아들일 수 있는 강화조건이 이후에도 그럴 것이라고 기대할 수 없음을 각하께 마음속 깊이 각인시켜 드리고자 노력했음을 거듭 밝힌다. 각하에 대한 각별한 존경을 다시 한 번 확인하는 바이다.

(8) 이홍장이 이토 히로부미의 답신을 보고 4월 12일 (음력 3월 18일) 보낸 회답[220)]

대일본 제국 전권변리대신 이토 히로부미 백작 각하.

강화조약 협상에 따르는 진전과 사건에 관해 나에게 알리기 위해 각하께서 보낸 통지문은 우리 정부와 내 입장에서도 공평하도록 이에 간단한 회신을 제출할 필요성을 제기해 주었다.

평화조약을 논의하기 위한 대일본 전권변리대신과의 회담이 허용되기도 전에 일본이 제기한 강화 건에 관한 분명한 회신을 문서로 제출하도록 요구받았다는 생각이 든다. 또한 그 같은 목적으로 허락된 첫 회담에서는 어떠한 구두 협의가 있기도 전에 각하께서 현재 요구하고 있는 일본의 최종 제안을 접하게 되었다. 이 같은 상황에서 일본의 최종 제안이 우리 정부의 입장을 알릴 충분한 기회를 나

220) 이 부분은 제노네 볼피첼리 지음·유영분 옮김, 『구한말 러시아 외교관의 눈으로 본 청일전쟁』, 도서출판 살림, 2009, 520~522쪽을 참고하여 해제한 것이다.

에게도 제공한 후 도달된 것이라고 말하기 어렵다.

당초 요구한 막대한 배상금이 상당 부분 축소된 것은 고마운 일이지만, 그 금액은 여전히 전쟁 경비보다 훨씬 큰 액수다. 따라서 중국이 감당하기에 지나친 부담이 되며, 대단히 긴급한 국내 개혁과 발전의 수행을 불가능하게 만들 수 있다.

강화조약 조건이 어떻게 각하의 언급처럼 '일본의 영토적 요구를 대폭 감축한' 수준으로 훨씬 덜 부담스럽게 되었다는 것인지 나로서는 이해하기 어렵다. 마지막 제안에 포함된 경계선은 거의 예외 없이 일본군이 점령한 적이 있는 성경(盛京) 지역의 전 영토를 포함하고 있다. 더욱이 최종 제안에서는 아직까지 일본군 병사가 들어간 적이 없는 제국의 풍요롭고 인구가 조밀한 중요 지역(대만)의 할양을 요구하고 있다. 그 같은 요구는 강화조약을 위해 협상하는 국가의 관례에도 부합하는 않는 것이다.

일부 부당한 통상 요구를 완화한 대일본 전권변리대신의 조치를 기쁘게 받아들이긴 하지만 최종 제안은 여전히 이 점에서 그 조건이 전례가 없고 불합리한 상태로 남아 있으며, 독립국의 주권에 심각한 손상을 주고 있다. 중국의 영토를 점유하겠다고 협박하며 통상 조약과 국경 협정을 위한 협상을 요구하면서도 우방의 중재 안에 대한 의견 불일치 문제를 제기하는 것은 거부한다.

통상조약 협상이 진행되는 동안 중국 내 일본인에 대한 최혜국 대우를 요구하거나 재일(在日) 중국인에 대해서는 동일한 보장이나 조항 일체를 거부한다. 일본인이 개항장에서 멀리 떨어진 중국 내지

어느 곳에서든 어떤 관리의 간섭도 없이 창고를 빌리고 상품을 수입하고 사들이고 생산할 수 있는 특권을 주장한다. 또한 일본인인 중국 내 어디서나 제조 산업에 종사할 권리를 가지게 되며, 제조된 상품에 대해서는 어떠한 국내세도 내지 않게 된다. 또 일본 동전은 관세나 조세 지불을 위해 액면가로 통용될 수 있다.

추가 논의를 유발하는 것이 아니라 강화조약의 조건을 토로할 수 있도록 내게 허용된 유일한 회담에서 최종안이 제시되었을 때 내가 각하께 말씀 드린 내용을 정확하게 반복하고 여기서 제기한 문제가 각하에 의해 신중하게 검토되어 약속한 다음 회담에서 그 결과를 전달받기를 기대하면서 이 글을 쓴다. 또 그 회담에서 황제께서 내게 만들도록 명령한 최종안을 회신으로 제출할 수 있기를 기대한다.

(9) 이토 히로부미가 4월 13일(음력 3월 19일) 다시 보낸 외교 공문[221]

대중국 제국 흠차전권대신 이홍장 백작 각하.

그 전날 보낸 나의 통지문에 대한 회신으로 제시된 각하의 어제 날짜 통지문을 수령했다.

양력 4월 11일자로 보낸 서신의 목적은 종전에 구두로 선언했던 것을 문서로 반복함으로써 각하가 현 상황을 완벽하게 파악할 수 있게 하기 위해서다. 각하의 대표성에 대해 완전한 존경을 보내면서

221) 이 내용은 제노네 볼피첼리 지음·유영분 옮김, 『구한말 러시아 외교관의 눈으로 본 청일전쟁』, 도서출판 살림, 2009, 523~524쪽을 참고하여 해제한 것이다.

제국 정부의 수정 요구안이 오직 명확한 회신만을 허용하는 최종안으로 간주되어야 함을 각하께서 이해해 주길 희망한다.

현재 수령한 통지문으로 보건대 나의 의도가 잘못 해석되었다는 두려움을 느끼지 않을 수 없다. 각하께서는 토론을 도모하고자 하는 의도가 있음은 부인하면서 제국 정부의 최종안이 나오게 된 절차뿐만 아니라 최종안 자체를 비난하며 각하의 이의 제기가 받아들여지기를 바라는 희망을 피력하기 때문이다.

각하의 통지문에 대한 응답으로 언급할 필요성을 느끼는 것은 4월 11일자로 각하께 전달한 요구안이 최종안이며, 더 이상의 논의는 없다는 사실뿐이다.

전쟁의 결과로 제기되는 요구안은 그 단어가 가진 일반적인 의미에서의 제안이 아니다. 대일본 전권변리대신은 제국 정부의 요구사항이 토론의 주제가 되도록 허용함으로써 평화를 위해 최대한 양보했다. 만약 그 같은 화해 정신이 오인된다면 대일본 전권변리대신은 그 결과에 대한 모든 책임을 거부할 권리를 가지게 된다.

장래 있을 오해를 방지하기 위해 유일하게 덧붙일 말은 현 시점에서 일본의 요구안에 대한 새로운 검토를 거부하는 것이 각하의 검토나 결론에 대한 우리 측의 동의를 의미하지는 않는다는 사실이다.

(10) 이홍장이 이토 히로부미에게 4월 14일(음력 3월 20일) 보낸 편지

“전에 귀 대신과 오늘 오후 네 시에 다시 회의를 하자고 약속했는데, 지금 몸이 불편하여 내일 오후 네 시로 날짜를 연기해 주기를 바란다”고 요청했다.

(11) 강화회담장에서 이토 히로부미와 이홍장이 주고받은 대화

1895년 3월 16일 (양력 4월 10일) 오후 네 시, 이홍장이 춘범루에서 이토 히로부미와 회담할 때 이토가 세 가지 조항을 이홍장에게 주었다. 이것은 배상금 문제, 영토 할양 문제, 그리고 일시적인 지역 점령과 관련된 것이었다.

이홍장: “배상금 2억 량은 너무 과중하여 중국의 상환 능력을 넘어서는 액수입니다.”

이토: “이 정도 감액했으니 더 이상 줄일 방법이 없습니다. 다시 전투가 재개된다면 배상금이 지금보다 더 많아질 수도 있습니다.”

이홍장: “이것도 도저히 감당하기 힘든데, 액수가 더 늘어나면 어떻게 합니까. 금액을 조금 더 줄여주기 바랍니다.”

이토: “이미 전쟁을 치렀기 때문에 어떻게 할 방법이 없습니다.”

이홍장: “전에 내가 수정해서 보낸 내용이 귀국에서 실제로 지출한 비용과 큰 차이가 없습니다. 이번 배상금을 지불하기 위해서는 부득이하게 유럽에서 차관을 얻어야 될 텐데, 빚이 너무 많으면 청국이 어떻게 갚을 수 있겠습니까?”

이토: "지난번에 상환 기한을 20년으로 했는데, 40년으로 늘리면 되겠습니까?"

이홍장: "일본이 40년 상환 기한을 조건으로 차관을 주겠습니까?"

이토: "나는 빌려줄 수 없지만, 서양인들의 차관은 기한이 길수록 이자가 적어지니 기한을 늘리면 중국에 유리할 것으로 생각됩니다."

이홍장: "전쟁을 시작한 이후 우리나라 재정이 텅 비어 외국 은행으로부터 차관을 얻으려 했더니 상환 기한을 20년으로 제한합니다. 지금 공(각하)은 중국 은행으로부터 빚을 얻으라는 뜻입니까."

이토: "본국 은행뿐만 아니라 빚을 주는 쪽은 항상 기한을 길게 잡는 것을 좋아합니다."

이홍장: "외국 차관의 경우 이자만 계속 갚고 원금은 갚지 않는 방법도 있습니다."

이토: "각국은 신용 여부를 파악한 다음 신용이 좋으면 차관의 기한을 길게 하는 것을 선호합니다. 은행들도 그런 방식의 대출을 선호합니다."

이홍장: "이번 전쟁으로 인해 중국의 명예가 크게 실추되어 차관을 제공하겠다고 나서는 나라가 거의 없는 실정입니다."

이토: "청국은 원래 재물이 풍부한 나라이니 다시 구차하고 가난해지지는 않을 것입니다."

이홍장: "천연자원은 많으나 빚을 내어 쓸 만한 것은 없소이다."

이토: "청국의 토지가 일본보다 10배나 넓고 인구도 4억 명이니

재물의 근원을 열기 쉽고, 나라에 급한 일이 있으면 인재가 많으니 국가부흥이 쉬울 것으로 생각됩니다."

이홍장: "중국에서 공(각하)을 초빙하여 의정대신을 맡기면 어찌 하시겠소?"

이토: "우리 황제 폐하께 아뢰고 가겠습니다."

이홍장: "공(각하)이 내 형편을 역지사지(易地思之)하여 보시기 바랍니다. 남의 사정을 어찌 그다지 생각지 않으십니까. 만약 이 많은 돈을 배상하겠다고 조약에 서명하면 외국에서는 중국이 차관을 얻을 수밖에 없다는 사실을 알고 비싼 이자를 요구할 것입니다. 이렇게 되면 차관을 얻지 못하여 배상금도 상환하지 못하고 귀국의 신뢰를 잃어 다시 전쟁이 일어날 수도 있을 것입니다. 어찌 이토록 무정하게 핍박을 하십니까."

이토: "차관 얻는 것이나 배상금 상환이나 다 중국 측 문제일 뿐입니다."

이홍장: "힘이 부족하여 갚지 못하면 어떻게 하시겠습니까."

이토: "중국 사정을 상세히 알기 때문에 이 정도로 배상 금액을 줄인 것이니 더 이상 고집하지 마시기 바랍니다."

이홍장: "1차 분담금을 상환한 후 남은 배상금 이자를 5%로 정한 사례는 30년 전 독일이 프랑스에 승리한 후 정한 일입니다. 우리 청국은 도광제, 함풍제 이후 영국과 프랑스에 배상금을 세 번이나 지불했습니다. 그러나 처음부터 배상금에 이자도 없었고 오직 상환 기한을 어기면 그때 비로소 이자가 발생했습니다. 일본은 무슨 이유로

서양 풍속만 따라 하시는 겁니까."

이토: "만약 한꺼번에 다 상환하면 이자는 받지 않을 것입니다."

이홍장: "여러 말 할 것 없이 지금 청국은 2억 량을 한꺼번에 마련할 능력이 없습니다. 만약 5% 씩 계산하여 이자만 지불하면 원금은 상환하지 않아도 되는 것입니까."

이토: "그것은 일본이 차관을 주는 것과 같은 방식인데, 일본은 그런 돈을 남에게 빌려줄 입장이 못 됩니다."

이홍장: "일본이 이 돈을 내놓으라는 말이 아니라 오직 이자만 받으라는 뜻입니다."

이토: "그것은 우리가 변통할 수 없습니다. 원래 전쟁이 끝난 후 배상금은 한 번에 다 상환하는 것이 정상이나 분할 상환하도록 배려한 것은 중국의 어려운 사정을 감안한 것입니다."

이홍장: "배상금을 일시에 다 상환한 전례가 없고, 프랑스도 독일에 몇 해에 걸쳐 분할 상환했습니다. 청국이 이자만 먼저 내고 원금은 다시 마련하여 원금까지 함께 청산하는 방법은 어떻게 생각하십니까."

이토: "그 조건도 받아들일 수 없습니다."

이홍장: "이 조건도 받아들일 수 없다면, 나머지에 대해서는 이자를 면제하는 것이 옳습니다. 배상금 액수가 워낙 거액인 데다가 이자를 또 요구하시니, 이것은 빚을 두 번 갚는 것이나 다름없어 우리도 수용할 수 없습니다."

이토: "배상금을 분할한다 해도 기한이 멀지 않으면 이자를 면제

하겠습니다."

이홍장: "국고가 비었으니 차관을 얻는 수밖에 다른 방법이 없습니다. 차관을 들여온 다음에 기한을 다시 정하는 것이 어떻겠습니까."

이토: "조약 내용에 기한을 정해서 명문화해야 한다는 것이 일본의 공식 입장입니다."

이홍장: "그러면 배상금을 기한 내에 다 갚으면 이자는 탕감한다는 조항을 조약에 삽입하는 것에 대해서는 어떻게 생각하십니까."

이토: "첫 회는 5,000만 량을 상환하고 1년 만에 또 5,000만 량을 내고 2년 안에 다 상환하면 이자를 탕감해 줄 용의가 있습니다."

이홍장: "다 갚지는 못해도 2 년 후 남은 액수는 이자를 탕감해 주시겠습니까."

이토: "그 때 남은 액수가 많지 않으면 이자를 탕감하겠습니다."

이홍장: "우리 형편에 이자는 도저히 감당하기 힘듭니다. 일본이 이번 전쟁에서 승리했다고 하나 영국이나 프랑스보다 더 국력이 강하다고 볼 수는 없습니다. 영국과 프랑스가 청국과 전쟁을 한 후에도 이자가 없었는데, 이번에 새롭게 배상금에 이자를 물도록 몰아붙이면 청국 신민이 큰 충격을 받을 것입니다. 당초에 배상금 액수가 너무 과한데다가 이자까지 요구하는 것은 너무 심한 처사입니다."

이토: "2년 내에 전액을 깨끗이 상환하면 이자는 없는 것으로 하겠습니다."

이홍장: "내가 감당하기 힘든 문제입니다. 원래 빚을 얻는 것은 빚

을 주는 사람에게 달려있으니 차관을 신속하게 얻을 수 있다면 좋겠으나 어찌 이렇게 박절하게 대하십니까. 2년 내에 전액 상환은 장담할 수 없는 문제입니다."

이토: "책임지지 못할 문제라면 허락할 것인지 아닌지만 결정하여 답을 주시기 바랍니다."

이홍장: "내가 진심으로 화친을 원합니다만, 감당하지 못할 일에 대해서는 깊이 헤아려 주시기 바랍니다."

이토: "그렇다고 이 문제를 집고 넘어가지 않을 수 없습니다."

이홍장: "이제 영토 문제를 토론합시다. 서양에서도 전쟁 때 점령했던 영토를 다 요구한 전례는 없습니다. 보불전쟁[222] 당시 독일도 프랑스의 수도 파리까지 돌입했으나 평화조약을 체결한 후 점령지역을 다 반환하고 두 지역만을 차지했습니다. 지금 일본 측이 봉천성 남방의 일본군 점령지역을 모두 요구하는 것은 너무 심한 처사입니다. 전에 영국과 프랑스도 청국 지역을 점령했으나 한 조각의 땅도 차지하지 않았습니다."

이토: "그 두 나라는 특별히 다른 뜻이 있어 그렇게 한 것이므로 이번 일과 비교할 수 없습니다."

---

222) 1870년 7월 19일부터 1871년 5월 10일까지 진행된 전쟁으로 헬무트 폰 몰트케 장군이 지휘한 프로이센군은 나폴레옹 3세의 프랑스를 거세게 몰아붙였다. 프랑스군은 마르스라투르 전투와 그라블로트 전투에서 참패했고, 스당 전투에서 나폴레옹 3세는 포로가 되었다. 파리 시민들은 파리 코뮌을 세우고 계속 저항하다가 4개월 만에 항복했다. 파리에 입성한 프로이센군은 1871년 1월 18일, 베르사유 궁전에서 독일제국의 수립을 선포했다. 전쟁에서 승리한 프로이센은 50억 프랑의 배상금을 받았고, 배상금 지불이 완료될 때까지 프로이센군이 프랑스 영토에 주둔했다. 배상금이 완납될 때까지 프랑스는 북부 주에 주둔한 독일군 점령경비를 부담했고, 알자스 로렌 지역을 프로이센에 할양했다.

이홍장: "영구(營口)로 말하자면 우리나라에서 이곳에 해관을 설치하고 세금을 받아 이를 국가의 재원으로 쓰고 있습니다. 일본이 거액의 배상금을 요구하면서 영구까지 빼앗겠다는 것은 무슨 이유입니까."

이토: "영구에서 세금을 받는 것은 토지에서 생산되는 물건에 한해서입니다."

이홍장: "영토를 할양받아 지세(地稅)를 차지하고 배상을 또 요구하는 행위는 비유하자면 자식이 충실하게 자라기를 바라면서 젖을 먹이지 않는 것과 같습니다. 그렇게 되면 그 자식은 굶어죽기 마련입니다."

이토: "청국을 어떻게 젖먹이 어린아이에 비유할 수 있겠습니까."

이홍장: "청국은 지금 지극히 몸이 허약해 어린아이나 다름없습니다. 영구는 일본이 차지해도 이로울 것이 없으니 자세히 살펴보시기 바랍니다. 영구 북쪽은 땅이 넓어서 물산이 풍부한 곳입니다. 그러나 모든 물산은 배에 실어 내지로 보내야하므로 일본이 이곳을 할양받으면 청국이 세금을 올릴 것이고, 영구에 도착하면 또 해관세를 부과하기 때문에 화물의 이동이 크게 줄어들 것입니다. 화물이 줄어들면 세금도 따라서 줄어들 것입니다. 게다가 모든 물산이 내지에 있기 때문에 청국 관리들은 상인들에게 다른 포구로 실어내도록 하거나 혹 세금을 더 내라고 할 것이니 이렇게 되면 일본에 무슨 이익이 되겠습니까."

이토: "이 문제는 상의해서 정할 것입니다. 청국과 일본이 서양

여러 나라와 의논할 것이고, 통상과 관련된 규약은 반드시 상의를 하겠습니다."

이홍장: "세금을 더 받는 것은 우리나라의 자주권이기 때문에 외국인이 이래라저래라 할 수 없는 문제입니다. 그래서 일본에 이익이 될 만한 것이 없다는 뜻이니 다른 지역을 의논하는 것이 어떻겠습니까."

이토: "영구 북쪽은 이미 정했으니 두 번 말 할 것이 없습니다."

이홍장: "대만 섬은 일본군이 점령하지도 않았는데 무슨 이유로 요구하는 것입니까."

이토: "서로 상의하여 조약으로 정할 일이기 때문에 점령 여부를 거론할 필요는 없다고 생각합니다."

이홍장: "내가 대만 섬을 허락하지 않는다면 어떻게 할 생각이십니까."

이토: "일본군이 점령한 지역에 대해서만 할양을 요구해야 한다면, 만약 우리 군사가 산동성 각 지역에까지 진격했다면 어떻게 하셨겠습니까."

이홍장: "점령지역의 할양 요구는 일본이 이번에 처음 제기한 것입니다. 서양 여러 나라도 군사가 진출하는 지역마다 승리하여 점령한 것은 아닙니다. 일본이 혼자서만 중국에게 이처럼 가혹한 요구를 하면 서양 각국의 비웃음을 살 뿐입니다."

이토: "청국은 길림성과 흑룡강 지역을 무슨 이유로 러시아에게 넘겼습니까."

이홍장: "그것은 전쟁 때문이 아닙니다."

이토: "대만도 사례가 비슷한데 무엇 때문에 이치에 맞지 않는다고 하시는 겁니까."

이홍장: "길림성과 흑룡강 등지는 토양이 거칠고 사람이 거의 살지 않는 곳입니다. 대만은 마을이 곳곳에 들어서 있고 인가가 즐비하기 때문에 그 지역과는 비교할 수 없습니다."

이토: "아무리 척박하고 넓이가 얼마 안 되는 곳이라도 황제의 땅이니 어찌 황량하거나 번성함이 문제가 되겠습니까."

이홍장: "장황한 말싸움을 할 것이 아니라 세 가지 큰 조건을 말하겠습니다. 배상액수 2억 량은 너무 과다하니 당연히 액수를 줄여야 합니다. 영구는 내놓고 대만은 거론하지 마시기 바랍니다."

이토: "우리 두 사람 의견이 일치하지 않으니 내가 정한 대로 시행할 뜻이 있으면 그렇게 하시고, 그렇지 못하면 회담은 결렬입니다. 나의 의견은 이미 통보한 최후 수정안을 다시 고칠 수 없다는 것입니다. 지금 히로시마에 군함 60여 척이 정박 중인데, 2만 톤은 족히 실을 수 있을 것입니다. 군사와 양식이 다 준비되어 있지만, 아직 움직이지 않는 이유는 휴전협정 때문입니다."

이홍장: "휴전 기한이 지나면 다시 기한을 연장하겠습니다."

이토: "강화조약이 체결되면 이 군사를 물리겠지만, 그렇지 않으면 출동을 할 수도 있습니다."

이홍장: "전에 독일과 프랑스의 보불전쟁 때도 휴전 기한을 열흘을 다시 연장한 전례가 있습니다."

이토: "상황이 그 때와는 다릅니다. 프랑스는 그때 황제가 없어 백성들이 투표로 의원들을 뽑아 의회에서 회의를 열고 대통령을 정하며, 공사를 파견하는 제도였기 때문에 자연히 여러 날이 될 수밖에 없는 형편이었습니다. 그러므로 부득이 휴전 기한 연장이 가능했습니다."

이홍장: "귀 대신의 뜻을 거의 다 수락했고, 그 중에 의견이 불일치하는 부분은 두어 가지에 불과합니다. 만약 정전하지 않고 다시 전투를 재개하려 하면 어떻게 진정성을 가지고 자세히 의논할 수 있겠습니까."

이토: "기한이 열흘 남았으니 가부를 결정하여 3일 후 4시 30분에 회답을 주시기 바랍니다."

이홍장: "일이 여의치 못하면 또다시 회의를 할 것입니다. 공문을 주고받을 것 없이 직접 대면하여 허락받는 대로 결정할 것이지만, 3일 내로 결정하는 것은 불가능합니다. 부득이하게 우리 조정에 전문을 보내 명령을 받은 후 결정해야하기 때문에 3일로 한정할 수 없다는 것입니다.

이토: "그러면 회답이 온 후에는 즉시 결단을 해 주시길 바랍니다."

이홍장: "명령을 받은 후 어떻게 할 것인지 귀 대신과 다시 의논한 후 한 번 더 전보하여 회답이 오면 귀 대신께 연락드리겠습니다."

이토: "우리도 무작정 기다릴 수는 없으니 날짜를 정해주시기 바랍니다."

이홍장: "아무리 지체한다 해도 4~5일은 넘지 않을 것입니다. 오늘도 우리 조정에서 엄하게 경계하는 훈령이 있어 내가 임의로 처단하지 못한 것입니다."

이토: "우리 군대에 이 사실을 급히 알리겠습니다."

이홍장: "휴전 기한이 아직도 열흘이 남았는데 급히 알리지 않아도 귀국의 군대가 어찌 이 사실을 모르겠습니까."

이토: "우리 군이 시간을 다투며 회의하는 내용을 탐지하고 있습니다. 또 북경에서 오는 전보가 3일이면 충분하지 않겠습니까."

이홍장: "답신이 오면 곧 요청하겠습니다만 배상은 5,000만 량을 줄이고 대만을 차지하려는 생각을 버리시는 것이 어떻겠습니까."

이토: "그러면 곧 군대를 대만에 보내겠습니다."

이홍장: "일본이 우리를 어떻게 이토록 핍박하십니까. 어쨌든 강화를 하는 것이 만 번 옳습니다."

이토: "배상과 영토 할양이 빚진 것 받으려는 것과 같으니 빚만 갚으면 절로 평화가 이루어질 것입니다."

이홍장: "빚을 너무 심하게 독촉하면 빚 갚은 후 화해를 해도 감정이 풀리지 않을 것입니다. 내가 정성을 다해 공정하게 수정한 조목이니 거듭 헤아려주십시오. 대체로 대만은 백성의 성질이 억세서 얼마 전에 프랑스가 공격을 했으나 승리를 거두지 못했습니다. 일본이 점령하기가 대단히 어려울 것입니다."

이토: "우리 해군이 작년에 북방의 극한 상황에서도 아무 문제없이 견뎠으니 어디를 가도 뜻을 이룰 수 있는 능력을 보유하고 있습

니다.”

이홍장: “대만은 장기(瘴氣: 축축하고 더운 땅에서 생기는 독기)가 심해서 그 독기를 사람이 견디지 못합니다. 그 지역 주민들은 아편을 넣어서 만든 담배를 피워 독기를 피하고 있는 실정입니다.”

이토: “우리가 대만을 점령한 후에는 아편 담배를 금지시킬 것이니 그때 보시기 바랍니다. 대만 백성들은 아편이 들어오기 전에도 살았고, 일본도 아편 수입을 엄격히 금지시켰기 때문에 아편을 먹는 백성이 전혀 없습니다.”

이홍장: “영국인들이 아편 담배를 항구를 통해 들여와 팔고 있어 우리 정부가 세금을 많이 부과했으나 그래도 줄어들지 않았습니다.”

이토: “귀국에서 부과하는 아편세가 너무 적다고 생각됩니다. 지금 부과하는 것보다 두 배 정도 더 받아도 문제 될 것이 없습니다.”

이홍장: “그것을 영국인들이 허락하지 않으니 어떻게 하겠습니까.”

이토: “아편을 흡입하는 자는 지극히 게으르고 허약하여 군사로 쓸 수 없습니다. 먼저 내 백성에게 아편을 금하는 법을 마련하면 외국인들의 아편 수입이 자연히 줄어들 것입니다.”

대화를 마치고 이홍장이 작별 인사를 하면서 다시 배상액수를 줄여줄 것을 청하자 이토 히로부미가 웃으면서 “더 이상 줄일 수는 없다” 하고 헤어졌다.

3월 21일 (양력 4월 15일)에 춘범루에서 다시 회의가 열렸다.

이홍장: “지금 기록한 조약 내용 중 두어 조목만 고친다면 이 자리

에서 즉시 결정하겠습니다. 5,000만 량만 배상액을 줄여주는 것이 어떻겠습니까."

이토: "고집이 아주 세시군요."

이홍장: "5,000만 량이 어렵다면 2,000만 량만이라도 줄이는 것은 어떻습니까. 일본 신문을 보니까 이번 전쟁에 소요된 경비가 8,000만 엔이 넘지 않는다고 하더군요. 그 내용을 액면 그대로 믿지 않는다 해도 아주 허황된 주장은 아닌 것 같습니다."

이토: "그 신문은 나라가 하는 일을 사사건건 반대하는 신문이니 믿을 만한 근거가 못 됩니다."

이홍장: "이 문제는 애써 깊이 논란할 문제는 아닌 것 같습니다. 일본이 청국으로부터 얻은 영토에서 얻을 재물이 대단하니 이것저것 따져 보시고 앞으로의 이익을 생각하고 바로 앞의 탐욕에 눈이 어두워지지 마시기 바랍니다."

이토: "우리가 얻은 중국 영토의 재물은 대부분 지면 아래 묻혀 있는 지하자원입니다. 이것을 개발하려면 비용이 상당히 들기 때문에 따져보면 별 이득이 없을 것입니다."

이홍장: "대만을 보십시오. 석탄과 석유 외에도 금광이 있는데, 개발비를 많이 들이면 들일수록 이익도 커질 것입니다. 내가 북경에 있을 때 서양의 한 기업가가 금전 2,000만 파운드를 청국에 차관으로 제공하고 대만을 전당 잡겠다고 하다가 일본이 점령한다는 소문을 듣고 협상을 파기한 일이 있습니다.[223] 대만의 가치를 서양에서는

223) 진순신 지음, 조양욱 옮김, 『청일전쟁』 세경출판사, 2012, 737쪽에는 마카오의 모리슨

이 정도로 예상하고 있는데, 자원을 캐서 팔면 더 큰 가치가 있을 것으로 예상됩니다. 이 모든 자원을 일본이 독점하게 되니 배상금 수천만 량을 줄여달라고 요구하는 것입니다."

이토: "지금 우리의 만남은 전쟁 후 강화를 위한 회담이기 때문에 평시 교섭과는 성격이 다릅니다."

이홍장: "배상액을 줄이지 못한다면 영토 할양을 조금이라도 줄여야 합니다. 귀 대신은 우리 처지를 생각해 보시기를 바랍니다."

이토: "처음 조약 내용은 수정할 수 없으나 중당(이홍장)과 여러 해 우정을 나눈 정으로 인해 1억 량을 줄인 것입니다. 이 사실을 알면 우리 백성은 나를 책망할 것이오. 내가 진심으로 말씀드립니다. 휴전 기간이 끝나기 전에 결단을 내리시길 바랍니다. 그렇지 않으면 배상액수가 더 늘어날 수도 있습니다. 이것이 우리 일본의 민심이라는 점을 이해하시고 결단을 내리시길 바랍니다."

이홍장: "그렇다면 이자는 없는 것으로 합시다."

이토: "지난번에도 말씀드렸습니다만 조약 체결 후 1년 내에 두 번에 걸쳐 5,000만 량씩 상환하고, 또 1년 안에 1억 량을 상환하면 이자는 받지 않겠습니다."

이홍장: "만약 기한 내에 갚지 못할 때만 이자를 무는 것이 어떻겠습니까."

학교를 졸업하고 미국에 유학하여 중국인 최초로 예일대학을 졸업한 용굉(容閎)에 관한 이야기가 등장한다. 이 글에 따르면 그는 귀국하여 중국번의 고문을 지냈는데 양강 총독에게 대만을 저당 잡히면 해외에서 10억 달러를 빌릴 수 있다고 제안했다고 한다.

이토: "이자만 내고 원금을 상환하지 않으면 이것은 일본이 차관을 제공한 것이나 다름없는데, 우리나라는 그럴 만한 경제력이 없습니다."

이홍장: "지금 우리나라가 경황이 없으니 3년 내에 원금을 다 상환하면 이자를 면제해주겠습니까."

이토: "3년 내에 전액 상환하면 이자는 받지 않겠습니다. 조약 문구에 이 조항을 하나 추가하겠습니다."

이홍장: "원래 빚을 얻을 때 모든 권리는 돈을 빌려주는 사람에게 있습니다. 따라서 빚을 얻어 내 수중에 돈이 들어와 있을 때 상환과 관련된 세세한 약속을 할 수 있는 것입니다. 내 수중에 돈이 없는데 어떻게 상환과 관련된 기한이나 절차를 미리 약속할 수 있겠습니까. 청국이 전에 영국과 프랑스에 배상금을 상환할 때에도 상환기일을 넘길 때만 이자를 물기로 했습니다. 지금 이렇게 엄청난 거액을 3년 내에 상환하지 못하면 이자를 내라 하니 너무 가혹한 요구입니다."

이토: "영국과 프랑스는 나라가 부강하고, 전비(戰費)가 일본보다 적게 들었기 때문에 이자를 받지 않은 것입니다. 이번 조약 내용 중에 3년 동안에도 이자를 물다가 3년 안에 원금을 다 상환하면 이자로 지급한 액수만큼 원금에서 제하도록 하겠습니다. 예를 들어 조약 체결 후 6개월 안에 5,000만 량을 상환하되, 그 때 나머지 1억 량의 이자까지 합산하여 상환하고 세 번째, 네 번째에도 다 그렇게 회계했다가 3년 내에 나머지 원금을 모두 상환하면 먼저 냈던 이자는 전부 계산하여 마지막 원금 상환 때 원금에서 그만큼 액수를 제하도록

하겠습니다."

이홍장: "좋습니다. 조약 다섯 째 조건 중 일본이 차지한 청국 영토 안에 청국 백성의 재산이 그 땅에 있고 주인만 다른 곳으로 나가서 살고 있는 자는 그 재물을 일본이 일본인의 재물이나 다름없이 보호해준다는 내용을 약속해 주시길 바랍니다."

이토: "그 의견은 받아들이기 곤란합니다. 지금 일본이 서양 각국과 맺은 조약에 의하면 일본 내지에 외국인이 재산을 구입하는 것을 허가하지 않고 있습니다. 지금 청국과 이렇게 조약을 맺으면 각국이 다 동일한 요구를 할 것입니다."

이홍장: "대만 주민은 성질이 거칠어 제어하기가 쉽지 않은데, 일본이 대만 주민의 재산을 보호해 주지 않을 경우 반드시 큰 사건이 벌어질 것입니다."

이토: "이 문제는 우리 정부의 책임이니 중국에서 상관하실 일이 아닙니다. 귀국은 관할권을 내주고 관리와 군대를 철수하시면, 그 후 일은 우리가 관리를 파견하여 다스릴 것이니 귀국에서는 염려할 필요가 없습니다."

이홍장: "대만을 할양하는 것은 중대한 사건입니다. 규정을 먼저 정한 후 서서히 조치를 취하는 것이 좋다고 생각합니다."

이토: "조약이 체결되면 즉시 일본 정부에서 관리를 보낼 것입니다. 대만을 통치할 규정들을 이미 마련해 놓았으니 귀 대신은 한 번 보시기 바랍니다."

이토 히로부미가 규정집 한 권을 내어주었다. 그 내용은 포대와 무기, 관청 소속 물건은 모두 일본 장교가 관할하며, 청국 병력은 행장과 기구 등을 가져가되 기한을 정해 철수하며, 일본이 문관을 보내 지방을 통치하는 것으로 되어 있었다.

이홍장: "이 문제는 평화조약을 체결한 후 의논할 일이니 대만 순무사와 총리아문에서 결정할 일입니다. 나는 대만을 귀국에 할양하는 권리만을 허락받았을 뿐입니다. 조약이 체결된 후 양국이 다시 상의하여 세부 규정을 만들고 대만은 6개월 후 일본이 차지하는 것이 어떻습니까."

이토: "여섯 달은 너무 더딥니다. 우리 정부에서 군사를 보내 점령하든지, 아니면 귀국이 철군하면 우리가 곧 주둔하든지 좌우간 한 달 안에 끝내는 것이 어떠십니까."

이홍장: "귀국이 문관을 파송한다고 하니 그 문관이 대만 순무사와 상의하여 조치하는 것이 좋다고 봅니다. 그렇지 않으면 양국이 두 달 안에 관리를 파견하여 의논하는 것으로 합시다."

이토: "그 의견을 수락하겠습니다."

이홍장: "조약 내용 여섯째 조건 중 셋째 조항에 일본인이 청국 내지에 집을 세를 낼 경우 청국 관리가 간섭하지 못하도록 되어 있는데, 이 내용은 청국 관리가 일본 상인에게 잡세를 부과하지 말라는 뜻으로 이해됩니다. 그런데 이 조항 속에 많은 문제가 내포되어 있습니다. 예를 들어 일본인이 죄를 지은 후 청국 사람의 집을 세를 내어 숨어있을 경우 어떻게 하겠습니까. 그 지방 관리가 그 집을 뒤져서 찾아낼 권리가 없는 것이 맞는다고 생각하십니까. 이런 이유 때

문에 이 구절은 삭제하는 것이 마땅합니다."

이토: "그 의견은 타당합니다. 이 조항을 삭제하겠습니다."

이홍장: "넷째 조목을 말씀드리겠습니다. 청국 해관세는 관평은[224]으로 받는데 일본인에게는 고평은으로 지급하라고 되어 있으니 이것은 받아들이기 어렵습니다. 또 일본 은전은 통상 각 항구에서 시가에 따라 통용되기 때문에 이 조목을 별도로 넣을 이유가 없습니다."

이토: "그러면 이 조항 전체를 삭제하겠습니다."

이홍장: "다섯째 조목 중에 일본인이 청국 아무 지역에서나 물건을 제조한다고 했는데, 이는 일본인이 청국 내지에서 제조업의 권리를 획득하게 되는 것이니 옳지 않습니다. 이 표현을 고쳐 일본인은 각 통상지역 내에서만 물건을 제조하는 것으로 하여 권리에 제약을 가하는 것으로 수정을 요구합니다."

이토가 이 말을 듣고 소속 관원과 수차 왕래하여 의논한 후 수정하기로 합의했다.

이홍장: "여덟째 조건 중에 위해위에 군사를 주둔한다고 했는데, 어느 정도나 병력을 보낼 예정이십니까."

이토: "1만 명입니다."

이홍장: "그렇다면 주둔과 관련된 군사 관련 비용을 청국이 담당한다는 구절은 삭제하는 것이 마땅합니다. 전에 영국과 프랑스가 우

224) 관평은(關平銀): 은 본위 징수의 계산 단위로 청나라에서 해관세 징수에 쓰인 해관평이라는 저울로 무게를 달았기 때문에 이 이름이 생겼다.

리나라에 군대를 주둔시킬 때도 각자 자국 비용으로 주둔한 전례가 있습니다. 게다가 영토를 할양하고, 배상금을 물고, 이자까지 지불하니 그 정도면 족하다고 생각합니다. 위해위 주둔 일본군의 주둔 비용은 배상금 중에서 마련하시기 바랍니다."

이토: "배상금은 전쟁에 사용된 비용을 받아내는 것이고, 군사가 주둔하는 데 따르는 비용은 성격이 다릅니다. 이것은 유럽 각국에서도 많은 전례가 있습니다."

이홍장: "여기는 아시아이니 유럽의 사례를 언급할 필요가 없다고 생각합니다. 또 영국, 프랑스도 동치 9년(1870)에 대고와 상해, 주산 등지에 군사를 주둔시켰을 때 청국에서 주둔 관련 비용을 제공하지 않았습니다. 이제 조약 내용이 거의 다 완성되었으니 사소한 일로 다투는 것은 삼가야 한다고 생각합니다."

이토: "이 조약의 체결 시기는 언제가 좋겠습니까."

이홍장: "조약 정본을 고쳐 기록한 후 곧바로 서명하겠습니다. 귀국에서는 어느 정도면 정본을 완성할 수 있습니까."

이토: "내일 새벽이면 가능합니다. 위해위에 군사 주둔 문제는 별도로 조약문 정본을 만들었으니 내용을 자세히 보시기 바랍니다."

이홍장: "내용은 다 수용합니다만 주둔 비용은 우리가 부담할 수 없다는 점을 명백히 밝히는 바입니다."

이토: "조약문서에 서명한 후 조약 문서를 상호 교환할 때까지 15일간으로 정하는 것이 어떻습니까."

이홍장: "(웃으면서) 본 대신이 천진에 돌아가 조약 문서를 총리아

문에 보내 황제 폐하께 올리고 날을 잡아 비답을 들어야 하는데, 절차가 복잡하니 날짜를 한정하기가 어렵습니다. 조약 문서를 교환한 후 오래 걸릴 경우 1년이요, 아무리 빨라도 6개월은 걸립니다. 그러나 15일 안에 가능할 지도 모르겠습니다."

이토: "조약 문서를 어디서 상환하겠습니까."

이홍장: "북경이나 천진이라면 상관없습니다."

이토: "여순구와 대련만에 있는 우리 군사가 20만 명입니다. 두 곳 다 거처할 집이 없어 지금 배 위에 있으니 그 괴로움이 어떻겠습니까. 조약 상환 즉시 철병하고자 하니 하루라도 빨리 상환이 이루어지는 것이 좋습니다. 여순구에서 상환하는 것이 어떠신지, 그리고 상환할 때 그 장소를 정할 것입니다. 제 생각으로는 15일 내에 상환하는 것이 최선이라고 생각합니다."

이홍장: "15일은 너무 급하니 한 달 안에 하는 것으로 합시다."

이토: "3주일 안에 하는 것이 좋고 연대에서 상환합시다. 만약 재가를 얻지 못하면 다시 전투가 재개될 수도 있으니 조약문서 상환은 빠를수록 좋습니다."

이홍장: "염려하지 마시오. 이 조약은 그대로 시행할 것입니다."

이토: "작년에 우리나라가 영국과 조약을 체결할 때 서로 조약 문서를 만든 지 17일 만에 대표가 서명을 했는데, 하루 지난 18일에 영국 여왕께서 재가하셨습니다."

이홍장: "우리나라는 사정이 있어 일처리가 신속하지 못합니다. 나의 경우를 설명 드리면 1월 19일에 조칙을 받들고 떠나서 귀국에

도착하니 이미 2월 23일이었습니다. 만약 기한을 촉박하게 정했다가 그 기간 내에 재가를 얻지 못하면 신용을 잃지나 않을까 걱정입니다."

(12) 시모노세키 평화조약 최종 내용

대일본제국 대황제와 대청제국 대황제는 평화조약을 맺어 앞으로 상호간에 시비가 일어나는 것을 제거하고자 다음과 같이 전권대신을 지명하였다.

대일본 황제는 전권판리대신 종1품 훈1등 백작 이토 히로부미와 전권판리대신 외부대신 종1품 훈1등 자작 무쓰 무네미쓰를 파송하고, 대청국 황제는 흠차두등 전권대신 태자태부 문화전태학사 북양통상대신 직예총독 1등 순의백작 이홍장과 흠차전권대신 2품 전출사대신 이경방을 명하여 전권대신을 삼아 상호 황제의 명을 받든 문서를 서로 열람하고, 각 조건을 회의하고 결정하여 다음과 같이 기록한다.

제1조. 청국은 확고부동하게 조선에 완전한 자주 독립권을 허락한다. 이제부터 청국에 조공하던 전례를 앞으로는 일체 폐지하여 독립 자주 권리와 예절에 문제가 없도록 한다.

제2조. 청국은 아래 기록한 지역에서 정부 소유의 요새와 군기 공창, 공공 재산과 함께 완전한 통치권을 영구히 일본에게 양도한다.

첫째, 아래 경계에 속한 봉천지방 남부. 경계선은 압록강에서 시작하여 안평 하구까지 거슬러 올라가며 안평하구에서 봉황까지 이어진다. 봉황에서 해성, 해성에서 영구까지 이어져 그곳에서 끝난다. 위에 거명된 지역은 할양 영토에 포함된다. 또 할양 영토에는 요동 만 동부 연안과 황해 북부 연안에 위치한 봉천성에 속한 모든 섬을 포함한다.

둘째, 대만 섬과 대만 섬에 인접하거나 부속된 모든 섬.

셋째, 팽호군도, 즉 동경 119도와 120도, 북위 23도와 24도 사이에 위치한 모든 섬.

제3조. 이전 조항에서 기술했고 첨부한 지도에 나타나는 경계 획정선은 각각 두 사람 이상의 일본과 청국 대표로 구성되는 공동경계획정위원회의 현장 답사를 통해 이루어지며, 위원들은 본 조약 비준서 교환 후 바로 임명되어야 한다. 본 조항에서 정한 경계가 지형적인 이유에서든 혹은 행정적인 고려에서든, 어떤 점에서건 결함 있는 것으로 판명될 경우 그 내용을 수정하는 것도 경계위원회의 임무다. 경계위원회는 가능한 한 조속히 임무에 착수하게 될 것이며, 임명 후 1년 안에 자신들의 과업을 마치게 될 것이다. 하지만 이 조항에서 정한 경계선은 경계획정위원회 인준 때까지 유지될 것이며, 인준이 이루어질 경우 일본과 청국 정부의 승인을 받게 될 것이다.

제4조. 청국은 군비 배상금으로 총 2억 고평은을 일본에 지급하는 데 동의한다. 상기 금액은 8차례 분납금으로 지급한다. 첫 분납금 5,000만 량은 본 조약의 비준서 교환일로부터 6개월 안에 지급하고, 두 번째 분납금 5,000만 량은 12개월 안에 지급한다. 남은 금

액은 다음과 같이 여섯 번에 걸쳐 균등 분할 지급한다. 즉 첫 번째 연 분납금은 본 조약 비준서 교환일로부터 2년 안에 지급되어야 하며, 두 번째는 3년 안에, 세 번째는 4년 안에, 네 번째는 5년 안에, 다섯 번째는 6년 안에, 여섯 번째는 7년 안에 지급되어야 한다. 첫 분납금 지급 예정일로부터 상기 분납금의 모든 미지급 금액에 대해 연리 5%의 이자가 부과될 것이다. 다만 청국은 상기 분납금을 3년 내에 다 상환하면 이미 냈던 이자는 계산하여 원금에서 그 액수만큼을 제한다.

제5조. 이 조약 체결 후 2년 내에는 일본에 할양된 영토 안의 청국 인민이 다른 지방으로 이주하거나 부동산을 처분하여 다른 곳으로 이주하는 것을 허락한다. 만약 기한이 찬 후에도 떠나지 않는 자는 일본 신민으로 간주한다. 대만은 조약 체결 후 양국이 각각 관리를 파견하여 두 달 안에 해결한다.

제6조. 일본과 청국 간에 존재하는 모든 통상조약은 이번 전쟁의 결과로 종결된다. 본 조약 비준서가 교환되는 즉시 청국은 대일본 전권대신과 통상과 항해에 관한 조약과 국경 왕래와 무역을 통제할 협정을 체결하기 위한 전권대신을 파견한다. 청국과 유럽 열강 사이에 현존하는 조약과 협정, 규정은 상기 일본과 청국 간의 상기 조약과 협정의 토대로 작용할 것이다. 조약 비준서 교환일로부터 상기 조약과 협정이 실제 효력을 발휘할 때까지 일본 정부와 관리, 상업, 항해, 육로 통상, 산업, 선박, 그리고 일본 신민은 청국에 의해 모든 면에서 최혜국 대우를 받을 것이다. 청국은 본 조약 체결일로부터 6

개월 안에 추가로 다음과 같은 할양안이 효력을 발휘하도록 한다.

첫째, 이미 개방한 지역 외에 다음과 같은 도시와 마을, 항구가 일본 신민의 상업과 거주, 제조업에 개방될 것이며, 현재 개방된 청국의 도시와 마을과 항구에 존재하는 것과 동일한 조건에서 동일한 특권과 편의시설을 누리게 될 것이다.

1) 하북(湖北)성의 사시(沙市)

2) 사천(四川)성의 중경(重慶)

3) 강소(江蘇)성의 소주(蘇州)

4) 절강(浙江)성의 항주(抗州)

일본 정부는 상기 거명 지역 일부 혹은 전 지역에 영사를 주재시킬 권리를 갖는다.

둘째, 여객과 화물 운송을 위해 일본 국적을 단 증기선박의 운항은 다음과 같은 지역으로 확대될 것이다.

1) 하북(湖北)성 의창(宜昌)에서 양자강을 거슬러 올라가 사천(四川)성 중경(重慶) 상류 부근.

2) 상해에서 소주와 항주에 이르는 오송강과 운하.

일, 청 양국 사이에 새로운 규칙과 규정이 합의될 때까지 상기 경로에 대해 현재 외국 선박의 중국 내지 수로 항해에 적용되는 규칙과 규정이 적용될 것이다.

셋째, 청국 내에서 상품이나 생산물을 구매하거나 생산하고 청국 내로 수입 상품을 운송하는 일본 신민은 구매하여 운송하는 상품의 집적을 위해 창고를 일시적으로 임대하거나 빌릴 권리를 가진다. 또

여하한 세금이나 징수금도 납부하지 않는다.

넷째, 일본 신민은 청국 통상 항구와 성읍에서 각종 제조업에 자유롭게 종사하게 될 것이며, 각종 기계류를 자유롭게 청국으로 수입할 수 있고, 이 경우 약정한 수입 관세만 지불하게 될 것이다. 청국에 거류하는 일본 신민이 제조한 일체의 상품은 내지 운송세와 내지세, 조세, 부과금, 온갖 종류의 징수금은 물론 청국 내 창고와 설비도 일본 신민이 청국 내로 수입하는 상품과 동일한 지위에 있으며, 동일한 특전과 면세 혜택을 누린다. 이 같은 허가권과 관련하여 필요한 추가 규칙이나 규정에 관해서는 본 조항에 규정된 통상과 항해에 관한 조약에서 구체화될 것이다.

제7조. 청국에 있는 일본 군대는 조약 체결 후 3개월 내에 모두 철수하되 다음 조목 중 규정한 바에 따라 시행한다.

제8조. 청국은 산동성 위해위에 대한 일본군의 일시 점령에 동의한다. 이에 규정된 군비 배상금의 제1, 2차 분납금 지급과, 통상과 항해에 관한 조약 비준서 교환 시 상기 지역에서 일본 병력이 철수하게 될 것이다. 다만 중국 정부가 적절하고 충분한 준비 아래 상기 배상금의 남은 분납금에 대한 원금과 이자를 지급하겠다는 보장으로 청국 해관세를 담보로 하는 데 동의한다는 전제하에서다. 그 같은 준비가 이루어지지 않은 경우 철수 작업은 상기 배상금의 마지막 분납금을 지불하는 경우에 한해 시행될 것이다. 비록 배상금을 모두 지급했어도 통상과 항해에 관한 조약 비준서가 교환되기 전에는 일본 병력을 철수하지 않는다.

제9조. 본 조약 비준서 교환 즉시 그 시점에 억류되어 있는 모든 전쟁 포로가 송환될 것이며, 청국은 일본이 송환한 전쟁 포로를 학대하거나 처벌하지 말아야 한다. 청국은 또한 군사 스파이로 기소되었거나 혹은 다른 군사적 범죄 혐의를 받고 있는 모든 일본 신민을 즉시 석방하는 절차에 착수해야 한다. 더 나아가 청국은 전쟁 기간 동안 일본군과 타협했던 청국 백성을 어떤 방식으로든 벌주거나 처벌되도록 내버려 두어서는 안 된다.

제10조. 모든 공격적인 군사작전은 양국 전권대신의 조약 서명과 동시에 중단될 것이다.

제11조. 이 조약을 양국 황제께서 친히 재가하심을 기다려 메이지 28년(1895) 5월 8일, 광서 21년(1895) 4월 14일(음력)에 연대에서 상환한다.

양국 전권대신이 서명 답인

대일본제국 전권판리대신 내각총리대신 종1품 훈1등 백작 이토 히로부미 인장

대일본제국 전권외부대신 종2품 훈1등 자작 무쓰 무네미쓰 인장

대청제국 흠차두등전권대신 태자태부 문화전태학사 북양통상대신 직예총독 1등수의 백작 이홍장 인장

대청제국 흠차전권대신 2품 전출사대신 이경방 인장

메이지 28년(1895) 4월 17일

광서 21년(1895) 3월[225] 23일(양력 4월 17일)

225) 원문에는 4월로 기록되어 있으나 조판 상의 오류로 보여 3월로 바로 잡는다.

시모노세키 조약

(13) 평화조약에 첨부한 조항

대일본제국 정부와 대청제국 정부에서 오늘 서명 날인 한 조약 중 앞으로 해석상의 문제로 시비가 발생할 가능성을 예방하기 위해 양국 전권대신이 별도의 조목을 첨부한다.

첫째, 평화조약 내용은 영어로 기재하고 일본 국문과 한문으로 비교하여 해석상의 문제가 야기되지 않도록 한다.

둘째, 앞으로 양국이 일본어로 번역하는 과정에서 상호 의견이 다를 경우 영어로 작성된 조약문을 근거로 한다.

이 뜻을 위하여 양국 전권대신이 서명 답인

(14) 평화조약을 체결하기 전에 맺은 휴전조약

평화 협상의 진전이 불미스러운 사건(이홍장이 일본 청년에게 저격을 당한 사건)으로 중단되었음을 고려하여 일본 황제 폐하께서는 제국의 전권변리대신에게 일시적인 휴전에 동의하라는 지시를 내리셨다. 그에 따라 황제 폐하의 전권대신인 내각총리대신 이토 히로부미 백작과 외무대신 무쓰 무네미쓰 자작은 대중국 흠차변리대신인 직예총독 이홍장 백작과 다음과 같은 협정을 체결한다.

첫째, 일본 정부와 청국 정부는 본 협정의 조항에 따라 양국의 육군과 해군이 봉천과 직예, 산동 지방에서 휴전을 선언하는 것에 동의한다.

둘째, 이 협약에 따라 전투 중지 명령을 받은 병력은 현재 자신들이 점령한 전 지역에 대한 소유권을 유지할 권리를 갖게 될 것이다. 이를 조건으로 본 협정이 유지되는 기간에는 어떠한 상황에서도 상기 지역을 넘어서는 어떤 진격도 절대 수행하지 않는다.

셋째, 일본과 중국 정부는 본 협정이 효력을 발휘하는 기간 동안에는 공격 목적에서든 수비 목적에서든 어느 편도 전장에서 군대를 늘리지 않으며 지원군을 파견하거나 어떤 방식으로든 전투력을 증강하지 않기로 합의한다. 그럼에도 양국 정부의 권한 범위 내에서 군대의 재배치나 이동은 이루어질 것이다. 단 그 같은 재배치나 이동이 전장에 실제로 투입되는 군대를 증강하기 위한 의도가 아니라는 전제에서만 허용된다.

넷째, 상해에서 전시에 밀수품을 운송하는 자는 국제법에 따라 독일 국적 선박과 같이 취급하여 포획한다.

다섯째, 일본과 청국 양국 정부는 서명한 날로부터 21일간 본 협정에 따라 합의된 휴전을 실행하는 데 동의한다. 현재 양국 군대가 점령했으나 전신을 통한 통신 가능 범위에 속하지 않는 지역에 대해서는 전투 행위를 중단시키기 위한 명령을 신속하게 전달할 방안이 채택될 것이다. 양국 군대를 지휘하는 장교들은 그 같은 명령을 수령하는 즉시 그 사실에 대한 상호 정보를 교환하고 즉시 휴전한다.

여섯째, 이 휴전협정의 효력은 메이지 28년 4월 20일[226] 즉 광서 21년 3월 26일 정오에 종료된다. 하지만 협정 기한 종료 이전에 평화협상이 결렬되면 본 협정도 동시에 종료된다.

메이지 28년(1895) 3월 30일[227]

광서 21년(1895) 3월 5일 시모노세키 조약

(15) 평화조약 체결 후 일본이 점령했던 청국 봉천성 남쪽지역 반환 조약

일·청 양국 황제가 강화조약을 체결하기 위해 봉천성 남쪽지역을 청국에 반환하는 문제와 관련하여 일본 천황은 이토 히로부미를, 청국 황제는 이홍장을 전권대신으로 삼아 각각 소지한 공문을 확인한 후 조약을 체결한다.

첫째, 일본이 시모노세키에서 체결한 평화조약 둘째 조목 중 청국이 할양한 봉천성 남쪽 각 지방과 여러 섬을 청국에 반환하고, 원 조약문 중 셋째 조목과 육로 통상 규정에 관계되는 내용은 모두 파기한다.

둘째, 청국은 봉천성 남쪽 지방을 돌려받는 대신 은자 3만 량을 일본에 추가로 지불하되, 기한은 메이지 28년(1895) 11월 8일, 광서 21년 9월 21일까지로 한다. 또 선착장과 그 밖의 관청 소유 물건을

---

226) 원문은 4월 28일로 기록되어 있으나 조판 상의 오류로 보여 4월 20일로 바로 잡는다..

227) 원문은 10월 30일로 기록되어 있으나 조판 상의 오류로 보여 3월 30일로 바로 잡는다.

일본군이 함부로 파괴하거나 옮겨가지 못하며, 일본군이 철수할 때 일본 공사가 청국 정부에 조회하여 청국 위원이 영토를 돌려받는다.

셋째,[228)]

넷째, 청국 정부는 일본인에게 협력한 청국 사람을 학대하지 않는다.

다섯째, 청국이 둘째 조건에 기록한 돈을 기한 내에 상환하지 못하면 그 지방에 주둔하고 있던 일본군의 전후(戰後) 경비를 청국 정부에서 전액 부담한다. 만약 상환금을 기한 내에 전액 상환했음에도 불구하고 일본군이 철수하지 않으면 일본이 매 3개월마다 5%씩 이자를 계산하여 청국에 지불한다.

여섯째, 이 조약을 일본이 일본어와 한문과 영어로 각각 두 부씩 번역하여 일·청 양국이 가지고 있다가 해석상의 문제가 발생할 경우 영어를 원문으로 삼는다.

일곱째, 이 조약은 청국과 일본 두 황제의 재가를 받아 21일 내로 북경에서 상호 교환한다.

메이지 28년 11월 8일.

광서 21년 9월 22일.

(16) 일본 천황의 평화조약 체결 관련 담화문

짐이 즉위한 이후 항상 평화를 유지하기 위해 노력해왔는데, 갑자기 청국과 시비가 발생한 것은 전혀 생각지 못했던 일이다. 다행히

228) 원문에 셋째 조항의 구체적인 내용이 등장하지 않는다.

여러 대신과 관리들이 힘을 다하여 대책을 세우며 전쟁 준비를 하여 국정을 돌보며 백성을 편안하게 하는 각종 중대한 사건에 부족함이 하나도 없었다.

우리 해군과 육군의 군사들은 풍한서습(風寒暑濕: 바람과 추위와 더위와 습기)을 무릅쓰고 재난을 두려워하지 않아 가는 곳마다 백전백승했다. 백성들의 충성스러운 마음과 용맹 없는 이런 결과를 가져오기 어려웠을 것이다. 짐이 이 점을 심히 고맙게 여기는 바이다.

이제 사이가 좋아졌고 휴전 기한도 정했으니 백성들은 앞으로 나라의 발전을 위해 더욱 노력해주기 바란다. 앞으로는 청국을 원수로 삼아서는 안 될 것이다. 그리고 청국이 우리에게 시비한 것을 후회하여 지극한 정성으로 화친을 요구하니 우리나라가 더욱 영광스럽다.

혹시라도 우리 백성이 전쟁에서 승리한 덕에 교만한 마음이 생겨나 이웃 나라를 업신여길 경우 두 나라 외교관계에 해가 될 수 있음을 우려한다. 앞으로는 타인에게 공손한 마음을 가지고 제반 규정을 지키며, 분수를 넘지 말고, 순응하는 마음을 더더욱 발전시켜 나가기를 바라노라. 청국이 우리나라와 평화조약을 체결한 후 우리와 외교관계를 돈독히 하고 더욱 친밀한 정을 쌓아갈 것이니 지난 허물을 다시 들추어낼 필요는 없을 것이다. 우리 백성들아. 짐의 뜻을 힘써 받들라.

메이지 28년(1895) 3월 ○일[229]

---

229) 원문에 날짜가 누락되어 있다.

08
일본이 **요동반도**를 청국에 반환한 후 **발표한 담화문**

우리나라가 청국과 평화조약을 맺을 때 러시아, 프랑스, 독일 3국 공사가 사실관계를 확인한 후 "일본이 요동반도를 영원히 차지하면 동양의 평화가 유지되지 못할 것이니 신속히 청국에 반환해야 한다"는 입장을 밝혔다. 생각해보니 짐이 원래부터 평화를 애호하던 터에 이번에 청국과 잠깐 동안 전쟁을 했는데, 그 이유는 미래의 평화를 보전하기 위해서였다. 이제 러시아, 프랑스, 독일의 권유에 따라 요동반도를 청국에 반환하고 우리의 깊은 뜻과 예절을 세상에 알린다. 이로 인해 일·청 양국의 관계가 전보다 더욱 친밀해질 것이고, 각국 정부와 국민도 짐의 뜻을 이해하리라 믿는다.

메이지 28년 (1895) 5월 일

09
조선과 일본이 체결한 **임시조약**[230)]

광서 20년(1894) 7월 26일(양력 8월 26일) 일본 공사 오토리 게이스케가 조선 외부대신 김윤식과 회담하여 조약을 체결했다. 조약을 체결한 대일본 메이지 27년(1894) 8월 26일은 대조선 개국 502년 7월 26일이었다. 조선 정부가 일본 공사에게 부탁하여 조선 국경 내에 있는 청국 병력을 공격하여 물리친 후 조·일 양국이 전쟁 수행과 대조선의 보호를 위해 마음과 힘을 합치고자 하는 바 두 정부에서 각각 대신을 한 사람씩 보내 세 가지 조목을 정했다.

첫째, 이 맹약은 청국 병력을 조선의 국경 밖으로 철퇴시켜 조선의 독립 자유를 공고하게 하고, 조·일 양국의 이익을 증진함을 목적으로 한다.

둘째, 일본은 청국에 대하여 공수(攻守)의 전쟁에 임하고, 조선은 일본의 운송과 군량, 음식 등의 준비를 위해 모든 편의를 제공한다.

---

230) 정식 명칭은 대일본대조선 양국 맹약이다.

셋째, 이 맹약은 청국과 평화조약을 맺을 때까지 철폐하지 않는다.

10
청국 북양함대 제독 **정여창의 최후**

(1) 일본 연합함대 사령관 이토 스케유키가 정여창에게 보낸 항복 권유 편지[231)]

대일본 해군 총사령관 중장 이토 스케유키는 대청국 북양해군 제독 정여창 장군에게 삼가 편지를 보냅니다.

세상의 운세가 변하여 제가 각하와 전장에서 서로 싸우게 되었으니 참으로 불행한 일입니다. 오늘의 일은 나라와 관련된 문제일 뿐, 개인적 감정에 얽힌 싸움이 아니라는 점은 각하께서도 잘 알고 계실 것입니다. 따라서 우리 두 사람의 우정은 전과 다를 바가 없이 뜨겁다는 점을 전합니다. 그러므로 이 글이 제가 각하에게 항복을 권유

231) 이 편지는 1895년 1월 25일 이토 스케유키 사령관이 위해위와 유공도를 포위한 다음 정여창 제독에게 항복을 권유하기 위해 보낸 것으로, 영국 전함 세번(Severn)호가 편지를 전달했다.

하는 것이 아님을 아실 것입니다.

그런데 세상일이라는 것이 항상 직접 그 일을 맡아보는 사람이 오히려 실정에 어둡다고, 일을 당한 자의 의견이 판 밖에서 보는 자의 생각만 못한 법이라 생각됩니다. 제가 감히 성심으로 한마디 조언을 드리니 각하께서 깊이 헤아려주시기를 바랍니다.

지금 청국 해군과 육군이 교전할 때마다 연전연패하여 낭패를 당하고 있는 것은 각하의 잘못이 아닙니다. 그것은 청국이 과거의 법과 제도만 굳게 지키고 새로운 문명을 받아들이지 않았기 때문입니다. 청국은 글로만 과거를 보아 인재를 선발하기 때문에 정권을 잡은 대신과 조정의 모든 관리들은 모두 문학에만 힘쓴 사람들입니다. 사정이 이렇다보니 과학기술이라든가 국가 운영에 필요한 실사구시의 학문을 배울 기회가 전혀 없었을 것입니다. 불과 30년 전에는 우리나라도 오늘의 청국 비슷하게 위태로웠던 형편이었음을 각하께서도 잘 알고 계실 것입니다.

이런 형편에서 일본은 과거의 제도를 모두 뜯어고치고 새로운 법을 받아들여 오늘날 부강의 기초를 이루었습니다. 귀국도 하루빨리 과거의 제도와 습속을 버리고 새로운 문물과 과학기술을 받아들여 조속한 시일 내에 변혁을 이루시기를 기대합니다. 그렇지 않으면 멸망만이 기다리고 있을 뿐입니다. 우리나라에서는 이 사실을 깨달았기 때문에 개전(開戰)하기 전부터 이미 귀국이 패할 것이란 사실을 어느 정도 예상하고 있었습니다.

신하가 되어 나라의 운명이 어려움에 빠졌을 때 끝끝내 고집하며 목숨을 버리면 나라의 은혜를 갚았다고 하겠습니까? 제가 각하를 위해 감히 한 말씀 드리면 잠시 우리나라에 항복했다가 앞으로 귀국이 중흥할 때를 기다려 진충보국(盡忠報國: 충성을 다하여 나라가 베푼 은혜에 보답함)하는 것이 옳다고 생각합니다. 귀국의 역사 기록 중에도 잠시 수치를 참았다가 나중에 큰 뜻을 이루어 국가의 치욕을 씻고 명예를 되찾는 데 공을 세운 인물들이 많습니다.

프랑스의 전 대통령 마크마옹(MacMahon)[232]이 독일에 항복했다가 후에 본국으로 돌아가 정부를 도와서 정치를 개혁하자 프랑스 백성들이 수치로 여기지 않았을 뿐만 아니라 새 대통령으로 받들었습니다. 터키의 오스만 파샤(Osman Pasha)[233]는 플레브나 전투에서 패하여 포로가 되었다가 얼마 후 본국에 돌아와 국방부장관에 임명되어 군사제도를 고쳐 큰 공을 세웠습니다.

각하께서 뜻을 굽혀 일본으로 오시면 우리 대황제 폐하께서 넓은

232) 마크마옹(1808~1893)은 프랑스의 육군 원수, 제3공화정의 2대 대통령를 지냈다. 이탈리아의 마젠타에서 대승을 거두어 '마젠타 공'이라는 작위를 받았다. 보불전쟁 때 알자스에서 제1군을 지휘했으나 작전에 실패했고, 1870년 9월 세당 근처에서 중상을 입고 포로가 되었다. 1871년 3월 파리 코뮌에 대항하여 베르사유 정부군의 총사령관으로 복귀하였으며, 코뮌을 궤멸시켰다. 1873년 5월 왕당파의 추대로 티에르에 이어 제3공화정의 2대 대통령에 올랐다. 1875년 헌법제정을 거쳐 7년제 대통령 임기를 실현시켰고, 1879년 정계를 떠났다.

233) 오스만 누리 파샤(Osman Nuri Pasa: 1832~1900)는 오스만 제국의 전쟁 영웅으로써 네 차례에 걸쳐 육군 대신을 역임했다. 크림 전쟁에 참전하여 크레타, 레바논, 예멘, 불가리아 등지에서 공을 세워 '파샤'라는 칭호를 얻었다. 1877년 오스만 누리 파샤는 요충지인 플레브나에서 불과 5,000여 명의 병력으로 러시아의 10만 대군과 맞서 싸워 러시아군 2만 여 명을 사상하는 등 5개월 간 악착같이 방어하다가 보급품과 식량이 다 떨어지자 항복했다. 포로 생활을 하다 전쟁이 끝난 뒤 이스탄불로 송환되어 가지라는 칭호를 받았다.

도량으로 각하를 지극히 우대하실 것입니다. 우리 황제 폐하는 신민 중에 반역을 꾀한 자도 죄를 용서하시는 분입니다. 지금 해군 중장 에노모토 타케아키(榎本武揚)[234]와 추밀원[235] 고문관 오토리 게이스케[236] 등 여러 신하는 다 그 재주를 높이 평가하고 관리에 임명하여 공신이 된 사람들입니다. 이처럼 황제와 신하 간의 우애와 정이 두텁고 예우가 융숭합니다. 더욱이 각하는 일본의 신민도 아니요, 또 명예가 세상에 널리 알려진 분이니 극진하게 예우할 것이 분명합니다.

지금 제독께서 급히 결정을 해야 할 일이 두 가지가 있습니다. 계속해서 과거의 전통과 인습과 제도에 얽매어 있다가 점점 나약해져 결국 스스로 죽음에 이를 것인가, 아니면 지금이라도 힘을 비축하여 후일에 큰 뜻을 이룰 것인가 입니다. 제가 보내는 이 편지는 우리의 우정을 생각하여 지극한 정성을 다해 드리는 것입니다. 저의 정성을 받아들여 자세한 회신을 주시면 뜻을 이룰 수 있는 방법을 알려드리겠습니다.

메이지 28년(1895) 1월 23일

---

234) 메이지유신 이후 천황군은 도쿠가와 막부에 권력을 내놓을 것을 요구했으나 막부파가 이를 거절, 1868년 전쟁이 벌어졌다. 막부의 도쿠가와 요시노부 쇼군은 천황군에게 패퇴했는데, 막부파의 제독 에노모토 타케아키(榎本武揚)가 이끄는 해군의 일부는 쥘 브뤼네(Jules Brunet)가 지휘하는 수 천 명의 프랑스 병사 및 군사 고문들과 함께 홋카이도로 도주했다. 에노모토 다케아키 제독은 현지 원주민 아이누족과 연대하여 1868년 12월 15일 에조공화국을 선포하고 저항하다 1869년 천황군에게 항복했다.

235) 일본의 구헌법 시대 24명으로 구성된 천황의 자문기관.

236) 오토리 게이스케는(1833~1911)는 1867년 대정봉환(大政奉還) 때 정부에 대항해 싸우다가 투옥되었으나 출옥 후 다시 관직에 기용되었고, 1894년 청일전쟁 발발 당시에는 조선 공사로 재직했다.

이토 스케유키

(2) 정여창이 이토 스케유키 사령관에게 보낸 답신

함대 총사령관 이토 스케유키 각하에게.

면직을 당하고 아직 사무를 보는 정여창은 이토 스케유키 사령관께 회답합니다. 원래 나의 뜻은 전장에서 함정과 병력이 최후의 한 사람에 이를 때까지 전투를 계속하는 것이었습니다. 그러나 결연히 싸웠지만 배가 침몰하고 부하들이 수없이 죽임을 당하는 상황에서 이제 나는 항전을 포기하고 부하의 목숨을 구하기 위해 전투 중지를 요청하기로 결심했습니다.

나의 요청이 받아들여진다는 전제 아래, 즉 중국인과 외국인 가릴 것 없이 육군과 해군에 관계된 모든 사람의 목숨이 아무런 해를 입지 않고 그들의 고향으로 돌아가도록 허용된다는 전제 하에 위해위 항구에 있는 전함과 유공도 요새에 있는 포대와 무기 장비를 다 귀국에게 양도할 것입니다.

이 요청이 받아들여질 경우 영국 해군 함대 총사령관이 보증인이 될 것입니다. 제안을 제출하며 신속한 회신을 기대합니다.

광서 21년(1895) 1월 18일(양력 2월 12일)

북양 수사 제독 정여창

(3) 이토 스케유키 사령관이 정여창 제독에게 다시 보낸 편지

북양함대 총사령관 정여창 각하에게 답장을 보냅니다.

각하께서 살아 있는 사람들의 목숨을 구하기 위해 전투를 중지한다 하셨으니 내일 함정과 무기와 포대, 요새 모든 군수품을 인수할 준비를 마쳤습니다. 양도 작업이 모두 완료되면 우리가 별도로 함정 한 척을 준비하여 귀국의 장교와 병사들을 귀국으로 돌려보낼 것입니다.

다만 한 가지 점에 대해 의견을 피력하고자 합니다. 최근 보냈던 편지에서 삼가 제안한 바와 같이 각하 신상의 안위와 장래 귀국의 이익을 위하여 각하가 잠시 우리나라에 머무르다 훗날 양국이 평화조약을 체결한 후 돌아가시는 것이 좋겠습니다.

각하의 명예는 이미 널리 알려져 있어 항상 존경해오고 있었기 때문에 각하의 약속을 절대적으로 신뢰하고 있습니다. 영국 해군 총사령관이 이 협정의 보증인 역할을 수행하게 될 것이라는 제안은 전적으로 불필요하다고 생각합니다. 뜻하신 바를 신속히 시행할 것을 요청드립니다.

메이지 28년(1895) 2월 12일.

대일본 제국 함대 총사령관 이토 스케유키

(4) 정여창 제독이 이토 스케유키 사령관에게 다시 회답한 편지

총사령관 이토 스케유키 각하께.

각하의 편지 내용 중 내일 무기와 포대와 군함을 다 일본으로 보내라 했는데, 시간이 너무 촉박하여 실행이 어려울 듯합니다. 음력 정월 22일(양력 2월 16일)부터 유공도에 있는 포대와 무기, 군함 등을 차례로 헤아려 받으시길 원합니다.[237)]

237) 정여창 제독은 이 편지와 함께 이토 스케유키가 보내온 선물에 대해 "각하가 보내 준 선물에 대한 감사도 표하지 않을 수 없습니다. 하지만 양국 사이에 전쟁 상황이 지속되고 있어 이를 받아들이기 곤란합니다"라고 예를 표하고 세 묶음의 선물을 되돌려 보냈다.

11
청일전쟁 전후의 동북아 정세분석

(1) 조선 대군주(고종) 폐하께서 종묘에 맹서하며 고하신 글(홍범 14조)[238]

세차 개국 503년 12월 12일에 조선시왕은 감소고우(敢昭告于: 감히 밝게 아뢰옵니다).

황조 열성의 신령 전하노니 소자 짐이 어려서부터 역대 조상님들의 지대한 기업을 받들어 지킨 지 지금까지 31년, 항상 하늘을 두렵게 섬겨 왔습니다. 역대 조상님들께서 도와주신 덕에 여러 번 어려운 일을 만났으나 선대로부터 물려받은 사업을 그치지 아니했으니

238) 고종은 1895년 1월 7일 대원군과 왕세자, 종친과 군신을 거느리고 종묘에 나가 나라의 자주독립을 선포한 '독립서고문'을 낭독하고 '홍범洪範) 14조'를 선포했다. 이것은 주한 일본공사 이노우에와 내부대신 박영효의 권고에 따른 것이다. 홍범 14조는 우리나라 최초의 근대적 정책백서인데 일본의 간섭 아래 작성된 것이라서 완전한 자주적 개혁으로 보기는 어렵다.

이 어찌 소자 짐이 천심을 받들어 된 것이라 하겠습니까. 역대 조상님들의 신령이 권유하고 붙드신 까닭입니다.

우리 조상께서 국가 기업을 날로 더 번창하게 하시고 우리 뒷사람을 도우시어 503년을 지내고 짐의 대에 이르러 시운이 변하고, 문화와 문물이 열려 이웃 나라가 이끌어주었습니다. 조정의 의견이 합쳐져 자주독립의 기초를 세워 우리 국가를 영원히 굳게 지키자고 합니다. 짐 소자 감히 하늘이 주는 좋은 기회를 따라 역대 조상님들로부터 물려받은 사업을 보존할 것이며, 더욱 분발하여 선인의 공덕을 빛내도록 노력하겠습니다.

지금 이후로는 다른 나라에 의존하지 않고, 나라의 기운이 융성하며 신민이 복되고 영화로운 삶을 누려서 자주 독립의 기초를 완전하게 하고자 합니다. 과거의 관습에 구애 받지 않고 편안한 방법에 빠지지 않으면서 역대 조상님들의 뒤를 잇고, 세상 형편을 살펴 내정을 고치고 폐단을 바로잡기 위해 짐 소자가 홍범 14조를 들어 하늘에 계신 우리 조상님들의 신령께 맹서하여 알립니다. 역대 조상님들이 주신 큰 공에 힘입어 감히 어기지 말고 능히 공을 세우게 하여 주시기를 바라나이다. 관심을 가지고 자세히 지켜봐 주시옵소서.

1. 청에 의존하는 생각을 버리고 자주 독립의 기초를 세운다.

2. 왕실 전범(典範)을 제정하여 왕위 계승의 법칙과 종친과 외척과의 구별을 명확히 한다.

3. 임금은 각 대신과 의논하여 정사를 행하고, 종실(宗室), 외척의 내정 간섭을 용납치 않는다.

4. 왕실 사무와 국정 사무를 나누어 서로 혼동하지 않는다.

5. 의정부(議政府) 및 각 아문(衙門)의 직무, 권한을 명백히 규정한다.

6. 납세는 법으로 정하고 함부로 세금을 징수하지 않는다.

7. 조세의 징수와 경비 지출은 모두 탁지아문(度支衙門)의 관할에 속한다.

8. 왕실의 경비는 솔선하여 절약하고 이로써 각 아문과 지방관의 모범이 되게 한다.

9. 왕실과 관부(官府)의 1년 회계를 예정하여 재정의 기초를 확립한다.

10. 지방 제도를 개정하여 지방 관리의 직권을 제한한다.

11. 총명한 젊은이들을 파견하여 외국의 학술, 기예를 견습시킨다.

12. 장교를 교육하고 징병을 실시하여 군제의 근본을 확립한다.

13. 민법, 형법을 제정하여 인민의 생명과 재산을 보전한다.

14. 문벌을 가리지 않고 널리 인재를 등용한다.

(2) 한·청·일 3국 전쟁의 원인에 대한 분석 (알렌·채이강)

청국은 땅이 무한하게 넓고 인구가 많은 대국이고, 일본은 떠오르는 태양처럼 새로 일어서는 나라다. 반면에 조선은 어리석고 겁이 많으며 줏대가 없고 이민족에게 눌려 사는 것을 당연하게 여기는 속국이다. 이번에 동학당이 난리를 일으켜 조선 정부가 청국에 구원병을 요청하자 청국이 즉각 조선에 군사를 보내 난리를 평정했다. 그러자 일본도 "우리는 청국과 맺은 조약이 있다"면서 자신들도 군대를 조선에 파병했다.

동치 19년(1880) 계유년에 일본이 청국에 사신을 보내 조선이 청국의 속국인지 아닌지를 물었다. 이 질문에 대해 어떤 대신이 "조선 내정에 대해서는 본래 우리나라에서 관여하지 않는다"고 답했다. 청국에서 무슨 일이 벌어질까 두려워하여 그렇게 대답을 하였으나 오히려 일을 크게 만들고야 말았다.

광서 2년(1876) 정월에 일본은 조선과 조약[239]을 맺었는데, 그 첫 조목에 조선은 자주국이므로 일본은 조선을 자주국과 동등하게 대접한다고 했다. 그 조약문에 청국이 간섭한다는 구절은 단 한 글자도 들어 있지 않았다. 후에 영국, 미국, 프랑스, 독일 등 여러 나라도 조선과 조약을 맺고 공사를 파견하여 통상교제를 한다고 하였으나 청국의 간섭은 일체 없었다.

광서 11년(1885)에 오대징(吳大徵)과 속창(續昌) 두 대신이 일본과 조약을 맺어 앞으로 조선에 문제가 발생하여 청·일 양국 중에 한 나라가 군사를 파병할 때는 이 사실을 상대국에 알려야 한다고 정했다.[240] 이 조항을 근거로 청국이 동학란을 진압하기 위해 파병하자 일본이 기회를 잡아 재빨리 군사를 보내 조선에 돌입하였다.

이번 사건은 청국이 겉으로는 세계 각국에 조선이 독립국이라고

239) 조선이 개국을 하게 되는 강화도조약.

240) 1885년 체결한 천진조약을 말함.

선언했지만 말과는 달리 조선의 독립을 허락하지 않아 시비의 원인을 제공한 것이다. 심지어 조선 내정은 폐단에 대해 오랫동안 귀에 젖고 마음이 상하도록 들었는데, 조선에 주재하는 한 서양 명사의 편지를 보니 그 글의 내용이 다음과 같았다.

"조선은 아시아 동쪽에 위치하고 있어 큰 강과 웅장한 산은 없으나 3면이 바다로 둘러싸여 어자원이 풍부하고 8도에 산이 많아 석탄과 금·은·동·철 같은 지하자원이 풍성하다. 날씨는 화창하고 기온이 사람 살기에 적당하며, 토지는 기름져 옥토가 사면에 가득하다. 지형이 험해 나라를 지키기 편하니 진실로 하늘이 만든 나라라는 생각이 들 정도다.

그러나 불행하게도 수십 년 간 조정의 령(令)이 조변석개(朝變夕改)하여 백성이 도탄에 빠지고 내란이 쉴 새가 없으며, 외국으로부터 근심과 재앙이 목전에 닥쳐 민심을 잃었으니 산천의 험준함과 성곽의 견고함도 믿을 수 없다. 조선의 부패한 정치를 분석해보면 다음과 같이 말할 수 있다.

첫째, 환관과 척신(戚臣)세력이 권력을 제 마음대로 휘두르고 있다. 외척과 내시가 서로 패당을 지어 그 힘만 믿고 아첨과 뇌물로 임금의 총애를 얻어 몸을 살찌우니 충성스럽고 지혜로운 신하들의 앞길이 막히고 상벌의 기강이 문란해졌다. 벼슬하는 자들은 인재를 등용할 때 뇌물을 많이 바치는 자들만을 등용하여 탐관오리가 전국에 가득하다. 나라의 관리는 백성의 부모라 하나 실상은 나라와 국민에게 끼치는 해악이 강도보다 더 심하다.

그들은 입으로는 공자와 맹자의 글을 읽고 있으나 정사를 펼치는 모습을 보면 뱀과 전갈 같은 독을 백성에게 내뿜고, 아침저녁으로 탐욕을 부리면서도 늘 부족하다고 아우성이다. 실정이 이렇다보니 부자는 점점 가난해지고, 가난한 자는 아예 구렁에서 벗어날 수 없게 되었다. 생계수단이던 농업과 상업을 전폐하고, 할 짓이라고는 도둑질뿐이니 벌이 번성하듯 도둑의 무리가 일어났다.

관직에 있는 자들은 오로지 사형으로 다스리는 것만을 최고로 여기며 위세를 드러냈다. 가슴에 맺힌 원한을 풀어버릴 길이 없는 힘없는 백성의 원통함은 산같이 쌓였고, 민심마저 등을 돌려 사방에서 무리를 지어 패거리를 만드는데 하나가 부르면 100여 명 씩 따라나섰다. 수가 적은 무리들은 마을을 공격하여 인가를 노략질하고, 큰 무리들은 고을을 습격하여 관장을 살해했다. 이런 백성을 '역적의 도당'이라고 책망하는 자는 썩은 무리들의 정신 나간 주장이다.

천하의 도리로 말하자면 제왕으로부터 아전에 이르기까지 백성 위에 있는 관료 제도는 모든 백성을 위해 만든 것이다. 백성은 제왕과 관리를 위해 존재하는 것이 아니기 때문에 비록 제왕이라 하더라도 밤낮으로 언행을 조심하여 백성의 생명과 재산을 보호 하고 학정을 펼쳐서는 안 된다. 제왕의 처신이 이럴진대 그 아래 관리들이야 말해 무엇 하겠는가.

탐관오리는 천지의 신령과 사람들이 함께 분노하는 존재이니 그들을 죽인다 해서 슬퍼할 사람은 없을 것이다. 사정이 이러함에도 조선의 문제를 거론하는 자가 탐관오리들의 죄는 묻지 않고 오히려 탐관오리의 편에 서서 무작정 의병을 일으킨 백성만 책망하면 이는 걸주(桀紂: 중국 하나라의 걸왕과 은나라의 주왕)를 도와 학정을 저지르라고 부추기는 것이나 다름없다.

둘째는 재정이 대단히 부족하다는 점이다. 오래 전부터 조선에서는 세금을 징수하는 법이 있으나 실상은 쓸 데 없는 문구치레뿐이다. 탐욕스러운 지방 관리가 자기 멋대로 세금의 액수를 늘이고 줄여 권력 있는 자는 재산이 많아도 세금은 적게 낸다. 반면에 형편이 어려워 의지할 곳이 없는 자들에게는 욕심껏 가혹하게 세금을 부과하는 바람에 풍년이 들어도 백성들은 배고픔과 목마름을 면치 못하고, 한번만 흉년이 들면 이들은 굶어죽는 것 외에 다른 방법이 없다.

매관매직한 지방 관리들이 근무지에 도착해도 급여가 몹시 적기 때문에 그들의 월급만 가지고는 생활을 지탱할 수도 없을 뿐만 아니라, 뇌물로 바친 빚을 갚을 수도 없다. 그러니 백성의 재물을 착취하여 뇌물로 들어간 비용을 회수하려고 하는 것 또한 부득이한 일이다. 이렇게 뇌물을 바치고 벼슬자리를 얻은 자가 전국에 헤아릴 수 없으며, 이런 관리들의 능력은 한심한 수준이라서 장점은 한 가지도 없고, 하는 일도 없이 백성의 피만 빨아먹고 살 뿐이다.

셋째는 형벌이 너무나 가혹하고 끔찍하다는 점이다. 조선 법률은 청국과 비슷하지만 그 참혹함이 더욱 심하다. 조선의 벼슬이 높은 관리들은 물론 미관말직(微官末職)에 이르기까지 모두 사람을 살리고 죽일 수 있는 권리가 있어 신분이 낮은 무리들은 아무리 억울해도 호소할 곳이 없다. 또 공초(供招: 죄인이 범죄 사실을 자세히 말하는 일) 받는 법이 있어 죄가 없는 사람이라도 한번 걸려들면 온갖 고문으로 허위자백하게 만들어 그 참혹함이 차마 눈물을 금치 못하게 한다. 그 중에서도 국법을 어긴 자는 부모처자와 친척까지 잡아 죽이니, 옛 법에 소위 삼족(三族)[241]을 멸한다, 구족(九族)[242]을 멸한다 하던 것을 지금 다시 보고 있다.

법률이 이토록 공평하지 못하면서도 오히려 '예의지국'이라 스스로 자화자찬하니 얼굴이 뜨겁게 달아오를 지경이다. 조선인이 말하기를 송나라, 명나라 때 썩은 선비의 책이나 몇 권 읽고서 자칭 '예의지국'이라 하는 자는 '인간지옥에서 사는 사람'이라고 한다. 이 말이 조금 과격한 듯 하지만 실상은 우리에게도 해당되는 말이다.

넷째는 군법이 심각하게 해이해졌다는 점이다. 본디 조선에도 전쟁에 대한 대비가 있지만 훈련제도와 무기는 모두 오래된 것이다. 또 군기가 엄격하지 못해 군사가 백성의 재물을 함부로 빼앗고 힘을 믿고 악행을 저질러 힘없고 가난한 백성을 해치다가 갑자기 총소리 한 번 들리면 무기를 버리고 무리를 지어 도망친다. 손빈(孫臏)[243], 오기(吳起)[244]의 병서만 읽을 줄 알면 장수로 임명한다. 이런 군사와 장수를 동원하여 내란을 평정하며, 외적을 막으려는 것은 양을 몰아

241) 부계, 모계, 처계를 말함.

242) 고조, 증조, 조부, 부, 자기, 아들, 손자, 증손, 현손까지의 동종 친족을 이르는 말.

243) 중국 전국시대 제나라의 장군. 기원전 367년경 위나라와 싸워 크게 이겼으며, 기원전 353년에 조나라를 도와 위나라를 격파했다.

244) 중국 전국시대 위나라의 장군. 사령관의 신분이었음에도 불구하고 병사들과 똑같은 옷을 입고 똑같은 식사를 했으며 군을 지휘할 때도 말을 타고 다니지 않았다. 어느 병사의 몸에 종기가 나자, 장수는 몸소 그 고름을 입으로 빨아주었다고 한다.

이리떼와 싸우려는 꼴이나 다름없다.

다섯째는 교육이 부족하다는 점이다. 사람은 모두 평등하게 태어났으므로 왕후장상(王侯將相: 왕과 제후, 장수와 재상)의 씨가 따로 있지 않다. 그러나 예전부터 내려오는 조선의 낡은 풍습은 양반과 중인 상놈으로 구분해 놓고 관직과 권세는 모두 양반이 장악했다. 그 중에 불행히도 상놈으로 태어난 자는 비록 맹자와 순경(荀卿: 순자)[245]의 덕행이나 관중(管仲) 안자(晏子)[246]의 재주가 있어도 관직에 오르지 못한다.

그러므로 양반의 자제들은 글 읽기를 우습게 여기면서 "나는 양반의 자식이다. 내 평생 부귀는 쥚어지고 있으니 글은 읽어서 무엇 하겠는가"라고 말한다. 상민은 서로 말하기를 "우리는 아무리 재주가 많아도 부귀영화는 감히 바랄 수 없으니 글을 배워 어디에 쓰겠는가" 라면서 하면서 공부에 힘을 쓰지 않는다.

그 중에 글자나 읽는다 해도 평생 보는 것이 사서삼경(四書三經)이요, 짓는다는 것은 시부표책(詩賦表策)[247] 뿐이다. 그러니 천문, 지리, 산술, 농업, 상업 등 부국강병에 필요한 학문은 이름도 들어보지 못하다 조정에 들어가 임금을 돕고 백성을 다스릴 때에는 당황

245) 중국 전국 시대 조(趙)나라의 사상가(BC 298~BC 238). 이름은 황(況)이다. 예의를 가치 기준으로 인간의 성질을 교정할 것을 주장하고 맹자의 성선설(性善說)에 대항하여 성악설(性惡說)을 주장했다. 저서에 『순자』(荀子)가 있다.

246) 관중(管仲)과 더불어 춘추시대를 대표하는 두 명의 명재상(名宰相) 중의 한 사람. 그의 말솜씨는 유머와 비유에 근본을 두고 남에게 상처를 주지 않으면서도 바른 길로 인도하는 천하 제일의 설득가였다. 『안자춘추』라는 책을 남겼다.

247) 시(詩), 부(賦), 표(表), 책(策)을 이르는 말.

하여 어쩔 줄을 모르고 갈팡질팡한다. 일의 앞뒤가 어디인지 분간도 못하는 고관대작들의 모습을 보면 도적과 형제간이나 다름없으니 나라를 잘 다스리고 백성을 평안하게 하는 일에 무슨 희망인들 있겠는가."

그 친구의 편지 사연은 과격한 표현이 더러 있으나 헛된 말은 아닌 것 같다. 이때를 당하여 청국이 대신 나서서 온갖 노력을 하여 조선의 국정을 바로잡았더라면 조선은 거꾸로 매달려 있다 풀려나는 것 같은 기쁨이 있었을 것이며, 일본은 핑계 댈 말이 없었을 것이다. 불행히도 국정을 바로잡지 못하고 청국 군사가 파병되자 조선에 주재하는 일본 공사가 조선 국왕에게 글을 올렸다. 그 글의 내용은 다음과 같다.

"일본 사신 오토리 게이스케가 삼가 임금에게 아룁니다. 최근에 남쪽 지방 백성이 임금의 명을 받든 관리에게 항거하자 중앙에서 병사들을 보내 토벌하다가 성공하지 못할까 염려하여 이웃 나라에 구원병을 청하셨습니다. 우리 정부에서 이 중대한 소문을 듣고 사신을 보낼 때 황제 폐하께서 '군사를 동원하여 공사관과 상인을 보호하고, 귀국과의 그 동안의 정을 생각하여 만약 원하는 것이 있으면 작은 도움이라도 주어 이웃 간의 정을 더욱 친밀하게 하라'고 하셨습니다. 사신이 명을 받들어 서울에 도착하자 마침 전주에서의 난리가 평정되고 적당들이 흩어졌다고 합니다. 이것은 임금의 높은 덕이 지극하기 때문이라고 여기저기서 칭찬이 자자합니다. 우리 일본이 귀국과 같이 동양의 한 모퉁이에 있어 국경이 가까우니 서로 의지하는 것이 유리한 상황입니다. 지금 각국이 처한 형편을 살펴보면 정치, 교육과 법률 제정이나 농상공업이 모두 부국강병의 계책으로 삼고 재능을 드러내 세계가 문명을 다투고 있습니다. 이런 상황에서 과거의 전통과 방법만 고집하고 개혁 개방을 거부하면 어떻게 부강한 열국들의 틈에서 오래 살아남을 수 있겠습니까. 우리 정부에서 사신을 다시 임명하여 귀국 정부와 힘을 합쳐 나라를 부강하게 하고 국민을 평안하게 할 정치를 시행하여 이해가 걸려 있는 이웃 간에 서로 의지하는 관계를 맺어 끝까지 보호하고자 합니다. 폐하께서는 대신에게 명을 내려 사신과 함께 이 문제를 의논하도록 하면 우리 대황제의 지극하신 뜻을 어기지 않게 될 것입니다."

메이지 28년(1894) 6월 26일에 삼가 아뢰옵니다.

일본 사신은 다섯 사건에 26조목을 조선 정부에 보내며 정치를 고치라고 했다. 그 내용은 다음과 같다.[248)]

제1강령: 서울과 각 도, 각 군에 쓸 데 없는 벼슬자리는 다 없애

248) 동학농민운동을 저지하기 위해 청일 양국 군대가 파병되었다는 소식을 들은 동학군과 관군 지휘관 홍계훈은 전주화약을 맺고 해산했다. 이로 인해 양국은 더 이상 조선에 주둔할 필요가 없게 되었다. 청국은 일본에 공동 철병을 제안했으나 일본은 양국 공동으로 조선의 내정(內政)을 개혁하자고 제안했다. 일본 공사 오토리 게이스케는 7월 10일 조선 정부 대표와 서울 남산에 있는 노인정에서 정치개혁과 관련한 회담을 열고 5개조의 '내정개혁방안강목'을 제시했다. 조선 정부가 이를 거절하자 일본은 군대를 동원하여 경복궁을 포위하고 대원군을 앞세워 민 씨 일파를 축출했다. 일본은 김홍집을 중심으로 하는 친일정부를 수립하고 내정개혁을 의결하는 군국기무처를 설치했다. 이 기구는 모든 관제와 지방행정을 비롯한 행정 · 사법에 관한 모든 규칙 · 교육 · 군정(軍政) · 재정 · 식산흥업 및 상업에 이르기까지 모든 사무를 심의했다. 또 청국과의 조약은 모두 폐기하고, 중국기년(中國紀年)을 바꾸어 개국기년을 사용했다. 또 문벌 · 반상(班常) · 노비를 없애고, 조혼을 금하며, 여권 신장, 과거제와 연좌제를 폐지했다.

고, 그 중 반드시 필요한 관리는 신분과 문벌을 무시하고 재주와 덕행을 보아 채용한다.

1) 모든 관리의 임무는 임금의 명령서에 자세히 쓰되 내치와 외교를 총괄하는 요직은 정부에서 맡고, 정부 아래에 6조(행정기관)를 설치하여 과거의 6조 아문과 같게 한다. 왕실의 관리는 행정관리와 구분되어야 하며, 어떤 경우에도 왕실 관리가 국가의 행정사무에 관여해서는 안 된다.

2) 외국과의 외교 통상 관계가 대단히 중요하기 때문에 주의 깊게 처리되어야 하며, 책임있는 관리에게 일을 맡긴다.

3) 정부에서 긴급히 채용해야 할 관원이 많더라도 당분간은 채용하지 않으며, 직책 없는 명예직 벼슬은 모두 폐지한다.

4) 현재의 지방 단위는 지나치게 많으므로 몇 고을씩 합쳐 지방의 수효를 줄여 정리 통합한다. 각 군의 경비를 절감하되 행정 효율성이 저해되지 않도록 각별한 주의를 기울여야 한다.

5) 모든 관리에게는 정해진 임무가 있어야 한다. 직책 없이 월급이나 받아먹는 자리는 다 없앤다.

6) 가문이 훌륭하다든지 조상의 덕으로 벼슬을 얻어서 임용된 자는 모두 해고하고 인재를 선발하여 등용한다.

7) 재물을 주고 벼슬을 사는 매관매직을 시급히 없앤다.

8) 관리들의 등급을 매겨 월급 액수를 미리 정함으로써 국가 예산이 모자라지 않도록 하며, 규정 외에 지나치게 탐하는 폐단을 막는다.

9) 관리들은 극히 적은 액수라도 사사로운 뇌물 수수를 금한다.

이를 어기는 자는 엄중하게 처벌한다.

10) 관리로 재직 중에는 장사를 엄금하는 등 관리의 개인적 영리를 금한다.

제2강령: 국고에 세입 재정을 별도로 만들어 호조에서 출금과 입금을 비교하여 경비가 모자라지 않도록 한다.

11) 전국의 탁지부(조선 말기 재정과 조세, 국채, 화폐 사무를 담당하는 관청. 오늘날의 재정경제부에 해당) 출입 재정을 낱낱이 기록한다.

12) 국세를 마땅히 쓸 곳에 썼는가, 부당하게 썼는가를 확실하게 조사한다.

13) 화폐제도를 개혁한다.

14) 토지를 측량하여 어느 전답에는 무슨 곡식이 가장 잘 자라며, 각 도의 토산품은 무엇이며, 지하에 어떤 자원이 묻혀 있는지 일일이 조사하여 세금의 규모를 정한다.

15) 징수해야 할 세금은 정한 규칙을 각별히 지켜 납부토록 하고, 별도로 세수를 더 늘일 방법을 마련한다.

16) 재물은 다 줄여 비용을 절감하고, 부득이하게 비용을 늘여야 할 필요가 있는 부분은 법을 마련하여 법에 의해 액수를 늘이도록 한다.

17) 국가의 도로를 넓고 평탄하게 정비한다. 서울에서 통상항구까지 철도를 건설하고 전신을 설치하여 전국을 통신망으로 연결한다.

18) 각 통상항구의 해관 세납 권리를 조선이 관장하여 외국인이 간섭하지 못하게 한다.

제3강령: 법률을 합당하게 정비한다.

19) 옛 법 중 시세에 맞지 않는 것은 폐기하거나 수정하여 새 법률을 제정한다.

20) 옥송사를 공평하게 한다.

제4강령: 군법을 정비하고 군사를 늘여 내란을 진압하고 인명을 보호한다.

21) 무관은 혈기에 찬 용기만 믿지 말고 글 읽기를 숭상하여 문무겸비의 재주를 이루도록 한다.

22) 해군과 육군 병력은 있는 수효대로 고쳐 분대를 짓고 국고 재정을 감안하여 해마다 군 예산을 정하고 병정들의 월급 액수를 정한다.

23) 경찰을 선발하여 훈련시킨 다음 도성을 비롯한 주요 지역에 경비 막사를 지어 순찰한다.

제5강령: 학교와 관련된 규정을 신속하게 만든다.

24) 당연히 읽어야 할 선배들의 글 외에는 모두 버리고 긴급한 학문을 추려 각도에 소학교를 설치하여 학생을 뽑아 교육시킨다.

25) 소학교가 완성되면 중학교를 세워 공부시키며, 대학교는 중학생이 졸업하면 설립한다.

26) 대학교를 세우고 그 중 우수한 학생을 선발하여 해외에 유학을 보내 식견을 넓히도록 한다.

생각해보면 이 5개 강령은 나라의 발전을 위해서는 더할 나위 없이 아름답고 훌륭한 것이다. 조선이 이 제도를 진심으로 받아들여 시행했다면 부강하고 문명한 나라를 만드는 데 틀림없이 성공했을 것이다. 청국이 이 제도를 조선에 권유하여 시행토록 했어야 했는데, 청국은 옛 제도만 고집하여 자기 나라도 잘못 다스리고 있으니 남에게 이를 권할 만한 여유가 없었을 것이다. 그러므로 많은 사건에 얽매인 청국은 겨우 동학란이 평정되자 즉시 군사를 철수했다.

일본은 서양 제도를 본받아 30여 년 동안 서양 법률과 학문을 정착시켰다. 나의 좋은 것을 남에게 권유하자는 생각에서 조선에 자신들의 제도를 본받으라고 하는 것이므로 거들먹거리며 교만한 태도가 그다지 이상하지는 않다. 그러나 일본이 조선을 사랑해서 자기 재물을 저렇듯 허비하여 남을 도우려는 뜻은 아닌 것 같다. 아무리 생각해도 그 의회가 틀림없이 잘못한 것 같다.

의회는 서양에서 도입된 대단히 훌륭한 제도다. 의원은 백성들의 투표로 선발하기 때문에 국가에 중대사가 발생하면 임금이 정부 각 대신들과 함께 주장하고 의회 의원들이 그 사건을 논의한다. 의원들은 개화나 수구 두 당으로 갈려 서로 반대하며 논전을 벌이다가 수구당 의견이 옳은 것으로 결정되면 수구당이 정권을 잡고 개화당 소속의 대신들은 일제히 벼슬을 내놓고 물러간다. 그러므로 서양의 의회는 당이 서로 갈려 논란이 심하지만 나라 일이 잘 되도록 하자고 주장하는 것일 뿐 개인적인 욕심을 내는 것은 아니다.

일본은 아직 이 정도 수준에는 이르지 못한 것 같다. 일본 천황과 정부는 한마음이 되어 고치지 못할 사건이 있거나 불시에 행해야 할 일이 있어도 의회의 결정 없이는 시행할 수 없기 때문에 의회에 법안 심의를 요구한다. 그런데 의회는 개인의 지위와 명예를 앞세워 서로 다투고, 때로는 혈기를 높이기도 한다. 심지어 과거의 원한으로 새 법을 방해하며, 때로는 출신지역의 이해관계로 인해 국사를 잊어버리기도 하는 등 의원들 간에 의견이 서로 달라 쉽게 결정을 하지 못한다. 일본 천황과 정부가 의회의 방해를 견디다 못해 의회를 해산한 것이 여러 차례인데, 올해 또 중대사건을 의논할 때 의원들이 서로 편이 갈려 결정을 내리지 못했다.

일본 천황이 크게 노하여 다시 의회를 해산하자[249] 국법이 서지 못하고, 병란(兵亂, 나라 안에서 싸우는 난리)이 눈앞에 놓여 근심 중에 있었다. 다행히 조선에서 변란이 발생하여 청국이 조선에 군대를 보내는 상황이 되었다. 이 소식을 들은 일본 천황이 크게 반기면서 "이제야 내 뜻을 펼 수 있게 되었다"고 했다.

여기서 천황의 뜻이란 첫째는 조선의 정치를 개혁하는 일이요, 둘째는 이 기회에 청국과 전쟁을 하여 청국의 콧대를 꺾고자 하는 것이다. 조선을 발전시키면 이웃 나라를 잘 보호했다는 명예를 얻을 것이고, 청국을 격파하면 작은 나라가 대국에 승리를 거두었다는 영예를 얻을 것이다. 그 후에 승전고를 울리고 영광스럽게 회군하면 나라에 큰 도움이 될 것이다. 민간에서는 우리 황제와 대신들이 공

249) 일본의 제5차 의회는 1893년 12월 30일 해산했고, 1894년 3월 1일 총선을 하여 새로 의회를 구성했다. 새 의회에는 대외 강경론자들이 득세하여 정부를 계속 공격했다. 정부는 국내 정치를 안정시키기 위해 돌파구를 해외에서 찾기 시작했는데, 그것이 조선이었다. 5월 31일 중의원은 내각 탄핵안을 가결했는데, 이날은 동학군이 전주성을 점령한 날이다. 탄핵안이 가결됨으로써 이토 내각은 총사퇴 하든가 의회를 해산하든가 두 가지 중 하나를 선택해야 했다. 6월 2일 수상 관저에서 열린 내각회의는 중의원 해산과 조선 출병을 결정했다.

업을 크게 일으켜 국가에 영광을 안겨주었다면서 순종할 것이니 다시는 항거할 자가 없을 것이다. 이런 극적인 전기가 없으면 나라 안에 원망이 가득하고 조정에서는 날마다 정치에 대한 시비 논란이 거세질 것이다. 이는 싸우지 않고도 망하는 길이 될 것이고, 전쟁을 하면 나라를 발전시킬 수 있는 길이 열리게 된다.

이러한 까닭에 청국은 조선에서 여러 차례에 걸쳐 철병하려 했으나 일본은 적극 나서면서 다른 나라의 충고를 듣지 않았다. 청국은 지금 국력이 크게 쇠약해져 수모를 당하는 것이 이상하지 않으나 서양 각국은 일본보다 10배나 강한 데도 일본이 "어떤 나라든 우리를 억지로 말리면 군사를 동원해서 먼저 공격하겠다"고 선언했다. 이는 내심 전쟁에서 패하더라도 다시 설욕한다는 말로 민심을 선동하려는 것이다.

이런 이유로 조선에서 동학당이 평정되었음에도 청국과 분란을 일으켜 위해위와 여순구를 노리고, 또 조선 내정을 개혁하겠다고 주장한 것이다. 우리기 비록 어리석고 둔하나 청국은 어쩌다 일본에게 패했으며, 일본은 어떻게 청국과의 전쟁에서 승리했는지 낱낱이 밝혀 천하 만세에 알리니 이것이 일·청·한 전쟁에 대한 근원을 밝히는 뜻이다.

(3) 청·일 양국의 정치가 서로 다른 이유 (알렌)

내가 (알렌) 처음 아시아에 왔을 때는 청·일 양국이 다 과거의 제도만을 굳게 지켜 국경이라든가 인정이 서양과 달랐다. 1860년에 서양 각국이 청·일 두 나라와 통상조약을 체결했으나 국제법이 잘 지켜지지 않았다. 동양에 와 있는 서양 각국의 백성은 그 나라 영사관에서 관할하고 청·일 양국의 국내법을 따르지 않았으며, 또 국가 간에 의논할 일이 생길 경우 규정과 절차가 마련되어 있지 않아 여기저기로 문의해야 하는 등 두서가 없었다.

이에 각국이 청국에게 외부아문(외무부)을 설치하여 외교 관련 문제와 통상 사무를 주관하라고 권유했다.[250] 일본은 황제가 교토에서 도쿄로 거처를 옮기고 도쿄, 고베, 나가사키 등의 도시에 서양 제도를 모방하여 각급 학교를 설치하고 서양 명사나 교수 등을 초빙하여 백성을 교육하니 동서양이 처음으로 통하는 계기가 되었다.

청국은 북경에 동문관(同文館)[251]을 설치하고 상해에는 광방언관(廣方言館)을, 광주에는 서학관을 설치하여 정위양(丁韙良) 선생과

---

250) 중국은 자신들을 세계 제국이라고 생각하여 근대국가의 외무부 조직이 없었고 그 대신 예부에서 외국의 사무를 취급했다. 그런데 영불 연합군이 북경까지 진출한 후 각국 공사관이 북경에 설치되자 외국의 외교관들과 교섭할 기관이 필요하게 되어 1861년 총리각국사무아문(줄여서 총리아문이라고 함)을 설치했다. 진순신 지음·조양욱 옮김, 『청일전쟁』, 세경출판사, 2012, 482쪽.

251) 청조(淸朝) 말기의 양무운동 기간 동안 정부가 관리한 외국어 인재 양성 학교. 서양 언어 교육을 위주로 한 교육기구였으며, 근대 중국에 설립된 최초의 신식 교육기구였다. 청국은 북경조약을 체결한 2년 뒤인 1862에 동문관을 설립하고 번역사를 양성하기 위해 영어교육을 실시했다. 그 후 불어, 러시아어과가 설치되었고, 1867년에는 산학관(算學館)을 증설하여 조선술(造船術)을 교육했다. 미국인 마틴(W. A. P. Martin)을 위시로 영국 · 프랑스 · 독일 · 러시아 등 외국인 선교사를 초빙했다. 수업 연한은 8년이었고, 외국어에 대한 교육 이외에 한문 · 역사 · 대수(代數) · 기하 · 미분 · 적분 · 천문 · 화학 · 측량 · 국제법 · 금석(金石) · 부국책(富國策) 등을 가르쳤다. 1864년에 상해에 광방언관(廣方言館), 다음해에 광저우 동문관을 설립했다.

혁팔(赫八)[252] 선생과 나를 초청 해다가 학생들을 모아 언어와 문자를 가르쳤다. 그때까지도 일·청 양국에서 아무도 외국에 나가본 사람이 없었는데, 그 무렵 청국은 관리 두 명을 해외에 보내 아메리카와 유럽을 유람하도록 했다. 일본도 사신들을 유럽 각국에 보내 그 후부터 청·일 양국이 개화를 위해 서로 경쟁했다.

일본 사신은 해외를 시찰하고 돌아와 일본이 서양에서 받아들여야 할 내용을 황제에게 보고했다. 일본 천황은 1870년에 총명한 자제 수십 명을 선발하여 서양에 보내 유명한 교사들에게 교육을 받도록 했다. 그 후 해마다 무수한 인재가 외국에 나가 유학하고 졸업장을 받은 자는 대학교에 들어가 공부하여 학문이 날로 발전했다. 서양인 중에 전문가를 초빙하여 각 관청의 고문관으로 임명하여 군사제도와 농학 등 각 분야가 점점 발전했다. 미국의 문학사들을 불러다가 동몽소학교와 도쿄의 태학관을 변혁시켰고, 영국과 프랑스, 독일의 유명한 박사와 명사들을 모셔다 각 분야를 발전시키자 그 효과가 대단했다.

이때 외국에 나가 유학한 생도들도 전문 분야 학문에 주력하여 지금 일본 대장 야마가타 아리토모는 독일의 명장(名將) 몰트케의 제자다. 나라 안의 어린아이들도 공부에 매진하자 일본 정부는 재정을 아끼지 않고 인재를 길렀는데, 심지어 서양 사람의 행동양태까지 다 배우라고 했다. 그들이 해외에서 유학을 마치고 돌아오면 학문과 재주에 따라 관직에 임명했다. 새 학문에 능통한 자가 100여 만에 이

252) 원문에는 '형발'로 표기되어 있으나, 현채의 『중동전기』를 확인하여 '혁팔'로 바로 잡는다.

르렀고, 남자만 교육시킨 것이 아니라 미국 제도에 따라 여자들도 외국 학문을 남자와 다름없이 가르쳤다. 이런 노력을 기울였으니 나라가 발전하는 것은 당연한 결과였다.

일본에 수구주의자들이 없는 것은 아니지만 세상 인심이 개화 개국 쪽으로 돌아가자 자기가 수구주의자라는 사실을 숨기고 한마디도 논란을 벌이지 못했다. 그러나 수구주의자들의 마음속에는 항상 격분하는 감정이 숨어 있었다. 그것은 "동양은 예의의 나라인데 문명의 진보를 좇아 어떻게 남의 아래 고개를 숙이고 들어가 살 수 있겠는가. 서양에서는 우리를 청국이나 이란, 터키와 비슷한 존재로 업신여기고 만국공회에도 함께 참석하지 못하게 하니 이런 수치가 어디 있는가" 하고 더욱 노력하여 서양 학문을 주야로 공부했다.

또 프랑스 전 황제 나폴레옹 1세가 만들어 놓은 통상법을 구해다가 철두철미하게 분석하여 단 한 구절이라도 미흡한 곳이 없도록 낱낱이 공부했다. 광서 20년(1894)에 일본이 서양 각국과 조약을 수정할 기회를 맞아 각 나라에게 "우리나라의 법률과 인정과 학문과 행위가 지금도 만국공회에 참석하지 못할 정도인가" 하고 물으니 영국은 유럽에서 가장 웅장한 나라로서 일본과 조약을 체결할 때 "영국인이 일본에 가면 일본 국내법을 따르며 만국과 평등하게 대접한다" 고 했고, 그 조항에 비록 자기 나라가 허락한 후 다시 5년이 더 지난 후 상의하여 정한다는 구절이 있으나, 실상은 이 조약에서 분명히 허락한 셈이다.

일본이 외국 풍속과 법률을 도입한 것이 다만 겉치레뿐만 아니라 그 실상을 본받아 실행하고 있다. 지금 나이 45세 된 자는 새 법을 시작할 때 어린아이였다. 일본 사람들이 새로운 제도를 숭상하는 것이 물에 기름을 합하는 것과 같아 그 형체는 비록 적고 약하나 기질과 마음씨는 과거의 일본인과 판이하게 달라 서양 인종이나 다름이 없다. 또 황제와 신하가 한 마음으로 백성을 이끌고 몸과 마음을 다 바쳐 독려하여 서양의 문명한 제도를 낱낱이 실행하며, 또 의회를 설치하여 백성들이 의원을 직접 선출하도록 함으로써 상하의 정의가 더욱 잘 통하고 있다. 이런 이유로 일본이 더욱 발전하여 백성이 나라 일을 자기 집안일이나 다름없이 여겨 나라에 충성하는 마음이 자연스럽게 생겨나 목숨을 아끼지 않는 상황이 되었다.

슬프다. 내가 청국에 거주한 지가 하루 이틀이 아닌데 다른 뜻이 있어 공정하지 못하게 일본만 칭찬하는 것이 아니다. 비교하자면 내 몸이 제비 같아 단청으로 아름답게 꾸민 누각에 편안하게 살았다. 그런데 주인의 자식들이 집을 수리하지 않는 바람에 해마다 조금씩 무너져 비바람을 가리지 못하고, 결국엔 단청이 빛을 잃고 기둥이 쓰러지게 되었다. 평범한 백성의 마을을 돌아보니 부지런히 수리를 하여 과거의 고대광실보다 훨씬 멋이 있었다. 다시 주인의 집을 돌아보니 어찌 서글픈 생각이 없겠는가.

청국은 아직 나라가 완전히 망가진 지경에까지 이른 것은 아니다. 국토 넓이가 유럽 전 지역과 비슷하고 인구가 세계에서 가장 많은 나라이니 일본의 4000만 인구와는 비교가 안 될 정도다. 이처럼 거대한 대국이 오래 전부터 서양의 과학기술 문명과 제도를 받아들였다면 30년 동안 세계 중상위권의 나라로 올라서 문명 부강한 영국, 러시아, 프랑스 등이 공경하고 두려워하여 감히 침범하지 못할 것이다. 그렇게만 되었다면 일본은 청국에 아첨하여 멸망을 면하려고 애쓸 것이다.

처음에는 동문관과 광방언관 등 외국어 학교를 설립하고 학생을 선발했으나 가르치는 시늉만 하고, 학생들을 외국에 유학을 보내 공부 시키다가 한두 번 시행한 후에는 중지하고 말았다. 이 학생 100~200명이 다 졸업했다 해도 4억 인구 중에 섞어 놓으면 대양 속의 좁쌀이나 다름없는 정도다. 이 학생들이 졸업도 못했고, 그 중 한두 명이 졸업을 했어도 이들을 국가 요직에 등용시켜 써보지도 못했다.

얼마 전에 공친왕이 서양 선교사를 초빙하여 군대를 훈련시키고, 무기 제조 전문가를 초빙하여 강남 제조소에 보내 청국 사람을 가르치고 증기선과 기계를 제조했다. 그런데 세상 형편이 어떻게 돌아가는지를 모르는 자들이 "당당한 대국이 서양 오랑캐에게 배우는 것이 수치스럽지도 않은가" 하고 계속 방해를 했다. 공친왕이 "남에게 뒤지는 것이 진정한 수치다. 서양 나라들은 모르는 것이 있으면 서로 배우는데 이것을 수치라고 여기는 나라는 하나도 없다. 일본은 동양의 작은 나라인데도 영국과 미국 등 각국에 사람을 많이 보내 서양 학문과 기술을 받아들이는 데 노력하고 있다. 우리는 당당한 대국으로서 어찌 이들 나라보다 뒤질 수가 있는가" 하고 항변했다.

이런 반대로 인해 서양 문물을 받아들이는 교육기관을 폐지하고 말았다. 그 후 관리 선발 과정에서 수학 능력도 평가한다고 했으나 여전히 사율[253], 풍월 글귀를 중시하니 사람들이 글재주로 벼슬을 얻을 생각뿐이었다. 애국 애민할 학문은 생각하지도 않으니 천하에 백성은 없고 벼슬만 있는 나라가 어디 있는가. 또 청국에서 선비 노릇하는 자들은 사서삼경만 가르치니 이것이 아주 틀린 일은 아니지만, 사람의 마음을 도덕으로 묶어 놓을 줄만 알고 기술과 생업의 도리는 전혀 가르치지 않으니 이것이 무슨 까닭인가.

서양의 교육은 도덕 이외에도 천문, 지리, 화학, 수학 등 각 분야를 망라하고 있어 학생의 기호나 특기에 따라 다양한 분야를 가르친다. 이것이 청국보다 앞선 제도다. 지금 청국에는 많은 인재가 요구되고 있으나 18세 이상의 성인 중에 새 학문에 통달하여 대업을 수행할 만한 인재가 몇 명이나 있는가. 설령 있다 해도 그 동안 배운 학문이 실사구시와는 전혀 다르고, 또 현실에서 벌어지는 일은 학교에서 배운 것과는 전혀 다르다. 이런 이유 때문에 그럭저럭 되는대로 지내고 있으니 참으로 한심한 일이다.

광서 10년(1884)에 법인의 난리가 일어나니 청국이 그제야 겨우 전보국을 세우고자 하여 서양 문자를 아는 사람을 구했으나 쓸 만한 사람이 하나도 없어 마지못해 서양 사람을 고용했다. 서양 선교사는 자기 나라 재물을 가져다 청국 사람을 가르치니 그 마음이 지극히 공평하여 사사로움이 전혀 없었다. 이홍장은 각처에 전보국을 널리 세우고 천진에서 해군 제도와 의학 등을 많이 창설하여 교육을 권장하면서 늘 인재가 부족함을 탄식했다. 이에 서양 각국 선교사가 개

253) 오언(五言)이나 칠언(七言)으로 이루어진 율시(律詩).

명한 학사를 여러 명 천거했다. 내가 모든 일을 자세히 알지는 못하지만, 내가 상해에 설립한 중서학교의 경우 지난 몇 년간 이홍장의 명을 받아 천진 등지에 보낸 학생이 100명이 넘지 않는다. 오래 전부터 청국이 신학문 교육에 힘썼다면 외국인의 도움 같은 것은 필요하지 않았을 것이다.

나라에서 인재를 기르는 것은 나무 키우는 법과 같아 뿌리를 단단하게 심어 놓지 않으면 좋은 결실을 바랄 수 없다. 청국은 자기 나라에 좋은 과일 나무가 많이 있으니 남의 것을 부러워 할 필요가 없다고 말한다. 그러나 실상을 들여다보면 청국의 과일은 보기에만 좋을 뿐 배불리 먹을 것은 못 된다. 하루아침에 흉년을 당하여 진작 서양의 과일 나무를 들여오지 못한 것을 후회를 해 봐야 소용없는 일이다.

일본은 30년 전부터 서양의 아름다운 나무란 나무는 모두 옮겨다 심어 본국에서 훌륭한 재목을 일구어 지금 뿌리가 깊이 박히고 열매가 가지가지 열렸다. 이번 전쟁 한 번으로 일본은 그 효험을 체험한 바 있다. 우선 전장에서 부상당한 청국 병사를 일본군과 동일하게 대접하고, 군인들 기강을 잘 세워서 인민을 해치지 않았다. 이것은 모두 서양식 군제를 도입한 효험이다. 시기심을 가진 자는 일본이 거짓으로 은혜를 베풀어 민심을 얻기 위해서 한 행위라고 평가절하하지만, 서양이 진심으로 일본을 칭찬하는 것을 보면 그것이 일본의 진심이었음을 알 수 있을 것이다. 청국 장수 위여귀가 군사를 풀어 자기 나라 백성을 노략질한 사건을 보면 좋은 비교가 될 것이다.

만약 청국의 상하가 힘과 마음을 합쳐 과거의 제도와 풍습만 고집하고 세상 돌아가는 형편을 알지 못하는 자를 모두 은퇴시켰다면 이번 전쟁에서 일본에게 이처럼 허무하게 패하지는 않았을 것이다. 공친왕이 "남에게 뒤지는 것이 진짜 수치"라고 한 것이 벌써 30년 전의 일이다. 어찌하여 생각들을 하지 않는가.

내가 청국에 와서 선교사가 되어 틈틈이 시간을 내서 서양 서적을 번역하고, 매달 『만국공보』라는 책을 발간하고 있으니 각국의 흥망성쇠를 더욱 깊게 연구하여 청국이 빠른 시일 내에 큰 발전을 이루기를 간절히 바란다.

(4) 아시아 상황을 종합한 논의 (알렌·채이강)

지금 세계의 제일 중요한 문제가 영국 러시아 두 나라에 달려있어 영국과 러시아 두 나라만 화합하면 세상이 모두 평안 무사하리라고 생각하였는데, 이번에 갑자기 청국과 일본이 분란을 일으키자 여러 나라가 크게 근심했다. 그것은 일본과 청국을 위한 염려 때문이 아니라 영국과 러시아가 그들의 분란에 참여하게 될 경우 아시아 문제가 유럽에까지 비화되어 세계 전쟁으로 번질 지도 모른다는 두려움 때문이다.

천만 다행으로 일본과 청국의 전쟁이 확대될수록 영국과 러시아의 외교관계는 점점 가까워졌다. 세상이 이를 모두 신기하게 여겼는데, 혹자는 영국과 러시아가 가까워진 이유가 네 가지라고 지적한다.

우선, 박미이(拍米爾)[254] 지방에 경계를 정한 사건이 각자 견해에

254) 박미이(拍米爾)는 파미르 고원을 말하며 중국과 파키스탄 사이의 경계지역에 위치하고

합당하여 아시아 서방에서 두 나라의 시비를 막았다.

둘째, 러시아 전 황제 알렉산드르 3세는 보수적이고 강압적이었으며 강인하지만 지적이지는 못한 인물이라는 평을 들으면서 무슨 생각을 하고 있는지 그 뜻을 헤아리기 어려웠다. 병세가 위중할 때에야 비로소 그는 평생 난리를 싫어하고 평화를 사랑하던 자신의 생각을 낱낱이 밝히자 각국이 그제야 안심을 했다. 그의 아들 니콜라이가 즉위하여 러시아 황제가 되었다. 그는 선황의 유언을 평생 잊지 않겠노라고 선언했으니 세상이 더욱 확실히 평화의 뜻을 믿게 된 것이다.

러시아의 새 황제 니콜라이 2세[255]는 영국 황태자의 이질(姨姪)[256]이니 아시아 친척 관계로 말하면 아저씨와 조카 간이다. 러시아 새 황후(알렉산드라)는 영국 여왕의 외손녀니 러시아 황제는 영국 여왕의 외손녀 남편이다. 이처럼 친척 관계이기 때문에 관계가 타인보다 가까운 것이 세 번째 이유다.

1894년에 러시아 전 황제 알렉산드르 3세가 세상을 떠났을 때 영국 황태자가 친히 문병을 했는데, 니콜라이 2세 새 황제가 크게 슬

있다.

255) 러시아 황제 알렉산드르 3세의 아들. 1891년 황태자 신분으로 극동 방문 중 일본에서 이른바 오쓰(大津)사건으로 부상을 당했다. 삼국간섭, 동청(東淸)철도 부설 등 적극적인 극동진출로 러일전쟁(1904~1905)을 초래했고, 전쟁에서 패했다. 1905년 혁명이 일어나 1905년 10월 17일 '두마'라는 의회의 창설과 민주적 자유를 약속했다. 1차 세계대전 때는 러시아군 최고사령관으로 군을 지휘했다. 1917년 3월 15일 퇴위를 선언하고 유폐 감금되었다가 10월 혁명 후 시베리아로 이송되던 도중 예카테린부르크에서 1918년 7월 16일 가족들과 함께 살해당했다.

256) 니콜라이 2세는 독일의 공주이며 영국 빅토리아 여왕의 손녀인 알렉산드라와 결혼했다.

퍼하고 있을 때 영국 황태자가 밤낮으로 곁에서 위로했다. 니콜라이 2세가 감격하여 “앞으로의 일은 알 수 없으나 조카가 재위할 때에는 영국과 러시아가 다투는 일 없이 지내기를 원한다”고 했으니 이것이 넷째 이유다.

이 두 대국이 함께 유럽에 위치해 있는데 하나는 그 나라 절반이 아시아 북방에 위치하고, 다른 하나는 남방에 있어 아시아에 미치는 세력이 다른 나라보다 훨씬 크다. 두 나라가 한 마음으로 힘을 합쳐 평화를 주장하면 다른 나라가 이를 방해할 수 없을 것이다. 영국은 전쟁을 싫어하는 마음이 뚜렷한데 이제 러시아가 그 뜻에 합의하니 이 두 대국과 깊이 연계되어 있는 아시아의 형편 상 전쟁은 없을 것이다.

어떤 사람은 일본과 청국이 영국과 러시아의 세력보다 크기 때문에 서로 싸우면 동양에서 무역하는 서양 상인에게 큰 손해가 될 것이라고 했다. 통상에는 방해 될지 모르나 국정에는 전혀 상관이 없으니 두고 보자는 것이 영국 언론의 입장이다.

독일 수도 베를린에서 어떤 사람은 영국 신문사에 “영국이 인도 서북방 아부한과 박미리 지방에서 러시아와 국경이 맞닿았는데, 지금은 서로 합당한 결정을 하여 국경 문제와 관련한 시비가 없다. 또 얼마 전에 영국 순양함대가 조선 거문도에 머물렀다가 러시아가 문제를 제기하여 물러갈 때 러시아가 조선 영토를 침범하지 않는다고 영국과 약속을 했다. 지금 일본과 청국의 평화조약은 어떻게 될 지 알 수 없고, 또 각국의 의견을 자세히 듣지 못했다. 그러나 각국이 일본더러 조선을 먹으라고는 하지 않을 것이고, 러시아도 조선을 빼앗지 않을 것이라고 한다. 이는 러시아가 조선을 사랑해서 그런 것이 아니라 영국의 노여움을 촉발하지 않을까 두려워해서다. 이런 이유 때문에 아직은 조선이 무사할 것이라고 예상한다"라는 내용의 편지를 보냈다.

영국 런던신문은 영국과 러시아의 관계를 다음과 같이 보도하고 있다.

"영국과 러시아 관계는 비유하자면 자기 의견만 고집하고 서로 다툴 때 남이 이간질 하는 말을 듣고 절교했다가 분한 마음이 사라지고 혐의가 풀린 후에는 다시 화해하여 우정이 여전한 모습이다. 영국은 다른 나라와 평화롭게 지내기를 원하기 때문에 불편한 문제가 발생하면 이를 진정으로 설명하여 공평하게 조치하기 때문에 갑자기 규정을 내세워 평화로운 관계를 깨뜨리지는 않을 것이다. 최근에 러시아가 영국과의 화합을 대단히 기뻐하니 영국인도 두 나라가 더 친해지기를 원한다. 또 우리 두 나라가 아시아에 대한 의견이 서로 같으니 타인의 간섭을 두려워할 이유가 없다."

영국 어떤 신문의 보도다.

"남들은 영국과 러시아가 모든 의심을 버리고 친목하기로 맹세했다고 하지만, 나는 이 맹세가 오래 가지 못할 것으로 본다. 러시아는 오래 전부터 조선에 관심을 가졌다. 이번에 청일전쟁이 벌어지자 러시아인들은 크게 기뻐하며 '이제야 좋은 기회를 만났으니 누가 감히 말리겠는가' 하고 나설 것이다. 그러나 영국이 문제를 삼으면 러시아는 조선을 어떻게 못할 것이다. 만약 러시아가 기어이 한반도를 빼앗으려 한다면 영국도 러시아와 항상 사이좋게 지낼 수는 없을 것이다."

양력 1894년 9월

(5) 러시아에 대하여 (알렌·채이강)

영국 런던 신문사에서 러시아 어떤 관리의 논쟁을 기사화했는데, 그 내용은 다음과 같다.

"얼마 전 러시아 관리가 육로 탐사를 위해 청국의 티베트 고원과 몽골 등 각지를 다니며 지도를 그리고 기괴한 초목과 짐승과 광산을 탐지한 후 돌아와 러시아 정부에 '청국이 지금 말도 못할 정도로 허약하니 이때를 노려 러시아가 군사를 동원하여 북을 한 번 울리면 목적을 달성할 수 있다"고 보고했다. 러시아 정부는 이 말을 무시했다가 이번 전쟁으로 그 기회를 잃었다. 뿐만 아니라 4,000만 백성을 통일한 일본이 동아시아에서 일어나 큰 세력을 떨치며 건방지게 러시아와 겨루고자 한다.

일본의 지형은 한 곳에 모여 있어 통치하기 좋고 인재는 영리하고 부지런하며 사물이 돌아가는 이치를 빨리 깨닫는다. 또한 책 읽기를 좋아하여 백성의 수준이 비슷하며 마음에 품은 의지가 한결같다. 러시아로서는 이런 나라가 유럽과 아시아 사이에 있는 하란산(賀蘭山)[257] 곁에 있어도 걱정인데, 하물며 동방에서 따로 떨어져 러시아

257) 중국 영하(寧夏 · 닝샤) 회족자치구의 중심인 은천(銀川)시를 에워싸고 있는 산. 선사시

의 힘이 미치지 못하는 먼 곳에 있으니 러시아의 깊은 근심은 헤아릴 수 없다.

아시아에 있는 러시아 지방은 땅은 넓지만 사람이 적고 인종도 달라서 관습이나 습관이 서로 판이하다. 우수리 강변의 블라디보스토크 철도 인근도 중요한 지역이나 그곳에 거주하는 백성이 모두 그곳 출신은 아니다. 우선 이것으로 보아도 일본만 못하고, 또 매년 많은 비용을 들여 여순구에 있는 사람이 소비할 식량은 흑해에서 운반해 오며 고기 등은 조선에서 들여온다. 만약 일본과 전쟁을 하게 되면 그곳에는 쓸 만한 군사가 없으므로 부득이하게 수만 리 밖에서 군사와 군량을 실어가야 한다. 따라서 러시아 군사 일인의 비용은 일본군 100명의 예산보다 많을 것이다.

더욱이 일본은 도와주는 사람 없이 외로운 처지에 있는 나라가 아니다. 만약 러시아와 전쟁이 일어나면 유럽 각국이 군사를 보내 돕지는 않아도 이미 학문으로써 돕고 있으며, 독일은 명장(名將)을 보내 전술을 가르쳤으니 유럽 각국이 일본을 힘써 도와주고 있다는 것을 알 수 있다. 앞으로 위급한 처지에 놓일 경우 독일이 다시 무기를 동원하여 러시아를 돕지 않을 지도 모르겠다. 이로써 독일이 일본의 구원병이 된 것이나 다름없는데, 전에 러시아가 인도에서 영국을 우롱한 것과 비슷하다. 장차 이일을 어찌할 것인가.

만약 러시아가 패하고 일본이 흑룡강 지역에 들어가 블라디보스토크 등지에서 소요를 일으키면 시베리아 동쪽만 진동하는 것이 아

대부터 서하시대까지 암각화가 산 곳곳에 조각 되어 있다.

니라 중앙아시아에서 과거 러시아에 속했던 몽골과 타타르가 러시아에 반기를 들 것이다. 이는 러시아 병력이 태산준령을 넘어 인도를 침략하면 인도 본토의 사람들이 영국에 반기를 드는 것과 같다. 이런 일을 당하면 러시아의 형편이 몹시 다급하게 될 것이다.

만약 러시아가 전쟁을 싫어하여 일본과 다투지 않는다 해도 일본이 조선을 속국으로 삼고 내정을 간섭하며, 청국 사람을 친자식같이 여겨 새로운 제도를 교육하면 청국과 조선에는 큰 이익이 되며 유럽 각국도 손해가 없을 것이다.

청국은 외국과 교류한 지 거의 50년이 되었음에도 서양에 여러 대국이 있는 줄을 모르니 이야기할 필요도 없다. 그러나 일본은 정치와 학문이 서양과 흡사하여 서양 각국이 모두 일본을 좋아하고, 또 청국과 일본은 가까이 있으므로 두 나라가 더욱 친밀하게 지내는 것이 옳다.

일본이 만약 이것을 안다면 배상금을 줄여 청국에 해가 되지 않게 할 것이다. 전에 독일이 프랑스에 압력을 넣어 배상금을 받았는데, 독일에 갑자기 은화가 많아져 은값이 폭락했다. 일본이 이런 문제점을 잘 알고 있어 가급적 배상 기한을 길게 할 것이므로 청국의 편리함은 일본에는 이로움이 된다.

일본과 청국의 평화조약 체결도 유럽 각국에 조금도 해를 끼치지 말아야 할 것이다. 러시아는 아시아 동편에 있는 속지를 보전하여 일본의 침략을 면하게 하며, 큰 철도를 빨리 건설하여 청국과 중앙아시아 인도 등지의 통상이익이 러시아로 들어오게 해야 한다. 각

지역의 철도가 모두 러시아 세력권에 있어 세계의 철도를 연결하는 일은 너무나 중대하므로 지체해서는 안 된다. 또한 이 사업은 명예와 권리를 동시에 얻는 길이기도 하다.

시베리아는 날씨가 극도로 춥고, 인구가 적어 철도가 제 역할을 못할 것이라는 의견도 있다. 오히려 아시아 남쪽에서 큰 철로를 놓기 시작하여 조선에서 봉천성을 지나 북경까지 연결하고 일본이 관할하게 하면 시베리아 철도보다 유리할 것이라는 의견도 있다. 그렇더라도 이 일을 갑자기 성사시키기는 어렵다.

(6) 청일전쟁 참전기: 북양함대 지휘관으로 황해해전에 참가한 미국인 필로 맥기핀의 회고

1895년 7월 영국의 그림그린 월간지는 황해 해전을 자세히 소개했다. 청국 철갑 전함 진원함의 함장으로 있던 미국인 필로 맥기핀(미국 해군 소령)이 총에 맞아 부상당한 부위가 뚜렷한 사진 다섯 장을 싣고, 그 신문사장과 주고받은 인터뷰를 다음과 같이 게재했다.

황해 해전 당시 청국 군함이 일본 함정을 향해 함포를 발사했으나 거리가 너무 멀어 명중하지 못했다. 내가 진원함 함교에서 부두와의 거리를 측량하고 있을 때 갑자기 일본 함정이 쏜 포탄 한 발이 내가 타고 있는 배를 향해 날아오다 바다에 떨어지더니 다시 솟구쳐 배를 훌쩍 뛰어넘어 물속에 처박혔다. 함정에 타고 있던 장교와 병사들을 내려다보니 기관실에 있는 복주(福州) 사람들이 함포를 보호하는 장갑 철판 뒤에 숨어 온몸을 떨며 얼굴은 잿빛으로 변했다. 마침내 일본군의 두 번째 포탄이 우리 배에 명중하여 함정이 크게 요동하자 복주 사람들은 이미 도망하여 어디로 숨었는지 그림자도 볼 수 없고 우리 배의 포성은 그치고 말았다.

내가 황급히 갑판으로 내려가 함포병을 도와 포를 쏘려하자 장관 임태증이 어쩔 줄을 모르고 갑판에 배를 깔고 엎드려 나무아미타불을 외치며 살려달라고 울부짖었다. 임태증은 군함을 지휘하는 사령관인데, 우는 어린아이 같이 심약하고 겁이 많아 실패할 수밖에 없으니 깊이 탄식할 뿐이었다.

다른 장관들은 별로 겁내는 기색이 없고 각자 맡은 일을 하며 수병들도 힘을 다해 나섰다. 마음속으로 불행 중 다행이라고 생각하고 있는데 얼마 후 함포가 고장이 나서 포를 발사할 수가 없었다. 함교에서 급히 내려가 포대 안을 살펴보려고 하자 어떤 사람이 내 다리를 밀면서 "이곳은 우리가 숨기 좋은 곳이니 당신은 다른 곳을 찾아 편히 숨으라"고 소리를 질렀다. 자세히 보니 기관실을 담당하는 복주 사람들 외에 열두 명이 이곳의 철판 두께가 가장 두터운 줄 알고 그곳에 엎드려 숨어있었다.

화가 머리끝까지 치밀어 참을 수가 없었다. 수병들을 발로 차서 내쫓은 다음 포대 안으로 들어가 주먹으로 가슴을 때리고 함포를 수리한 후 다시 뱃머리로 나왔다. 양 진영이 힘들게 접전하자 나의 담력이 커지고 청국 수병들도 기운을 차렸다. 마침내 일본군이 쏘는 포탄이 비 오듯 날아오자 청국 수병들이 다리를 떨며 어쩔 줄을 모르고 갈팡질팡했다. 한참 전투가 진행되는 도중에 제원함이 옆에 있다가 진을 뚫고 먼저 도주했고, 평원함도 틈을 타서 달아났다. 북양함대 소속의 배 여섯 척은 압록강 가운데 멀리 떨어져 보면서도 도와주지 않았다.

북양함대 소속 함정 중 일본 군함과 전투한 배는 여덟 척인데 반해 일본군은 접전하는 크고 작은 군함이 13척이었다. 청국 육군의 포탄은 제조 과정에서 협잡배가 화약은 넣지 않고 진흙과 모래를 집어넣어 전쟁에서 낭패를 당했다. 그런데 해군의 포탄은 육군 포탄보다는 성능이 우수했으나 화약의 폭발력이 약해 일본 함정을 맞춰도 파괴력이 없어 낭패를 당했으며, 함정의 기동성이 떨어져 더 많은 피해를 당했다.

반면에 일본은 조함 실력이 뛰어나 함정 운용을 말 달리듯 하여 모든 동작을 자기들 마음먹은 대로 했다. 전투 중 한 척이 위기에 처하면 두세 척이 달려들어 구원했다. 북양함대의 배는 한 척이 위기에 처하면 다른 배들이 구원하지 못했고, 오히려 일본 함정이 몇 척씩 달려들어 에워싸고 포격을 해댔다. 게다가 청국 함정에는 거포가 없어서 일본 함정을 깨뜨리지 못해 애를 먹었다. 정원, 진원 두 군함은 세계에 제일 견고한 군함이라서 일본군의 함포 400여 발을 맞았으나 크게 파괴되지 않았다.

사관 중에 복주 사람은 겁을 잔뜩 집어먹고 전투 시작부터 끝까지 정여창 제독이 이리하라면 저리하고 저리하라면 이리하는 등 함부로 명령을 어겼다. 정여창은 전투 의지는 대단했으나 함정의 조함과 전략에는 밝지 않아 복주 사람들이 우습게 여겼다. 그밖에는 모두가 담대하나 항상 복주 사람이 돌파당해 헛일이 되었고, 제원함의 패전도 복주 사람들이 접전할 때 먼저 도주했기 때문이다.

북양함대는 각 함정의 함포에 다 문제가 있었다. 원래 영국에서 건조한 배도 있고 프랑스에서 건조한 배도 있었으나 고용한 사람은 독일인이 많았다. 이들은 독일 포르칸(Vulkan) 조선소에서 온 사람들이다. 자기 조선소에서 건조한 함정의 함포는 항상 시험하여 낱낱이 눈에 익고 손에 맞았으나, 영국과 프랑스에서 건조한 함정의 함포는 한 번도 사용하지 않아 이끼와 티끌이 가득했는데, 이러한 사실은 당연히 영국에서 알아야 한다고 했다.

이상은 필로 맥기핀이 상해에서 미국으로 돌아갈 때 런던을 지나기 때문에 영국 월간지에서 기자를 보내 그로부터 들은 말이다.

이어서 필로 맥기핀 사진 아래에 황해 해전에서 다섯 군데 부상을 당했다며 부상 당한 곳을 설명했다. 한 곳은 진원함이 일본군의 함포에 맞아 화재가 발생했을 때 맥기핀이 몸을 굽혀 화재를 진압하려고 할 때 당한 부상이다. 그 때 탄환 한 발이 다리 아래로 날아와 겨드랑이 사이에 박혔다. 만약 몸을 굽히지 않았다면 두 다리가 끊어졌을 것이다. 또 한 곳은 소이탄이 가까이 떨어져 폭발하면서 복부에 상처를 입었고, 또 한 곳은 탄환이 갑판에 떨어졌다가 튕겨오르며 다리와 허리 사이를 스쳤고, 파편 한 조각이 종아리에 박혀 아직도 제거하지 못했다. 또 한 곳은 겉옷에 불이 붙어 화상을 입었다. 마지막으로는 바지에 불이 붙으면서 화상을 입은 상처다. 그는 이

험한 풍파를 겪고도 천만다행으로 목숨을 건졌다. 청국 황제께서 필로 맥기핀의 용맹을 가상히 여겨 해군유격장군이라는 이름과 훈장을 내렸다.

12
청일전쟁 이후
동북아 주변국들이 체결한 비밀조약

(1) **청·러시아 비밀조약**(1896)

대청국 대황제는 러시아 대황제가 공평한 공론으로 일본에게 권하여 요동 등 수십여 성을 반환하게 한 것을 감사히 여기고 있었다. 이 와중에 청국이 일본에 갚아야 할 배상금을 러시아가 먼저 차관을 빌려주겠다고 제안하니 우의가 더욱 깊어졌다. 러시아와 연합하여 중요한 사건이 발생하면 서로 도와주기로 약속하는 조약을 체결한다.

러시아가 아시아에서 다른 나라와 분쟁이 발생할 경우 청국이 러시아를 도울 것이다. 이를 위해 러시아 군함이 청국 영해 어느 곳이나 어느 때를 막론하고 왕래할 수 있으며, 군함이나 화물선 등은 편한 대로 항구에 입항할 수 있고, 수리나 양식 석탄 등을 구입하는 것을 방해하지 않는다. 러시아에 위급한 사건이 발생할 경우 청국에서 군사를 모집하고, 말을 구입하여 준비할 수 있도록 한다.

이와 관련된 내용 일체를 비밀에 붙여 외국이 모르도록 한다. 만약 이 내용이 외부에 알려져 시비가 일면 "청국은 허약하고 러시아는 강하여 부득이하게 러시아의 요청을 시행할 수밖에 없다"고 답한다. 그렇지 않으면 "청국과 러시아는 이웃나라이기 때문에 러시아를 도와 독일을 막는다"고 발언해도 무방하다. 다만 그때 상황에 따라 적절히 대응한다.

러시아에 바다와 항구가 많으나 모두 추운 지방에 있어 해마다 반년 동안은 얼음이 풀리지 않으므로 청국이 여순구에 러시아 군사를 주둔하고 선박을 정박하도록 허락할 것이다. 외국이 이 사실에 대해 비판을 제기할 것에 대비하여 러시아가 산동성 교주만에 군대를 주둔시키고, 함정 정박지를 만들어 그곳에 러시아 병참물자 보급소와 영문을 설치하거나 석탄 집하소를 설치하도록 허락한다. 교주만이 합당하지 않을 경우 강(江), 절(浙) 두 지역[258] 중 한 곳을 같이 사용하도록 하여 청국과 러시아의 두터운 우의의 정표로 삼는다.

만약 청국 지방관이 이 사실을 알지 못하고 서로 다투는 문제가 발생하면 정부에서 비밀명령을 내려 잘 알아듣도록 타이를 것이며, 각 고을에 다 알려 각별히 거행하도록 한다. 청국 총리아문 소속의 통역 세 명을 보내 러시아 군함의 실무를 돕다가 두 나라 관원이 상의할 일이 발생하면 통역이 관련 내용을 자세히 총리아문에 보고한다. 또 청국 각 관원에게 전하여 러시아 군함이 어디를 가든 방해하지 않으며, 청국이 다른 나라와 전투를 벌이면 러시아가 전력을 다

258) 강(江), 절(浙) 두 지역은 강소성(江蘇省)과 절강성(浙江省)을 말한다.

해 중재하다가, 더 이상 중재가 어려운 상황이 되면 병력을 파병하여 두 나라의 우의가 각별함을 보인다.

러시아 소속 상선의 경우 봉천성과 길림성 동편 압록강과 지항(支港)에 아무 때나 왕래하며 통상도 하고 토지를 보호하며, 시베리아 철도가 완성되면 그 동서로 철도를 건설하여 길림과 금주와 대련만과 흑룡강성 등지로 연결시킨다. 러시아가 다른 지역을 사용하고자 할 경우 그들 의견대로 사용하도록 한다. 동서로 연결하는 철도 건설은 청국과 러시아 양국에 관할권이 있다. 청국 관할에 있는 철도는 건설한 지 15년 후 청국이 비용을 지불하고 구입하여 단독으로 소유하며, 다른 나라가 좋지 않은 일을 벌여 러시아에 해가 될 경우 러시아는 대련만 좌우의 편리한 지역에 군사를 주둔시켜 독일을 막도록 한다.

블라디보스토크는 러시아에게는 중요한 땅이라서 앞으로 철도가 건설되면 외국이 이 지역을 탐내지 않도록 반드시 극력 보호해야 한다. 청국이 러시아에 허락하여 블라디보스토크 남쪽에 포대를 설치하고 군량을 준비하여 러시아의 형세를 견고하게 할 것이다.

이상 각 조목은 모두 양국의 화합과 평화를 위해서이며, 앞으로 러시아가 조선 문제로 인해 일본과 갈등이 생길 경우 러시아가 압록강으로 행군하여 조선의 서쪽 지역을 공격하도록 한다. 시베리아 철도는 청국에도 대단한 도움이 될 것이다. 앞으로 러시아에서 실어내는 직물 등을 청국 지방에 들여다 판매하며, 러시아 상인과 기업인 등이 자주 왕래하여 상업을 발전시키되 청국 신장(新疆)에서 러시아인이 통상하는 전례대로 한다.

지금 당장 청국에 제일 긴급한 일은 군대의 훈련이다. 러시아에서 장교 수백 명을 초빙하여 정예 병사 10만 명을 훈련시켜 북방의 다섯 지역에 배치하고, 그 수를 점점 확대하여 청국이 날로 강성해지도록 한다.

(2) 청·러시아 특별조약(1896)

광서 22년(1896)에 대청국 대황제는 청·일 전쟁 후 대러시아 대황제가 올바른 공론으로 청국을 도와준 일에 감격하여 두 나라 국경의 통상업무가 두 나라에 서로 이롭도록 상의하여 여타 각별한 우의를 견고하게 하고자 한다. 이에 특별히 대청 흠명독판 군무아문 왕대신(欽命督辦 軍務衙門 王大臣)을 전권대신으로 파견하여 러시아 대황제가 청국에 파견한 전권대신 1등 백작 카시니(A.P Cassini·한자명 喀西尼)와 북경에서 조약을 체결하고 청국 동쪽 세 도시를 잇는 철도를 러시아 시베리아 철로와 연결하여 양국의 통상과 왕래가 편리하게 하며, 바닷가와 인접한 지역의 평안을 위해 별도의 조약을 체결하여 요동 등지를 되찾도록 도와준 정을 갚고자 한다.

1. 러시아의 시베리아 철도가 조만간 완공되면, 청국이 러시아에 허락하여 이 철도를 러시아 블라디보스토크로부터 길림성 훈춘(輝春)까지 연결하고 서북으로 길림성을 통과하며, 러시아 아무르 주의 기차 방죽으로부터 청국 흑룡강성에서 훈춘까지 연결하고, 서남으

로부터 치치하얼성까지 연결하고, 또 길림성 백도율 지방에서 다시 동남으로 잇대어 길림성까지 통과하게 한다.

2. 흑룡강성과 길림성에 설치하는 각 철도는 러시아가 자본을 부담하여 건설하고, 그 철도 관련 규정도 러시아의 철도 규정을 준행하며 청국은 참여하지 못한다. 그 관할권도 30년을 기한으로 정하여 잠시 러시아에 맡겼다가 기한이 지나면 청국이 비용을 지불하고 철도와 기차, 철도 관련 시설과 건물을 구입하여 소유한다. 매매와 관련된 사항은 추후 의논하여 정한다.

3. 현재 운행 중인 철도를 연장하여 산해관에서 봉천성 성경까지 연결하고 다시 길림성까지 연결한다. 청국이 즉시 시작하지 못하면 러시아가 대신 건설하되, 이 철도는 10년이 지난 후 청국이 매입한다. 처음에는 청국이 계획했던 노선을 따라 성경과 오강(烏江·우장)[259] 등지에 연결되도록 한다.

4. 청국이 계획했던 철도를 봉천성과 산해관으로부터 오강, 개평, 금주, 여순구, 대련만 등 지방에 이르되 모두 러시아 철도를 기준으로 하여 청·러시아 양국의 왕래 통상에 편리하게 한다.

5. 이 위에 열거된 러시아 철도를 건설할 각 지방을 청국 관원이 보호하며, 겸하여 철도 건설을 위한 러시아 관원과 엔지니어들을 융숭히 대접하며, 오지의 경우 청국 관원이 보호하기 어려울 것이니 이런 곳에는 러시아가 보병과 기병을 각각 몇 군데씩 주둔시켜 작업을 보호케 한다.

259) 안휘(安徽 · 안후이)성에 있는 도시.

6. 철도가 완성된 후 양국이 무역하는 화물의 세금을 매기는 규칙은 동치 원년(1861)에 작성한 청·러시아 양국의 육로통상조약에 따라 부과한다.

7. 흑룡강성과 길림성과 장백산 등지에 있는 금은동철 각색 광산은 이전에는 생산을 엄금해 왔으나, 이 조약 체결 후에는 러시아와 본국 백성에게 허가를 주어 아무 때나 임의로 채굴하도록 한다. 채굴을 하려면 먼저 청국 지방관에게 증명서를 발급받아야 하며, 청국의 광산 규정을 따라야 한다.

8. 동방 세 지역에 지방군이 있으나 모두 구식 군대다. 앞으로 서양식 군대로 전환할 경우 러시아에 요청하여 전술에 익숙한 장교를 고용하여 군기를 바로잡는다. 이때 독일 무관 고용 규정을 적용한다.

9. 러시아는 아시아에서 겨울이 되어도 얼지 않는 항구가 없어 불시에 전쟁이 발발하면 러시아 동해와 태평양의 해군이 즉시 기동하지 못한다. 이에 청국이 러시아를 돕기 위해 산동성 교주 지방을 15년 간 러시아에 조차하여 러시아 병참기지와 주둔지를 건설한다. 기한이 종료되면 청국이 관련 시설을 비용을 지불하고 인계받아 청국군을 주둔시킨다. 이후에는 러시아 군사를 철수시켜 다른 나라의 의심을 사지 않도록 한다. 조차와 관련된 제반 사항은 추후 별도의 조약을 맺어 정한다.

10. 요동과 여순구와 대련만 지방은 지형이 험하고 중요한 요충지라서 청국이 신속히 준비하여 만약의 사태를 대비해야 한다. 이 조약을 체결한 후 러시아가 두 지역을 보호하여 다른 나라가 침범하

지 못하도록 한다. 청국은 이 두 지역을 다른 나라에 제공하여 점령하지 못하도록 해야 하며, 러시아가 병력을 동원해야 할 일이 발생할 경우 청국이 이 두 지역을 잠시 러시아에 빌려주어 해군과 육군을 주둔시켜 러시아의 전쟁 수행을 돕는다.

11. 대련만과 여순구 등지는 러시아가 태평무사할 때에는 청국이 관할하여 러시아와 상관이 없다. 오직 동방 세 고을에 철도 건설과 금은동철 등 각 광산 사무는 조약의 비준과 동시에 실행에 옮긴다. 러시아 문무관원과 상인 등이 출입할 때 청국 관원은 이들을 각별히 우대하여 각 지역을 여행하는데 편의를 제공한다.

12. 이 조약을 양국이 어필로 재가한 후 각각 약속대로 시행하고, 여순구와 교주만과 대련 등지의 소관사항 외에는 각 지방관들에게 널리 알려 각별히 시행하도록 한다. 향후 조약 비준서의 교환 장소는 별도로 의논하여 정하고, 조약을 체결한 날로부터 6개월 만에 양국 전권대신이 이 조약문을 비준한다. 조약문 본문은 한문과 러시아어, 프랑스어로 작성하여 3국 언어로 비교하여 해석상의 문제가 발생하지 않도록 하며, 만약 의견이 다를 경우 프랑스어본으로 결정한다.

대청 광서 22년(1896) 9월 일 북경에서 서명함

(3) 전보(1896년 1월 ~ 1897년 10월)[260)]

260) 전보가 오고 간 날짜가 원문에는 1895년 1월부터 1896년 10월까지로 표기되어 있다. 그러나 사실관계를 확인해 보니 해당 연도가 1년씩 잘못 당겨져 표기되어 있음을 알 수 있었다. 따라서 전보가 오고 간 날짜를 1986년 1월부터 1897년 10월까지로 바로 잡는다. 한편 '전보'라 함은 각국의 통신사들이 전하는 기사를 뜻하는 것으로 보인다.

1896년 음력 1월

광서 22년(1896) 1월 26일(양력 2월 20일) 천진 전보. 해군제독 정여창의 부인이 음식을 전폐하여 스스로 목숨을 끊었다고 한다. 절개를 따라 목숨을 버린 정황이 측은하다.

1월 29일(양력 2월 23일) 영국 전보. 러시아가 군사 9만 명을 동원하여 블라디보스토크를 지키고 있는데, 그 뜻을 알 수가 없다.

1896년 음력 2월

2월 1일(양력 3월 14일) 영국 전보. 청국이 두 번째 차관으로 영국 돈 1600만 파운드를 영국과 독일 양국 은행에서 빌렸다. 영국과 독일은 "청국이 여전히 새로 정한 세관을 고치지 않고, 또 이자가 높으니 차관을 제공할 만하다"고 했다.

2월 7일(양력 3월 20일) 영국 전보. 독일 외무대신이 "우리 독일이 러시아, 프랑스 양국과 힘을 합쳐 일본이 요동반도를 청국에 반환하도록 한 것은 누구를 사랑하고 누구를 미워해서가 아니라 우리에게 관계가 있기 때문이다. 일본은 젊은 사람과 같아 몸이 건강하고 기운이 활발하여 해군과 육군의 힘을 이번에 보여주었다. 장차 성장한 후 우리가 일본과 힘을 합칠 수 있는 조약을 맺었다면 상호 간에 매우 이익이 될 것"이라고 말했다.

1896년 음력 3월

3월 2일(양력 4월 14일) 일본 전보. 조선이 서울~인천 철도 건설권을 미국에 주었고, 러시아와 프랑스는 원산~서울 철도 건설권을 곧 받을 것이다. 지금 남은 것은 부산뿐인데 빨리 서두르지 않으면 누구 손에 들어갈지 모르겠다.

3월 10일(양력 4월 22일) 일본 전보. 조선의 내치와 외교 업무를 러시아, 일본 양국이 합의하여 갈등이 없도록 하겠다면서 일본 공사 고무라 주타로가 러시아 공사 베베르(Karl Ivanovich Weber)[261]와 조약문 한 벌을 초안하여 일본 외무부로 보내며 "조선에 파견될 러시아 공사 알렉세이 슈페이에르(Alexi de Speyer)와 의논하라"고 했다. 알렉세이 슈페이에르는 일본에서 근무하다 조선으로 부임하게 될 공사인데 그 조약 내용을 보고 합의하겠다고 했다.

3월 14일(양력 4월 26일) 일본 전보. 일본 장관이 "조선의 여러 가지 일 중에서 가장 긴급한 것은 무력으로라도 시행하게 하라. 그러나 일본과 러시아 군대가 내지에 함께 주둔하기는 어려우니 내 의견은 양국이 조약을 정해 한 나라는 내지에 군대를 주둔하고, 다른 나라는 항구에 군함을 정박하면 서로 시비가 없을 것"이라고 말했다.

일본 전보. 프랑스인이 조선의 서울에서 평양과 압록강을 지나 청

---

261) 카를 이바노비치 베베르(1841~1910)는 러시아 외교관으로 한국식 이름은 위패(韋貝)다. 1885년부터 1897년까지 주한 러시아 공사로 근무했고, 고종의 개인적인 친구였다. 1884년 7월 묄렌도르프의 주선으로 한·로수호통상조약(韓露修好通商條約)을 체결했다. 1885년 주한 러시아 대리공사 겸 총영사로 부임하여 능란한 외교술로 조선 정부에 친러세력을 심었다. 1894년 주청(駐淸) 러시아 대리대사로 전임되었다가 조선에서 동학운동이 일어나자 다시 돌아왔으며, 일본에 대한 삼국간섭에 중요한 역할을 했다. 1896년 2월 고종을 러시아 공사관으로 옮기는 아관파천을 후원했다. 고종이 러시아 공사관에 머무르는 동안 친러 정책을 실시하도록 했고, 군사 교관과 재정고문을 파견했으며, 많은 경제적 이권을 가져갔다. 1897년 9월 멕시코 공사로 전임되었다.

국 길림성과 흑룡강성까지 철도를 놓아 시베리아에 있는 러시아 철도와 연결하려 한다고 한다. 이 계획을 조선은 말할 것 없고 청국에서 허락하겠는가. 영국인이 이 사실을 알면 구경만 하고 있지는 않을 것이다.

3월 17일(양력 4월 29일) 일본 전보. 조선에 주재하는 일본 참찬관이 러시아 공사와 합의하여 일·러 양국이 조선 내정을 수습하기 위해 조약을 맺었는데, 그중 한 조목은 러·일 양국이 조선 대군주께서 환궁하시게 하고 서로 보호하자는 내용이다.

일본 전보. 일본이 러시아와 조선을 정돈시키기 위해 조약을 만들려고 하나 일본의 뜻은 러시아가 허락하지 않고, 러시아의 뜻은 일본이 받아들이기에 마땅치 않았다. 이 와중에 영국이 갑자기 개입할 생각으로 자국 정부의 명령을 받은 일본 주재 영국 공사가 일본 외무대신 무쓰 무네미쓰를 찾아와 급히 의논했다. 총리 이토 히로부미가 대만에 갈 일이 있어 행장을 차렸다가 이 문제로 여행을 연기하고 조선에 전보하여 공사 고무라 주타로를 불러들여 조선 형편을 자세히 들어볼 예정이라고 한다.

1896년 음력 5월

5월 3일(양력 6월 13일) 영국 전보. 일본이 전보하여 "일본, 러시아 두 나라가 조선 문제를 의논할 때 일본은 내지에 군사를 주둔하겠다고 하고, 러시아는 군사는 주둔시키지 않는 대신 러시아가 조선 군대를 교련시킬 장교를 보내어 관장하겠다"고 했다.

5월 9일(양력 6월 19일) 영국 전보. 독일인이 이홍장에게 "청국과 러시아 두 나라가 비밀조약을 체결했다는데 이것이 사실인가"하고 물었다. 이홍장은 "러시아가 만주에 철도를 놓게 할 뿐 비밀조약은 없다"고 답했다.

1896년 음력 7월

7월 5일(양력 8월 15일) 대만 전보. 난리 중에 수많은 대만 백성이 죽자 일본 정부에서 은전 5만 엔을 내려 위로했다.

1896년 음력 10월

10월 20일(양력 11월 25일) 조선 전보. 조선의 고위 관리 몇 명이 대군주를 받들어 환궁할 계획을 모의했다가 탄로나 러시아인들에게 사로잡혔다. 러시아는 무관 한 명과 해군 80명, 대포 1문을 하륙시켜 조선에 들어와 보호하니, 슬프다. 조선 대군주께서 애초에 러시아 공사관으로 파천하실 때 나라가 위태로운 모습은 형언하기 어려웠다. 러시아인은 자신들의 품 안에 들어온 것을 좋아하며 조선 정사가 러시아 공사의 손바닥 안에 있어 위세를 떨칠 수 있었다. 일본이 만약 일을 벌이지 않았다면 어찌 이 지경이 되었겠는가. 지금 러시아는 의기양양하고 일본은 꿀 먹은 벙어리가 되어 청국을 이긴 것만 영광이라고 하니 참으로 부끄럽다.

1897년 음력 2월

광서 23년 2월 7일(양력 1897년 3월 9일) 조선 전보. 러시아 증기선 회사 사무원 세 명이 조선 정부의 인가를 받아 원산에서 고래를 잡겠다고 한다. 어떤 사람의 말이 "원산은 고래가 나지 않는 곳인데, 러시아인이 원산을 노리고 해로(海路)를 측량하기 위해 고래를 잡겠다는 구실을 내세운 것"이라고 한다.

1897년 음력 6월

6월 21일(양력 7월 20일) 영국 외무차관 조지 커즌(George Nathaniel Curzon)[262]이 하원에서 외교에 대해 발언을 했는데 "조선이 우리 영국과 관계되는 이유는 첫째, 러시아 땅이 조선 바다와 함께 이어져 있기 때문이고, 둘째, 러시아인이 조선에서 거류지를 얻었기 때문이다. 만약 러시아의 뜻이 이루어지면 동방에 있는 영국의 이권이 침해될 수 있으니 우리는 모든 힘을 다해 이를 막아야 한다"고 했다.

1897년 음력 7월

7월 26일(양력 8월 2일) 일본 전보. 오늘 새벽에 일본 외무장관 무쓰 무네미쓰가 사망했는데 나이 54세였다. 일황이 그의 공로를 생각하여 종1위훈 벼슬을 추증하였다.

---

262) 조지 커즌(1859~1925)은 1886년 하원의원, 1891년 인도차관, 1895년 외무차관, 1898년 인도 총독을 역임했고, 제1차 세계대전 때는 상원의장으로서 전쟁에 참여했다. 1919년 외무장관 임시대리로 파리회의에 참석했고, 그 해 10월 외무장관에 올라 1924년까지 재임했다.

1897년 음력 9월

9월 9일(양력 10월 4일) 전보. 조선 궁내대신이 각국 공사관에 다음과 같이 포고했다.

"우리 대군주께서 신민의 소원을 들어 드디어 황제로 즉위하신다 하며 국호를 대한이라 하고 연호를 광무라 하며, 왕후 민 씨를 추존하여 황후로 받들 것이다."

일본은 다른 나라와 의논하지 않고 먼저 허락하여 공사를 보내 치하하도록 했다.

9월 11일(양력 10월 6일) 전보. 러시아 탁지부 관원 콘스탄틴 알렉세예프가 친구와 함께 조선에 들어가 영국 관리 존 브라운(John Mcleavy Brown. 한국명 백탁안·柏卓安)[263]을 몰아내고 탁지부 고문관이 되려고 한다.

1897년 음력 10월

10월 1일(양력 10월 27일) 조선 전보. 조선 주재 러시아 공사가 조선 정부를 협박하여 러시아인 콘스탄틴 알렉세예프를 전국의 세무를 총괄하는 탁지부 고문관으로 임명하고, 영국인 존 브라운을 해고하라고 했다. 영국 공사가 크게 노하여 조선 황제를 만나 뵙고 결단하려 한다니, 조선 황제께서 이를 어떻게 처분하실지.

---

263) 탁지부(度支部)의 영국인 고문이며 총세무사(總稅務司). 존 브라운은 조정에 서구식 공원 건립을 건의하여 조선시대 원각서 터에 서울 최초의 근대식 공원인 파고다공원을 건립했다.

10월 13일 조선 전보. 러시아 공사 알렉세이 슈페이에르(Alexi de Speyer)가 일본을 떠나 서울에 들어가 전임 공사 베베르를 대신하여 조선의 실권을 장악했다. 군부의 권리는 러시아 사관이 총괄하고 탁지부 재정은 존 브라운을 대신하여 콘스탄틴 알렉세예프가 주관하는데 매년 월급은 3,000원이며 기한은 정하지 않았다. 또 조선의 해관 세무는 모두 러시아 사람의 지휘를 받으라고 하니 조선 정부에서는 분부대로 시행할 따름이다. 존 브라운이 계약 기간이 남았다고 하는데 조선 정부에서 여러 차례 물러가라고 해도 듣지 않고 "영국 외무부에 알렸으니 회답을 받아서 움직이겠다"고 했다.

이때 조선 정부에서 콘스탄틴 알렉세예프와 계약을 맺었는데 첫째, 재정을 주관하고, 둘째 월급을 정하되 근무기간은 정하지 않으며, 셋째, 각 해관의 세납을 총괄하며, 넷째 해관 총세무사를 러시아인으로 임명하여 자기를 돕도록 하며, 다섯째, 러시아와 조선의 친분이 날로 두터워져 가니 고문관은 자기가 영원히 하고 기한을 정하지 말며, 자기가 귀국하더라도 러시아인으로 대체하겠다고 했다.

(4) 한성조약 (1896)[264]

대러시아국이 조선에 파견한 흠차대신 베베르와 일본이 조선에

264) 1896년 2월 고종의 아관파천으로 조선에서 친러 정권이 들어서고 러시아의 입김이 강화되자 1895년 5월 14일 일본 공사 고무라 주타로와 베베르는 한성조약 각서를 교환하여 일본으로 하여금 아관파천과 친러정권을 인정하도록 하여 러시아의 우위를 외교적으로 확인했다.

파견한 흠차대신 고무라 주타로는 각기 정부 명령을 받들어 조약을 체결한다.

제1조. 지금 조선 대군주께서 러시아 공사관에 계시는데, 환궁(還宮) 문제는 대군주께서 편하실 대로 결정할 것이며, 만약 양국 공사 의견이 환궁하셔도 별 문제가 없다고 판단되면 환궁하시도록 권한다. 그때는 일본 공사가 일본인 장사패(낭인)들을 엄중히 단속하는 역할을 담당한다.

제2조. 조선 정부 각 대신을 대군주께서 특별히 택하실 것이지만, 근 2년 동안 각 대신이 내각 대신이나 다른 중임을 맡은 경력이 있어 백성들이 그 실력과 인간의 됨됨이를 자세히 알고 있다. 그러므로 우리 양국 공사가 대군주께 추천하여 이런 사람을 뽑아 국정을 맡기게 하고 덕으로 백성을 잘 보호하도록 한다.

제3조. 현재 조선의 상황을 살펴보니, 서울 서부에서 부산까지 전신선은 일본군이 보호할 것인데, 이를 위해서는 일본과 러시아 양국 공사의 뜻이 일치해야 한다. 지금 전신선을 보호하는 일본군 초소 세 곳은 즉시 철수하고 별도로 순찰 병력을 선발하여 전신선을 보호하되, 대구 전보국에 50명, 강흥 전보국에 50명, 서울에서 부산까지 가는 중간의 열 군데에는 각각 10명씩 배치한다. 만약 다른 문제가 있을 경우 각 지역의 순찰병을 분산하든지 합하든지 임의로 하되 전체 숫자는 200명을 초과하지 않는다. 이 병력은 조선의 내정이 안정되면 모두 철수한다.

제4조. 서울과 각 통상 항구에 있는 일본 조계에서 조선 사람들이

매번 작당하여 변란을 일으키고 있어 일본이 마지못해 군 병력을 배치하여 보호하고 있다. 러시아, 일본 양국 공사가 의논하여 일본은 군 주둔지 세 곳을 두는데, 두 곳은 서울에 두고 한 곳은 인천과 원산 사이에 두되 매 주둔지의 병력 수는 200명을 초과할 수 없다. 주둔지는 각 조계 근처에 중요한 곳을 택하여 지켰다가 난리가 평정되면 곧 철수한다. 러시아는 조선에 있는 공사관을 보호하기 위해 위에 기록한 각 주둔지에 군사를 주둔시키되 병력 수는 일본군의 숫자를 초과하지 못하며, 조선 내지가 안정되면 일본군과 함께 철수한다.

1896년 5월 14일

일본, 러시아 양국 공사가 서울에서 착명

(5) **모스크바 조약** (로마노프-야마가타 협정)(1896)[265]

일본 천황이 군부대신 야마가타 아리모토에게 명하여 러시아 황제의 즉위를 축하하며 겸하여 러시아 황제 즉위[266] 후 진하(進賀: 나라에 경사가 있을 때 황제 앞에 나아가 축하를 드리는 일)날 조선의 뒷일을 잘 마감할 대책을 논의하게 했다. 이에 야마가타 아리모토가

---

265) 일본은 야마가타 아리토모를 니콜라이 2세 대관식에 파견했다. 야마가타는 러시아 외상 알렉세이 로마노프 로스토프스키와 비밀 회담을 하여 일본이 제안한 39도선 국토 분할안을 취소하는 대신, 향후 필요한 경우 러일 양국이 조선을 공동 점거하는 데 합의했다. 이것이 일본은 조선에서 러시아의 정치적 우위를 인정하는 대신 일본군의 한반도 주둔을 허용하는 '로마노프-야마가타 협정'이다.

266) 니콜라이 2세의 즉위.

러시아 외무대신 알렉세이 로마노프 로스토프스키와 의논하여 네 가지 조건을 정했다.

제1조. 조선 재정이 매우 어려우니 이를 극복할 방법을 마련한다. 일본과 러시아 두 나라가 조선 주재 공사에게 명을 내려 조선 대군주께 낭비하는 폐단을 없애고, 매년 세입을 예상하여 세출을 정해 재정이 부족한 폐단을 없애도록 진언한다. 내정에 급히 필요한 일이 있으나 예산이 없어 시행하지 못할 경우 두 나라가 국채를 얻어주어 내정을 안정시킨다.

제2조. 조선의 재정 남용 폐단이 사라져 경비가 부족하지 않은 상황이 되면 두 나라 정부는 대군주 의향에 따라 자의로 육군을 훈련하든지 경찰을 더 늘리든지 하여 힘을 길러 남의 도움이 필요하지 않도록 한다.

제3조. 조선에 전신 시설을 설치하여 전보를 주고받는 이유는 통신의 편리함을 위해서인데, 아직은 일본의 필요에 의해 진행하는 것이기 때문에 일본 정부가 관할한다. 서울에서 러시아 국경까지 가는 지방에는 러시아가 전신 시설을 설치했다가 향후 조선 대군주께서 이 시설을 구입할 때까지 기다렸다가 조선에 유상 매각한다.

제4조. 이상 각 조건에 대해 앞으로 다툼이 생길 경우 양국 정부가 공정한 사람을 선정하여 공평하게 판단한다.

1896년 6월 9일

러시아 전 수도 모스크바에서 협정

13 청일전쟁의 교훈

(1) 조선 사신 민영환의 어록

러시아 황제 즉위식에 조선 사신 민영환 씨가 청국과 일본, 미국을 지나 유럽을 경유하여 러시아의 전 수도 모스크바에 도착했다. 축하 예식에 참석하고 다시 유럽 각국을 유람한 후 수에즈 운하를 거쳐 홍콩을 경유하여 조선에 귀국했다. 유럽에 4개월을 체류하며 견문을 넓힌 셈이다. 그가 유럽에 머물며 한 일들을 보면 그의 마음을 대강이나마 짐작할 수 있다. 영국의 모 신문사에서 취재기자를 보내 민영환 씨와 대화를 나누었다.

기자: "공(公)이 전일에 무슨 소문을 듣고 왔다가 지금은 무엇을 보고 돌아가는가."

민영환: "내가 전일에 본국에 있을 때도 유럽 각국의 새 정치와 문물에 대해 많이 들었고, 또 공사로 조선에 주재하던 외교관들에게도

자세히 들어 큰 관심을 가진 지가 오래되었다. 그러나 지금 내가 진정으로 말하고 싶은 것은 과거에는 나에게 말하던 사람들이 너무 지나치게 자랑하는가 의심하여 내가 들을 것의 10중 2~3만 사실로 받아들였는데, 지금 현장에 와서 눈으로 보니 이전에 들은 내용이 오히려 부족할 지경이다. 슬프다. 우리나라에서는 물리학이 무엇인지도 모르고 있는데, 서양 사람들은 기이하고 신통한 학문을 저마다 배워 무슨 어려운 일을 당하든 대처하는 생각과 방식과 법도가 다 있다. 이것은 내가 전에 듣지도 못하고 짐작조차 하지 못했던 것이다."

기자: "공의 뜻이 과연 그러하다면 그 중 제일 감동한 것은 무엇인가."

민영환: "수많은 감동을 받아 일일이 말로 설명할 수 없을 정도다. 그렇지만 마음속에 깊이 새기고 뼈에 새겨 평생 잊지 못할 일이 두세 가지가 있다. 첫째는 어떤 사람이든 일 없이 놀지 않는다는 점이고, 둘째는 어린아이나 늙은이를 막론하고 모든 사람들이 남의 생활을 의지하지 않는다는 점이다. 셋째는 아무리 부유한 귀인(貴人)이라도 한가히 앉아 세월 보내는 것을 큰 수치로 안다. 우리나라 사람들은 나태한 것을 좋아하며, 심지어 선비가 되어 글줄이나 쓰면 재사(才士)라 칭하니 사람은 고생스럽고 나라는 곤란한 지경이다. 또 서양 사람은 신분이 보잘 것 없고 천한 사람이라도 나라를 사랑하고 임금에게 충성하지 않는 자가 없으며, 더욱이 자기 나라 사람을 지극히 사랑한다. 우리 조선 사람은 그렇지 않다. 또 서양 사람들은 글

못쓰고 수학 모르는 자가 없는데, 우리나라 사람들은 한글의 기억 자도 모르는 사람이 무수하다. 이 몇 가지는 내가 자나 깨나 잊지 못하고 한탄하는 것이다."

기자: "공이 이렇듯 통분히 여긴다 하니 앞으로 귀국에 돌아가서 서양의 새 정치를 시행할 생각이 있는가."

민영환: "마음으로만 감동할 것이 아니라 앞으로 몸과 마음을 다 바쳐 반드시 시행하여 성공을 거두도록 노력하겠다."

(2) 청국 황제의 국서

무술 11월 13일(양력 1899년 1월 25일)에 청국 공사 서수봉이 서울에 들어와 20일(양력 1899년 1월 1일)에 우리 대황제 폐하를 만나 뵙고 청국 황제의 국서를 올렸다. 그 국서의 내용은 다음과 같다.

대청국 대황제는 공경하여 대조선 대황제의 평안하심을 묻습니다. 우리 양국이 함께 아시아 주에 있어 수로와 육로로 가까이에 위치하고 있기 때문에 수 천 년 이래 경사스러운 일과 환란을 서로 내 일처럼 알고 지내왔습니다. 이런 일들이 발생할 때마다 힘이 부족하면 몸과 마음을 바쳐 서로 태평하고자 하였음은 귀국 사기에 선명히 기록되어 있으니 일부러 번거롭게 언급할 필요는 없을 것입니다.

광서 초년(1875)에 귀국이 서양 여러 나라와 조약을 체결할 때 조선은 자주국임을 분명히 기록했으니 귀국이 오래도록 잊지 않는 아름다운 뜻을 볼 수 있었습니다. 최근 들어 지구상의 여러 나라가 자주독립을 기본으로 삼고 있기 때문에 광서 21년(1895)에 청국과 일본 간의 시모노세키조약 제1조에 청국이 귀국의 자주 독립을 인가하고, 다시 과거의 정의를 회복하며, 세상 돌아가는 모습을 보면서 서로 의지하고 서로 믿는 의리를 더욱이 친밀하게 하고자 합니다.

이에 2품 벼슬 후보 3품 경당 서수봉을 출사대신으로 명하여 국서를 가지고 서울에 가서 대신 짐의 뜻을 시행케 하고자 합니다. 이 대신은 충성스럽고 사리에 밝으니 바라건대 대황제는 특별히 우대하여 귀국 정부로부터 통상조약을 정해 앞으로 두 나라가 영원히 평화롭게 지내며, 함께 태평을 누리기를 짐이 깊이 바라는 바입니다.

대청 광서 24년 8월 21일(양력 1898년 10월 6일)

(3) 영국 의회의 외교론 (알렌·채이강)

영국 하원에서 외교 사무를 의논할 때 한 의원이 외무차관 조지 커즌에게 발언했다.

"어떤 사람이 하는 말이 러시아가 부동항을 마련하고자 하며, 시베리아 철도를 건설하여 중요한 지역에 철도 종착역을 설치할 장소를 얻으려고 한다. 이것은 우리 영국에 해로운 일이 없을 뿐만 아니라 오히려 통상에 유리하게 될 것이니 우리 영국은 이를 반겨야 한다는 소문이 자자하니 참으로 기괴한 말이다. 러시아의 영향력이 강해지면 영국의 영향력은 그만큼 줄어든다. 이제 러시아가 동양에서 영토를 확장하고 조선에서 세력이 가장 강성하니 우리나라에는 큰 근심이다.

러시아가 조선과 새로 체결한 조약을 보면 러시아가 조선 내정에 간섭하지 않는다고 했지만, 러시아 장교가 조선 군사를 훈련시키고 있고, 조선의 산림을 벌채해 가고 있으며, 조선의 철도는 러시아가 건설하고 있고, 조선의 육로 통상 세관은 러시아가 주장하여 받게 했으니 러시아의 영향력이 날로 커지고 있는 것이 분명하다. 영국은 상관이 없다면서 앉아 있다가 앞으로 후회할까 걱정이다."

이 발언에 대해 조지 커즌 차관이 다음과 같이 답했다.

"귀 의원이 이 문제에 정통한 생각을 가지고 있는 것은 우리나라에게는 큰 복이다. 귀 의원의 발언에 찬사를 보낸다. 조선의 상황을 보면 우리 영국이 속히 붙들어서 자주독립을 보장하는 것이 옳다. 조선이 자주독립을 유지하면 세계 각국에 모두 이로울 것이다. 그러나 조선의 현 상황은 국력이 너무 허약해 청국의 속국으로 지내며 안보를 유지해 온지 수백 년이 되었다. 결국 1894년에 난리가 생기고(동학농민운동, 청일전쟁을 뜻함) 청국이 쇠약해지자 조선이 자주독립을 한다고는 하나 여전히 흔들려서 홀로 서지 못하는 형세가 봄바람에 날리는 한해살이풀과 같다. 필경 러시아의 속국이 되지 않으면 일본의 물건이 될 것이다. 우리 영국이 아무리 도우려 한들 어떻게 할 방법이 없다.

그러나 우리 영국이 조선 문제를 깨끗이 잊고 돌아보지 않는다고 지적하는 것은 잘못된 견해다. 조선과 관련된 우리의 이익이 다른 나라와는 특별히 다르다. 겉으로 보면 우리 땅이 조선과 멀리 떨어져 있어 일본이나 청국의 관계와 같지 않은 듯 보인다. 또 조선과 거래하는 영국 상인의 숫자가 얼마 되지 않아 마음을 쓰지 않는 것처럼 보이지만, 우리는 상업에 가장 큰 관심이 있는 나라다. 때문에 조선의 자주독립을 유지하게 하여 다른 나라가 그 땅을 빼앗거나 우리의 이익이 침해당하지 않도록 할 것이다.

또 항구를 남에게 빼앗겨 동양과의 상업에 있어 우리의 권리가 다른 나라에 뒤지는 일이 없도록 할 것이다. 이유여하를 막론하고 우리의 상업에 도움이 되는 일은 기필코 행하고, 해로운 일은 기필코 막을 것이다. 우리는 몸과 마음을 다 바쳐 우리의 상업을 부흥시키는 것이 외교상 가장 중요한 원칙이다."

이 말을 듣고 좌중의 모든 대신이 일제히 큰 소리로 "이 말이 지극히 옳으니 여러 의원들은 귀담아 듣기 바란다"고 했다.

14
권고하는 글
(이승만)

이 책의 번역을 올해(1900) 음력 4월 초 4일(양력 5월 2일)에 시작하여 7월 초 6일(양력 7월 31일)에 마치니 모두 3개월에 걸쳐 작업이 진행되었다. 때마침 심한 고열로 고통을 당하기도 했고, 때때로 크고 작은 사건들도 벌어지고, 또 서양 친구의 부탁으로 기독교 관련 서적을 한 권 번역하는 바람에 번역이 좀 늦어졌다. 그러나 여러 친구들이 옆에서 글씨를 대신 써주는 등 적지 않은 도움을 주었다.

앞에서도 대강 말한 것처럼 이 책의 번역에 힘쓴 이유는 추호도 다른 뜻은 없고, 많은 사람들이 널리 읽기를 바라는 마음에서이다. 그러므로 이 책을 보시는 동포들이 아무쪼록 많은 사람에게 이 책을 소개하여 동포를 깨닫게 한다면 그것이 바로 나라를 위하는 길이다. 그러나 쓸 데 없이 책장을 넘기기만 하면 아무 소용이 없다. 사람마다 깊이 생각하여 깨달아야 할 일이 몇 가지 있으니 대충 설명하면 다음과 같다.

우선 대한이 오늘까지 생존하고 있는 것은 우리의 힘이 강하고 넉넉해서가 아니다. 외교를 잘하기 위해서는 내 것을 인심 좋게 내주기를 좋아하든지, 사정에 끌려 경우에 없는 일이라도 행하여 준다든지, 속으로는 업신여기거나 좋아하지 않으면서도 겉으로는 예절보다 지나치게 대접을 하는 것은 오히려 수모만 당하고 나의 권리만 손상될 뿐이다. 때문에 많이 내 줄수록 감사하게 생각하지도 않고, 시기하는 마음만 생기게 한다.

외교를 잘 하려면 상대방 사람들의 법과 제도를 배워서 나도 그들과 똑같이 행동하고 그 사람들이 원하는 방식으로 대접해야 우리도 제대로 된 대접을 받을 수 있다. 이렇게 행동하고 사고해야만 남들이 나를 우습게보지 않는다.

또 다른 나라가 우리를 인정하도록 하려면 국제기구에 가입해야 한다. 국제기구에 가입하려면 우선 국제기구에 가입한 나라 사람들의 마음과 제도를 본받아야 한다. 그래야 남들이 우리를 의지와 기개가 서로 맞는 친구로 여겨 인정해주는 마음이 생긴다. 개화는 싫고 내 방식만 좋다고 고집하면 내 마음속에 남을 업신여기려는 뜻이 있는 것으로 인식되어 남들이 나를 동료로 알아주지 않는다. 이렇게 되면 외톨이가 되어 결국 나만 위태로워질 뿐이다.

오늘날 작고 허약한 나라가 안심하고 지낼 수 있는 것은 다만 제도 한 가지뿐인데 나 혼자 옳다고 생각해서는 믿을 수 있는 제도가 못되며, 국제법의 제도라야 세계 모든 나라가 신뢰하고 존중하는 것이다. 설령 우리가 세계에서 제일 강한 나라일지라도 지금 시대에 국제법을 위반하고는 견디기 어렵다. 세상 형편이 이러한데 어떻게 옛 법만 고집하고 지키겠는가.

국제법을 준수하려면 옛 법만 좋다고 하는 세력이 권력을 잡아서는 안 된다. 한 가지라도 새로운 제도와 법을 알아 남과 말 한마디를 나누더라도 남의 유혹에 넘어가지 않을 사람을 세워야 한다. 그래야만 백성들도 차츰 새 법을 배우려는 마음이 생겨 매사에 국제법을 기준으로 삼고, 말끝마다 국제법을 내세우게 될 것이다.

또 시급히 세상 돌아가는 사정을 자세히 알아야 한다. 지금 우리나라에 청국의 의화단이라는 비도(匪徒: 떼를 지어 다니며 약탈과 살인을 일삼는 무리)들 같이 외국인을 모두 몰아내고 우리끼리 지내야 한다고 주장하는 사람은 없겠지만, 개중에 혹시나 시세에 어두운 사람이 어리석게 이런 주장을 하고 나서는 경우가 생길 수 있다. 이는 심히 어리석고 아둔한 인생이다. 우리는 외국인들과 함께 살면서 그들에게 지지 않을 방법을 생각해야 나라를 지킬 수 있다. 그렇지 않고 되는대로 살려고 하다가는 나라도 지키지 못하고 백성도 점점 줄어들 것이다.

아무리 개화가 싫다고 해도 어쩔 수 없이 해야 한다. 이왕 개화를 할 바에야 내 손으로 해야지, 남이 시키기를 기다렸다가 억지로 해서는 안 된다. 아는 대로 행할 것이며, 또한 사람들마다 어떤 일에 대한 이해관계를 먼저 생각할 줄 알아야 한다. 세상에 이로운 것을 싫어하고 해로운 것을 좋아할 사람이 어디 있겠는가.

우리나라 사람들은 이로움과 해로움을 생각할 줄은 모르고 남의 말만 따르기 때문에 새 법의 내용이 무엇인지도 모르고 개화라고 하면 무조건 싫어한다. 이것은 무식해서 그런 것이다. 설령 새 법의 내용을 알려주려고 하는 사람이 있어도 처음에 내가 좋지 않게 여기던 것은 말도 들으려 하지 않고, 알아볼 생각조차 하지 않으니 이롭고 해로움을 어떻게 분간할 수 있겠는가.

서양에서 시행 중인 새로운 제도는 나라와 백성을 이롭고 편안하게 하자는 주의다. 서양에서도 100여 년 전까지는 좋지 못한 정치와 완고한 풍속으로 많은 사람이 죽고 난리도 수없이 발생하자 견디다 못해 새로운 제도를 만들기 시작했다. 그들은 어떤 문제를 해결하기 위해 이런저런 방법을 다 시행해 본 다음 좋은 제도는 배우고 나쁜 습관들은 모두 폐기했다. 그 결과 오늘날 시행중인 제도는 백성의 생명과 재산을 지키는 데 대단히 이롭게 되어있다.

우리가 지금 새로운 제도를 만들어 남들과 같이 되고자 애쓸 것 없이 서양 사람들이 훌륭하게 만들어 놓은 제도들을 도입하여 시행하면 우리도 빠르게 발전할 수 있다. 그러나 우리는 배우려 하지도 않고, 시행하려고도 않는다.

1894년 이후 소위 개화라는 것은 허울만 있었고 실제로 시행해 본 것이 적어서 백성이 실질적인 이익이나 혜택을 보지 못했다. 이는 새로운 길은 의심이 생겨 가기를 꺼려하고, 이전에 다니던 길로 가려는 것은 사람들의 자연스런 모습이다. 만약 새로운 제도가 진정으로 우리에게 이롭다는 사실을 깨닫는다면 옛 풍속이 좋다고 우기면서 그 모든 어려움과 고난을 달게 여기겠는가.

그러므로 백성이 먼저 개화의 이로움과 해로움을 깨달아 알아야 되고, 그것을 잘 아는 사람들은 다른 사람들을 가르쳐야 한다. 어떤 사람들은 지금 정부가 개화를 적극 주도하지 않는다고 책망한다. 그러나 실제로 그 사람에게 일할 수 있는 권한을 주어 일을 해보라고 하면 백성은 무지몽매한데 강압적으로 시행하려 하다가는 개화도 안 되고 오히려 자기 몸만 위태로워진다.

문제는 어리석은 백성에게 있다. 또 배우지 못해 개화가 좋은지 나쁜지를 모르는 백성도 잘못은 적다. 개화가 우리에게 좋다는 것을 알면서도 이를 널리 알리지 않는 사람의 잘못이 가장 무겁다. 한 사람이 열 사람에게 알려주고, 열 사람이 백 사람을 깨우쳐 모든 백성이 깨닫도록 하는 것은 어려운 일이 아니다. 항상 사람들의 성의가 부족하기 때문에 개화를 못하는 것이다.

지금 형편으로는 관직에 얽매이지 않고 자유롭게 내 나라 동포에게 내가 알고 있는 개화에 대한 지식을 가르치는 것이 진정으로 나라를 위하는 길이다. 여러 가지 말은 다 줄이고 이 몇 가지만 진정으로 마음에 새겨 행동에 옮기면 그가 바로 충군 애국하는 사람이다. 나라가 어두울 때는 이런 사람을 거들떠보지도 않지만, 세상이 밝아지면 백성을 이롭게 하는 큰 은인으로 대접받을 것이다. 나의 온 정성으로 믿고 바라기는 우리 뜻 있는 동포들이 이 글을 보고 크게 느끼어 마음의 움직임이 있었으면 하는 것이다.

광무 4년 7월 6일(양력 1900년 7월 31일)

대한 리승만 옥중에서 기록

1903년, 이승만의 옥중 동지들. 왼쪽 중죄수 복장을 하고 있는 이가 이승만이다.

제2부

청일전쟁 이해에 필요한 **배경지식**

김용삼 · 김효선

01
청일전쟁 전후
조선의 정황

청일전쟁은 일본과 청국이 한반도의 지배권을 놓고 1894년 7월 25일부터 1895년 4월까지 한판 승부를 벌여 동아시아 역사에 중대한 변화를 초래한 전쟁이다. 또 서구 제국주의 세력이 아시아로 진출하여 열강의 중국 분할을 현실화하는 결정적 계기가 된 전쟁이기도 하다.

우리 근대사에서 청일전쟁이 중요한 위치를 차지하는 이유는 이 전쟁으로 인해 500여 년 지속되어 왔던 조선의 지배권이 중국에서 일본으로 넘어가 일본의 식민지로 전락하는 결정적인 전환점이 되었기 때문이다.

14세기 말에 개국한 조선은 중국(명나라, 청국)을 섬기고 일본, 여진과는 우호협력관계를 추구하는 사대교린(事大交隣)을 외교의 근본정책으로 채택했다. 사대주의는 큰 나라나 세력권에 붙어 존립을 유지하고자 하는 외교술을 말하는데, 조선은 중국 문명권이라는 우산 아래 들어가 평화를 유지하고자 했던 정책이다. 조선은 사대교린 정책을 통해 군사력을 양성하지 않고도 중국에 의지하여 안보 부담을 덜면서 생존을 도모할 수 있었다.

한 나라가 사대주의를 하려면 중국 황제가 주변국 군주에게 작위를 주어 그 지역을 다스리도록 허락하는 책봉체제에 편입되어야 한다. 책봉체제에 편입되면 중국의 연호를 사용해야 하고, 주요 국정은 중국의 의견을 따르는 등 중국을 '천자의 나라'로 섬기는 군신(君臣)관계가 성립된다. 그 대가로 중국은 주변국이 외적의 침략을 받았을 때 이를 보호해주는 책임을 지게 된다.

조선은 사대주의로 안보를 유지하는 데는 성공했으나, 중국이 조선을 보호할 능력을 상실하거나, 보호할 의지가 없는 상황이 되었을 때 국가 생존이 불투명해진다는 심각한 문제가 내재되어 있었다. 한말 중국이 일본과의 청일전쟁에서 패배하자 사대주의의 근본적인 모순이 적나라하게 드러났다.

청국은 영국과 벌인 두 차례의 아편전쟁, 베트남 지배권을 놓고 프랑스와 치른 청불(淸佛)전쟁(1884~85)으로 국력이 급속히 쇠락하기 시작했다. 일본은 청국이 내치와 외치의 불안으로 인해 속방(屬邦)인 조선에 대해 신경을 쓰기 어려운 상황을 예의주시하기 시작했다.

(1) 강화도조약(1876)

일본은 미국의 페리 제독이 몰고 온 군함의 위력에 눌려 개국한 함포 외교의 사례를 조선에 적용하기로 했다. 이를 위해 군함 3척을 파견하여 부산 앞바다에서 함포사격으로 위협을 가했고, 운요오호(雲揚號)가 강화도 포대와 포격전을 벌인 것을 기화로 1876년 2월 27일 강화도조약이라 불리는 조일수호조규(朝日修好條規)를 체결했다.

강화도 조약의 주요 내용은 ▲조선은 자주의 나라로 일본과 평등한 권리를 가진다 ▲부산 이외의 두 항구(원산, 인천항) 개항 ▲일본으로 하여금 조선 연안 측량 허용 등이었다. 특히 조약 제1조에 명기된 '조선이 자주국임을 인정한다'는 내용은 조선에 대한 청국의 지배권을 부인한다는 뜻이 담겨 있었다.

이 조약의 체결로 조선은 쇄국정책에서 벗어나 미국, 영국, 프랑스, 독일, 이탈리아 등과 수호통상조약을 맺고 문호를 개방했다. 갑작스런 개방으로 인해 조정 내부에서는 급진적 성향의 개화파와 보수적 성향의 위정척사파 간의 갈등과 대립이 시작되었다.

(2) 임오군란(1882)

강화도조약 체결 후 조선왕조는 군제 개혁을 위해 일본인 교관을 초빙하여 별기군(別技軍)이라는 신식 군대를 창설했다. 이로 인해 옛 훈련도감 소속의 구식 군대는 급료 지급 등에서 심한 차별대우를 받다가 1882년에 분노가 폭발하여 폭동을 일으켰다.

구식 군대 소속 군인들은 무기를 탈취하여 흥선대원군을 앞세우고 위정척사파와 감옥에 갇혀 있던 흥선대원군 지지자들을 석방시켰다. 일부는 명성황후의 일가친척과 개화파 인사들의 자택을 습격했다. 명성황후는 궁녀로 변장하고 궁궐을 빠져나가 피신했다. 흥분한 구식 군인들은 조선 주재 일본 공사관으로 쳐들어가 불을 지르고 별기군 교관과 조교, 일본군 위병 등 40여 명을 살해했다. 이것은 아시아 최초의 반일(反日) 폭동이었다.

고종은 사태 수습을 위해 실각했던 흥선대원군에게 섭정 통치를 맡겼다. 권력이 흥선대원군에게 넘어가면서 목숨이 위태로워진 민씨 일파는 청국에 원군을 요청했고, 청국은 속방을 보호한다는 구실로 4,500명의 병력을 조선에 파병했다. 1882년 7월 12일 조선에 파병된 청국 장수 원세개와 마건충(馬建忠·마첸중)[267], 정여창, 오장경 등이 서울 시내와 궁궐을 장악했다.

오장경과 마건충은 군사문제로 회담하고 있던 대원군에게 "오늘 밤 남양만에서 배를 타고 천진에 가서 황제의 명을 받아야 한다"며 대원군을 체포하여 중국으로 끌고 갔다. 이로써 권력은 다시 명성황후와 민 씨 척족세력에게 돌아갔고, 청국의 영향력이 다시 복권되었다. 대원군은 이때부터 3년 간 청국에 연금당해 있다가 1885년 8월에 귀국해 운현궁에 은거했다.

(3) 제물포조약(1882)

267) 마건충은 프랑스에 유학하여 법률을 전공하고 파리에서 변호사 자격을 취득했다. 이홍장과 함께 청일전쟁 강화를 위한 시모노세키조약 체결 당시 강화회담 대표단의 일원으로 활동했다.

공사관이 불타고 자국 국민이 살해당하는 수모를 당한 일본도 군함 4척과 보병 1개 대대를 서울에 파견하여 조선 조정에 강력한 항의와 함께 손해배상을 요구했다. 조선 조정은 일본과 제물포조약을 체결하여 피해를 보상했고, 일본 공사관 직원 및 일본 거류민 보호 명목으로 조선 내의 일본 공사관에 경비병력 주둔을 허용했다. 이로써 일본은 조선에 병력 주둔권을 정식으로 인정받아 군사적으로 대륙에 진출할 수 있는 제일보를 내딛었다.[268]

원세개가 지휘하는 청국군의 도움으로 권력을 되찾은 민 씨 정권은 임오군란으로 큰 곤욕을 치른 후 친청(親淸) 수구정책으로 돌아섰다. 청국은 조선 군대를 청국 군제로 훈련시키고, 마건상(馬建常·마젠창)과 묄렌도르프(Paul George von Möllendorf)[269]를 고문으로 파견하여 조선의 내정과 외교에 적극 간섭하는 등 식민 지배를 노골화하기 시작했다. 그들은 조선에 조·청 상민수륙무역장정(朝·淸商民水陸貿易章程)을 강제하여 청국 상인들에게 특권을 부여하고 조

268) 후지무라 미치오(藤村道生) 지음·허남린 옮김, 『청일전쟁』, 소화출판사, 21쪽.

269) 묄렌도르프(1848~1901)는 주청(駐淸) 독일영사관에서 근무하다가 1869년 청국의 세무 관리가 되었다. 1882년 임오군란이 일어나자 조선 조정은 각국과의 수교 및 상업사무를 처리하기 위해 청국에 제3국인 고문관 초빙을 요청했다. 이때 이홍장의 추천으로 한국 최초의 서양인 고문으로 부임하여 외무협판, 해관(海關) 총세무사를 맡았다. 1884년 7월 7일 조선과 러시아의 수호통상조약 체결에 앞장선 공으로 러시아 정부로부터 훈장을 받았다. 그는 조선에서 청국의 이익이 아니라 러시아의 이익을 위해 활동하고 있는 사실이 이홍장에게 알려져 1885년 조선을 떠났다. 이홍장은 묄렌도르프의 후임으로 해관 총세무사에 미국인 헨리 메릴(Henry F Merrill)을, 외무협판에는 천진 주재 미국영사 오웬 데니(Owen N Denny)를 천거하여 임명되었다. 김기혁 외 지음, 『청일전쟁의 재조명』, 한림대학교 아시아문화연구소, 1996, 36쪽 참조.

선의 경제 이권에 깊이 간여하기 시작했다. 결국 구식 군대의 폭동으로 시작된 임오군란은 이 땅에 외세를 끌어들이는 계기가 되었다.

(4) **갑신정변**(1884)

원세개와 청국 군대가 조선에 주둔하면서 노골적인 식민정책을 펼치자 이에 반발하여 1884년 12월 4일, 개화파 김옥균을 중심으로 쿠데타가 일어났다. 개화파는 친청 수구세력인 민 씨 정권을 타도하고 청국과의 종속관계를 청산하기 위해 우정국(郵政局)[270] 개국 축하 행사를 기회로 쿠데타를 일으켰다. 200여 명의 일본군의 지원을 받아 정변을 일으킨 개화파는 문벌 폐지와 인민평등권 제정, 능력에 따르는 인재 등용 등 국정 개혁 청사진을 밝혔다.

졸지에 기습을 당해 실각 위기에 처한 민 씨 일파는 청군에 구원을 요청했다. 청군이 출동하여 궁궐을 지키던 일본군을 제압하고 개화파의 정변을 진압했다. 김옥균, 서재필, 박영효 등은 인천을 거쳐 일본으로 망명함으로써 개화파들의 집권은 3일 천하로 막을 내렸다.

(5) **천진조약**(1885)

조선에서 두 차례나 청군에게 압도당한 일본은 1885년 이토 히로부미를 청국에 파견하여 이홍장과 회담했다. 그 결과 조선에서 청일

270) 1884년에 설치된 우리나라 최초의 우편 행정기관.

양국 군대 철수, 향후 조선에서 문제가 발생하여 청국이나 일본 중 어느 한쪽이 파병할 경우 그 사실을 상대방에게 알릴 것 등을 내용으로 하는 천진조약[271]을 체결했다.

천진조약은 청일 양국이 동등한 내용으로 되어 있는 것처럼 보이지만, 실제로는 일본군의 철수로 민 씨 정권이 안정을 찾을 수 있어 청국의 우월적 지위가 보장되었다. 또 3항의 내용으로 인해 10년 후 청일전쟁의 도화선이 되었다.

갑신정변이라는 변란을 체험하면서 수구파들은 더욱 보수적이 되었고, 조선에 대한 청국의 영향력은 더욱 강해졌다. 일본은 청국과의 전쟁에 대비하여 급속하게 군비를 확장했다. 일본은 1873년 최초로 징병제를 실시하여 서양식 국민군대를 창설했다. 초기에는 프랑스 육군 제도를 모방하여 출발한 일본은 보불전쟁에서 프랑스가 프러시아에게 힘없이 무너지는 것을 보고는 유럽 최강의 프로이센군을 모델로 하여 육군을 조직했다. 해군은 당시 세계 최강의 영국을 벤치마킹하여 건설했다. 영국의 군사고문단이 일본 해군을 훈련시키기 위해 일본에 파견되었고, 일본의 엘리트 해군 장교들은 영국 유학을 통해 포술과 항해술을 익혔다.

271) 1885년(고종 22년) 4월 18일 이홍장과 이토 히로부미가 맺은 조약으로, 주요 내용은 ① 청국과 일본은 4개월 내에 조선에서 동시에 군대를 철수한다. ②조선군을 훈련시키기 위해 훈련 교관을 보내지 않고, 조선에 제3국인 무관을 고용하도록 권고한다. ③조선에 변란이나 중요한 사건이 일어나 청국이나 일본 어느 한쪽이 파병할 경우 그 사실을 상대방에게 알리고, 그 사변이 진정되면 즉시 철병한다. 천진조약에서 눈여겨봐야 할 부분은 ③항이다. 이때까지 종주국인 청국만이 조선에 파병할 권리가 있다고 한 주장을 포기하고 일본에 대해 청국과 동등한 지위와 권리를 인정하고 있어 이 조항이 후에 한반도에서 청일 간의 군사적 대결을 벌이는 요인을 제공했다.

(6) 동학농민운동(1894)

1894년 3월 하순 전라도 고부군수 조병갑의 학정에 견디다 못한 고부군의 동학교도들과 농민들이 봉기했다. 전봉준을 총대장으로 하고 김개남과 손화중을 중심으로 뭉친 농민들은 쟁기와 낫 등 농기구로 무장하고 전주성을 점령했다. 사태가 악화되자 농민봉기조차 진압할 힘이 없던 조선 조정은 청국에 원병을 요청했고, 청국은 이를 수락하여 3,000여 명의 청군 파병을 결정했다.

청국이 조선에 파병한다는 첩보를 입수한 일본은 천진조약에 따라 자국민 보호를 구실로 8,000여 명의 대병력을 보내 1894년 6월 9일 인천에 상륙했다. 당시 일본은 조선에 출병할 구실을 찾고 있었는데, 농민봉기로 인해 절호의 기회가 굴러온 것이다. 일본은 청일 양국군이 동시에 조선에 파병되면 전쟁을 피할 수 없다고 보고, 이번 기회에 조선에서 청국 세력을 몰아내기 위해 대병력을 파병했다. 조선에 청일 양군이 파병되어 충돌 위험이 높아지자 전주성을 점령한 농민군은 외세에 군사 주둔의 빌미를 주지 않기 위해 전주화약을 맺고 해산했다.

(7) 갑오경장(1894)

농민군이 해산하자 조선 정부는 양국군의 철수를 요청했다. 청국은 이를 수용했으나, 일본은 이를 거부하고 조선의 내정개혁을 요구했다. 청국이 이를 거절하자 일본군은 7월 23일 경복궁에 난입하여 무력으로 민 씨 정권을 타도하고 흥선대원군을 권좌에 앉혔다. 이어 김홍집, 어윤중, 박영효, 서광범 등 친일 개화파 인사들로 친일 내각을 구성하고 군국기무처를 설립하는 등 갑오개혁(갑오경장)을 실시했다. 오랜 기간 중국의 속국으로 살아온 것에 불만을 품었던 개화파 정치인들은 갑오경장을 적극 지지했다. 일부 개화파는 일본을 이용하여 선진 문명을 받아들여 조선도 하루빨리 개화, 변혁을 이루어야 한다고 주장했다.

(8) **청일전쟁 발발**(1894)

동학 농민군 제압을 위해 아산만에 상륙한 청군 병력은 3,500여 명이었다. 일본 해군은 더 이상의 청군 병력이 상륙할 수 없도록 하기 위해 아산만 일대를 육군과 해군으로 봉쇄하는 작전에 나섰다. 일본 연합함대 소속 군함이 서해상을 순찰하던 중 1894년 7월 25일, 풍도 앞바다에서 청국 병력 수송선과 호위 군함을 발견하자 선전포고도 없이 포를 발사하여 청일전쟁이 시작됐다(풍도해전).

일본 입장에서 볼 때 청일전쟁은 일본 근대사에서 처음 경험하는 대외 전쟁이자, 일본 제국주의에 의한 최초의 식민지 획득 전쟁이었다. 청국은 조선을 오랜 기간 속국으로 간주해 왔고, 북방의 러시아는 조선에 대해 야심을 드러내고 있다. 일본은 자국의 안전이라는 입장에서 조선의 중립을 유지하기 위해 조선에서 청일의 세력균형을 꾀하려 했다. 일본 지도부는 조선이 다른 열강에게 넘어갈 경우 일본의 안보가 위태로워질 것이라는 공포감을 가지고 있었다. 한반도가 다른 대국의 식민지가 되면 현해탄을 사이에 두고 다른 제국주의 세력과 대치해야 했기 때문이다.[272)]

(9) 청일전쟁 전개(진행) 과정

1894년 7월 28일, 청일 양국 군대는 충남 성환에서 전투를 벌여 수적 우세를 보인 일본군이 청군을 물리치고 승리했다. 청군은 평양으로 후퇴했고, 양국은 8월 1일 선전포고를 했다. 일본은 선전포고 직후 대본영이 "청군을 조선에서 축출하고, 전 조선을 장악 점령"하기 위해 조선에 병력을 증파했다.

9월 1일 대본영은 조선에 투입된 제5사단 외에 제3사단을 증파하고 이 두 사단을 제1군으로 구성하여 육군대장 야마가타 아리토모를 제1군 사령관으로 임명했다. 대본영은 야마가타 사령관에게 이토 스케유키의 연합함대와 합동작전을 벌여 조선 내의 청군을 격퇴하라고 명령했다. 9월 8일에는 대본영을 도쿄에서 히로시마로 옮기고, 9월 15일에는 메이지(明治) 천황[273)]이 히로시마에 가서 전쟁을 직접

272) 시바 료타로(司馬遼太郎) 지음, 이송희 옮김, 『언덕 위의 구름(2)』, 도서출판 명문각, 44~63쪽 참조.

273) 메이지 천황은 일본의 제122대 천황(재위: 1867년 1월 30일~1912년 7월 30일)으로 청일전쟁, 러일전쟁에서 승리하고 1910년 대한제국을 강제 병합했다. 메이지유신을 통해 근대화를 하고 1889년 일본 최초의 근대 헌법을 제정하여 부국강병을 이루었다.

지휘하기 시작했다.[274]

성환전투에서 패한 청군은 평양으로 퇴각하여 청국에서 파병된 병력과 합류, 총 1만 5,000여 명이 수비 진영을 구축했다. 부산과 원산으로 상륙하여 평양으로 진격한 일본군 5사단은 9월 15일 평양을 공격했다. 일본군의 맹렬한 공격을 견디다 못한 청군은 평양을 버리고 후퇴하던 중 매복에 걸려 사망 2,000명, 부상 4,000명의 큰 피해를 입고 압록강을 건너 철수했다. 일본군은 9월 16일 아침 평양을 점령했다.

이후 전투는 중국 대륙으로 확대되었다. 9월 17일 청국의 북양함대는 압록강 하구에서 일본 연합함대와 결전을 벌였다. 함포의 위력은 북양함대가 우세했으나 승조원들의 경험 부족과 기동력 열세로 인해 북양함대는 10척의 군함 중 5척 격침, 3척 대파라는 결정적인 피해를 입었다. 반면 일본 함대는 4척이 파손됐지만 한 척도 침몰되지 않는 승리를 거두었다. 큰 피해를 당한 북양함대는 모항인 여순으로 피신하여 대대적인 수리에 들어가는 바람에 일본 해군은 서해상의 제해권을 장악했다.

일본군은 병력을 보충한 후 빠른 속도로 청군을 추격하여 10월 24일 밤 압록강을 건너 중국 영토로 진입했다. 북양함대의 모항인 여순항은 황금산(黃金山·황진산) 포대, 만두산(饅頭山·만트오산) 포대 등으로 철통같이 경비되고 있으며, 그 뒤에는 계관산(雞冠山·지

---

274) 사준미, 「청일전쟁 시 조선 투입 청군의 동원과 조선 내에서의 전투 상황」, 김기혁 외 지음, 『청일전쟁의 재조명』, 한림대 아시아문화연구소, 1996, 129~160쪽 참조.

관산), 이룡산(二龍山·어용산), 송수산(松樹山·송수산), 의자산(椅子山·이즈산) 등 거대한 진지가 겹겹이 둘러쳐져 있었다. 중앙에는 백옥산(白玉山·배위산) 진지로 방어되고 있으며, 진지에는 크고 작은 대포 100여 문과 1만 2,000명의 수비병이 지키고 있었다.[275)]

프랑스의 크루베 제독은 난공불락의 여순 요새를 시찰한 후 "여순을 점령하려면 50여 척의 함대와 10만의 육군을 투입해도 6개월 정도 걸릴 것"이라고 평했다. 그러나 일본군은 11월 21일 단 하루 만의 전투로 손쉽게 여순을 점령했다. 여순항에 은신했던 북양함대는 산동반도 끝에 위치한 제2의 모항(母港)인 위해위로 피신했다. 그러나 위해위도 일본군의 공격이 시작된 지 23일 만인 1895년 2월 12일 일본군에게 함락됐다.

청국 해군의 상징이었던 북양함대 함선 중 격침되지 않은 배들은 일본군에 압류되어 북양함대는 해체 소멸되었고, 사령관 정여창은 음독자살했다. 기세를 탄 일본군은 3월에는 북경 근처까지 진격했고, 3월 26일에는 대만 부근의 팽호제도 점령, 사흘 후인 3월 29일에는 대만을 점령했다.

중국 본토에 침입하여 해상과 육상에서 연전연승하는 일본군의 기세에 넋이 나간 청국은 강화를 요청했다. 1895년 4월 17일 청국은 일본과 굴욕적인 내용의 시모노세키조약을 체결했다. 당시 청국이 일본에 넘겨준 영토 중의 하나가 최근 중일 간에 충돌 조짐을 보이

---

275) 시바 료타로(司馬遼太郎) 지음·이송희 옮김, 『언덕 위의 구름(2)』, 도서출판 명문각, 1992, 116쪽.

고 있는 센카쿠 열도(중국명 釣魚島)였다. 청국이 일본에 제공한 배상금 2억 량은 청국의 3년 치(일본의 4년 치) 세출 예산에 해당하는 엄청난 거액이었다.

청국은 신흥국 일본에게 힘 한 번 못쓰고 패하면서 본격적인 서구 열강의 먹잇감으로 전락했고, 오랜 기간 지속되어 온 중국 중심의 동아시아 질서는 붕괴되었다. 그러나 일본의 급부상은 서양 열강들의 강렬한 견제를 유발시켰다. 1860년대 이후 동진정책을 펴온 러시아는 동아시아에서 일본의 독주를 우려하여 시모노세키조약이 체결된 지 일주일 후 프랑스·독일과 함께 '삼국간섭'으로 요동 반도를 청국에 반환하도록 압력을 가했다.

일본은 독자적으로 세 나라와 대항하여 싸울 힘이 부족하다는 냉혹한 현실을 절감하고 요동반도를 반환했다. 얼마 후 청국은 일본이 반환한 요동반도를 러시아에 조차했는데, 이때부터 일본은 러시아를 철천지 원수로 삼아 러일전쟁을 대비하기 시작했다.

친일 개화파 정권에 눌려 있던 조선 왕실과 이완용·민영환·윤치호 등 '정동파'들은 삼국간섭 이후 명성황후를 앞세워 미국과 러시아 등 서방 세력의 힘을 이용해 일본을 견제하고자 했다. 조선 정부는 일본군 장교가 훈련시키던 훈련대를 해산하고 미국의 예비역 장군 윌리엄 다이(William McEntyre Dye)가 훈련시킨 시위대를 중용했다.

(10) 을미사변(1895)

일본은 청일전쟁에서 승리했지만 외교전에서는 패하여 요동반도를 반납했고, 조선에서마저 러시아의 아성에 밀려 조선에 대한 지배권을 놓칠 수도 있는 상황에 몰렸다. 일본은 조선에서 러시아 세력을 몰아내기 위해 친러파의 지주인 명성황후의 제거를 모의했다. 그 결과 1895년 7월 13일 이노우에 가오루를 소환하고 미우라 고로를 후임 주한 일본 공사로 임명했다.

미우라 고로는 수십 명의 일본 자객을 비롯하여 일본군 수비대와 거류지 담당 경찰관들을 동원하여 1895년 8월 20일 경복궁으로 쳐들어갔다. 자객들은 명성황후의 침소인 건청궁에 난입하여 명성황후를 잔인하게 시해하고 시신을 불태웠다.

(11) **아관파천**(1896)

을미사변으로 등장한 친일 개화파 내각은 단발령 등 급진적인 개혁을 추진했으나 명성황후 시해와 단발령으로 반일감정이 폭발해 전국적으로 의병 봉기가 일어났다. 을미사변으로 명성황후를 참혹하게 잃은 고종은 자신도 언제 일본인들에게 살해당할지 모른다는 공포감에 사로잡혔다. 1895년 11월 28일 친러파 이범진 등이 고종을 러시아 공사관으로 탈출시키기 위해 춘생문 사건을 일으켰으나 사전에 발각되어 실패하고 주모자 이범진은 해외로 탈출했다. 그가 비밀리에 귀국하여 이완용, 이윤용, 러시아 공사 베베르, 미국 공사관 직원 등과 또 다시 고종의 탈출 계획을 모의했다.

러시아는 1896년 2월 10일 공사관 보호를 구실로 인천에 정박 중이던 러시아 군함의 수군 120여 명을 무장시켜 서울에 주둔시키고, 다음날 11일 새벽 고종과 왕세자는 극비리에 궁녀의 교자에 타고 경복궁을 빠져나와 서울 정동에 위치한 러시아 공사관으로 거처를 옮겼다.

아관파천 직후 고종은 명을 내려 친일 개화 내각의 총리대신 김홍집과 농상공부 대신 정병하를 참형에 처했다. 내부대신 유길준을 비롯한 10여 명의 고관은 일본으로 망명했고, 탁지부 대신 어윤중은 도주하던 중 백성들에게 붙잡혀 살해당했으며, 외부대신 김윤식은 제주도에 유배되었다. 친일 내각이 무너지고 친미·친러파 인물들이 새 내각을 구성했다. 그 결과 친일 내각이 실시한 개혁사업은 중단되고 내각은 의정부로 환원되어 한동안 약화되었던 전제왕권이 강화되었다.

고종이 러시아 공사관에 머무르는 1년 동안 조선 조정은 러시아 공사와 친러파에 의하여 좌우되었다. 그들은 일본인 고문관과 교관을 파면시키고 대신 러시아인 고문과 사관을 초청했으며, 러시아 학교를 설립했다. 그리고 경원·종성 광산 채굴권, 인천 월미도 저탄소 설치권, 압록강 유역과 울릉도 삼림 채벌권 등 각종 이권을 가져갔다. 러시아는 알렉시예프(Alexiev,K.)를 탁지부 고문으로 임명하여 조선의 재정을 농단했고, 러시아 황제 대관식 때 열린 민영환-로마노프(Romanov) 비밀회담에서 러시아 측은 조선에 17개에 달하는 이권을 요구하는 등 국가의 주권과 이권이 크게 손상되었다.

고종이 러시아 공사관에 머무는 동안 일본은 니콜라이 2세 대관식 때 야마가타 아리토모를 러시아에 파견하여 로마노프-야마가타 밀약을 체결했다. 이 밀약은 일본이 제안한 조선의 39도선 국토 분할안을 취소하고 필요한 경우 러일 양국이 조선을 공동 점거한다는 내용이었다.

청일전쟁은 군사적으로는 일본이 청국을 압도하여 승리했지만 정치 외교적으로는 일본이 패배한 전쟁이었다. 열강들이 중국에 간섭할 수 있는 길을 터주었고, 전쟁 목적이었던 조선의 내정개혁(즉 식민지화)도 달성하지 못했기 때문이다. 오히려 청일전쟁의 결과 러시아를 조선에 끌어들이는 결과를 야기하여 일본은 전쟁 목적의 대부분을 잃고 말았다.

(12) 대한제국의 성립(1897)

고종이 러시아 공사관에 머무르는 동안 러시아와 일본이 비밀 회담을 벌인 사실을 우리는 까맣게 모르고 있었다. 그런데 러시아 황제 대관식 때 열린 로마노프-민영환(閔泳煥)의 비밀 회담에서 러시아 측은 조선에 원조를 제공하는 조건으로 17개의 이권을 요구했다. 러시아마저 믿을 수 없게 된 고종은 자주독립만이 살 길이라고 생각하고 독립신문 창간(1896년 4월) 지원, 7월에 독립협회의 창립을 지원했다.

독립협회를 비롯하여 뜻 있는 사람들이 자주성 회복을 위해 조속한 환궁을 요구했다. 전국의 유생들이 상소를 올리고 상인들이 철시를 할 움직임을 보이자 고종은 1년 만인 1897년 2월 20일 경운궁으로 환궁했다. 고종이 경운궁(덕수궁)으로 돌아온 이유는 미국, 러시아 등 서양 여러 나라의 공사관이 가까이 있어 일본을 견제하기에 유리하다고 판단했기 때문이었다.

그해 10월 12일 고종은 땅에 떨어진 나라의 위신을 드높이고 자주 독립국가로서 면모를 갖추기 위해 국호를 대한제국으로, 연호를 광무(光武)로 정한 대한제국을 대내외에 선포하고 황제에 즉위했다. 명성황후 국장도 성대하게 치렀고, 사대주의의 상징이던 영은문을 헐고 그 자리에 독립문을 세워 대내외적으로 자주독립국을 천명하고 대한제국의 성립을 선포했다.

고종은 대한제국이 세계가 공인한 자주독립국이며, 황제에게 모든 권한이 집중된 전제국가임을 분명히 했다. 당시 세계의 근대 국가 중에는 입헌 군주제나 공화제의 정치 형태를 띤 국가들이 많았으나, 고종은 독립협회 해산 후 강력한 황제 중심의 정치 형태를 지향했다.

(13) 한청수호통상조약(1899)

1899년 박제순과 청국의 서수봉(徐壽朋)은 한청통상조약을 체결했다. 양국이 서로 균등한 자격으로 거류민의 신분과 재산을 보호하고, 이를 위해 전권대사를 교환하고 총영사관을 설치하도록 규정하였다. 또 개항지에서만 무역하도록 하고, 범법행위가 발생하면 양국 영사관을 통해 조회하여 국법에 따라 처벌하도록 규정하였다.

이 조약은 1876년 우리가 일본의 강압에 의해 체결한 강화도 조약 이래 우리나라가 외국과 맺은 근대적인 평등조약이라는 의미가 있다. 그 전까지만 해도 사대주의에 의해 상국(上國)으로 떠받들던 중국이 더 이상 우리의 상국이 아니라 우리와 대등한 나라라는 입장에서 맺는 최초의 조약이었다. 대한제국이 청국과 이처럼 대등한 조약을 맺을 수 있게 된 것은 청일전쟁에서 패한 청국이 조선에서의 이권과 영향력을 상실하고, 그 자리를 러시아와 일본이 차지했기 때문이다.

02
동학과 대원군 그리고 청일전쟁[276)]

동학 농민운동은 부패한 지방 관리들의 학정에 견디다 못해 농민들이 봉기한 사건인데, 결과적으로는 이 땅에 청군과 일본군을 불러들여 전쟁을 야기한 도화선이 되었다. 청국과 일본은 동학농민운동을 조선 내정 개입의 호기로 삼고, 어떻게 개입의 명분을 찾을 것인가를 고민했다. 흥미로운 것은 1894년 농민봉기가 일어나기 전에 대원군이 동학 접주 전봉준과 전라도 고부의 유생들과 공모했을 가능성이다.

천도교 기록에 의하면 전봉준은 1891년부터 1893년까지 대원군의 거처인 운현궁의 문객(門客)이었는데, 대원군은 전봉준의 애국충정에 감명을 받고 민 씨 척족 정부에 반기를 들도록 권유했다. 전봉준

276) 유영익, 「대원군과 청일전쟁」, 김기혁 외 지음, 『청일전쟁의 재조명』 한림대 아시아문화연구소, 1996, 75~127쪽. 왕현종, 「조선 갑오개혁 정권의 대일 정략과 종속의 심화」, 왕현종 외 지음, 『청일전쟁기 한중일 삼국의 상호 전략』, 동북아역사재단, 2009, 16~78쪽 참조.

은 대원군과 밀약을 한 다음 귀향하여 전주 근처 구미리에서 김개남, 송해옥 등과 반란을 모의했다. 대원군은 이때 밀사 나성산을 구미리에 보내 전봉준의 모사를 지원했다. 동학 농민군은 1차 봉기 때 민 씨 척족을 축출하고 대원군을 권좌에 복귀시킬 것을 요구하기도 했다.

주 서울 일본 공사관은 1894년 7월 23일 일본군이 경복궁을 점령한 직후 대원군을 새로 수립된 친일 개화파 정부의 총리로 앉혔다. 일본은 대원군을 총리에 임명한 다음 뒤에서 조종하여 자신들의 뜻을 관철시키고자 했다. 그러나 대원군은 한 달도 안 되어 일본과 대립각을 세우기 시작했다. 자신의 집권 일주일 후 일본이 청국을 공격하여 청일전쟁을 일으키자 겉으로는 일본에 협조하는 척하면서 속으로는 일본에 저항하는 양면적 처신을 했다.

대원군은 평양에 집결한 청군이 일본군을 물리칠 수 있을 것으로 판단, 극비리에 평안감사 민병석에게 서한을 보내 일본 군대의 주둔을 비판하며 청국 군대가 승리하길 고대한다는 밀서를 보내줄 것을 부탁했다. 편지 내용은 다음과 같다.

"상국은 많은 원병을 보내시어 우리의 종사와 궁전을 보호해 주시고, 또 일본인에게 아부하여 매국행위를 감행한 간악한 무리들을 하루빨리 일소하여 이 위기를 구제해 주시기를 피눈물로 기원하고 또 기원합니다."

그러나 평양전투에서 청군은 대패하여 조선에서 철수했고, 대원군이 청국 장수에게 보낸 밀서는 평양을 점령한 일본군에게 노획되어 대원군의 실각을 몰고 왔다.

대원군은 또 삼남 지방에서 의병을 일으켜 청군과 함께 일본군을 협공하기 위해 삼남 지방의 명망 있는 양반관료의 후예 및 동학교단 지도자들에게 밀사를 보냈다. 이러한 대원군의 움직임은 전봉준 같은 동학 지도자들의 마음을 움직여 10월 중순부터 동학의 남접(南接)세력을 동원하여 전라도를 중심으로 의병을 조직했다. 남접의 봉기에 자극받은 손병희 등 북접(北接)의 동학 지도부도 전봉준과 협력하여 궐기하기로 결정했다. 그 결과 11월 7일경 16만 7,000명에 달하는 대규모의 동학 항일의병이 논산에 집결, 북상을 시도했다.

일본은 9월 하순 대원군과 동학도 간의 비밀 접촉 사실을 첩자를 통해 파악하고 철저한 준비를 했다. 그동안 대원군을 두둔했던 오토리 게이스케 공사가 본국으로 소환되고 10월 27일 일본 정계의 거물인 이노우에 가오루가 신임 공사로 부임했다. 이노우에 공사는 동학 의병을 토벌하기 위해 일본에서 파병된 1,000여 명의 후비보병 제19연대를 동원하여 행동을 개시했다. 동학 의병은 11월 18일부터 12월 31일까지 천안과 공주 사이에서 잘 훈련되고 우수한 신무기로 무장한 일본군과 조선 관군을 맞아 결전을 벌였다.

전봉준이 이끄는 동학군은 12월 4일부터 7일까지 공주 근처의 우금치에서 토벌군과 맞섰으나 조직과 훈련의 미숙, 화력의 절대 열세로 대패했다. 전봉준은 12월 27일 밤 전라남도 순창에서 유생 한신현이 이끄는 지방 민병에게 붙잡혀 서울로 호송되었다. 또 다른 동학 의병 지도자 김개남도 전봉준이 생포된 날 태인에서 붙잡혀 즉결 처형되었다. 그의 잘린 머리는 1895년 1월 22일 서울 거리에 내걸렸다.

대원군과 그의 손자 이준용은 11월 말 자진 은퇴를 강요당했으며, 12월 17일에는 일본에 협력했던 친일 개화파 관료 김홍집, 박영효를 중심으로 친일 내각이 출범했다. 이들은 삼국간섭 직후인 1895년 4월 23일, 전봉준과 그의 동지들을 처형함으로써 청일전쟁 중 조선에서 벌어졌던 항일운동은 막을 내렸다.

구한말 영국 데일리메일 신문사의 특파원으로 조선에서 취재 활동을 벌인 프레드릭 매켄지(Frederick Mckenzie)는 "서울에 있는 외국인들의 공통된 견해에 의하면 동학도들의 봉기는 청국과 문제를 야기하려는 일인들에 의해 조장된 것"이라고 주장했다.[277]

작가 진순신(陳舜臣·천순천)은 당시 일본의 우익들이 조선을 혼란에 빠뜨리기 위해 동학에 접근하려고 했음을 자신의 작품『청일전쟁』에서 주장하고 있다. 일본 우익 입장에서는 동학당이 견고해져서 계속 문제를 야기해야 일본군의 조선 출병이 가능해지기 때문에 우익 행동대들이 동학군 내에 침투하여 그들을 지도하려 했다는 것이다.

진순신은 천우협(天佑俠)이라는 일본 우익단체 소속의 다나카 시로(田中侍郎), 다케다 한시(武田範之), 구츠우 슈스케(葛生修亮) 등 결사대원들이 1894년 5월 11일 벌어진 황토현 전투 당시 정부군 속에 보부상으로 가장하여 침투하려 했으나 일본인에 의한 동학당 조종 시도는 모두 실패했다고 주장한다.[278]

---

277) F.A 매켄지 지음·신복룡 역주,『대한제국의 비극』, 집문당, 2010, 49쪽.

278) 진순신 지음·조양욱 옮김,『청일전쟁』, 2012, 400~401, 429~430쪽.

이런 기록으로 미루어볼 때 일본 우익단체들이 어떤 형식으로든 동학 농민군에 접근하여 농민봉기를 부추겨 일본의 출병을 유도하려 했음을 알 수 있다.

03
일본군의 조선 파병 과정[279)]

동학 농민군이 전주를 공격한 1894년 5월 31일, 일본의 제6의회는 이토 내각에 대한 불신임안을 가결하여 메이지 정부 최대의 정치적 위기가 닥쳤다. 이 와중에 조선이 청국에 파병을 요청한다는 소식은 일본 정부 입장에서는 의회와 국민의 관심을 해외로 돌릴 수 있는, 하늘이 준 기회였다.

동학 농민운동의 진압을 명분으로 청국이 조선에 파병했을 때 일본군이 함께 파병한 것은 겉모습을 보면 천진조약에 의거한 합법적인 파병으로 해석된다. 그러나 그 내막을 자세히 살펴보면 일본은 청국보다 먼저 파병을 결정하고 대병력을 먼저 조선에 보냈다. 1894

279) 하라다 게이이치(原田敬一) 지음·최석완 옮김, 『청일 러일전쟁』, 어문학사, 2013, 86쪽. 시바 료타로 지음·이송희 옮김, 『언덕 위의 구름(2)』, 도서출판 명문각, 67~79쪽 참조. 진순신 지음·조양욱 옮김, 『청일전쟁』, 세경출판사, 2012, 468, 476~477쪽. 왕현종 외 지음, 『청일전쟁기 한·중·일 삼국의 상호 전략』, 동북아역사재단, 2009, 269~271쪽, 428쪽. 김기혁 외 지음, 『청일전쟁의 재조명』, 한림대 아시아문화연구소, 1996, 43쪽, 129~160쪽, 432쪽 참조.

년 6월 2일 일본 외무성은 주조선 대리공사 스기무라 후카시(杉村濬)의 급전(急電)을 통해 조선 정부가 원세개에게 청국 병력 파병을 요구하려 한다는 사실을 보고 받은 직후 이토 히로부미는 내각 회의를 소집했다. 이 회의에서 일본은 조선 출병을 결정했다.

일본 육군 참모차장 가와카미 소로쿠(川上操六)는 청국과 일본이 조선에 파병되면 전쟁을 피할 수 없으며, 이 경우 단기전에서 대승을 거둔 다음 기회를 봐서 강화를 하는 계획을 세웠다. 무쓰 무네미쓰의 회고록 『건건록(蹇蹇錄)』에 의하면 6월 2일 밤 외상 관저에서 무쓰 외상과 가와카미 참모차장, 하야시 다다스(林董) 외무차관이 참석한 비밀회의가 열렸는데, 회의 주재는 "어떻게 하면 조선에서 전쟁을 일으키고, 또 어떻게 승리해야 할까"라는 점에 지혜를 총동원했다고 한다.

조선 정부는 6월 3일에야 정식으로 청국에 파병 요청을 했다. 조선 정부가 청국에 파병 요청을 한 배후에는 원세개의 종용이 있었다. 원세개는 청국군을 동원해 동학 농민군을 진압함으로써 종주국의 힘과 권위를 과시하고자 했다. 그러나 이 결정은 주조선 일본 대리공사 스기무라 후카시의 계략에 넘어간 것이다. 스기무라는 일본군의 조선 파병 기회를 만들기 위해 원세개에게 "귀국 정부는 어찌하여 조선에서의 난을 평정하지 않는가. 우리 정부는 다른 뜻이 없다"면서 원세개의 등을 떠밀었다.

원세개로부터 파병 요청을 받은 이홍장은 동학 농민군을 빨리 진압하는 것이 동아시아의 국제정세 안정에 기여하는 길이라고 믿었다. 6월 4일 이홍장은 조선 정부로부터 "군대를 보내 난을 평정해 달라"는 파병 요청서를 접수했고, 청국 정부는 6월 5일 정식으로 조선에 파병하겠다는 뜻을 전했다. 다음날인 6월 6일 섭사성이 선발대를 이끌고 조선으로 출발했다. 아울러 주일 청국 공사 왕봉조에게 훈령을 내려 천진조약에 따라 청군을 조선에 파병한다는 사실을 일본에 통지하도록 했다.

일본의 군부와 우익 팽창주의자들은 동학 농민군의 봉기 시초부터 조선에서의 난리를 이용하여 한반도에 군사적으로 진출하기 위해 비밀리에 행동을 개시했다. 일본 참모본부는 조선 정부가 출병을 의뢰하기 전인 5월 하순부터 출병 준비를 진행하여 6월 1일 '육군 대연습'을 명목으로 일본 우선(郵船)회사의 선박을 끌어모았다. 6월 2일 내각은 천황의 재가를 거쳐 영사관과 교민 보호를 구실로 조선 출병을 결정했고, 6월 5일에는 참모총장, 차장, 육군대신, 해군 군령부장 등으로 구성된 전시 최고 지휘기관인 대본영(大本營)[280]을 설치했다.

일본 정부는 청국으로부터 파병을 한다는 정식 통보가 오기 전에 조선 출병 결정을 한 후 6월 5일 오후 4시, 주조선 공사 오토리 게이스케가 순양함 야에야마(八重山)호를 타고 요코스카항을 출발했다. 일본은 오토리 게이스케의 귀임을 보호한다는 명목으로 육군 소장

280) 대본영은 전시(戰時) 중 또는 사변(事變) 중에 설치된 일본 제국 육군 및 해군의 최고 통수 기관이다. 청일전쟁을 지휘하기 위해 1894년 6월 5일 대본영이 설치되었다. 9월 15일 천황이 전쟁터와 가까운 지역에서 전쟁을 지휘하기 위해 히로시마(広島)로 옮겨가면서 대본영도 히로시마로 옮겼다.

오시마 요시마사가 이끄는 제9혼성여단 병력 4,000여 명이 9척의 군함에 나눠 타고 조선으로 향했다.

이후 계속 병력을 증파하여 6월 15일까지 파견된 일본군 수는 5,000명이었다. 7월 10일에는 혼성여단 7,857명, 제2전선가설대 345명, 군악대 58명, 해군 943명, 운송선 승조요원 80명이 파견되었다. 전선가설대, 군악대, 운송선 승조요원은 명백히 전쟁에 대비한 부대로서 서울의 일본 공사와 거류민 보호라는 파병 목적을 초월하는 성격이었다.

일본은 조선 정부가 정식으로 청국에 파병을 요청하기 하루 전, 그리고 청국이 정식으로 병력을 파병하여 조선에 도착하기 4일 전에 출병을 결정했다. 그리고 청국 군대가 출발하기 하루 전, 왕봉조가 천진조약에 따라 일본에 파병을 통지하기 하루 전에 이미 조선으로 병력을 출발시켰다. 이는 일본의 조선 파병이 청국의 파병에 따른 피동적인 행위가 아니라 오래 전부터 치밀하게 준비해온 도발행위였다.

6월 2일 일본은 각료회의를 열어 의회를 해산하고 일본도 조선에 출병한다는 방침을 정했다. 그러나 각료회의의 결정은 "조선에서 청일 양국의 세력 균형을 유지하기 위해" 소규모 병력을 보내는 단순 출병이었을 뿐 전쟁을 일으키기 위한 목적은 아니었다.

그러나 육군참모차장 가와카미 소로쿠는 생각이 달랐다. 이 절호의 기회를 이용하여 임오군란, 갑신정변 때의 패배를 설욕하기 위해 청군이 출병하기 전에 전략 단위의 일본군을 투입하여 청일 양국의 균형을 확보하고, 충돌 교전의 빌미가 생길 경우 전력을 다해 청국군 꺾어야 한다고 생각했다. 가와카미는 자신과 같은 생각을 가진 외상 무쓰 무네미쓰를 찾아갔다.

가와카미는 일본군을 조선에 파병하면 청군과 충돌이 일어날 것이 거의 확실하므로 단 한 차례의 공격으로 압승할 수 있는 병력을 보내야 한다고 주장했다. 일본군제에 의하면 평화 시에는 1개 여단 병력이 2,000명이지만 전시(戰時)가 되면 혼성여단으로 편제를 확대한다. 즉 보병 1개 연대(총 6,000명)에 기병, 포병 1개 대대, 공병, 수송대, 위생대, 야전병원, 병참부 등 7,000명의 대병력으로 확대하여 독립적으로 전투를 수행한다. 이러한 제도상의 허점을 이용하여 가와카미 소로쿠는 이토 히로부미에게는 조선에 파병할 병력 수를 "1개 여단"이라고 보고하고 실제로는 혼성여단 병력인 7,000명의 대병력을 파병했다.

일본 군부가 이처럼 내각의 통제를 받지 않고 제멋대로 행동할 수 있는 근거는 헌법상의 규정 때문이다. 1889년 2월에 공포된 대일본제국 헌법은 프러시아 헌법을 참고로 하여 제정했다. 일본은 메이지유신을 단행한 후 프러시아의 군사제도를 도입했다. '국가의 모든 기능을 국방 한 곳에 집중시킨다'는 명제가 프러시아주의의 핵심이다. 이런 이유 때문에 프러시아는 국가가 군대를 보유하고 있는 게 아니라 군대가 국가를 보유하고 있다고 평가되었다.

이러한 프러시아주의를 일본 장교들에게 가르친 사람은 군사교관으로 일본에 파견되었던 프러시아 육군의 클레멘스 빌헬름 야콥 멕켈(Jakob Meckel) 소령이었다. 멕켈 소령의 지도를 받은 일본군 고급 장교들은 독일로 유학을 가서 프러시아주의의 핵심을 연구하고 귀국했다. 그 중 대표적인 인물이 가와카미 소로쿠였다.

가와카미는 1887년 1월 독일에 파견되어 1년 반 동안 베를린에 머물며 프러시아군 참모본부의 조직과 운영을 연구했고, 귀국 후 육군 참모차장에 임명되었다. 이때부터 일본 육군 참모본부는 '일본 내의 프러시아'라는 말을 들었다. 가와카미 소로쿠는 골수 프러시아주의자로서 참모본부의 활동이 정치의 울타리를 벌어날 수도 있다고 생각했다. 실제 현실에서도 항상 그 테두리를 벗어나 군이 국가를 이끌어 가고자 했다. 이런 방식은 그 후 태평양 전쟁이 끝날 때까지 국가와 육군 참모본부의 관계를 성격지웠다.

프러시아주의는 전쟁에서 승리하기 위해 초전에 적의 허를 찌르는 선제공격을 당연시했다. 이를 위해 평시에도 적국에 대한 첩보 수집에 전력을 기울였다. 가와카미는 첩보를 중시하여 자신의 지휘하에 있는 참모 장교 중 가장 우수한 자를 골라 적지에 잠입시켜 현장에 대한 모든 사항을 준비시켰다. 그리고 전쟁이 시작되면 이들이 작전을 담당한다는 점이 특징이었다.

1887년 7월 일본 참모본부는 중령 야마모토 기요카타, 대위 후지이 시게타와 시바야마 히사노리 등을 북중국에 파견하여 상륙지 선정, 군대 수송, 상륙 후의 전략목표 등을 선정했다. 또 인천에서 천진으로 이동하여 대고 포대를 견학하고, 북경을 거쳐 산해관까지 갔다. 이러한 첩보활동을 통해 일본군은 청국과 전쟁을 하면 반드시 이긴다는 자신감을 가지게 되었다.

일본 군부는 오래 전부터 청일전쟁을 연구하고 준비해 왔다. 오가와 유지(小川又次) 소장이 「청국정토책안」(淸國征討策案)을 완성한 것이 1887년이다. 1893년 4월에는 '출사(出師) 준비품취급위원회'를 조직하여 무기와 군수품을 비축하기 시작했고, 5월에는 '전시 대본영 조례'를 제정했다. 육군 참모차장 가와카미 소로쿠 중장은 조선과 청국을 여행하면서 진공작전의 전략을 구상하고 군사 탐정망을 조직하는 등 세부사항에 이르기까지 만반의 준비를 했다.

당시 일본은 1891년 6월 초 블라디보스토크에서 열린 시베리아철도 기공식에 촉각을 곤두세우고 있었다. 광활한 러시아 제국의 동서를 연결하는 시베리아 철도 건설계획은 1885년 발표되었는데, 1891년 프랑스로부터 차관을 얻어 착공된 것이다. 야마가타 아리토모 수상은 시베리아 철도가 개통되면 러시아의 동양 진출이 손쉬워질 것으로 경계하고 있었다.

야마가타 수상은 1893년 12월 제국의회에서 처음으로 시정방침을 연설하는 자리에서 "국가 독립 자위의 길은 첫째 주권선을 수호하는 것, 둘째 이익선을 보호하는 것"이라고 밝혔다. 주권선의 바깥쪽에 있는 이익선은 조선인데, 조선의 보호는 제국주의 열강들로부터 일본의 독립을 유지하기 위한 불가결의 조건이기 때문에, 이를 위해 육해군의 경비가 세출의 대부분을 차지하더라도 선택의 여지가 없다고 주장했다.

일본 제국헌법 제11조는 "천황은 육해군을 통수한다", 그리고 제

12조는 "천황은 육해군의 편제 및 상비병의 규모를 정한다"고 되어 있었다. 이 조항에 의거하여 군 통수권은 참모총장, 군령부장의 보좌를 받아 천황이 수행하고, 이를 내각의 직무 밖에 두어 국무대신이 그 책임을 지지 않도록 제도화했다. 그 결과 국방 계획과 작전 계획, 용병 등은 통수권 행사로서 국무로부터의 독립이 헌법상 보장되어 소위 이중 내각이 만들어졌다. 수상이 간섭하지 못하는 별개의 행정기관이 내각의 내부에 존재하게 된 것이다.

제국헌법은 또 제13조에 "천황은 교전을 선포하고 화전 및 조약을 체결한다"고 규정했다. 즉 외교 중에서도 국가적으로 가장 중요한 선전포고, 휴전, 강화 등의 문제는 오로지 천황의 권한에 속했다. 이러한 외교 대권 설정으로 인해 의회는 외교를 통제할 수단이 사라졌고, 그 결과 비밀 외교가 조장되었다. 국민들은 아무 것도 모르는 사이에 천황과 군부의 결정만으로 전쟁에 휘말려들 위험에 빠진 것이다. 이런 헌법상의 조항들로 인해 군부가 제멋대로 청일전쟁, 러일전쟁을 비롯하여 만주사변, 중일전쟁, 태평양전쟁을 일으키는 등 일본의 국가운영상 중대한 문제를 야기하게 된다.

조선에 대병력을 파병한 일본 참모본부는 6월 5일 대본영을 설치했다. 대본영 설치는 '전시(戰時) 대본영 조례'에 근거하는 것이기 때문에 선전포고를 한 후에 설치가 가능하다. 그런데 청일전쟁과 관련한 선전포고는 이로부터 거의 두 달 후인 1894년 8월 1일에 발표됐으므로 대본영 설치는 위법이었다. 그러나 대본영 설치에 대해 이의를 제기하는 사람은 없었다.

일본의 조선 출병은 명분이 없어 국제 여론이 들끓었다. 일본은 대병력을 파병한 이상 한반도에서 출병 목적을 달성하기 전에는 철수할 수 없었다. 곤경에서 벗어나기 위해 6월 16일 무쓰 외상은 주일 청국 공사 왕봉조에게 청일 양국이 공동으로 조선의 내정을 개혁하자고 제안했다.

이 제안은 청국이 "조선의 종주권은 우리에게 있기 때문에 공동 내정개혁은 불가능하다"고 거절해 결렬되었다. 일본 정부는 청국이 제안을 거절하자 6월 22일, 제1차 절교서를 보내 "조선 주둔 일본군은 철수하지 않을 것이며, 일본 단독으로 조선 내정을 개혁할 것"이라고 선언했다.

무쓰 외상은 6월 22일 오토리 게이스케 주조선 일본 영사에게 "개전은 피할 수 없으니 어떤 수단을 써서라도 개전의 구실을 만들라"는 극비 훈령을 내렸다. 6월 28일 일본 혼성여단의 나머지 병력이 인천에 상륙하여 조선에 파병된 일본군은 8,000명에 달했다.

7월 3일, 오토리 게이스케 공사는 무쓰 외상의 훈령에 따라 5조 27항의 내정개혁안을 조선 정부에 제출했고, 7월 14일 일본 정부는 청국에 제2차 절교서를 보내 한반도에서 절대 철병하지 않을 것이며, 앞으로 청일 양국 간에 예측할 수 없는 사건이 발생하더라도 일본은 그 책임을 지지 않는다고 선언했다. 7월 17일 일본은 최초의 대본영 어전회의를 열어 개전은 되돌릴 수 없다고 결정했다. 7월 19일 오토리 게이스케 공사는 조선 정부에 다음 4개항을 7월 22일 밤 12시 이전까지 회답하라고 최후 통첩했다.

1) 서울~부산 간 군용 전신 가설을 일본 정부가 착수한다.

2) 조선 정부는 제물포조약에 따라 신속히 일본 막사를 건설할 것.

3) 아산에 있는 청국군은 부정한 명의로 진주했으므로 신속히 철퇴시킬 것.

4) 조청수륙무역장정 등 조선 독립에 저촉되는 청·조선 간 제 조약을 폐기할 것.

조선 정부로부터 기한 내에 답이 오지 않자 일본은 7월 23일 새벽 4시, 경복궁을 점령하여 조선 정부를 붕괴시키고 대원군을 앞세워 친일 괴뢰정권을 출범시켰다.

일본 각료회의에서 조선 파병을 결정했을 때 일본 해군 함정들은 태평양 곳곳에 흩어져 있었는데 "즉시 사세보(佐世保)로 집결하라"는 긴급 명령을 받았다. 함정들이 사세보로 집결한 것은 각료회의에서 파병을 결정한 후 1개월 반이 지난 7월 19일이었다. 대본영은 먼저 도착한 함정들로 함대를 편성하고 해군 중장 이토 스케유키를 사령장관으로 임명한 다음 "연합함대를 지휘하여 조선국 서안의 해안을 제압하라"는 명을 내렸다. 이런 이유로 함대 명칭이 연합함대로 정해졌다. 다음날인 7월 20일 대본영은 조선에 파병된 혼성여단장 오시마 요시마사에게 "적이 증가하기 전에 주력부대로 전면의 적을 격파하라"는 명을 내렸다.

일본군은 7월 23일 새벽 경복궁을 공격하여 조선군을 무장 해제하고 친일 괴뢰내각을 조직한 다음 대원군을 섭정으로 앉혔다. 이것이 청일전쟁 과정에서 일본군이 조선군을 공격한 첫 전투였다.

7월 23일 오전 연합함대의 선발대가 사세보항을 출항했고, 7월 25일 서해 풍도 앞바다에서 청국 군함을 공격하여 청일전쟁이 발발했다. 일본은 8월 1일 청국에 선전포고를 했으니, 풍도 앞바다에서 청국 군함을 공격한 것은 선전포고 전의 공격행위에 해당하므로 국제법 위반이다. 이토 히로부미 수상과 육군 대신 오야마 이와오는 현 단계에서는 청국과 전쟁이 일어나서는 안 된다면서 조심스러운 행보를 했다. 반면에 참모본부의 가와카미 소로쿠와 무쓰 무네미쓰는 일본군이 조선에 파병된 이상 어떤 트집을 잡아서라도 청국과 전쟁을 일으켜 일본의 영향력을 동양에서 확대하고자 했다.

04
청일전쟁의 주요 전투 설명

〈그림 1〉 청일전쟁 전개도(1894~1895)

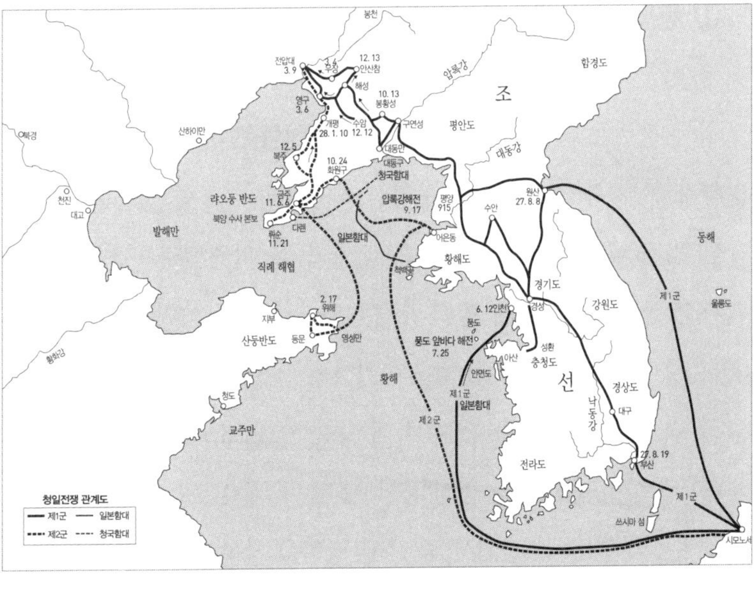

출처: 시바 료타로, 『언덕위의 구름』 2권, 도서출판 명문각, 1992, 272~273쪽.

청일전쟁은 1894년 8월 1일 청국 황제 광서제가 조칙의 형식으로 일본을 향해 선전포고를 하고, 같은 날 일본의 메이지 천황이 청국을 향한 선전포고문을 발표함으로서 공식적으로 시작되었다. 그리고 이듬해 1895년 3월 30일 시모노세키 조약이란 이름이 붙은 문서에 일본을 대표하여 이토 히로부미 및 무쓰 무네미쓰, 그리고 청국을 대표하여 이홍장 및 이경방이 서명함으로써 끝이 났다.

그러나 이 전쟁은 공식적인 선전포고 이전부터 사실상 이미 진행되고 있었다. 풍도해전, 그리고 성환전투가 대표적인 예이다. 결국 전쟁은 〈그림 1〉과 같이 전개 되면서 위해위 전투로 끝이 났다. 아래에서는 전쟁의 승패를 가른 주요 전투 장면을 상세히 기술한다.

(1) 풍도 해전(1894년 7월 25일)

청국 정부는 조선 정부로부터 파병 요청을 받자 동학 농민군을 토벌하기 위해 북양해군 소속 순양함 제원(濟遠), 포함 광을(廣乙), 연습선 위원(威遠), 운송선 조강(操江)호 등을 파견했다. 제원호는 방백겸 함장의 지휘 아래 병력 수송선인 애인(愛仁)·비경(飛鯨)·고승(高陞)호 등 3척의 영국 상선을 호위하여 조선으로 향했다.

당시 일본 연합함대 제1유격대 소속의 요시노(吉野)·나니와(浪速)·아키츠시마(秋津洲) 등 순양함 세 척은 7월 25일 새벽 풍도 앞바다를 수색하던 중 오전 6시, 아산에 병력을 상륙시키고 중국으로 귀환하던 제원·광을호를 발견했다.

〈그림 2〉 풍도 앞바다 해전 (1894년 7월 25일)

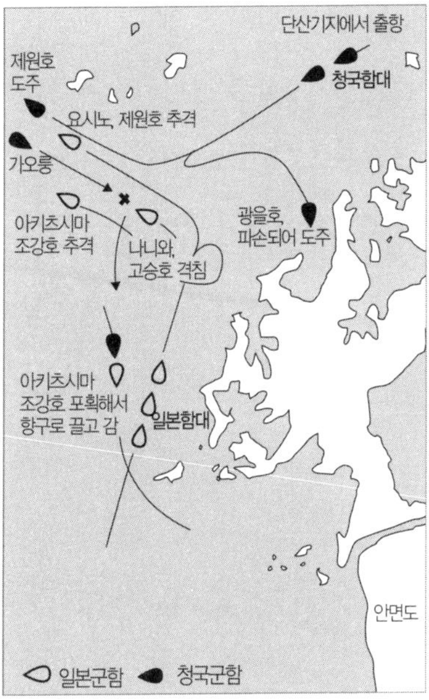

출처: 시바 료타로, 『언덕위의 구름』 2권 p.275

일본 전함들은 선전포고도 없는 상황에서 두 척의 함정을 향해 기습적으로 발포하여 청일전쟁이 발발했다. 불의의 공격을 당한 제원호는 개전 후 몇 분 만에 백기를 올리고 도주, 요시노의 추격을 간신히 따돌리고 모항인 여순항에 입항했다. 포함 광을호는 아키츠시마, 나니와호의 강력한 화력에 밀려 도주하다 좌초했는데, 이 와중에 화약고가 폭발하여 침몰했다.

같은 시각, 지원 병력 1,116명을 태운 수송선 고승호와 무기를 실은 구식 목조 포함 조강호가 아산을 향해 항해하고 있었다. 영국인 선장 갤스워시(T. R. Galsworthy)를 비롯하여 여러 명의 외국인 승무원이 운항하는 고승호는 영국 국적의 상선으로 배수량 1,355톤, 최대 속력 14노트였다. 이 선박은 이홍장이 청군 병력 수송을 위해 용선한 것이다.

7월 25일 오전 8시 전후, 나니와호가 항해중인 고승호를 발견하고 검문 검색을 실시했다. 고승호의 영국인 선장이 배를 정지시키려 하자 선박에 타고 있던 청군 지휘관이 외국 선원들의 행동을 저지하고 아산으로 계속 항해하든지 중국으로의 귀환을 요구했다. 교섭이 결렬되자 영국 선장과 외국인 선원들은 배를 떠나려 했다. 네 시간 정도 대치했으나 청군이 계속 저항하자 오후 1시경 나니와호의 함장 도고 헤이하치로(東郷平八郎) 대좌(러일전쟁 때 일본 연합함대 사령관 역임)는 고승호를 향해 어뢰와 함포를 발사했다. 어뢰는 고승호의 석탄창고와 엔진에 명중하여 30분 후인 오후 1시 30분 침몰했다.

승선해 있던 청군은 모두 바다에 빠졌으며, 다음 날 외국 선박이 지나가다 구조한 245명을 제외한 871명이 사망했다. 고승호에 실려 있던 14문의 대포도 배와 함께 수장되었다. 나니와호는 구명정을 보내 영국인 선장을 비롯한 외국인 10명(영국인 7명, 독일인 3명)만을 구조하고 바다에 빠진 청국군은 방치하여 큰 비난을 받았다. 풍도 해상에서 고승호가 조사받는 것을 목격한 조강호는 회항을 시도했으나 아키츠시마호의 추격을 받아 오후 2시경 포획되어 일본 항구로 압송되었다.

청일전쟁의 개막인 풍도해전에서 일본군 측 피해는 전무했으나 청군은 포함 광을호와 상선 고승호 격침, 제원함은 대파, 운송선 조강호는 일본에 나포되어 퇴역 때까지 일본 측이 사용했다.[281)]

(2) 성환 전투(1894년 7월 29일)

---

281) 풍도해전 관련 내용은 「청프전쟁과 청일전쟁에서의 해전-해양관련 국제법 사건을 중심으로」, 조세현 부경대 교수(http://www~2.knu.ac.kr/~china/CHR/chr2013/chr84pdf/chr84~08ChoSH.pdf. 검색일 2014. 1. 29) 및 김기혁 외 지음, 『청일전쟁의 재조명』, 한림대 아시아문화연구소, 1996, 146~154쪽 참조.

아산은 서울, 공주, 전주를 잇는 전략적 요충지였다. 청국군이 아산에 상륙한 것은 출병 목적이 조선 남부지방에서 봉기한 동학 농민군의 진압이었기 때문이다. 이홍장의 사병(私兵) 성격이 짙은 북양 육군은 태평천국의 난[282]을 진압하면서 성장한 이력을 가지고 있었다. 북양 육군은 실전경험은 풍부했으나 정규군 간에 벌이는 본격적인 전투가 아니라 농민 반란군과 싸운 치안유지군 성격이 강했다. 때문에 근대적인 정규전을 치르기에는 상당한 문제를 안고 있는 군대였다.

북양 육군이 조선에 파병될 때의 임무는 동학 농민군 토벌이었다. 그런데 청군이 조선에 상륙하자마자 전주화약(和約)[283]에 의해 동학군이 해산했고, 결국 조선에서의 주도권을 놓고 청국과 일본이 패권을 다투는 전쟁으로 비화되었다. 청국군이 상대해야 할 적은 동학 농민군에서 일본군으로 바뀌었다.

아산에 상륙한 섭지초 제독 휘하의 청군은 일본군의 남하 정보를 입수하고 성환 부근에서 이들을 저지하기로 했다. 1894년 7월 27일 아산에 청군 증원군이 상륙했으나 그들은 이틀 전 풍도해전에

282) 청국 말기에 일어난 농민 대봉기. 중국 전역을 휩쓸며 14년간 계속되었는데, 청국 정규군인 만주팔기군이 농민 봉기를 진압하지 못해 위상이 크게 떨어졌다. 반면에 한인(漢人) 출신 증국번이 조직한 한족 자위집단인 상군(湘軍), 이홍장이 조직한 회군(淮軍)이 태평천국의 난을 진압했다. 증국번은 만주족 중심의 정권에 도전하려 한다는 의심을 받자 은퇴했고, 증국번의 군대인 상군까지 물려받은 이홍장은 군사력을 바탕으로 청국의 실력자가 되었다.

283) 조선 정부의 요청으로 동학 농민군을 토벌하기 위해 청국군이 조선에 파병하려 하자 일본 정부는 천진조약에 따라 일본군을 먼저 조선에 출병시켰다. 사태의 심각성을 느낀 정부 대표와 농민군은 1894년 6월 전주에서 만나 정부의 폐정 개혁과 농민군 자진 해산을 약속하는 전주화약을 맺었다. 전주화약으로 전라도에는 집강소가 설치되어 폐정 개혁안이 실천되었다.

서 병력 수송선 고승호가 격침되어 동료 병사들이 떼죽음을 당했다는 소식을 듣고 큰 충격을 받았다. 당시 아산 지역의 청군 병력은 총 3,500명에 야포 8문이었다.

남하하는 일본군은 정예부대인 오시마 요시마사 지휘 하의 여단 병력 8,000여 명이었다. 이홍장은 수적 열세에 놓인 지휘관 섭지초에게 "일본군과 전투하지 말고 해로(海路)로 평양으로 철수하여 본국에서 보내는 증원 병력과 합류하라"고 명을 내렸다. 그러나 섭지초 제독은 "해로 철수는 일본 해군이 지키고 있어 위험하다"면서 철수 명령을 거부하고 청군을 2개 부대로 분할했다. 그 결과 섭사성이 지휘하는 2,000여 병력은 일본군이 남하하는 주 통로인 성환을 방어하고 자신은 1,500여 병력과 함께 공주를 지키기로 했다.

섭사성은 성환역 동북쪽 월봉산 일대에 방어진지를 구축했다. 가장 높은 고지를 주진지로 하여 서쪽 고지에 병력을 배치했으며, 서남쪽 고지에는 포병대를 배치했다. 7월 29일 새벽 3시 20분 일본군의 공격이 시작됐다. 청군은 전투 초기에는 우세한 지형과 어둠을 이용해 일본군에게 큰 타격을 입혔다. 섭지초 제독은 초기 전세를 과장하여 승전보를 본국에 알렸는데, 승전 소식을 접한 청국 황제가 큰 상을 내렸다.

그러나 청군은 후속 지원부대가 없는데다가 소수의 병력을 과도하게 분산시키는 바람에 수적 우세를 보인 일본군에게 각개 격파를 당하기 시작했다. 시간이 흐르면서 병력 수와 무기, 전투역량 등 모든 면에서 우세한 일본군이 승기를 잡기 시작했다. 일본군이 청군을 포위해가자 청군은 오전 6시 30분 포 8문을 버리고 도주했다. 일본 측 기록에 따르면 당시 청군 사상자는 500여 명, 일본군은 장교 6명과 병사 82명이 죽거나 부상당했다.[284)]

(3) 평양 전투(1894년 9월 15일)

청국과 일본은 8월 1일 선전포고를 했다. 성환 전투에서 패한 청군은 공주로 후퇴했고, 섭지초는 공주 수비를 포기하고 평양으로 이동하여 평양의 청군과 합류하기로 했다. 8월 3일, 이홍장은 성환에서의 초전 승리 보고를 그대로 믿고 승전보를 황제(光緖帝)에게 올려 상금 2만 량을 하사받았으나 그 후 현지 부대와 연락이 두절되어 상황 파악을 할 수 없었다. 광서제는 이홍장에게 "전황에 대해 사실대로 보고하라"는 엄명을 내렸다.

8월 2일 평양을 향해 출발한 섭지초 부대는 서울을 점령하고 있는 일본군을 피하기 위해 먼 거리를 우회해야 했다. 그들은 청주-진천-괴산-충주를 거쳐 남한강을 건넌 후 원주-금화-수안-상원을 거쳐 8월 21일과 28일 평양에 도착, 좌보귀가 인솔해 온 청군과 합류했다.

이홍장이 섭지초로부터 전보를 받은 것은 8월 23일, 발신지는 평양이었다. 이홍장은 8월 25일 섭지초를 평양 주둔 청국군의 최고사

---

284) 성환전투 관련 내용은 http://blog.naver.com/joongpedro/40012032029(검색일 2014. 1.29) 및 김기혁 외 지음, 『청일전쟁의 재조명』, 한림대 아시아문화연구소, 1996, 146~154쪽 참조.

령관으로 임명했다. 성환에서 패전하여 도주하듯 이동해 온 인물을 청국과 동아시아의 운명을 가르는 중대한 전투의 지휘관으로 삼은 것이다.

이홍장은 평양에 총 1만 4,000명의 병력을 집결시키고 평양성 성곽을 이용해 방어진지를 구축하라고 명했다. 최고사령관 섭지초 제독은 지휘관 회의에서 보급의 어려움과 탄약 부족, 현지 지리에 어두운 점 등을 이유로 평양 전투는 승산이 없다고 판단, 압록강 이북으로 후퇴하여 만주에서의 결전을 주장했다. 이 의견은 주전파인 좌보기 등에게 통렬한 비판을 받았다. 이때부터 총사령관 섭지초의 위신이 추락하여 병사들은 그의 명령을 따르지 않았다.

9월 1일 일본 대본영은 조선에 선발로 투입된 5사단을 지원하기 위해 3사단을 증파하여 제1군을 구성하고 사령관에 현직 추밀원(천황의 직속자문기구) 의장이자 일본 육군의 창설자인 육군 대장 야마가타 아리토모를 임명했다. 일본군의 총 병력 수는 1만 6,000명이었다. 9월 8일 일본은 대본영을 도쿄에서 히로시마로 옮기고 9월 15일 메이지 천황이 히로시마로 이동하여 전쟁을 지휘했다.

일본군은 청군 북양함대를 두려워하여 3사단과 5사단 증원 병력을 평양 접근이 용이한 서해로 해상 수송하지 못하고 부산과 원산으로 상륙시켰다. 8월 무더위 속에서 먼 거리를 이동하느라 병사들은 지치고, 조선의 열악한 도로 사정으로 인해 보급에 심각한 문제가 발생했다. 이에 비해 청군은 휴식을 취하며 진영 구축에 나섰다. 평양성 북문은 좌보귀, 풍신아, 강자강이 맡았고, 서쪽과 서남쪽은 위여귀, 남쪽과 대동강 우안은 마옥곤이 담당했으며, 사령관 섭지초는 성 내부에서 지휘하기로 했다.

9월 15일 새벽 동이 트는 것과 동시에 평양성 공격을 개시한 일본군은 성벽을 이용하여 저항하는 청군에 고전을 면치 못했다. 특히 모란대와 을밀대, 현무문을 지키는 좌보기의 활약이 눈부셨다. 좌보기는 병력을 진두지휘하여 일본군을 습격하는 등 용명하게 싸우다 장렬하게 전사했다.

일본군 지대가 모란대 요지를 점령하고 현무문을 돌파하자 총지휘관 섭지초는 백기를 내걸어 공격을 주춤하게 만든 다음 야음을 틈타 탈출했다. 당시 일본군은 탄약이 다 떨어져 백병전을 치러야 할 상황이었는데, 갑자기 청군이 백기를 내거는 바람에 천우신조를 만났다. 청군은 혼란 속에서 의주대로를 따라 북쪽으로 탈출하던 중 일본군의 매복에 걸려 사망자 2,000여 명에 포로 500여 명, 대포 35문을 빼앗기는 등 막대한 피해를 입었다. 반면에 일본군은 사상 및 실종자가 698명에 불과했다. 일본군은 다음날 아침 평양을 점령했다.[285)]

(4) **황해 해전**(1894년 9월 17일), **중국명 대동구**(大東溝·다둥거우)해전[286)]

285) 평양전투 관련 내용은 후지무라 미치오지음·허남린 옮김, 『청일전쟁』, 도서출판 소화, 1997년, 149~154쪽 및 김기혁 외 지음, 『청일전쟁의 재조명』, 한림대 아시아문화연구소, 1996, 146~154쪽 참조.

286) 일본이 '황해 해전'이라고 부르는 전쟁을 우리나라를 포함한 대부분의 나라에서는 '압

일본군이 평양을 점령한 다음날인 9월 17일, 세계 역사상 최초로 증기선 철갑 함대가 격돌한 황해 해전이 벌어졌다. 해전 참가 세력을 보면 청국은 기함인 정원을 비롯한 14척, 일본은 기함 마츠시마(松島)와 순양함 요시노 등 총 12척이었다. 배수량 총계는 일본 4만 톤, 청국 3만 5,000톤, 평균 속력은 16노트 대 14노트, 마력수 7만 3,000마력 대 4만 6,000마력으로 일본이 약간 우세였다. 대구경포와 중포는 일본 11문에 비해 청국이 21문으로 우세했으나 소구경 속사포는 일본 67문, 청국 6문으로 일본이 압도적 우세였다.

프랑스와의 청불전쟁에서 해군력 열세로 속수무책으로 패한 청국은 1885년 진원, 정원, 제원 등 세 척의 초대형 철갑 전함을 구입했고 1887년에는 치원(致遠), 정원(靖遠), 경원(經遠), 내원 등 4척을 구입하여 1888년 12월에 북양(北洋·베이양), 남양(南洋·난양), 복건(福建·푸젠), 광동(廣東·광둥) 등 4대 함대를 건설했다. 이들 중 주력이 북양함대였다.

북양함대는 정여창을 제독으로 하여 좌익 총병은 진원함의 함장을 겸한 임태증, 우익 총병은 정원함 함장 유보담이 맡았다. 북양함대는 당시 12인치(30.5㎝) 거포를 탑재한 세계 최대 규모의 장갑 전함인 정원·진원을 주력으로 하는 '아시아 최강의 함대'란 평을 들었다.

정원·진원함은 자매함으로서 뱃전의 장갑이 30㎝ 강철판으로 덮여 있어 어지간한 포탄에 맞아도 튕겨나갈 정도라서 불침 전함이나

록강 해전'이라고 부른다. 시바료타로 저, 이송희 옮김, 『언덕 위의 구름』 제2권, 명문각(1992), 226쪽 참조.

다름없었다. 배수량은 7,335톤, 속력은 14.5노트, 주포로 구경 12인치(30.5㎝) 주포 4문, 6인치(15㎝) 포 2문, 7.5㎝ 포 4문을 탑재한 괴물이었다. 문제는 좌우 현측에 설치된 주포 4문이 전방을 향해 있고, 뱃머리에 거대한 충각을 장착하여 뱃머리로 적 함정을 들이받을 수 있게 되어 있었다는 점이다. 이는 빠르게 이동하는 목표물을 조준 사격하는 근대 해전에는 적응하기 어려운 약점을 안고 있었다.

1886년 정원·진원함을 앞세운 북양함대가 일본 나가사키(長崎)항에 입항했을 때 상륙한 청국 수병들이 난동을 부리자 일본 낭인(浪人)들이 청국 수병 5명을 칼로 베는 사건이 벌어졌다. 격분한 이홍장이 "당장 함포 사격을 하겠다"고 위협하자 일본 정부가 사과를 할 정도로 북양함대는 일본에게 공포의 대상이었다.

충격을 받은 일본도 근대식 함대 건설에 착수하여 메이지 천황이 함대 건설 성금을 매월 일정액을 지출하고, 문무 관리들도 봉급의 10%를 헌금하라는 조칙을 내렸다. 일본 의회는 해군 확장 예산이 너무 방대해 반대를 해 왔으나 북양함대를 보고 충격을 받은 여론에 의해 해군 확장 예산을 승인했다. 이 예산으로 일본은 후지·야시마함을 주문했다.

북양함대 정원·진원함의 30㎝ 강철 장갑은 당시 일본 해군이 보유하고 있는 함포로는 파괴할 수 없었다. 이 문제를 해결하기 위해 일본은 정원·진원의 장갑을 관통할 수 있는 32㎝ 단장포 순양함을 프랑스에 주문했다. 이것이 중형 선체에 거대한 주포를 1문만 탑재한 마츠시마 급 순양함이다. 마츠시마 급은 총 3척이 건조되었는데,

일본의 3대 명승지인 마츠시마(松島), 이츠쿠시마(嚴島), 하시다테(橋立)의 이름을 따서 지었다 하여 삼경함(三景艦)이라 불렀다.

이 삼경함이 1891년 여름에 일본 해군에 인도되었다. 마츠시마 급 순양함은 작은 선체에 대구경 함포 1문을 장비하는 바람에 포탑을 회전시키면 배가 기울고, 함포를 발사하면 충격으로 배가 기우뚱거리는 등 문제가 속출했다. 실제로 황해 해전에서도 32㎝ 주포를 발사한 숫자는 이츠쿠시마 5발, 하시다테는 불과 4발에 불과했다.

일본 군부는 정원·진원함 같은 거함을 단 시간 내에 건설하기는 어렵다고 판단, 빠른 기동력과 속사포로 무장한 쾌속 순양함을 건조했다. 요시노는 북양함대 주력함과 맞서기 위해 영국 암스트롱 조선소에 주문한 쾌속 순양함으로 배수량 4,160톤, 탑재된 함포는 15㎝ 속사포 4문, 12㎝ 속사포 8문이다. 함포 구경은 북양함대 주력함보다 열세였지만 속력은 22.5노트로 당시 세계에서 가장 빠른 군함이었다. 일본 해군은 경쾌한 속도와 짧은 시간에 다량의 포탄을 발사할 수 있는 속사포를 앞세워 거포로 무장한 청국 전함을 대항한다는 전략이었다. 이 배는 1893년 영국에서 완성되어 일본에 인도되었다.

반면 청국은 북양함대 건설 후 10년 동안 해군에 대한 신규 투자를 하지 못했다. 서태후가 군함 건조비를 자신의 별장인 이화원(頤和園) 건립에 전용했기 때문이다. 군비를 별장 조성비로 써 버린 이유는 한족(漢族)인 이홍장의 군사력이 강해질 경우 황족(皇族)인 만주족에 위협이 될 수 있기 때문이었다. 1891년부터는 함대의 탄약 구입 예산조차 없어 전쟁 발발 직전에는 정원·진원함 주포의 포탄이 세 발밖에 없었다. 1888년을 기점으로 청일의 해군력은 일본이 앞서기 시작했다.

〈그림 3〉 **황해**(압록강) **해전①**

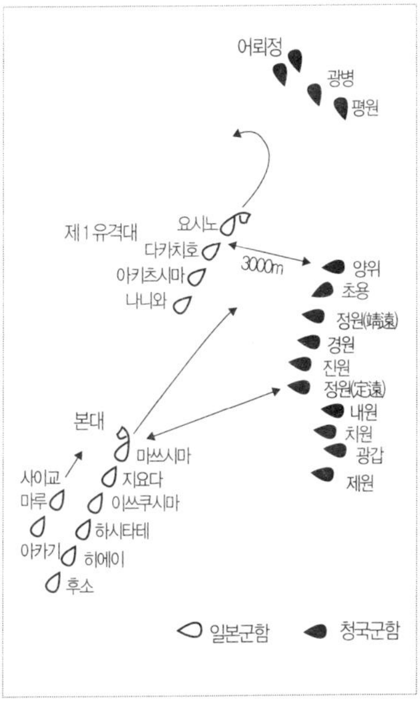

출처: 시바 료타로, 『언덕위의 구름』 2권 p.275

전투함의 속도는 전투력을 결정하는 중요 요소 중 하나다. 속도 면에서 일본 함대는 북양함대를 앞섰고, 북양함대는 중포 우세, 일본 함대는 경포와 속사포에서 우세를 보였다. 이런 이유 때문에 일본 해군은 함대를 둘로 나누어 현란한 기동전술로 대응한 반면, 북양함대는 전투 경험 부족으로 작전이나 전술 능력에서 문제를 노출했다.

9월 17일 오전, 항해 중이던 일본 연합함대는 조선의 압록강과 가까운 대동구(大東溝·다둥거우) 밖에 정박 중이던 청국 북양함대 군함을 발견했다. 북양함대도 일본 군함을 발견하자 정여창 제독은 즉각 전투준비에 돌입, 점심 무렵 북양함대의 정원함이 거포를 발사하면서 황해 해전이 시작되었다.

연합함대 기함인 마츠시마는 청국 군함에 가까이 접근한 후 발포를 시작했다. 북양함대 세력 중 상대적으로 구형인 순양함 초용

〈그림 4〉 황해(압록강) 해전②

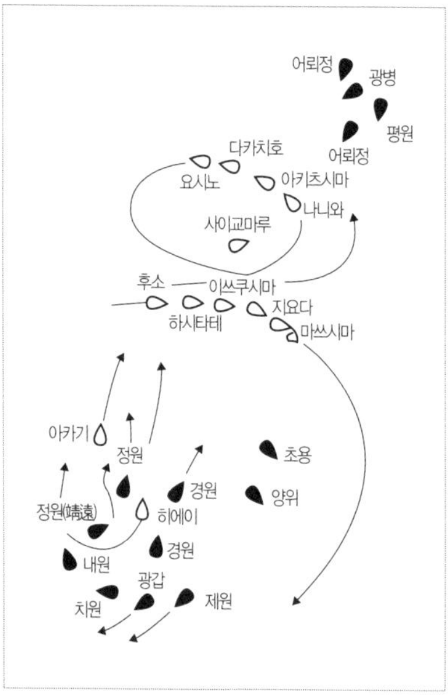

출처: 시바 료타로, 『언덕위의 구름』 2권 p.274

과 양위가 일본 함정들의 집중 포화를 맞아 화재가 발생하면서 초용은 침몰했고, 양위는 대파되어 퇴각하다 해안가에 버려졌다. 치원도 대파되자 함장 등세창(鄧世昌)은 정면에 있던 요시노를 향해 돌격했으나 충돌에 실패하면서 침몰했다. 치원함을 지휘하던 등세창 함장은 배와 함께 수장됐다. 경원(經遠)도 포탄 세례를 받아 격침됐고, 광갑(廣甲)도 암초에 부딪쳐 기동이 어렵게 되자 폭파시켰다.

전투 후반부에는 정원과 진원 두 거함이 서로 응원하며 일본 함대와 맞서 싸웠다. 일본 군함들은 정원과 진원을 포위하고 집중 포격을 가했으나, 수백 발의 포탄 세례를 받고도 두 거함이 버티자 일본 함정들은 전투 해역에서 이탈하면서 해전은 막을 내렸다.

이 해전은 청일 양국의 해군이 맞부딪친 함대 결전이었으며, 세계 해전사에서도 증기철갑선 함대 간의 첫 번째 대규모 해전이라는 의미가 있다. 5시간 정도 진행된 해전의 격렬함은 해전사에서 보기 드물 정도였다. 전투 결과 북양함대는 초용·양위·치원·경원·광갑 등 5

척이 격침되었, 일본 측은 마츠시마·히에이(比睿)·아카기(赤城)·사이쿄마루(西京丸) 등 4척이 대파되었으나 격침된 배는 없었다. 기함 마츠시마는 정원함이 쏜 거탄에 맞아 정원의 31%에 해당하는 113명의 사상자를 냈고, 아카기도 큰 피해를 입었다.

〈그림 5〉 황해(압록강) 해전③

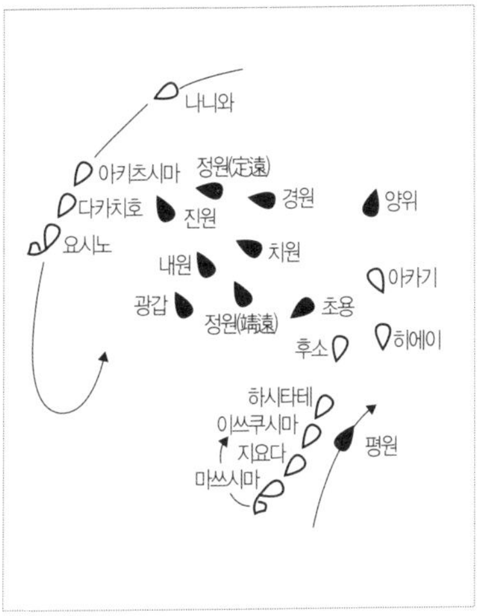

출처: 시바 료타로, 『언덕위의 구름』 2권 p.274

황해 해전으로 인해 북양함대는 주력 함정 5척을 잃고 나머지 배들도 대대적인 수리에 들어가는 바람에 제해권이 일본 해군에게 넘어갔다.[287] 일본군은 황해 해전 이전까지는 북양함대의 위협 때문에 부산, 원산 등 원거리에 병력을 상륙시켰으나 제해권 장악 후에는 발해만으로 대군을 상륙시킬 수 있게 되어 청국은 더욱 수세에 몰리기 시작했다.

(5) 압록강 전투와 여순 점령(1894년 10월 24일 ~ 11월 21일)

천신만고 끝에 평양성을 탈출한 청군은 북으로 퇴각하여 압록강을 건넌 다음 압록강변에서 방어태세를 갖추었다. 9월 17일 일본 해

287) 황해 해전 관련내용은 출처: 「청프전쟁과 청일전쟁에서의 해전-해양관련 국제법 사건을 중심으로」, 조세현 부경대 교수 참조.

군이 황해 해전에서 승리한 직후 야마가타 아리토모가 지휘하는 일본군 제1군은 청군을 추격하여 만주로 진격했다. 국경지대인 의주 맞은편에는 청군이 약 16km의 방어선에 100개의 보루를 설치하고 북양 군벌 병력까지 합세, 총 2만 3,000명이 방어에 나섰다.

10월 24일 야음을 틈타 일본군은 압록강에 배로 연결한 임시 다리를 설치하고 감쪽같이 강을 건너자 청군은 보루를 버리고 단동(丹東·단둥)으로 후퇴했다. 제1군은 인력 손실 없이 압록강을 건너 중국 영토로 침공해 들어갔다. 가쓰라 다로(桂太郎)[288]가 지휘하는 3사단은 서쪽으로 도주하는 청군을 추격하여 요동반도의 도시들을 점령했다.

정치 군사적 요충지인 여순의 가치를 가장 먼저 발견한 사람은 이홍장이었다. 그는 1881년 10월 여순의 백옥산(白玉山·바이위산)에 올라 지세를 관망한 후 이곳이 '한 사람이 관문을 지키면 만 사람이 와도 이를 열 수 없는' 천혜의 요새임을 파악하고 해군기지 건설에 착수, 1890년 완성했다. 항구 주위에 10개의 포대를 설치하고 함정을 수리하는 공창도 지었다.

일본은 제2군을 편성하여 10월 24일부터 요동반도 공략에 나섰다. 제해권을 장악한 일본 해군은 오야마 이와오가 이끄는 일본 제2

288) 가쓰라 다로(1848~1913)는 독일로 유학을 가 군사학을 연구하고 귀국하여 육군을 프러시아 식으로 개편했다. 그 결과 군정은 육군성이, 군령은 참모본부가 분담하는 체제가 마련되었다. 이로써 참모본부는 육군성의 관할에서 벗어나 천황 직속기관으로 바뀌어 정부 간섭을 배제할 수 있게 되었다. 1886년 육군 차관, 청일전쟁 때는 3사단장으로 참전했다. 총리를 세 차례 역임하며 외상(外相) 고무라 주타로와 협력하여 영일동맹(英日同盟)을 체결하고(1902) 러시아에 맞섰다.

군을 요동반도 남쪽의 화원구(花圓口)에 상륙시켰다. 제2군이 11월 6일 금주를 점령하자 청군은 싸우지도 않고 도주했다. 11월 7일에는 요동반도의 끝에 있는 대련을 점령하여 여순을 고립시켰다. 대련은 조회업 휘하의 3,000여 병력이 지키고 있었는데 조회업은 120문의 대포와 엄청난 탄약을 버리고 여순으로 도망쳤다.

여순항은 북양 육군과 해군의 근거지로서 북양함대의 도크와 공창이 위치한 만주 최대의 군사 거점이었다. 일본군은 여순항을 '아시아의 콘스탄티노플(이스탄불)'이라 부를 정도로 전략적 요충으로 생각하고 있었다. 북양함대 사령관 정여창은 황해 해전에서 패전한 후 여순항에 틀어박혀 나오지 않았다.

〈그림 6〉 여순 요새

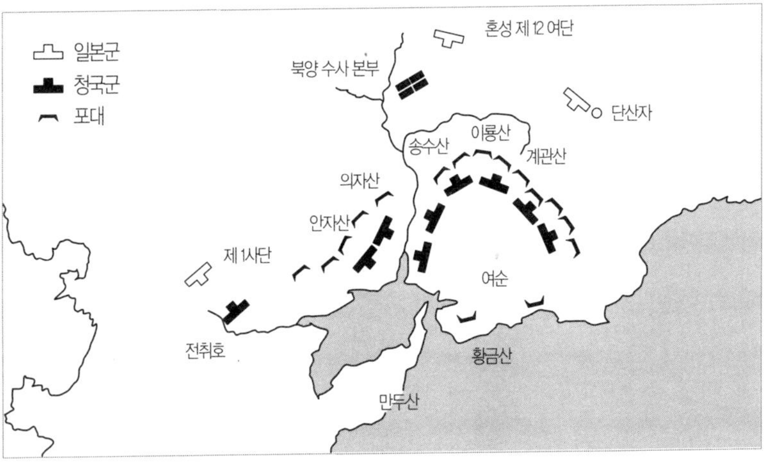

출처: 시바 료타로, 『언덕위의 구름』 2권, 도서출판 명문각, 1992, 275쪽.

여순 지역 수비를 담당한 청군 지휘관은 전의를 상실하여 싸우지도 않고 도주하는 바람에 일본군은 11월 21일 단 하루 만에 여순을 손쉽게 점령했다. 일본 언론은 "여순의 대승은 대일본 팽창사의 첫 페이지에 특기할 만한 대사실"이라며 기뻐했다. 일본은 북양해군의 두 거점(여순과 위해위) 중 '북경과 천진의 관문'이라 불리던 여순을 점령함으로써 청일전쟁에서 확실한 승기를 잡았다.

여순을 점령한 일본군은 11월 21일부터 24일까지 사흘 간 대학살을 자행하여 2만여 명의 무고한 중국 민간인을 무참하게 살해했다. 일본군이 항구를 점령할 때 현장에 있던 외국 기자들이나 외교관들은 일본군의 민간인 학살을 생생하게 증언했다. 일본군의 잔인한 학살행위는 전 세계로 보도되어 국제적인 공분(公憤)을 일으켰다.

(6) 위해(衛海·웨이하이) 전투(1895년 1월 20일 ~ 2월 14일)

전투가 만주와 중국 본토로 확전되면서 일본군은 병참조직과 방역, 위생설비의 결함으로 고전했다. 평양전투에서는 병참 문제로 탄약과 식량이 고갈되어 만약 청군이 전투를 포기하고 도주하지 않았다면 전세가 역전될 수도 있는 위기를 맞았다. 또 위생상의 결함 때문에 출정군인의 40%가 질병에 걸려 후송되었고, 매서운 날씨로 인해 10명 중 2~3명이 동상에 걸려 고생했다. 긴 수송로로 인해 본토로부터의 식량 보급도 원활치 못해 굶어 죽는 병사들도 생겨났다.

이 와중에 11월부터 미국과 영국, 러시아가 강화를 중재하겠다면서 개입하기 시작했다. 일본으로서는 서양 열강의 개입이 본격화되기 전에 속전속결로 전쟁을 결판내야 했다. 일본 총리 이토 히로부미는 12월 4일, 대본영에 북양해군의 본거지인 위해위 점령 및 대만 공략을 제안했다. 북양해군 본거지를 점령하여 종전(終戰)을 압박하고 대만 점령을 위한 근거를 마련하기 위해서였다.

일본 대본영은 12월 14일 위해위에 대한 공격 명령을 내렸다. 여순 함락으로 격노한 광서제는 북양함대 지휘관 정여창을 파직하고 그를 문책하려 했다. 그런데 일본 함대가 위해위를 압박하자 그는 죄인의 몸으로 다시 북양함대를 맡아 일본군에 맞서라는 명을 받았다.

중국 산동(山東·산둥)반도 북쪽 연안에 위치한 항구 도시 위해(衛海·웨이하이)는 명나라 초에 왜구를 방어하기 위해 이 지역에 검문소(衛所)를 설치하면서 위해위라고 불렸다. 청국 말기에는 군항(軍港)으로 정비되어 북양함대 기지가 되었다. 위해위는 요동반도의 여순과 마주보는 발해(渤海·보하이)만 입구의 요충지로, 위해에서 배로 20분 거리에 위치한 유공도는 천연의 방파제 역할을 하고 있었다. 유공도는 북양함대의 모항(母港)으로, 북양함대 사령부(북양수사제독서)와 수사학당(해군사관학교에 해당)이 들어서 있었다.

그 무렵 북양함대의 주력 함정인 정원과 진원함은 황해 해전 때 일본 함대에게 입은 피해 복구가 아직 끝나지 않은 상황이었다. 일본 제2군은 1895년 1월 20일부터 24일까지 구로키 다메모토(黑木爲楨) 중장의 지휘로 산동반도 동쪽의 영성(榮成·룽청)만에 상륙, 영성현을 점령하고 위해 공략에 나섰다. 격렬한 전투 끝에 2월 2일 위해 주변 포대들이 모두 일본군에게 점령되었다. 이로써 위해만의 유공도에 있던 정여창의 북양함대와 수비대는 외부로부터 완전 고립되어 일본군의 육상 및 해상 공격에 노출되었다.

〈그림 7〉 위해위 근해도

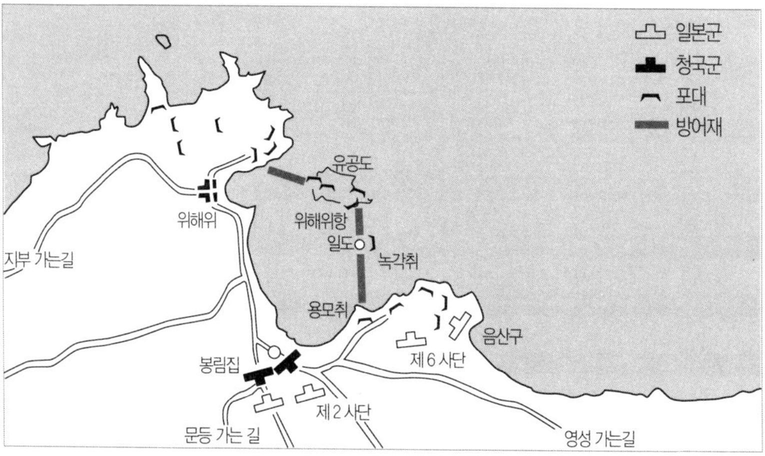

출처: 시바 료타로, 『언덕위의 구름』 2권, 도서출판 명문각, 1992, 274쪽.

일본 연합함대 사령관 이토 스케유키는 정여창 제독에게 서한을 보내 항복하면 관대하게 예우하겠다고 제의했으나 정여창은 이를 거절했다. 2월 4일 밤 일본 어뢰정이 유공도 항구 내로 몰래 진입하여 북양함대를 기습 공격했다. 다음 날 밤에도 어뢰정이 기습 공격을 감행하여 정원함에 두발의 어뢰를 명중시켰다. 거함 정원은 침몰하지는 않았으나 항해가 불가능한 상황이 되자 해안에 정박시킨 후 포대로 사용했다.

2월 6일 밤 또 다시 일본 어뢰정의 기습을 받아 내원과 위원함이 어뢰에 맞아 격침되었다. 청국 해군도 어뢰정의 중요성을 알고 있었으나 어뢰정 지휘관 왕평(王平)이 전투 중 어뢰정을 이끌고 도주했다. 이 와중에 다수의 병사가 투항하거나 포로가 되었다.

1895년 2월 11일 밤 정원함의 포탄 저장고가 바닥나자 정여창 제독은 정원함을 자폭시키고 자신은 대량의 아편을 먹고 자살했고, 다른 지휘관들은 항복했다. 2월 17일 위해위가 일본군에게 함락되면서 전투는 막을 내렸다. 청국은 막대한 예산을 들여 근대 해군을 건설했으나 풍도 해전, 황해 해전, 위해위 해전에서 일본 해군에게 허망하게 패전하여 역사의 무대에서 퇴장했다.

북양함대 소속 함정 중 살아남은 진원·제원·평원(平遠)·광병(廣丙)·진동(鎮東)·진서(鎮西)·진남(鎮南)·진북(鎮北)·진중(鎮中)·진변(鎮邊)호 등이 일본군에 나포되었고, 전투 중 크게 부서진 진원함은 여순에서 수리를 한 후 일본으로 끌고 갔다. 연습선 강제(康濟)호는 자살한 정여창 제독의 시신과 항복한 청군 및 외국인을 운송하기 위해 남겨졌다.

노획된 북양함대 함정들은 일본 함대 소속으로 바뀌었다. 진원·제원·평원함 등 세 척은 1904년 러일전쟁에 참전하여 진원함은 여순 공성전, 황해 해전, 대한해협 해전에서 활약했다. 제원과 평원함은 러시아 해군의 어뢰에 맞아 침몰했고, 진원함은 러일전쟁 종전 후 퇴역하여 이세(伊勢)만에서 침몰했다. 일본 해군은 진원함의 닻과 사슬을 인양하여 도쿄의 우에노공원에 전시해놓았다.

1945년 8월 15일, 태평양전쟁에서 일본이 항복한 후 일본 정부는 중국 정부에 34척의 소형 함정을 배상금 명목으로 반환했다. 그 때

도쿄의 우에노공원에 전시해놓았던 진원함의 닻과 사슬, 포탄도 함께 돌려주었다. 진원함의 닻은 현재 북경의 군사혁명박물관에 전시되어 있다.

강화조약인 시모노세키조약 체결 과정에서도 청에 대한 일본의 배상요구는 지나친 측면이 있었다. 국제법상 승전국이 패전국에 배상을 요구하는 것에는 일정한 한도가 있는데, 일본은 전례가 없는 가혹한 조건을 제시했다. 그 중 대만과 팽호열도 및 주변 도서를 할양하는 과정에서 오늘날 심각한 영토(영해)문제가 발생하고 있는 센가쿠 제도(중국명 釣魚島) 문제가 포함되어 있었다.

청일전쟁 후 동아시아에서 일본의 확장을 경계한 러시아는 독일과 프랑스를 끌어들여(삼국간섭) 일본이 차지한 요동반도를 청국에 반환하도록 압력을 가했다. 삼국간섭이 성공하여 일본이 요동반도를 반환하자 이에 대한 보상으로 독일은 교주(膠州·자오저우)만을 차지했고, 러시아는 여순·대련 두 항구를 조차했다. 이렇게 되자 영국은 세력 균형을 위해 청국에 위해위의 조차를 요구했다. 결국 1898년 영국은 유공도를 포함한 전 위해위 항만을 25년간 조차하여 영국 동양함대의 기지로 삼았다. 제2차 세계대전 때 일본군은 이 지역을 다시 점령했다. 현재 항구의 남서쪽에는 중국 해군기지가 있다.

05
황해 해전의 교훈[289)]

청일전쟁이 벌어지기 전 주력함대의 결전은 28년 전 이탈리아와 오스트리아 간에 벌어진 리사(Lissa) 해전 이후로는 전혀 없었다. 황해 해전은 철갑 증기선 함대 간의 본격적인 근대 해전이어서 이 해전이 전 세계 군사 전문가들의 비상한 관심을 집중시켰다. 이 때문에 황해 일대에는 청·일 함대 간의 해전을 관전하기 위해 보낸 군함이 시도 때도 없이 출몰했다.

황해 해전에 참전했던 청국 군함 중 규모가 가장 큰 함정은 자매함정인 정원함과 진원함으로 배수량이 7,430톤이었다. 일본 군함 중 가장 큰 것은 하시다테(橋立), 이츠쿠시마(厳島)함으로 배수량이

---

289) 하라다 게이이치 지음·최석완 옮김, 『청일 러일전쟁』, 어문학사, 2013, 113쪽. 시바 료타로(司馬遼太郎) 지음·이송희 옮김, 『언덕 위의 구름(2)』, 도서출판 명문각, 1992, 96~103쪽. 제노네 볼피첼리 지음·유영분 옮김, 『구한말 러시아 외교관의 눈으로 본 청일전쟁』, 살림출판사, 2009, 112쪽 참조.

4,277톤이었다. 일본 해군은 북양함대의 거대한 장갑 전함인 정원과 진원함에 필적할 만한 전함은 없었지만 여섯 척의 쾌속선을 보유하고 있었는데, 그 중 하나인 요시노함은 당시 세계에서 가장 속력이 빠른 전함이었다.

일본 연합함대는 함포의 위력 면에서는 북양함대에 뒤졌으나 군함의 속력과 속사포 능력에서는 우위였다. 일본 연합함대가 장비한 속사포는 청국 군함이 포 한 발을 쏠 때 8발을 발사할 수 있는 능력을 보유하고 있었다.

해전이 시작되자 덩치는 크지만 속도가 느린 북양함대는 일렬횡대 진형을 갖추고 정면에서 포격과 함수의 어뢰를 발사하면서 접근하여 상대를 침몰시키는 진형을 택했다. 군함은 정면에서 보면 폭이 좁기 때문에 횡렬진을 선택하면 적의 사격에 의한 피해를 줄일 수 있는 이점이 있지만, 반면에 함수 쪽에 있는 포만을 사용할 수 있어 화력이 약해지는 문제가 발생한다.

이에 맞서 일본 함대는 일렬종대로 늘어서서 고속으로 이동하며 속사포로 맞서는 단종진 전술을 구사했다. 단종진은 적의 주포 앞에 자신의 옆구리를 노출시키는 위험이 있지만, 함정에 탑재된 모든 포를 총동원할 수 있어 화력이 극대화되는 장점이 있다. 일본 연합함대가 채택한 이 전술은 존 잉글스(Jonh Ingles)라는 영국 해군 대좌를 고용하여 배운 것이다.

실제 해전에서 이 두 가지 진형 중 어느 쪽이 더 우월한가에 대해서는 논란이 분분하여 결론이 나지 않은 상황이었다. 황해 해전에서 일본 연합함대는 민첩한 기동성과 속사포를 보유한 경함대가 중장갑 거포를 갖춘 함대에 승리할 수 있다는 사례를 입증해 보였다.

황해 해전에서 승리한 일본은 제해권을 확보하여 해상 수송의 안전성이 확보되었다. 일본 대본영은 그 전까지는 북양함대의 작전권에서 벗어난 부산, 원산 등 안전한 지역으로 증원 병력과 물자를 양륙시켰으나 황해 해전 이후에는 대군을 서해상으로 수송하여 인천, 만주에 상륙시켰다.

일본군은 요동반도 공략과 직예평야에서 결전을 치르기 위해 제2군을 편성하여 요동반도에 상륙시켰다. 제2군사령관은 오야마 이와오 대장이었고, 그 휘하에 제1사단, 제2사단, 그리고 혼성 제12여단(제6사단)을 두었다.

06
일본이 청국에 제시한 **시모노세키 평화조약 초안**

(1895년 4월 1일)[290)]

일본 황제 폐하와 중국 황제 폐하는 그들 나라와 백성에게 평화의 은총을 회복하고 앞으로 혼란을 야기할 모든 원인을 제거하고자 평화협정 체결을 위한 목적으로 전권대신을 지명했다. 전권을 상호 교환하고 그것이 유효하고 합당한 형식임이 밝혀짐에 따라 전권대신은 다음과 같은 조항에 합의한다.

제1항. 중국은 조선의 완전무결한 독립과 자치를 명확하게 인정한다. 그에 따라 독립과 자치를 훼손하면서 조선이 중국에 제공하는 공헌 전례의 이행은 향후 전면 중단될 것이다.

제2항. 중국은 다음 지역에서 모든 보루와 군기 공창, 공물(公物)과 더불어 영속적인 소유권과 완전한 통치권을 일본에게 양도한다.

---

290) 이 자료는 『청일전기』 원문에는 없으나 일본이 1895년 4월 1일 청국에 제시한 시모노세키 평화조약 초안이다. 내용은 『북경 앤드 천진 타임스』(The Peking and Tiensin Times)에 실린 것이며, 제노네 볼피첼리의 저서 『구한말 러시아 외교관의 눈으로 본 청일전쟁』에서 재인용했다.

(a) 다음과 같은 경계 안에 속한 성경성 남부 지역. 경계선은 압록강 어귀에서 시작하여 삼차자(三叉子·산차즈)까지 강을 거슬러 올라간다. 삼차자에서 곧장 북쪽으로 유수저하(楡樹底下·유슈티시아)까지 올라가 그곳에서 요하(遼河·랴오허)강에 도달할 때까지 곧장 서쪽으로 이어진다. 그곳에서 요하강을 따라 북위 41도까지 남쪽으로 이어지며, 그곳에서 서쪽으로 동경 122도까지 같은 위도를 따라 평행하게 이어진다. 북위 41도와 동경 122도가 만나는 지점에서 같은 경도를 따라 남쪽으로 이어지다가 요동 만에 이르러 끝난다. 할양 영토는 요동 만 동쪽과 황해 북부 지방에 위치한 성경 지역에 속하거나 부속된 모든 섬을 포함한다.

(b) 대만 섬, 상기 대만 섬에 인접하거나 부속된 모든 섬 포함.

(c) 팽호군도. 즉 동경 119도와 120도 사이, 북위 23도에서 24도 사이에 위치한 모든 섬.

제3항. 이전 조항에서 기술했고 첨부한 지도에 나타나는 강계 획정선은 각각 두 사람 이상의 일본과 중국 대표로 구성되는 공동강계획정위원회의 현장 답사를 통해 이루어지며, 위원들은 본 조약 비준서 교환 후 바로 임명되어야 한다. 본 조항에서 정한 강계가 지형적인 이유에서든 혹은 행정적인 고려에서든, 어떤 점에서건 결함 있는 것으로 판명될 경우 그 내용을 수정하는 것도 강계위원회의 임무다. 강계위원회는 가능한 한 조속히 임무에 착수하게 될 것이며, 임명 후 1년 안에 자신들의 과업을 마치게 될 것이다. 하지만 이 조항에서 정한 강계선은 강계획정위원회 인준 때까지 유지될 것이며, 인준이

이루어질 경우 일본과 중국 정부의 승인을 받게 될 것이다.

제4항. 중국은 군비 배상금으로 일본에 총 3억 량의 고평은을 지불하는 데 동의한다. 상기 금액은 5회로 나누어 지불해야 한다. 첫 분납금은 1억 량이고, 남은 네 차례 분납금은 각각 5,000만 량씩이다. 첫 분납금은 본 조약의 비준서 교환 후 6개월 이내에 지불되어야 하며, 남은 네 차례 분납금은 4년 연속 같은 날짜 또는 그 이전에 각각 지불되어야 한다. 첫 분납금의 지급 기일로부터 상기 배상금의 모든 미지불액에 대해 연간 5%의 이자가 부과될 것이다.

제5항. 일본에 할양된 지역의 주민들은 할양 지역 밖으로 거주지를 옮기고자 할 경우 자유롭게 부동산을 팔거나 퇴거할 수 있다. 이를 위해 현 조약 비준서 교환일로부터 2년간의 시간이 주어질 것이다. 기간 종료 시 해당 지역을 떠나지 않은 거주민은 일본의 자유로운 선택에 따라 일본 신민으로 간주될 것이다.

제6항. 일본과 중국 사이의 모든 조약은 전쟁의 결과로 종결되며 중국은 일본의 전권대신과 통상과 항해에 관한 조약과 국경왕래와 무역을 통제할 협정을 체결할 전권대신을 임명하기 위하여 본 조약의 비준서 교환에 즉시 착수해야 한다. 중국과 유럽 열강 사이에 현존하는 조약과 협정, 규정은 일본과 중국 사이의 상기 조약과 협정을 위한 토대로 활용될 것이다. 본 조약의 비준서 교환일로부터 상기 조약과 협정이 실제 효력을 발휘할 때까지 일본 정부와 관리, 상업, 항해, 육로통상, 산업, 선박, 그리고 일본 신민은 모든 면에서 중국으로부터 최혜국 대우를 받게 될 것이다. 중국은 추가로 다음과

같이 영토를 할양하며, 이는 현 조약 체결일로부터 6개월간 효력을 지닌다.

첫째, 이미 개방한 지역 외에 다음과 같은 도시와 마을, 항구가 일본 신민의 상업과 거주, 공업, 제조업에 개방될 것이며 현재 개방된 중국의 도시와 마을, 항구에 존재하는 것과 동일한 조건에서 동일한 특권과 동일한 편의시설을 누리게 될 것이다.

1) 북경(北京)

2) 하북(湖北·후베이) 지역의 사시(沙市·사스)

3) 호남(湖南·후난) 지역의 상담(湘潭·샹탄)

4) 사천(四川·쓰촨) 지역의 중경(重慶·충칭)

5) 광서(廣西·광시) 지역의 오주(梧州·우저우)

6) 강소(江蘇·장쑤) 지역의 소주(蘇州·쑤저우)

7) 절강(浙江·저장) 지역의 항주(杭州·항저우)

일본 정부는 상기 지역의 일부 혹은 전 지역에 영사를 주재시킬 권리를 갖게 될 것이다.

둘째, 여객과 화물 운송을 위해 일본 국적을 단 선박의 증기 운항은 다음과 같은 지역에까지 확대될 것이다.

1) 의창(宜昌·이창)에서 중경(重慶·충칭)에 이르는 양자강 상류

2) 양자강에서 상담(湘潭·샹탄)에 이르는 상강(湘江·샹강)과 동정호(洞庭湖·퉁팅호)

3) 광동(廣東·광둥)에서 오주에 이르는 서강(西江·시강)

4) 상해에서 소주와 항주에 이르는 오송(吳淞·우쑹)강과 그 운하

현재 외국 선박의 중국 내지 수로 항해에 적용되는 규칙과 규정은 새로운 규칙과 규정이 상호 승인될 때까지 상기 경로에 대해 최대한 적절하게 적용될 것이다.

셋째, 일본 신민이 중국 내로 수입하는 모든 상품은 수입자나 소유자의 선택에 따라 들여오는 시점이건 그 이후이건 관계없이 일단 원가에 부과되는 2%의 저대세(抵代稅)나 관세를 지불하기만 하면 이후 중국 전역에서 모든 세금과 관세, 조세, 부과금을 면제받게 될 것이다. 또한 정부와 관리, 개인, 회사, 온갖 종류의 단체의 이름으로 혹은 그 이익을 위해 부과되는 여하한 성격이나 명칭의 모든 징수금도 면제된다. 동일한 방식과 같은 정도로, 하지만 어떠한 저대세나 조세의 지불 없이 일본 신민이 중국에서 구매하거나 수출용으로 공표한 모든 중국 상품과 농산물에 대해서도 동일한 면세 특전이 적용될 것이다. 이 같은 과세 면제는 수출용으로 공표된 날로부터 실제 수출이 이루어지는 시점까지 지속된다. 국내 소비를 위한 모든 중국 상품과 생산물은 일본 선박에 의해 중국 내 한 개항장에서 다른 개항장으로 운반될 경우 현행 연해 무역세를 지불하기만 하면 그 같은 운송이 진행되는 전 과정에 걸쳐 동일한 방법과 같은 정도로 수출입 관세를 포함한 모든 세금이 면제될 것이다. 하지만 전술한 조항은 수입 아편에 대한 과세에 관한 한 당분간 유효한 어떠한 조치도 결코 취하지 않을 것임을 주지해야 한다.

넷째, 중국 내에서 상품이나 생산물을 구매하거나 중국 내로 수입 상품을 운반하는 일본 신민은 구매하고 운송하는 상품의 집적을 위해 창고를 일시적으로 임대하거나 빌릴 권리를 가지며, 이에 관해 여하한 세금이나 징수금도 납부하지 않으며 어떤 중국 관리의 간섭도 받지 않는다.

다섯째. 재중 일본 신민이 지불하는 제반 관세와 조세, 수속비 지불에 있어 고평은이 사용될 것이다. 그 같은 제반 관세와 조세, 수속비는 일본국 본위 은화 엔을 기준으로 그 액면가나 대표가에 따라 지불될 것이다.

여섯째, 일본 신민은 중국에서 각종 제조업에 자유롭게 종사하게 될 것이며, 온갖 종류의 기계류를 중국으로 자유롭게 수입할 수 있으며, 이 경우 약정한 수입 관세만 지불하게 될 것이다. 재중 일본 신민이 제조한 일체의 상품은 내지 운송세와 내지세, 조세, 부과금, 온갖 종류의 징수금에 있어, 또 중국 내 창고와 절강 설비에 있어 일본 신민이 중국 내로 수입하는 상품과 동일한 지위에 있으며, 동일한 특권과 면제 혜택을 누린다.

일곱째, 중국은 전문가의 자문하에 낮은 수위에서도 적어도 6m 깊이의 깨끗한 수로를 지속적으로 유지할 수 있도록 황포 강 입구에 있는 오송천탄(吳淞淺灘)을 제거하는 절차에 즉시 착수한다. 이 같은 허가권과 관련하여 필요한 추가 규칙이나 규정에 관해서는 본 조항에 규정된 통상과 항해에 관한 조약에서 구체적으로 명시될 것이다.

제7항. 뒤이어 나올 조항에 따라 일본군의 중국 철수는 본 조약의 비준서 교환 후 3개월 이내에 완전하게 실행될 것이다.

제8항. 본 조약 규정의 성실한 수행에 대한 담보로 중국은 아래

지역에 대한 일본군의 일시적 점령에 동의한다.

성경(盛京) 지방 봉천

산동 지방 위해위

여기서 규정한 군비 배상금의 최초 두 차례 분납금 지불 시 봉천부에서 일본군이 철수할 것이고, 상기 배상금의 마지막 분납금 지불 시 위해위에서 철수할 것이다. 하지만 통상과 항해에 관한 조약의 비준서 교환이 이루어질 때까지는 어떠한 철군 작업도 없을 것임을 분명히 주지해야 한다. 이 같은 일시적 점령과 관계된 모든 경비는 중국이 지불할 것이다.

제9항. 본 조약 비준서 교환 즉시 그 시점에 억류되어 있는 모든 전쟁 포로가 송환될 것이며, 중국은 일본이 송환한 전쟁 포로를 학대하거나 처벌하지 말아야 한다. 중국은 또한 군사 스파이로 기소되었거나 혹은 다른 군사적 범죄 혐의를 받고 있는 모든 일본 신민을 즉시 석방하는 절차에 착수해야 한다. 더 나아가 중국은 전쟁 기간 동안 일본군과 타협했던 중국 백성을 어떤 방식으로든 벌주거나 처벌되도록 내버려 두어서는 안 된다.

제10항. 모든 공격적인 군사작전은 본 조약의 비준서 교환과 함께 중단될 것이다.

제11항. 본 조약은 대일본제국 대황제 폐하와 대중국제국 대황제 폐하에 의해 비준될 것이며, 비준서는 ○○에 따라 메이지 28년 ○월 ○일 ○○에서 교환될 것이다.

증거로 각 전권대신이 동일한 비준서에 서명하고 인장을 찍는다.

〈그림 8〉 요동반도 할양요구안 변화도

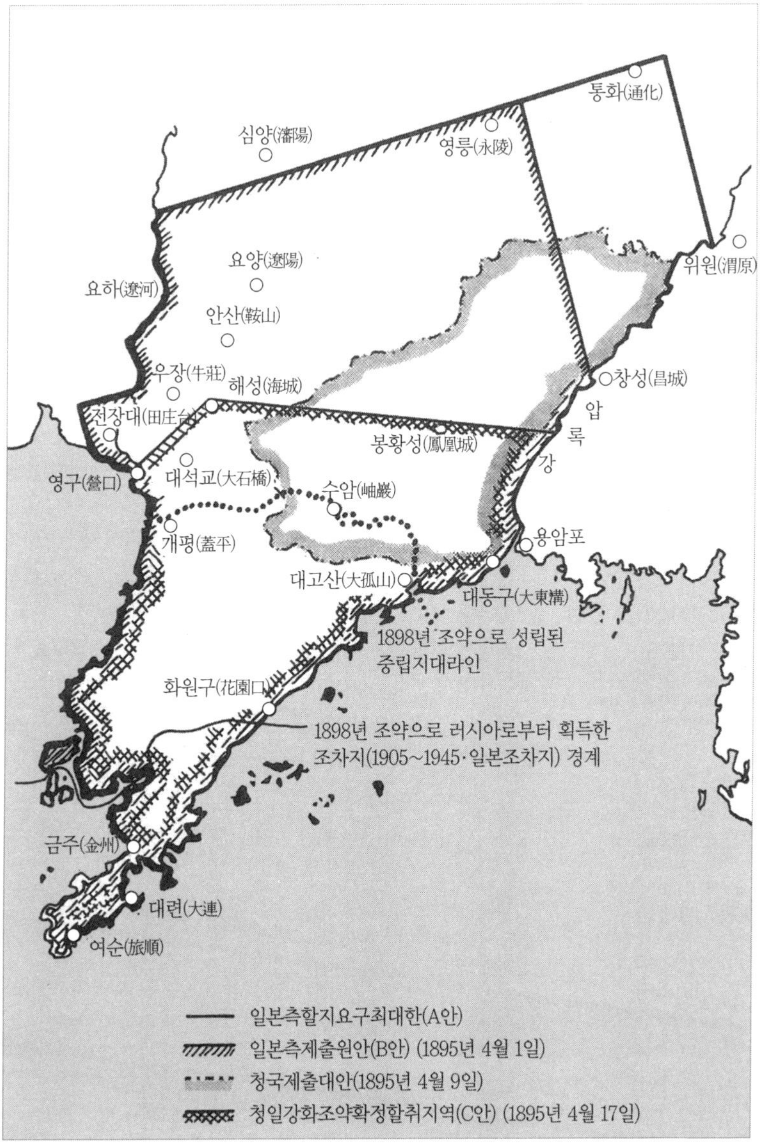

출처: 후지무라 미치오, 『청일전쟁』, 소화출판사, 1997, 202쪽.

| 이승만 연보 |

1875. 3. 26	황해도 평산군 마산면 능내동에서 양녕대군 후손 이경선(李敬善)과 김해 김씨 사이에 3남 2녀 중 막내로 출생
1895. 4. 2 (20세)	배재학당에 입학하여 서재필에게 서양 학문을 배움
1898. 1. 1 (23세)	한국 최초의 일간지《협성회회보》를 발간하고 주필 맡음
3. 10	만민공동회 총대위원에 올라 가두연설로 인기를 얻음
11. 26	중추원 의관(종9품)에 임명됨
1899. 1. 9 (24세)	박영효 일파의 고종폐위음모에 가담했다는 혐의로 체포 투옥됨
1900. 5. 2~7. 31 (25세)	**한성감옥에서 『청일전기』 번역·해제(1917년 하와이 태평양잡지사에서 출판됨)**
1901. 2~1904. 7 (26~29세)	옥중에서 『독립정신』집필 (1910년 3월 LA에서 출판됨)
1904. 8. 9 (29세)	러일전쟁 후 출옥하여 민영환, 한규설의 후원 하에 미국의 지원을 호소하고자 11월 4일 미국으로 출국
1905. 2. 20 (30세)	존 헤이 국무장관과 면담을 통해 1882년 조미수호통상조약의 거중조정 조항에 따라 협조하겠다는 약속을 받아냈으나 헤이의 죽음으로 허사로 돌아감
1907. 6. 5 (32세)	조지워싱턴대학 졸업, 9월 하버드대학 석사과정 입학, 1908년 수료
1908. 7 (33세)	콜로라도주 덴버에서 열린 애국동지대표자대회에서 의장으로 선출됨
1910. 7.18 (35세)	프린스턴대학에서 박사학위를 받음. 학위논문 '미국의 영향 하에 성립된 중립론'은 1912년에 프린스턴대학 출판부에서 출간됨
1910.10~1912. 3. 26 (35~37세)	YMCA 총무와 청년학교 학감에 취임하여 교육, 전도 활동
1912. 3. 26 (37세)	105인사건 후 미국 미네아폴리스에서 열릴 '국제기독교 감리회 4년총회'의 한국 평신도 대표로 참석하기 위해 도미
1913. 2. 3 (38세)	하와이에 정착. 105인사건을 폭로하는 『한국교회 핍박』출간

8	하와이 미 감리교회가 운영하는 한인기숙학교(한인중앙학원) 교장직을 맡음
1914. 7. 29 (39세)	한인여자학원 설립, 1918년 9월 한인여자학원을 남녀공학의 한인기독학원(The Korean Christian Institute)으로 바꿈
1918. 12. 1 (43세)	정한경, 민찬호와 함께 대한인국민회 파리평화회의 한인대표로 선출됨
1919. 3. 3 (44세)	장차 완전독립을 전제로 한국을 국제연맹의 위임통치 하에 둘 것을 윌슨 대통령에게 청원
4. 11	상해의 대한민국임시정부의 국무총리에 추대됨
4. 23	서울에서 수립된 한성임시정부의 집정관총재로 추대됨
6. 14~27	대한공화국 대통령 명의로 구미 각국 및 일본의 국가원수들과 파리평화회의 의장 조르쥬 클레망소에게 한국 독립선포를 알리는 공문 발송
8. 25	워싱턴DC에 구미위원부 개설
9. 6	대한민국임시정부 의정원에서 임시대통령으로 선출됨
1920. 11. 15 (45세)	임병직과 함께 호놀룰루를 출발하여 12월 5일 상해 도착
1921. 10. 10~12. 1 (46세)	워싱턴군축회의 미국대표단에게 '한국독립청원서' 제출
1925. 3. 11~4. 10 (50세)	대한민국임시정부로부터 임시대통령직에서 면직됨
1932. 11. 10 (57세)	국제연맹에 한국독립을 탄원할 대한민국임시정부 전권대사에 임명됨
1933. 2. 21 (58세)	제네바 드뤼시호텔에서 프란체스카 도너(Francesca Donner)를 만남
7. 9~20	소련에 독립지원을 호소하고자 모스크바 기차역에 도착했으나 퇴거당함
1934. 1. 12 (59세) 7.22	미 국무부의 정치고문 스탠리 혼벡 박사 면담하고 독립 호소
1941. 4. 20 (66세)	호놀룰루에서 9개 단체가 모인 재미한족연합위원회에서 외교위원장에 임명됨
6. 4	대한민국임시정부로부터 주미외교위원부 위원장에 임명됨
6	일본의 미국 침공을 경고하는「일본내막기(Japan Inside Out」 출간
1942. 1. 16 (67세)	임시정부 승인을 목표로 미국 명망가들과 한미협회 결성
2. 27~3. 1	워싱턴DC의 라파옛호텔에서 한인자유대회 개최
10. 10	미 육군전략사무처(OSS) 프레스톤 굿펠로우 대령에게 항일 게릴라 조직 제의

1943. 2. 17 (68세)	미 육군장관 헨리 스팀슨에게 편지로 항일 게릴라 조직계획서를 제시
1944. 8. 21 (67세)	루스벨트 대통령에게 편지로 임정 승인 요청
1945. 5. 14 (70세)	얄타회담에서 미국과 영국이 한국을 소련에 넘겨주기로 비밀 협약을 맺었다는 발표를 함으로써(일명 얄타밀약설) 미 국무부와 충돌
1945. 8. 15	해방
10.16	33년만에 환국. 조선호텔에 투숙. 다음날 귀국 담화 방송
10.25	조선독립촉성중앙협의회(독촉중협) 총재직을 맡음
1946. 1. 14 (71세)	신탁통치를 찬성하는 공산주의자들을 매국노로 규정하고 결별 선언
2. 8	대한독립촉성국민회 총재에 추대됨
2. 25	미 군정청 자문기구인 남조선대한민국대표 민주의원 의장에 선출됨
6	하지 장군의 좌우합작위원회 참가 권유를 거부
6. 3	전북 정읍에서 남한임시정부 수립의 필요성 역설
6. 29	독립정부 수립의 권리 쟁취를 위한 민족통일총본부 결성
12. 2	독립정부 수립을 UN에 직접 호소하기 위해 동경을 거처 미국으로 출발
12.12	소련이 한국의 통일정부 수립을 허용하지 않을 것이 확실하므로 남한에서 만이라도 과도정부 수립이 필요하다고 주장
1947. 4. 13. (72세)	동경을 거처 상해에 들러 장개석 총통과 회견
7. 3	좌우합작을 주장하는 하지 중장과의 협조 포기 선언. 가택연금을 당함
9. 16	독립정부 수립을 위한 수단으로 남한 총선거를 주장. 소련의 진의를 파악한 미국정부가 지지를 보내기 시작
1948. 5. 10 (73세)	최초의 자유총선거(5.10선거)에서 지역구인 동대문구에서 당선
5.31	제헌의회 의장으로 선출됨
7.20	국회에서 대통령으로 당선됨(186명 출석 가운데 180표 획득)
1948. 8.1 5	대한민국 정부수립 선포식
8.26	한미상호방위원조 협정 체결
10.19	맥아더 주일 연합군 최고사령관의 초청으로 일본 방문
12.12	파리 유엔총회 마지막 날 마지막 시간에 대한민국 승인안이 간

신히 통과됨. 대한민국의 와해 모면

1949. 1. 8 (74세)	대마도 반환 요구 기자회견
1. 9	반민특위의 친일파 처벌에 신중해야 한다고 담화
3. 23	필리핀 퀴리노 대통령이 제안한 반공적인 태평양동맹안 지지
7. 20	태평양동맹의 체결 협의를 위해 퀴리노 대통령, 장개석 총통을 초청
8. 8	이승만 장개석 진해 회담
11. 26	남북통일 방안으로 북한 괴뢰정부 해체 후의 총선거 주장
1950. 1. 24 (75세)	국회의 내각책임제 개헌안 반대
3.10	농지개혁법 개정법 공포. 4월 5일 농지분배 예정통지서 발송 시작
6. 26	동경의 맥아더 장군에게 한국의 무기지원 요청을 거부해 온 미국 태도를 비난하고 즉각 지원 요청
7. 14	원활한 전쟁수행을 위해 맥아더 유엔군총사령관에게 한국군 작전지휘권 위임
9. 28	유엔과는 상의 없이 국군에 38선 이북 진격을 명령
1951. 6. 9 (76세)	38선 정전 결사반대 선언. 6월 27일 소련의 정전안 거부
9. 20	휴전 수락 전제조건으로 중공군 철수, 북한 무장해제, 유엔감시하 총선거 요구
11. 19	자유당 창당과 총재직 수락
1952. 1. 18 (77세)	일본 어선의 침범을 막기 위한 평화선 선포
8. 5	직선제를 통한 대통령 당선(부통령 함태영)
11. 27	대만 방문
12. 3	한국을 방문한 미 대통령 당선자 아이젠하워와 회담
1953. 4. 11 (78세)	휴전반대와 함께 국군 단독북진 성명
5. 8	미 정부에 휴전 수락 거부 통고
6. 18	유엔군 포로수용소에 수용중인 2만7,000명의 반공포로석방
7. 12	한미공동성명(①한미상호방위조약 체결, ②미국은 경제, 군사원조를 약속)
11. 27	대만을 방문하여 장개석 총통과 반공통일전선 결성 발표
1954. 5. 12 (79세)	대한민국 정부를 해체하고 국제연합 감시하의 선거를 통해 한반도에 통일정부를 수립하려는 제네바정치회의의 결의를 맹렬히 반대하여 철회시킴
7. 28	미 상하원 합동회의에서 소련 침략 야욕을 강조하고 무력만이

	대응책이라고 강조함으로써 33차례의 열렬한 박수를 받음
8. 3	유엔총회에서 한국 통일에 대한 지원을 역설
1956. 3. 25 (81세)	공보실 통해 재출마 결의 담화
5. 22	대통령 이승만(자유당) 당선 공고, 부통령은 장면(민주당)
8. 15	제3대 대통령에 취임
1957. 1. 6 (82세)	휴전협정 폐기와 군비강화 강조
4. 20	통화발행 억제와 정부기구 축소 지시
12. 3	국무회의에서 한글전용 지시
1958. 3. 28 (83세)	일본 기시(岸信介) 수상의 한일회담 재개 요망 친서에 동의
8. 29	아시아의 집단안전보장체제 강조. 대만에 유재흥 연참총장을 특사로 파견
10. 28	원자력 연구 지시
11. 5	월남대통령의 초청으로 베트남 방문
1960. 3. 15 (85세)	선거에서 대통령 4선 확정
4. 24 4. 19	유혈사태에 책임을 지고 자유당 총재 사임
4. 26	국민이 원한다면 ①대통령직 사임 ②정·부통령선거 재실시 ③이기붕의 공직 사퇴 ④내각책임제 개헌 등을 약속. 시위대 대표 5명과 면담 후 하야를 약속
4. 27	대통령직 사임서 국회에 제출
4. 28	이화장으로 은퇴
5. 29	하와이로 출국
1965. 7. 19 (90세)	호놀룰루 마우나라니 요양원에서 서거, 국립묘지에 안장

| 찾아보기 |

쉽게 풀어 쓴 청일전기

초판 1쇄 인쇄 2015년 3월 20일
초판 1쇄 발행 2015년 3월 26일

편 저 | 이승만
번역·해제 | 김용삼·김효선·류석춘

펴낸곳 | 북앤피플
대 표 | 김진술
펴낸이 | 맹한승
디자인 | 박원섭

등 록 | 313-2012-117호
주 소 | 서울시 마포구 신촌로 196-1 이화빌딩 502호
전 화 | 02-2277-0220
팩 스 | 02-2277-0280
이메일 | jujucc@naver.com

ISBN 978-89-97871-17-9 03810